教育部人文社会科学研究青年基金项目（16YJC752031）成果
苏州大学人文社会科学学术专著出版资助

西班牙文学在中国

周春霞 著

中国社会科学出版社

图书在版编目（CIP）数据

隐藏的山湖：西班牙文学在中国／周春霞著. －－
北京：中国社会科学出版社，2024.12. －－ ISBN 978 - 7
- 5227 - 4117 - 8

Ⅰ. I551.06；I046

中国国家版本馆 CIP 数据核字第 2024AA3567 号

出 版 人	赵剑英
责任编辑	刘志兵
责任校对	王　龙
责任印制	李寡寡

出　　版	中国社会科学出版社
社　　址	北京鼓楼西大街甲 158 号
邮　　编	100720
网　　址	http://www.csspw.cn
发 行 部	010 - 84083685
门 市 部	010 - 84029450
经　　销	新华书店及其他书店
印　　刷	北京明恒达印务有限公司
装　　订	廊坊市广阳区广增装订厂
版　　次	2024 年 12 月第 1 版
印　　次	2024 年 12 月第 1 次印刷
开　　本	710×1000　1/16
印　　张	20.75
插　　页	2
字　　数	305 千字
定　　价	108.00 元

凡购买中国社会科学出版社图书，如有质量问题请与本社营销中心联系调换
电话：010 - 84083683
版权所有　侵权必究

序言　探索那片"隐藏的山湖"

季　进

周春霞的专著《隐藏的山湖——西班牙文学在中国》即将付梓，紧急索序于我，作为导师，我当然义不容辞。无奈最近诸事丛脞，无法静心写作，只得简单写几句，聊表祝贺之忱。

众所周知，西班牙文学以其深厚的文化内涵和独特的艺术风格，在世界文学中占有不可忽视的地位。一百多年来，一代又一代的中国作家、学者和译者，接续不断地将西班牙文学介绍给中国读者，塞万提斯、阿索林、洛尔迦、鲁依斯·萨丰等西班牙作家在中国产生了广泛的影响。然而，正如英国文学评论家普利切特（V. S. Pritchett）将游离于欧洲主流文学之外的西班牙文学称为"隐藏的山湖"一样，西班牙文学在中国的译介与接受研究也始终如同一片"隐藏的山湖"，其广袤与深邃常常被遮蔽于主流文学研究的视野之外。因此，当时周春霞与我商量博士论文选题时，我们很容易就确定了"西班牙文学在中国"的方向。周春霞接受过系统的西班牙语训练，曾在古巴哈瓦那大学学习，在西班牙莱里达大学访学，也一直在高校从事西班牙语的翻译教学，对中国与西班牙语世界文化交流的互动情况相当熟稔。她自己也翻译过文艺笔谈《陌生的朋友——依兰·斯塔文斯与小海的对话》以及中国当代诗人的西语诗集 *Volver：Antología de poemas* 和 *Yu Bang*、*Xiaohai*、*Dai Weina*，等等。以她这样的学术背景、知识结构与语言能力来处理"西班牙文学在中国",不能说游刃有余,至少是得心应手的。在论文撰写过程中,她逐渐把关注点集中到了西班牙"九八年一代"文学之于中国现代文学的影响上,以翔实的史实和有力的论述比较好地完成了预期目标,得到答辩专家的一致好评。当年她的博士论文答辩决议是这样评价的:"周春霞的博士论文《20世纪上半叶"九八年一代"在中国的译介与接受》,综合运用比较文学译介学、流传学等理论,采取整体研究与个案研究相结合的方法,较为全面而清晰地梳理了20世纪上半叶西班牙'九八年一代'文学在中国翻译和传播的历程和特点,探讨了'九八年一代'文学之于中国现代文学的影响和意义。论文特别注重在具体的历史语境中衡量与评估'九八年一代'文学对中国现代文学的影响,揭示文化语境、意识形态与诗学因素在其中所发挥的作用,在一定程度上拓展了现代中外文学关系研究的深度和广度。论文选题较新,思路清晰,点面结合,论从史出,体现了作者严谨的学术态度和较好的独立科研能力,是一篇较为优秀的博士学位论文。"

这本《隐藏的山湖——西班牙文学在中国》部分来自博士论文,又超越于博士论文,无论是在框架与材料,还是论述与理论方面,都较博士论文有了极大的调整和显著的提升,但答辩决议的总体评价施之于该书依然有效。这本书以20世纪初至21世纪20年代为时间跨度,系统梳理了百余年来西班牙文学在中国的译介与接受历程,为西班牙文学在中国的传播与接受提供了一幅系统而鲜活的学术画卷。不同于以往研究的片段化或个案化,该书努力构建一个相对完整与自洽的研究框架,从最早的报刊译作到改革开放后西班牙文学研究的蓬勃发展,再到当代翻译和研究成果的深化,生动呈现了百年来西班牙文学中国传播的轨迹,为深入理解中西(西班牙)文学交流的复杂性与丰富性提供了坚实的基础。周春霞当然没有仅仅满足于史料的发掘和脉络的梳理,而是以"意识形态""诗学"和"赞助人"为核心分析框架,运用了"多元系统理论""改写理论"等,深度解析西班牙文学中国传播背后的复杂因素。可以看出,该书突破了传统翻译研究中以语言学为核心的范式，转而关注文化、社会和历史因素如何影响和塑造了西班牙文学的译介行为。对于作者来说，西班牙文学在中国的译介，不仅是一种语言的传递，更是意识形态、文化交流与文学选择的综合结果。在历史脉络的梳理与论述中，该书还花了较多篇幅对《堂吉诃德》等经典文本的翻译与接受进行深入的个案研究，令人信服地阐述了这些经典文本是如何被中国读者接受、评价和内化的。可以说，西班牙文学的传播为中国作家的创作提供了不少灵感，大大拓展了中国文学的世界性视野。

总之，《隐藏的山湖——西班牙文学在中国》是一部全面、深入、多维度研究与反思西班牙文学的中国传播的重要著作，也是当代中外文学关系研究的重要收获。西班牙文学是世界文学的瑰宝，而中国文学也在走向世界的旅程中不断绽放异彩，期待未来周春霞能继续深耕中国与西班牙的文学与文化交流，不仅要让更多"隐藏的山湖"显现于世人面前，更重要的是要深入学科史、学术史乃至文明史的层面去理解与阐释中国与西班牙、自我和他者、本土与世界等问题，从学科发展、体制更新、文化对话等方面推动中西文学关系研究，深入中西文化结构的内部去寻求对话的可能，从而促成中西文化的交流互动与互证互补，甚至可以超越民族文学的研究，上升到对世界文学及其精神价值的深刻思考。这是企望，当然也是共勉。

是为序。

2024 年 12 月 3 日，于环翠阁

目　录

绪论 ……………………………………………………………（1）

第一部分　启蒙之声:20世纪初西班牙文学的
译介与接受(1913—1936)

第一章　1913—1936年西班牙文学译介与接受总说 …………（9）
第一节　1913—1936年西班牙文学译介概述 ……………（10）
第二节　以短篇小说和戏剧为主的译介 …………………（15）
第三节　译介方式与途径 …………………………………（19）

第二章　写实主义与新文学启蒙
　　　　——伊巴涅斯作品的译介与接受 ………………（24）
第一节　作为新文学启蒙的写实主义文学 ………………（24）
第二节　文学研究会与西班牙写实主义文学译介 ………（25）
第三节　伊巴涅斯作品译介概述 …………………………（27）
第四节　胡愈之对伊巴涅斯的译介 ………………………（30）
第五节　周作人对伊巴涅斯的译介 ………………………（31）
第六节　茅盾对伊巴涅斯的译介 …………………………（34）
第七节　戴望舒对伊巴涅斯的译介 ………………………（37）
第八节　李青崖对伊巴涅斯的译介 ………………………（38）

第三章 弱小民族文学译介的兴起
——巴罗哈作品的译介与接受 …………（41）
第一节 对西班牙文学弱小民族文学身份的构建 …………（41）
第二节 巴罗哈作品译介概述 …………………………（48）
第三节 鲁迅对巴罗哈的译介 …………………………（51）
第四节 弱小民族文学视阈下鲁迅对巴罗哈的阐释 …………（55）
第五节 鲁迅等作家对巴罗哈文学技巧的接受 ………………（60）
第六节 被遮蔽和消解的悲观主义：茅盾等人对巴罗哈的有意误读 …………………………………………（67）

第四章 文体与风格的借鉴
——阿索林作品的译介与接受 …………（73）
第一节 "九八年一代"的文学创新与阿索林的文学主张 ……（73）
第二节 阿索林作品译介概述 …………………………（75）
第三节 徐霞村对阿索林的译介 ………………………（78）
第四节 戴望舒对阿索林的译介 ………………………（84）
第五节 卞之琳对阿索林的译介 ………………………（91）
第六节 汪曾祺等京派作家对阿索林的接受 …………………（94）

第五章 骑士东游
——《堂吉诃德》的译介与接受 …………（101）
第一节 《堂吉诃德》译介概述 ………………………（101）
第二节 引玉之砖：《魔侠传》 …………………………（105）
第三节 周氏兄弟对《堂吉诃德》的译介与接受 ……………（115）
第四节 现代作家笔下的中国堂吉诃德 ………………………（119）

第二部分 诗以载道：战争时期西班牙文学的译介与接受（1937—1948）

第六章 1937—1948 年西班牙文学译介与接受总说 …………（125）
第一节 1937—1948 年西班牙文学译介概述 …………………（129）

第二节　以诗歌为主的译介 …………………………………… (133)
第三节　译介方式和途径 ……………………………………… (135)

第七章　歌唱西班牙
　　——西班牙内战诗歌的译介与接受 ……………………… (140)
第一节　西班牙内战诗歌译介概述 …………………………… (140)
第二节　《译文》"西班牙专号"与孙用的西班牙内战
　　　　诗歌译介 …………………………………………… (142)
第三节　黄药眠对西班牙内战诗歌的译介与接受 …………… (146)
第四节　芳信对西班牙内战诗歌的译介与接受 ……………… (152)

第八章　从"现代"到"抗战谣曲"
　　——戴望舒对西班牙诗歌的译介与接受 ………………… (160)
第一节　戴望舒西班牙诗歌译介概述 ………………………… (161)
第二节　戴望舒对"二七年一代"现代派诗歌的译介
　　　　与接受 ………………………………………………… (163)
第三节　戴望舒对西班牙抗战谣曲的译介与接受 …………… (166)

第三部分　新的发端：新中国初期西班牙文学的译介与接受（1949—1977）

第九章　1949—1977年西班牙文学译介与接受总说 ……… (179)
第一节　1949—1962年西班牙文学译介概述 ………………… (180)
第二节　以经典文学为主的译介 ……………………………… (182)
第三节　译介方式和途径 ……………………………………… (186)

第四部分　繁荣发展：改革开放后西班牙文学的译介与接受（1978—2021）

第十章　1978—2021年西班牙文学译介与接受总说 ……… (191)
第一节　1978—2021年西班牙文学译介概述 ………………… (194)

第二节　翻译人才队伍的壮大与译介方式的转变 …………（212）
　　第三节　学会和西班牙文学的译介与传播 ………………（216）
　　第四节　西班牙对外文化政策对文学译介与传播的推动 ……（219）

第十一章　骑士再东游
　　　　　——改革开放后《堂吉诃德》的译介与接受…………（225）
　　第一节　改革开放后《堂吉诃德》译介概述 ………………（225）
　　第二节　杨绛对《堂吉诃德》的译介与接受 ………………（227）
　　第三节　20世纪90年代以来的重译 ………………………（233）
　　第四节　当代《堂吉诃德》研究 ……………………………（238）

附录 …………………………………………………………（246）
　　附表一　作家译名对照 ………………………………………（246）
　　附表二　中国翻译出版的西班牙文学译著目录（1915—2021）……（249）
　　附表三　中国出版的西班牙文学研究专著目录（1931—2021）……（280）
　　附表四　中国翻译出版的西班牙文学译文目录（1913—1949）……（282）
　　附表五　中国发表的西班牙文学通讯评论目录（1921—1948）……（294）

参考文献 ……………………………………………………（299）

后记 …………………………………………………………（320）

绪　　论

　　一国文学的发展有其内在动力，而在其成长壮大的过程中，翻译文学的助推和影响往往是不容忽视的。20世纪中国文学显然受到外国文学作品在观念和技巧方面的重要影响，为了突出翻译文学的特殊重要地位，部分学者支持将翻译文学作为中国文学的特殊组成部分，纳入中国文学史中。无论翻译文学最终归宿何方，这一倡议所反映的是对翻译文学价值的肯定。

　　虽然同为对中国文学发展有所贡献的外国文学，但国内对外国文学译介与接受的研究中，研究者往往将关注点置于英美文学、西欧文学、俄苏文学等之上，西班牙文学汉译方面的研究较为欠缺，对西班牙文学在中国的译介与接受还没有形成整体性的研究。

　　早在1934年，赵家璧在《现代》杂志上发表了译文《近代西班牙小说之趋势》，原作者英国文学评论家普利切特（V. S. Pritchett）将游离于欧洲主流文学之外的西班牙文学喻为隐藏的山湖：

> 　　西班牙，爱尔兰和俄罗斯间的相同点，和欧洲其他各国的相比，最容易错误地把他们归成一类。……在欧洲有两种不同的社会：一种是近代地，机械化的，非宗教的，有国际的经济连贯性的社会；一种是较弱的，非机械化的，正在它的价值和传统上开始反对机械而在趋势和本质上依旧是民族化的社会。

绪 论

> 在欧洲既有这样两种不同的社会，便产生了两种不同的文学。一派在欧洲文化的主流里，一派便在主流之外。这后一派的文学像隐藏着的山湖般，被前一派的旅客常在机械世界里感到了精神上的枯燥而来探望的。[①]

隐藏的山湖是一个精妙的比喻，"山湖"意味着西班牙文学是世界文学中一片独特的风景；"隐藏"一词诗意地、准确地表明西班牙文学长期以来在世界文学中被英语、法语等文学遮蔽，只能屈居边缘的位置，也暗含了20世纪以来中国学者拨开重重迷雾，探索西班牙文学付出的努力，正是通过他们的译介，这片山湖得以在中国读者面前显现。

西班牙文学作为西方文学的一脉，是世界文学的重要部分。古典文学时期，西班牙文学就为世界文学贡献了熙德、塞莱斯蒂娜、唐璜、堂吉诃德等经典文学形象，以及米盖尔·德·塞万提斯（Miguel de Cervantes，1547－1616）、洛贝·德·维加（Lope de Vega，1562－1635）、卡尔德隆（Calderón de la Barca，1600－1681）等古典文学大家。现代作家中，埃切加赖（José de Echegaray，1832－1916）、贝纳文特（Jacinto Benavente，1866－1954）、希梅内斯（Juan Ramón Jiménez，1881－1958）、阿莱克桑德雷（Vicente Aleixandre，1898－1984）和塞拉（Camilo José Cela，1916－2002）曾获诺贝尔文学奖殊荣。

中国的西班牙文学翻译成果丰富，自20世纪初西班牙文学进入中国读者视野以来，西班牙文学汉译已经走过百年历史，几乎所有经典文学作品都有了汉语译本。本研究考察自20世纪10年代至21世纪20年代之间百余年的西班牙文学汉译史。以20世纪10年代为开端是因为据目前掌握的资料，国内最早见诸报端的西班牙小说译作《存根簿》发表于1913年。

本研究中的"西班牙文学"包括西班牙人用西班牙语和其他语言

[①] ［英］V. S. Pritchett：《近代西班牙小说之趋势》，赵家璧译，《现代》1934年第5卷第3期。

创作的小说、诗歌、剧本、散文等体裁的作品。

"在中国"意指比较文学领域内的"译介与接受"研究，以"多元系统理论"和"改写理论"等为基本研究方法。传统翻译研究以原作为中心，以语言学的方法分析和衡量译文的准确性，至20世纪70年代，受到了文化翻译研究的挑战。埃文-佐哈尔（Itamar Even-zohar）提出的"多元系统理论"（Polysystem Theory）对翻译的文化研究影响深远，霍尔姆斯（James Stratton Holmes）、勒菲弗尔（Andre Lefevere）、图里（Gideon Toury）、巴斯奈特（Susan Bassnett）等学者的研究丰富和拓展了这一理论。其中，勒菲弗尔提出了"改写理论"（rewriting theories），强调翻译作为复杂的活动，并不是在真空中进行，而是受到"三要素"——"意识形态"（ideology）、"诗学"（poetics）、"赞助人"（patronaje）的影响。"多元系统理论"以及相关理论为描述文本在异国的旅行提供了重要的研究视角，使翻译研究不再局限于语言层面，而是从文本内转向文本外，即文化层面，描述影响翻译的意识形态、占主流地位的诗学、赞助人。从文化角度理解和解释翻译行为，拓宽了翻译研究的视野，为本研究提供了基本思路。

勒菲弗尔所提出的"三要素"中，"意识形态"是观念体系，其定义丰富而复杂，本研究中的"意识形态"指某个历史阶段中，对中外文学关系产生直接影响的主流意识形态。本研究断代划分的参照坐标之一是意识形态对西班牙文学译介与接受的影响。国内文学史断代多依据政治历史事件，一般将1919年的五四运动作为近代和现代的边界，将1949年中华人民共和国成立作为现代与当代的边界，两个时代更迭伴随着主流意识形态的变更，因此，传统的文学史断代方式，本身就暗含了意识形态因素。本研究参照传统文学史断代划分的模式和西班牙文学在中国译介与接受的史实两个方面：1913—1919年的西班牙文学译介延续了晚清以来"开民智"的启蒙思潮；1920—1936年，为人生的文学主张、弱小民族文学译介思潮、人道主义和反战等对选择哪些西班牙文学作品来译介产生了巨大影响；1937—1948年，声援西班牙的反法西斯战争和国内反战是影响外国文

◇◇ 绪　论

学翻译的最主要因素；1949—1977年，官方出版机构在政府主导下，对西班牙经典文学展开了有组织的译介；1978年以后，文化领域空前繁荣，西班牙文学翻译、出版与研究发展、壮大、成熟。"诗学"对西班牙文学译介与接受的影响，既可能发生在译者（尤其是具有作家与译者双重身份的译者）翻译的过程中，也可能发生在读者（尤其是批评家、作家）接受的过程中。"赞助人"指出版社、政府文化机构等以资助出版等经济形式，直接刺激西班牙文学的译介。"意识形态""诗学"和"赞助人"有力阐释了西班牙文学在中国的译介与接受"为何"和"何为"的问题，在不同历史阶段和具体翻译事件中，其中某个要素超越其他要素成为主导因素，使译介与接受的过程和结果呈现不同面貌。

本研究的核心是"译作""译者"和"读者"。以"译作"为圆心发散，涉及"原作、原作者身份、译文文本"等；以"译者"为圆心发散，涉及"翻译背景、翻译策略、译者身份"等；以"读者"为圆心发散，涉及"接受、影响"等。这些要素与"翻译文学史"的研究要素有重合之处。

谢天振在《译介学》中提出"文学翻译史"研究的要素应包括：作家（原作作者、译者）、作品（原作、译作）、事件（传播、接受、影响等)[1]，之后，他通过对新世纪以来十余部翻译文学史的阅读，进一步界定翻译文学史的性质：文学史性质（作家、译作和事件）和比较文学性质（文学关系史、文学接受史和文学影响史)[2]。

"译文学"是构建翻译文学史范式的另一重要理论，王向远提出，翻译文学史应有六个内容要素："时代环境——作家——作品——翻译家——译本——读者"，后三个要素是翻译文学史的重点；研究对象——译本的选取则应以"名作名译"为标准，即原作为名家、译者

---

[1] 谢天振：《译介学》（增订本），译林出版社2013年版，第8页。
[2] 谢天振：《翻译文学史：探索与实践——对新世纪以来国内翻译文学史著述的阅读与思考》，《东方翻译》2013年第4期。

是名家和首译；文学史应该解决和回答的问题主要是四个："一、为什么要译？二、译的是什么？三、译得怎么样？四、译本有何反响？"①

"译介与接受"研究与"翻译文学史"研究均是包含了多个要素的比较文学学科内的翻译研究，受"多元系统理论"等理论催生的翻译研究文化转向的影响，拓展了传统翻译和翻译文学史研究的边界。笔者认为，"译介与接受"研究和"翻译文学史"研究的区别在于，一般来说，"译介与接受"研究多围绕具体作品、作家、文学流派或文艺思潮等在异国的译介与接受展开，而"翻译文学史"更强调"文学史"的连贯性和系统性。

本研究重点为"译介与接受"，尝试对西班牙文学汉译做有重点的梳理和分析，以比较文学相关理论为方法，对伊巴涅斯、巴罗哈、阿索林、西班牙内战诗歌和《堂吉诃德》等重点案例的译介与接受做分析，因此仍以"译介与接受"为主题，从"意识形态""诗学"和"赞助人"角度考察百年来西班牙文学在中国的"译作""译者"和"读者"。

本研究共分四大部分。一般来说，每一部分的第一章概览本时期译介和接受的整体情况，以期向读者略述这一阶段内西班牙文学译介与接受的基本面貌与特征。其中，第一节为译介情况的概述，第二节说明主要译介的文学体裁，第三节分析译介方式与途径。由于改革开放后的文学译介极其繁荣，囊括了所有体裁，译介方式与途径多样，因此第四部分根据实际情况，评述了这一时期对西班牙文学汉译有重大影响的翻译群体、学会以及西班牙政府对文学翻译的支持。

各部分第一章以外的章节为个案研究，讨论具体作家或作品的译介与接受情况，对翻译背景、译者选文、翻译策略、翻译效果、译文传播、研究、影响、接受等，做更充分和深入的描述。在个案选择中，综合考虑了作家和作品在世界文学中的代表性，与中国文学的亲疏关

---

① 王向远：《二十世纪中国的日本翻译文学史》，北京师范大学出版社2001年版，第8—12页。

◇◇ 绪　　论

系，是否能够填补和完善目前已有的研究等因素，因此，各部分的个案研究数量不同。

需要说明的是，第三部分未设个案分析。新中国初期，中国文学界最为关注的是亚非拉反殖民、反帝国主义的具有强烈现实性和批判性的文学作品。虽然有十几部具有进步倾向的西班牙古典文学和现实主义文学作品被翻译，但是对它们的评论和接受很少，可供参考的译者信息较为缺乏，限制了译介与接受研究的展开。第四部分的个案研究仅分析改革开放后《堂吉诃德》的译介与接受。毋庸置疑，改革开放后，中国的西班牙文学翻译和研究事业取得了长足发展：西班牙文学名家名作几乎均译入中文，涵盖了不同时期、流派和主题的文学作品；翻译的专业素养与水平有显著提升，准确生动，传递了原著的神韵风格；研究氛围活跃，展示了西班牙文学的多元性，推动了西班牙文学在中国的传播与接受。考虑到文学翻译作品的经典性需要时间的检验，文学的接受是漫长的过程，因此暂不对其他当代翻译家和翻译作品进行评价。

一国文学在另一国的旅行是复杂的，受限于作者的研究能力，本研究在资料收集、文本分析和发现规律等方面仍有疏漏和不足，欢迎各位同行的批评和宝贵建议，以便这一研究主题不断拓展、延伸。

第一部分

启蒙之声:20 世纪初西班牙文学的译介与接受 (1913—1936)

第一章 1913—1936年西班牙文学译介与接受总说

中国近代翻译文学兴起于晚清，清政府的腐败使中国社会走向空前衰落，甲午战争的战败使中国知识分子清楚认识到国家的落后。改革派知识分子主张通过翻译西方著作推动国家的进步，1897年梁启超在《论译书》中称，"处今日之天下，则必以译书为强国第一要义"[①]。翻译西方文学，特别是西方小说，成为洞察天下、了解西方的手段，翻译小说被梁启超等改良派赋予了"开启民智、改造社会"的意义，因此，清末民初的文学翻译具有强烈的政治目的。

西班牙自18世纪末以后，国力大幅下降，内政外交上遭遇困境。西班牙由于与中国在近代历史上相似的经历，成为中国的政治家和知识分子密切关注的对象。全国报刊索引数据库、晚清期刊全文数据库和民国时期期刊数据库的数据显示，自晚清至民国初年，中国对西班牙国情的报道呈上升趋势，尤其是在1898年美西战争前后，各类杂志对西班牙的报道达到了空前数量：从1890—1896年平均每年不足10篇报道，忽然在美西战争前夕达到了平均每年百篇之多。晚清报纸杂志已经敏感关注到了处于内忧外患中的西班牙，如：19世纪70年代《教会新报》《中西闻见录》《万国公报》《西国近事汇编》等对西班牙（又译"大日斯巴尼亚国"或"日斯巴尼亚"）的内政外交进行了

---

① 梁启超：《变法通议》，何光宇评注，华夏出版社2002年版，第141页。

全面的追踪报道；19世纪80—90年代，又有《益闻录》《述报》《中西教会报》《时务报》《萃学报》《实学报》《知新报》《东亚报》《清议报》等近20种报纸杂志对西班牙内政外交、海外殖民地独立等情况进行报道。中国国内自鸦片战争以后，政治危机加深，清政府面临国内国外双重压力，外有西方列强的挑衅和威逼，内有农民起义，改革派的维新运动遭到守旧派坚决抵制而失败。西班牙作为老牌殖民国家受到了新兴资本主义国家势力的挑战，这一传统君主制国家尝试建立共和政体和君主立宪政体，但遭遇重重困难。1898年的美西战争中，西班牙败给了美国，失去了最后的殖民地古巴、菲律宾和关岛，举世震惊。而四年之前的1894年，中国在甲午战争中同样败给了年轻的资本主义国家——日本。中国和西班牙所处困境的历史原因不可同日而语，但对西班牙文学的译介发生在这一历史语境中，说明20世纪初的西班牙文学译介与国内的思想与文学启蒙密切地交织在一起。

第一节 1913—1936年西班牙文学译介概述

一 1913—1919年西班牙文学译介概况

据标注原作与原作者信息的确信资料，国内对西班牙文学的翻译始于1913年[①]，1913—1919年译介的文学作品有长篇小说《西班牙宫闱琐语》和短篇小说《存根簿》《碧水双鸳》。

国内最早发表的西班牙小说是短篇故事《存根簿》（*El libro talonario*），载《国民汇报》1913年第1卷第2期，作者"配特洛"即西

---

① 1903年《新小说》杂志刊载了西班牙戏剧家、1904年诺贝尔文学奖得主何塞·埃切加赖的肖像，但没有对作家进行介绍。1905年《大陆》第3卷第6期刊登了小说《续子不语：西班牙之伪鬼》，因没有留下原作或原作者信息，无法确认究竟是翻译，还是假借翻译之名的创作。

班牙作家佩德罗·安东尼奥·德阿拉尔孔（Pedro Antonio de Alarcón, 1833–1891），译者署名"呆"，小说讲述了一个农民如何智擒盗瓜贼。

1914年《小说月报》第5卷第1—5期连载了长篇小说《西班牙宫闱琐语》，翌年4月由商务印书馆结集成册出版①，10月再版，为清末知名小说品牌"说部丛书"的第二集第八十编。《西班牙宫闱琐语》译自《海滨杂志》（*The Strand Magazine*）连载的英语传记小说《宫廷生活内幕》（*Court Life from Within*），作者是西班牙公主玛丽亚·艾乌拉莉亚·德·波旁（María Eulalia de Borbón, 1864–1958）。原著共13章，《西班牙宫闱琐语》译了前5章，采用多人合译的形式，译者包括时任《小说月报》主编、商务印书馆编辑铁樵（恽铁樵），以及莼农（王莼农）、虚舟、谥箫、澍生等。清末民初的西班牙文学译介中，《西班牙宫闱琐语》凸显了这一时期对外国女性传记译介的兴趣，翻译过程中对内容的改写反映了社会主流意识形态对翻译的操纵。继《小说月报》连载5章之后，1915年《女子世界》第3—6期连载了《西班牙公主纽兰梨欧洲各国宫闱游记》，选译了原著第6、8、10、11章，由常觉（李常觉）、小蝶（陈小蝶）合译，记述了作者作为皇室成员访问英国、德国、沙俄、挪威、意大利等欧洲国家皇室的经历，是记录欧洲之行的普通游记，思想性不及《西班牙宫闱琐语》。有研究认为，陈蝶仙主编的《女子世界》宣传贤妻良母的道德教化，在思想上是落后的，而《西班牙公主纽兰梨欧洲各国宫闱游记》证明，陈编《女子世界》也试图将目光投向世界，关注欧洲政治近况，并未完全脱离国内启蒙的大潮流。

1917年周瘦鹃翻译的《欧美名家短篇小说丛刊》由中华书局出版，其中《碧水双鸳》一篇根据英语译本《佩菲亚尔塔侯爵》（*The Marquis of Peñalta*）中的选段《海之恋》（*Love by the Ocean*）译出，小说原作题为"马尔塔和玛丽亚"（*Marta y María*），原作者是西班牙作

---

① ［西］欧里亚：《西班牙宫闱琐语》，铁樵等译，商务印书馆1915年版。

家阿尔曼多·帕拉西奥·巴尔德斯（Armando Palacio Valdés，1853－1938），该短篇讲述了一对热恋中的男女去海边约会的故事。《欧美名家短篇小说丛刊》共3卷，收录了14个国家47位作家的50篇短篇小说，是周瘦鹃最重要的译著，时任教育部社会教育司第一科科长的鲁迅评价这部译著"用心颇为恳挚，不仅志在娱悦俗人之耳目，足为近来译事之光。……则固亦昏夜之微光，鸡群之鸣鹤矣"[①]。

二　1920—1929年西班牙文学译介概况

清末民初的外国文学译介缺少名著意识，直到五四新文化运动后，学界才开始提倡译介经典文学。郑振铎在《各国"文学史"介绍》一文中指出："中国的从事翻译者与读文学书者……他们不知道某书是重要的或不重要的，不知道某书的重要究竟在什么地方，所以虽是低头工作，却不见他们工作的结果，虽是读了许多书，却是未曾得到了什么东西。中国开始翻译文学书籍，至少已有三四十年的历史，然而成绩极少，影响极小者，此即为其最大的原因。而一般人往往误以为最好的，内容极深邃的作品为通俗的廉价小说的同类者，其原因也即在于此，这种错误，现在是应该开始更正了。"[②] 胡适针对五四之前的外国文学译介的问题，在《建设的文学革命论》中提出，"现在中国所译的西洋书，大概都不得其法，所以收效甚少……赶紧多多的翻译西洋的文学名著做我们的模范"[③]。

1920—1929年的西班牙文学译介受到了名著意识的影响，译介的多为知名作家作品，据统计，有8部译著在这一期间出版，有40余篇译作发表在《东方杂志》《新青年》《小说月报》《文学周报》《语丝》

---

① 佚名（鲁迅）：《通俗教育研究会审核小说报告》，《教育公报》1917年第4卷第15期。
② 郑振铎：《各国"文学史"介绍》，《小说月报》1925年第16卷第1期。
③ 胡适：《建设的文学革命论》，《新青年》1918年第4卷第4期。

《无轨列车》《奔流》《朝花》《新文艺》等20余种报纸杂志上。

周作人在《欧洲文学史》第三卷第六章中介绍了塞万提斯与《堂吉诃德》："论者谓其书能使幼者笑，使壮者思，使老者哭，外滑稽而内严肃也。"① 这部文学经典最早的汉译本是1922年商务印书馆出版的《魔侠传》，由林纾、陈家麟合译。同年9月4日，周作人在《晨报副镌》上发表了《魔侠传》一文，指出林纾译本中的谬误，并说："因为我们的期望太大，对于译本的失望也就更甚。"② 尽管译文质量无法令读者满意，作为首译具有开拓意义，《魔侠传》传播较广，商务印书馆在1933年、1934年、1937年三次重印了《魔侠传》。

戏剧在新文化运动中扮演了特殊重要的角色，陈独秀曾说："现代欧洲文坛第一推重者，厥唯剧本。诗与小说退居第二流。"③ 茅盾提出："近代文学，是现代人生的反映，而戏剧又是近代文学的中心点，所以欲研究近代文学，竟不可不研究戏剧。"④ 1925年商务印书馆出版的《倍那文德戏曲集》，由茅盾、张闻天翻译，选译了1922年诺贝尔文学奖得主贝纳文特⑤的3篇作品，马彦祥改译了其中的一篇《热情之花》，以"热情的女人"为题，1929年刊载在《戏剧》杂志第1卷第5期，1931年由上海现代书局出版单行本。

茅盾、胡愈之等主张译介外国文学，尤其是写实主义文学来改造传统文学。被誉为"西班牙的左拉"的自然主义作家维森特·布拉斯科·伊巴涅斯（Vicente Blasco Ibáñez, 1867-1928）进入了译介者的视野，成为20年代最受瞩目的西班牙作家。除了发表在期刊报纸上的短篇小说，也有译著出版：1928年光华书局出版的《伊巴涅思短篇小说集》，由戴望舒翻译；1929年北新书局出版的《启示录的四骑士》，由李青崖翻译，1935年更名为"四骑士"由商务印书馆再版。

---

① 周作人：《欧洲文学史》，岳麓书社2010年版，第127页。
② 周作人：《自己的园地》，北新书局1930年第14版，第92页。
③ 陈独秀：《现代欧洲文艺史谭》，《青年杂志》1915年第1卷第3期。
④ 沈雁冰：《海外文坛消息·一九二二年的诺贝尔文学奖金》，《小说月报》1922年第13卷第12期。
⑤ 民国时期多被译为"倍那文德"。

这一时期的其他译著有：1928年由商务印书馆出版、茅盾翻译的《他们的儿子》，原作者是萨马科伊斯（Eduardo Zamacois y Quintana，1873-1971）；1929年春潮出版社出版、1932年立达书局再版的《斗牛——近代西班牙小说选》，由徐霞村选译了4位作家的短篇。

三 1930—1936年西班牙文学译介概况

1930—1936年的西班牙文学译介以"九八年一代"[①]作家作品和《堂吉诃德》的复译为主。期间共有7部译著出版，有60余篇译作在《新文艺》《北新》《金屋月刊》《骆驼草》《现代》《文艺月刊》《译文》《矛盾月刊》等约30种报纸杂志上发表。译著中有5部是《堂吉诃德》的节译本和选译本：1931年开明书店出版、贺玉波翻译的《吉诃德先生》；1933年世界书局出版、蒋瑞青翻译的《吉诃德先生》；1934年新生命书局出版、汪倜然（汪绍箕）翻译的《吉诃德先生》；1936年中华书局出版、慎伯翻译的《董吉诃德》；1936年商务印书馆出版、伍光建翻译的《疯侠》。

这一时期阿索林（Azorín，原名José Martínez Ruiz，1873-1967）、皮奥·巴罗哈（Pío Baroja，1872-1956）、乌纳穆诺（Miguel de Unamuno，1864-1936）等西班牙"九八年一代"作家的思想启蒙和对传统文学的颠覆与创新契合了五四的时代精神，得到了中国作家青睐，成为译介的重点。据统计，在20年代末至30年代末的10年中，有近百篇"九八年一代"作家的作品被译介，形成了一定规模，在读者中传播较广，对中国文学产生了一定影响。其中较为知名的包括：戴望舒和徐霞村合译的阿索林的《西万提斯的未婚妻》[②]，1930年由神州国

---

① 西班牙语中一般写作"generación del 98"或"generación de 1898"，英语中一般写作"generation of 1898"或"generation of '98"，国内一般译为"九八年一代""98年一代""九八年代"等。

② 1982年更名"西班牙小景"，由福建人民出版社出版，2003年由上海三联书店出版。

光社出版，1934 年由人文书店再版；戴望舒翻译的《西班牙短篇小说集》（上下），1936 年由商务印书馆出版，1937 年再版；卞之琳的《西窗集》第五辑"阿索林小集"，1936 年由商务印书馆出版；鲁迅在 1928—1935 年间翻译了 19 篇巴罗哈的短篇小说和散文，1948 年鲁迅先生纪念委员会编印出版的《鲁迅全集》中收入了这些译作，1953 年人民文学出版社出版了《山民牧唱》单行本。

1936 年西班牙内战爆发，次年中国抗日战争全面爆发，以启蒙为主要目的的文学翻译，被全世界人民团结起来反抗压迫的呼声取代。

第二节 以短篇小说和戏剧为主的译介

西班牙近代作家的代表作以长篇小说为主，徐霞村在短篇小说选《斗牛》的"前记"中写道："要在这样一个狭小的篇幅里把近代西班牙的小说的一班介绍给中国读者是一件很难的事。第一，西班牙的文坛现在正是大刀阔斧的时代，作家们都不大写短篇的东西……"① 即便如此，20 世纪 20—30 年代西班牙作家作品中，被译介最多的是短篇小说，占译介总数的 90% 以上，其次是戏剧和散文，长篇小说、访谈、评论少一些，诗歌最少。大部分短篇小说发表在《小说月报》《新文艺》《现代》《译文》等杂志和报纸上，也有以作家个人的短篇小说集形式出版，或是收录在多位作家的短篇小说合集中。

对短篇小说译介的兴趣主要受到两方面影响：一方面，受翻译力量所限，翻译短篇小说可以经济节约地在最短的时间内译介世界各国的文学。茅盾曾提出："西洋新文学杰作，译成华文的，不到百分之几，所以我们现在应选最紧最切用的先译，才是时间上人力上的经济办法。"②

---

① ［西］阿左林等：《斗牛》，徐霞村译，春潮书局 1929 年版，第 1 页。
② 沈雁冰：《对于系统的经济的介绍西洋文学底意见》，《时事新报·学灯》1920 年 2 月 4 日第 13 版。

◇◇◇ 第一部分 启蒙之声:20世纪初西班牙文学的译介与接受(1913—1936)

1922年周作人在《现代小说译丛》第一集的"序言"中写道:"完备而且有系统的专门著述,当然是最可尊重的;但在我们才力与时间都不充足的人,对于这种大事业却有点不胜任,不得不以这小小的介绍暂且满足了。"①

另一方面,短篇小说也可以体现作者的风格和技巧,达到以小见大的效果。《近代世界短篇小说集Ⅱ:在沙漠上及其他》一书"小引"中指出,翻译短篇小说的优势在于:"仍可藉一斑略知全豹,以一目尽传精神,用数顷刻,遂知种种作风,种种作者,种种所写的人和物和事状,所得也不少的。而便捷,易成,取巧……这些原因还在外。"②鲁迅曾提出,虽然巴罗哈的长篇小说体现了他的写作特色,"但许多短篇里,也尽多风格特异的佳篇"③。也有作家认为,西班牙现代文学以短文见长,短篇比长篇具有更高的艺术价值:"他④的第二弱点是没有毅力——没有耐心去做繁重的工作。……这种民族性的弱点发露于文艺上便是结构整齐的长篇小说很少的缘故。然而美妙的短文却很多。西班牙的文艺杂志的价值可说是全在这些短文。"⑤

总的来说,短篇小说具有便捷、易成、取巧的优势,可以窥一斑略知全豹,使读者在较短时间内涉猎外国文学。当时国内文学界急于译介外国文学推动中国新文学的成长,而能够承担这项工作的译者数量远远不够,因而短篇小说受到热烈欢迎。

戏剧作为反封建礼教、传播新思想、唤起民众觉悟的艺术形式,在新文化运动中扮演了特殊重要的角色。《新青年》曾先后推出"易卜生专号"和"戏剧改良专号"。国内多位知名学者提出翻译西方戏剧

---

① 周作人译:《现代小说译丛》第一集,商务印书馆1922年版,第1页。
② [苏]莱夫·伦支等:《近代世界短篇小说集Ⅱ:在沙漠上及其他》,鲁迅等译,合记教育用品社1929年版,第Ⅰ页。
③ [苏]莱夫·伦支等:《近代世界短篇小说集Ⅱ:在沙漠上及其他》,鲁迅等译,合记教育用品社1929年版,第169页。
④ 指西班牙。
⑤ 沈雁冰:《海外文坛消息·西班牙近讯》,《小说月报》1923年第14卷第10期。

的主张。陈独秀提出:"现代欧洲文坛第一推重者,厥唯剧本。诗与小说退居第二流。"① 胡适曾发表《易卜生主义》《文学进化观与戏剧改良》等文,提出借鉴西方近代戏剧改良中国戏剧。周作人曾说:"……民间有不识字不听过说书的人,却没有不曾看过戏的人,所以还要算戏的势力最大。"② 茅盾在《近代戏剧家传》中写道:"近代文学,是现代人生的反映,而戏剧又是近代文学的中心点,所以欲研究近代文学,竟不可不研究戏剧。"③ 在此背景下,作为欧洲戏剧的支流,西班牙戏剧也得到了关注,这一时期译介了6位西班牙剧作家的作品:贝纳文特、金特罗兄弟(Serafín Álvarez Quintero,1871-1938；Joaquín Álvarez Quintero,1873-1944)、埃切加赖、西耶拉和巴罗哈。

根据资料,最早译介西班牙戏剧的是沈泽民,1921年由他翻译的金特罗兄弟的《妇人镇》(Puebla de las mujeres)发表在《小说月报》第12卷第2期,茅盾特为他弟弟的这篇译作写了附注。

贝纳文特是被大力译介的剧作家。1922年茅盾在《小说月报》发布了贝纳文特获得当年诺贝尔文学奖的简讯④,拉开了译介贝纳文特的序幕,此后有两种译著、四篇译作问世:由茅盾和张闻天合译的《倍那文德戏曲集》,1925年由商务印书馆出版,共有三篇——《太子的旅行》《热情之花》《伪善者》。其中,《太子的旅行》载1923年《小说月报》14卷第2期;《热情之花》分三部分连载《小说月报》第7、8和12期。这部译著1934年由商务印书馆再版,译者为沈德鸿(茅盾)。另有胡愈之翻译的《怀中册里的秘密》载《东方杂志》1923年第20卷第4期。张闻天的译介不仅得到了主编西谛(郑振铎)的推荐,鲁迅读了《热情之花》后,特从日本文学评论家厨川白村的论文集《走向十字街头》中选译了《西班牙剧坛的将星》一文,刊载在《小说

---

① 陈独秀:《现代欧洲文艺史谭》,《青年杂志》1915年第1卷第3期。
② 周作人:《论中国旧戏之应废》,《新青年》1918年第5卷第5期。
③ 茅盾:《近代戏剧家传》,《茅盾全集》第31卷《外国文论三集》,人民文学出版社2001年版,第399页。
④ 沈雁冰:《海外文坛消息·一九二二年的诺贝尔文学奖金》,《小说月报》1922年第13卷第12期。

月报》1925年第16卷第1期，其中引用的文字均出自张闻天的译文。

选择贝纳文特作为主要译介的戏剧家有两个主要原因：一是诺贝尔文学奖的效应，二是作家的写实主义风格。茅盾认为，贝纳文特的戏剧产生于欧洲现实主义戏剧取代浪漫主义戏剧的大背景之下，而"倍那文德便是那中间最'写实的'的一个"，不论是"幻想的剧本"还是"象征剧"，"倍那文德艺术的立脚点完全是写实主义，无论他把作品的面目变成什么，他的精神常常是写实的，这是他的作风的特点"。①《西班牙剧坛的将星》对埃切加赖的评价是"垂亡的罗曼主义剩下来的最后的闪光"，对贝纳文特的评价是："这国度里最大的一个戏曲家，见知于全欧洲者，是培那文德，独有他是纯粹的现实主义者，又是新机运的代表人。……绝没有什么类乎宣传者的气味，是用尽量地将现实照样描写，就在其中暗示着问题，使人自行思想，自行反省的自然的方法的。"② 埃切加赖与贝纳文特同为诺贝尔文学奖的获得者，但是具有现实主义风格的贝纳文特更受中国文学界青睐。

剧作家马彦祥将张闻天的《热情之花》改译为《热情的女人》，分两部分连载《戏剧》1929年第1卷第5和第6期，1931年由上海现代书局出版单行本。马彦祥说："我个人尤其喜欢他的这本戏，改译的原因也正是想有机会时把它上演一下。"③ 马彦祥的"改译"实际上是一种本土化的"改写"，为了满足演出需求，马彦祥在不改变《热情之花》基本情节的基础上，充分考虑普通大众对外国戏剧的理解和接受能力，对地名、人名、台词中涉及西方文化传统的内容进行了中国化的改写。以人物姓名为例，原作中的人物如"Raimunda"，张闻天译"雷孟台"，马彦祥改译为"刘氏"；"Acacia"，张闻天译"亚加西亚"，马彦祥改译为"云姑"等。人物语言的表达，如："Vaya, queden ustedes con Dios"，张闻天译"上帝祝福你，再会"，马彦祥改

---

① 沈雁冰：《序一》，载［西］倍那文德《倍那文德戏曲集》，沈雁冰、张闻天译，商务印书馆1925年版，第2页。
② ［日］厨川白村：《西班牙剧坛的将星》，鲁迅译，《小说月报》1925年第16卷第1期。
③ 彦祥：《倍奈文德及其近作》，《戏剧》1929年第1卷第5期。

译为"恭喜恭喜，再见吧"；"Ya ven todos lo que salimos de casa; ni para ir a misa los más de los domingos"，张闻天译"我们不能离开家门一步，就是赴礼拜六的弥撒也不能够"，马彦祥改译为"我又离不开家，所以应该走动走动的地方，也好久不去了"，等等。马彦祥的改写是一种特殊的译介形式，是中国民族戏剧发展过程中借鉴、接受西班牙戏剧的一个典型案例。

此外，鲁迅翻译的巴罗哈的《少年别》是一出短剧，载《译文》1935年第1卷第6期。《近代西班牙戏剧概况》《现代西班牙剧坛》《最近的西班牙剧坛》等评论为读者了解西班牙近代戏剧提供了参考。

对诗歌的译介极少，据统计，在30年代中期以前，国内零散译介了一些西班牙民歌。1918年《北京大学日报》发表了《北京大学征集歌谣简章》，刘半农是实际上的倡议者。1920年，北京大学歌谣研究会成立，创办了《歌谣》周刊，推动民歌翻译、整理和创作。在法国留学期间，对国内外民歌十分着迷的刘半农获得了法文版《西班牙民歌》（*Chants Populaires Espagnols*），据此译出了45首西班牙短民歌，先后发表在《语丝》1926年第105、106、107和109期，译者署名刘复，1927年收入他的《国外民歌译》，由北新书局出版，并邀请周作人作序。同时期翻译的西班牙民歌还有：华侃（汪倜然）译的《西班牙民歌》，载《艺术界周刊》1927年第1期；梅川（王方仁）译的《敏迦罗之吻》，载《朝花》1929年第18期；鹤西（程侃声）译的《西班牙民歌》，载《骆驼草》1930年第21期；伍蠡甫译的《民歌》，载《世界文学》1935年第1卷第6期，等等。

第三节　译介方式与途径

这一时期的西班牙文学译介是通过非西班牙语的外语译本转译，主要依据英语、法语或日语译本。转译在20世纪上半叶的外国文学翻译中非常普遍。采取转译的方式引进西班牙文学，主要是受到以下客观条件和因素的制约。

首先,缺乏精通西班牙语的译者是主要原因。20世纪初国内的外语人才不能满足大规模的翻译运动需求,中国的外语教育起步很晚,直到清末才诞生了同文馆等专业外语教育机构。此外,在教会学校和新兴大学内也提供少量外语教学,另有一些留洋学生在海外接受外语教育。留洋以日本为多,英语国家和西欧国家为次,其他弱国、小国的语言则少人精通,通晓西班牙语的人才更是罕见。

为了克服语言障碍,拓宽文学视野,在当时译介其他国家文学的唯一途径就是转译,即当时所称的"重译"。鲁迅曾作《论重译》和《再论重译》两篇文章与穆木天讨论"重译"的必要性。在《论重译》一文中,他指出:"懂某一国文,最好是译某一国文学,这主张是断无错误的,但是,假使如此,中国也就难有上起希罗,下至现代的文学名作的译本了。中国人所懂的外国文,恐怕是英文最多,日文次之,倘不重译,我们将只能看见许多英美和日本的文学作品,不但没有伊卜生,没有伊本涅支,连极通行的安徒生的童话,西万提司的《吉诃德先生》,也无从看见了。……最要紧的是要看译文的佳良与否,直接译或间接译,是不必置重的……"[①]

在进行转译时,一些译者开始形成"翻译规范"的意识,在序言和后记等副文本中指出自己是从哪个译本转译了哪部作品。如鲁迅指出自己从永田宽定和笠井镇夫的《跋司珂牧歌调》翻译了巴罗哈的短篇小说;徐霞村和戴望舒从法国的西班牙文学专家乔·比勒蒙的法文译本《西班牙》转译了《西万提斯的未婚妻》。从转译所参照的中间译本来看,这一时期的总体趋势是以英语、法语和日语为媒介语言译介西班牙文学,如茅盾、张闻天、周作人、郑振铎、胡愈之、樊仲云等通过英语译介,戴望舒、徐霞村、杜衡、李青崖、吴且冈等通过法语译介,鲁迅通过日语译介。

其次,能否获得可靠的译本进行转译是翻译的前提条件。卞之琳

---

① 鲁迅:《花边文学》,联华书局1936年版,第71—72页。

曾提到自己在准备翻译《阿左林小集》之前通过友人多方帮助搜集译本的曲折经历①。另一位译者徐霞村曾说："我们这些不能直接读原文的人，材料的来源自然就不得不靠诸英法文的译本……这四篇小说在艺术上我个人并不十分满意，但是因为它们的作者都是一八九八年以后的代表作家的缘故，只好勉强把它们译过来……"②译者想要译介西班牙当代作家的代表性作品，但苦于找不到中间媒介译本无法着手翻译，只好退而求其次翻译那些文学价值虽然不高，但已经被译入大语种的文学作品。

外文参考资料不充分对译介的掣肘随处可见：一方面，译者可获得的译本资源有限，导致多人翻译同一短篇的事情时有发生。以伊巴涅斯为例，《海上》（又译《海中》《失在海上》）被不同译者翻译了3次，《夕阳》被翻译了2次，《落日》和《太阳下山的时候》、《赤老》和《穷光蛋》、《癫狗病》和《疯狂》都是从同一篇原作译出的不同版本。另一方面，可供参考的文献资料不足限制了文学史研究和文学评论的广度。郑振铎在《各国"文学史"介绍》③一文中提到了两部著作——菲兹马里士开莱（James Fitzmaurice-Kelly）著的《西班牙文学史》（*A History of Spanish Literature*）和福特（J. D. M. Ford）著的《西班牙文学的主潮》（*Main Currents of Spanish Literature*），其中的观点被大多数中国学者参考和引用，导致评论观点雷同，如茅盾在《一九二二年的诺贝尔文学奖金》④等消息中引用了《西班牙文学史》的评论，周作人在《癫狗病》和《意外的利益》的附记中引用了《西班牙文学的主潮》中对伊巴涅斯的评价。

转译有可能造成误译和漏译。文学翻译本身是一项复杂的创造性活动，译者从个人理解出发阐释文本，再调集个人语言资源重新输出

---

① 卞之琳：《卷头小识》，载［西］阿左林《阿左林小集》，卞之琳译，国民图书出版社1943年版，第3—6页。
② 徐霞村：《一位绝世的散文家：阿左林》，《新文艺》1929年第1卷第4期。
③ 郑振铎：《各国"文学史"介绍》，《小说月报》1925年第16卷第1期。
④ 沈雁冰：《海外文坛消息·一九二二年的诺贝尔文学奖金》，《小说月报》1922年第13卷第12期。

文本,即便刨除语言之间的不对应和缺失,也很难实现原文和译文的完全一致。早期中国学者和作家通过转译进行译介,甚至不能排除有的转译是根据转译的文本翻译的,即进行了二次转译,误译和漏译就更不可避免了。

以贝纳文特的戏剧《不该爱的女人》为例。原著书名在西语中写作"La Malquerida",由于传抄过程中的笔误,遗漏了"i",变成"La Malquerda",鲁迅不知拼写有误,将"Malquerda"作为人名音译为"玛耳开达"。《不该爱的女人》英语版并未根据西班牙语书名直译,而是意译为《热情之花》(*Passion Flower*),鲁迅称"题目的 La Malquerda,即英语的 Passion Flower(热情之花),就是西番莲"①,是不符合实际的说法。《不该爱的女人》第二幕中有一首村民传唱的歌谣,揭示了女儿与继父之间的爱情,歌词为:"El que quiera a la del Soto,/Tié pena de la vida./Por quererla quien la quiere/Le dicen la Malquerida."(原意为:索托的那位姑娘的爱慕者,/可是冒着生命危险。/因为那个人爱着她/大家都叫她"爱不得的姑娘"。)鲁迅引用了张闻天不准确的译文:"爱那住在风车近旁的女子的人,将恋爱在恶时;因为她用了她所爱的爱情而爱,所以有人称她为热情之花。"②这段译文与原文的出入很大。

戴望舒译的《黎蒙家的没落》存在漏译的问题。小说原作收录于阿亚拉(Pérez de Ayala,1880 – 1962)的《西班牙生活的诗歌小说》(*Novelas poemáticas de la vida española*)。阿亚拉在文体创新方面提出了"诗歌小说"(novelas poemáticas),他在以散文写成的小说篇首或者结尾处加一首总结内容、提炼思想的诗歌以"点睛",与中国古典小说有些相似。《黎蒙家的没落》篇首有一首小诗:"Ayer eran dos rosas frescas,/blancas y bermejas,/como leche y fresas./Hoy son dos pobres rosas secas/de carne marchita y morena."(意为:昨日如鲜嫩的玫瑰两

---

① [日]厨川白村:《西班牙剧坛的将星》,鲁迅译,《小说月报》1925 年第 16 卷第 1 期。
② [日]厨川白村:《西班牙剧坛的将星》,鲁迅译,《小说月报》1925 年第 16 卷第 1 期。

朵,/洁白如乳汁,/鲜红似草莓。/今日却成干枯的玫瑰/凋残失色。)这首小诗以玫瑰为喻,写黎蒙家两个女儿从天真无邪的少女历经生活坎坷,下场凄惨的人生悲剧。在戴望舒的译文中,这首小诗消失了,可能是因为转译所依据的法语译本中已经删除了这首诗。在小说中也多处出现具有诗歌韵律的段落和句子,特别是具有诗人气质的主人公阿里亚斯的表达,在中文译本中并没有被翻译出来,可算是遗憾。

  翻译是一种对原著的再创造,而转译是再创造之后的再创造,使文本发生二次变形,产生误译和漏译的可能性相比从原作直接翻译更大。谢天振认为:"译者们在从事具有再创造性质的文学翻译时,不可避免地要融入译者本人对原作的理解和阐述,甚至融入译者的语言风格、人生经验乃至个人气质。"[1] 当然,在当时的文化语境下,读者关注的主要是原作者的思想、作品内容和风格,虽然也讲求忠实性,但由于是转译,无法分辨译文是否忠实可靠。尽管译文的忠实性不尽如人意,但它们在中国文学史中的意义是不容否认的,对于文学史研究来说,"转译还具体展示了译语国对外国文学的主观选择和接受倾向。一些掌握了英语、日语的译者、作家,不去翻译英语文学或日语文学的作品,却不惜转弯抹角、借助英语、日语翻译其他语种的文字,这个现象很值得研究"[2]。

---

[1] 谢天振:《论文学翻译的创造性叛逆》,《外国语(上海外国语学院学报)》1992年第1期。

[2] 谢天振:《论文学翻译的创造性叛逆》,《外国语(上海外国语学院学报)》1992年第1期。

第二章 写实主义与新文学启蒙
——伊巴涅斯作品的译介与接受

第一节 作为新文学启蒙的写实主义文学

五四运动前后，在推崇科学精神与实证主义的背景之下，尤其是在西方进化论的影响下，自然主义文学和现实主义文学一起，以"写实主义文学"之名被介绍到中国，"写实主义"成为打破传统文学、启蒙新文学的手段。1915年陈独秀在《现代欧洲文艺史谭》中从社会进化的角度阐释文学的演进，认为写实主义和自然主义源于科学发展，具有"破旧"的积极意义，自然主义文学的价值在于求真求实："此派文艺家所信之真理，凡属自然现象，莫不有艺术之价值，梦想、理想之人生，不若取夫世事人情，诚实描写之，有以发挥真美也。"[①]

1917年胡适的《文学改良刍议》亦体现了进化论思想影响下中国学界对写实主义文学的趋好。胡适提出，文学是进化的，因此不能"摹仿古人"而要创作"今日之文学"："一时代有一时代之文学。……此可见文学因时进化，不能自止。唐人不当作商周之诗，宋人不当作相如子云之赋。即令作之，亦必不工，逆天背时，违进化之迹，故不能

---

① 陈独秀：《现代欧洲文艺史谭》，《青年杂志》1915年第1卷第3期。

工也",而"今日之文学"的要义在于"写实":"写今日社会之情状,故能成真正文学。"① 随后,陈独秀用《文学革命论》声援胡适的主张,其核心思想之一是"建立新鲜的、立诚的写实文学"②。陈独秀、胡适等人关于文学革命的主张,对写实主义文学的价值评判,是西方现实主义、自然主义文学在中国译介的有力推手。

第二节 文学研究会与西班牙写实主义文学译介

1921年文学研究会成立,在《小说月报》第12卷第1期和《新青年》第8卷第5期同时宣告:"将文艺当作高兴时的游戏或失意时的消遣的时候,现在已经过去了。我们相信文学是一种工作,而且又是于人生很切要的一种工作。"文学研究会以及支持研究会的新文学运动者,继承了《新青年》的文学传统,试图破除以消遣为目的的旧的文学,研究会同仁强调文学的社会功利性,将文学作品作为反映社会现实从而推动社会变革的手段和工具,即"为人生的文学"。

"为人生的文学"具有明确的现实主义倾向。茅盾是"为人生的文学"和写实主义文学的最坚定的支持者和最突出的推动者,他自1920年起主持《小说月报》的"小说新潮栏",1921年开始担任《小说月报》主编,使之面貌一新,成为介绍西方文学思潮的阵地。1920年他在《〈小说新潮栏〉宣言》中提出:

> 现在新思想一日千里,新思想是欲新文艺去替他宣传鼓吹的,所以一时间便觉得中国翻译的小说实在是都"不合时代"。况且西洋的小说已经由浪漫主义进而为写实主义表象主义新浪漫主义,我国却还是停留在写实主义以前,这个又显然是步人后尘。所以

---

① 胡适:《文学改良刍议》,《新青年》1917年第2卷第5期。
② 陈独秀:《文学革命论》,《新青年》1917年第2卷第6期。

第一部分　启蒙之声:20世纪初西班牙文学的译介与接受(1913—1936)

新派小说的介绍,于今实在是很急切的了。……所以中国现在要介绍新派小说,应该先从写实派自然派介绍起……①

茅盾的文学发展观点承续了陈独秀等人的文学进化论思想,将中国文学改革的目标设立为写实主义文学,他提出:"近代西洋的文学是写实的,就因为近代的时代精神是科学的。科学的精神重在求真,故文艺亦以求真为唯一目的。科学家的态度重客观的观察,故文学也重客观的描写。因为求真,因为重客观的描写,故眼睛里看见的是怎样一个样,就怎样写。"② 19世纪20年代,《小说月报》刊发了《文艺上的自然主义》③《霍普德曼的自然主义作品》④《自然主义的论战》⑤《法国的自然主义文艺》⑥等一系列介绍西方自然主义文学的文章,并辟第12卷号外"俄国文学研究",刊载高尔基、屠格涅夫等作家的现实主义文学作品,西班牙文学中的自然主义、现实主义文学也被纳入了介绍的范围。

文学研究会会员周作人、茅盾、郑振铎、沈泽民、胡愈之、赵景深、李青崖、樊仲云、金满城、张闻天、徐霞村等都曾译介西班牙文学。这些作家和学者多精通外文,茅盾、郑振铎、赵景深、周作人、沈泽民、胡愈之等通过英语转译西班牙文学,徐霞村、李青崖等通过法语转译。徐霞村曾呼吁将西班牙文学纳入外国文学的翻译和研究之内:"我们希望国内研究外国文学的人,能够分一部分的精力出来,共同努力,设法去开发这肥沃的处女地……无论从过去或未来着眼,我们对于这个遥远而伟大的国家都有注意的必要。"⑦ 其中,仅茅盾一人在1921—1928年就在《小说月报》等杂志发表了20余篇与西班牙

---

① 记者:《〈小说新潮栏〉宣言》,《小说月报》1920年第11卷第1期。
② 沈雁冰:《文学与人生》,《四川开江县县立中学校校友会会刊》1926年创刊号。
③ [日]岛村抱月:《文艺上的自然主义》,晓风译,《小说月报》1921年第12卷第12期。
④ 希真:《霍普德曼的自然主义作品》,《小说月报》1922年第13卷第6期。
⑤ 周赞襄、雁冰、长虹:《自然主义的论战》,《小说月报》1922年第13卷第5期。
⑥ [日]相马御风:《法国的自然主义文艺》,汪馥泉译,《小说月报》1924年第15卷号外。
⑦ 徐霞村:《西班牙的文化》,《文艺风景》1934年第1卷第1期。

文学相关的简讯、评论及翻译小说，介绍的作家包括伊巴涅斯、贝纳文特、巴罗哈、萨马科伊斯（Eduardo Zamacois y Quintana，1873 – 1971）、巴列 – 因克兰（Ramón de Valle-Inclán，1866 – 1936）等。文学研究会的相关刊物《小说月报》《文学周报》和《文学旬刊》是这一时期刊载西班牙文学译作的主要期刊。

19世纪下半叶，受巴尔扎克、左拉等法国作家以及托尔斯泰、陀思妥耶夫斯基等俄国作家作品影响，西班牙现实主义和自然主义文学逐渐兴起。与邻国法国的自然主义文学相比，西班牙的自然主义更为温和，对丑恶、阴暗和人的动物性描写更少，但更多取材地方风物。西班牙的现实主义与自然主义文学具有"风俗主义"（costumbrismo）和"地域主义"（regionalismo）特征。20世纪初译介到中国的西班牙文学作品以现实主义和自然主义的作家作品为主，包括阿拉尔孔、巴尔德斯、伊巴涅斯、金特罗兄弟、贝纳文特、克拉林（Clarín，1852 – 1901）、加尔多斯（Benito Pérez Galdós，1843 – 1920）、卡瓦耶罗（Fernán Caballero，1852 – 1901）等西班牙历史上知名的自然主义与现实主义作家。

第三节　伊巴涅斯作品译介概述

这一时期所译介的西班牙现实主义文学中，伊巴涅斯的作品占了极大比重。维森特·布拉斯科·伊巴涅斯是西班牙著名的自然主义小说家和政治家，一生创作文字达千万计，出版著作40余部，多为长篇小说。他的创作可以划分为三个阶段：第一阶段作品具有强烈的风俗主义和地域主义特征，小说结构洗练、人物形象突出、生动描摹了瓦伦西亚地区民众的现实生活，矛盾冲突强烈，充满风情，真实展现了大自然的残酷和不可调和的社会矛盾，代表作有《稻谷与马车》（*Arroz y tartana*）、《瓦伦西亚短篇小说集》（*Cuentos valencianos*）、《五月花》（*Flor de mayo*）、《茅屋》（*La Barraca*）、《芦苇和泥塘》（*Cañas y* barro）等。第二阶段为1902年移居马德里以后，代表作有《橙园春梦》(*Entre naranjos*)、《大教堂》(*La Catedral*)、《不速之客》(*El intruso*)、《酒坊》(*La bodega*)、《春尽梦残》(*La horda*)、《血与沙》(*Sangre y Arena*)、《死者为王》(*Los muertos mandan*) 等。这一时期的作品深入细致刻画了西班牙传统中愚昧、落后的一面，包括马德里在内的城市与乡村社会贫富差距悬殊，各阶层生活状态迥然不同，传统思想、宗教信仰、风俗习惯等等一并铺呈在读者面前，人物之间的冲突因为社会固有矛盾而加剧，主人公受各种不利因素牵制，受到不公正的待遇，即使拼尽全力，往往也无法实现自己的职业理想，无法拥有完满的爱情。第三阶段为晚年时期，这一时期作品主题主要是反战、反对专制和宣扬人道主义，代表作品有《启示录的四骑士》(*Los Cuatro Jinetes del Apocalipsis*)、《我们的海》(*Mare nostrum*)、《妇女的敌人》(*Los enemigos de la mujer*)、《为西班牙反国王——揭开阿方索十三世的假面具》(*Por España y contra el Rey*)。由于最后这本小册子严厉抨击了西班牙国王和里维拉将军的独裁统治，他被禁止进入西班牙，1928年病逝后遗体被禁止运回西班牙，引起了包括中国在内的世界各国知识分子和读者的同情和愤慨。

20世纪初，伊巴涅斯是世界范围内知名度最高的西班牙作家，戴望舒曾提到，"维森德·勃拉思戈·伊巴涅思却是西班牙作家最早博得世界声誉的一个"①，其作品在多国畅销，20年代伊巴涅斯的小说中有7部被改编成电影，《文学周报》的报道中写道："不但《激流》的电影在上海演过，就是《四骑士》《血与沙》《妇人之敌》《女诱惑者》《我们的海》也都在上海演过。"②

1921年《启示录的四骑士》在美国上映时，一举超过卓别林的《寻子遇仙记》成为当年票房之最，是美国电影史上票房最高的十部默片之一。1922年在上海上映，中文片名为"儿女英雄"。1928年为

---

① 戴望舒：《西班牙近代小说概观》，《矛盾月刊》1934年第2卷第5期。
② 博董：《最近文艺偶笔》，《文学周报》1928年第301—305期。

悼念伊巴涅斯的逝世，在上海重映。李青崖曾引述一位朋友的话证实《儿女英雄》与伊巴涅斯在上海的知名度：

> 在三五年以前，上海至少一二万人，是知道伊巴臬兹的。……这都是他那本《儿女英雄》的电影的功效。现在这本电影又快要到上海来，那末知道这位大吕宋的大文豪的人数，在上海自然又要增加了。……过了六七个星期，那本电影开演的广告，果然在上海的各种日报上登载出来，其中宣传的口气异常之大，譬如什么用了几百几百的演员，花了几十万几十万的金洋钱之类。①

《儿女英雄》充满金钱味的宣传虽然吸引了观众，但引起了一些人的反感，其中就包括鲁迅，他在《面包店时代》的前言中嘲讽伊巴涅斯的商业味太浓："巴罗哈同伊本涅支一样，也是西班牙现代的伟大的作家，但他的不为中国人所知，我相信，大半是由于他的著作没有被美国商人'化美金一百万元'，制成影片到上海开演。"② 虽然《启示录的四骑士》的小说及电影在国内传播很广、影响很大，但作品本身在艺术上没有很大特色，作品的艺术价值并没有获得作家群体的广泛认可。

据统计，1936 年之前，国内出版的伊巴涅斯译著有 5 部；刊载在报纸杂志或收入合集中的译文 20 余篇；有 30 余篇简讯和评论。20 余位学者翻译过其作品，包括沈雁冰、胡愈之、周作人、李青崖、伍光建等知名翻译家和作家，译文收录在《新青年》《东方杂志》《小说月报》等有影响力的刊物，有些作品被多次转载或收入合集，译著则多次再版重印，证实其小说在中国的传播非常广。

---

① ［西］伊巴臬兹：《启示录的四骑士》，李青崖译，北新书局 1929 年版，第 1 页。
② ［西］巴罗哈：《面包店时代》，鲁迅译，《朝花》1929 年第 17 期。

第四节　胡愈之对伊巴涅斯的译介

据资料，胡愈之是伊巴涅斯在国内的第一位译介者，1920年他通过英语翻译，并在《东方杂志》第17卷第24期发表了短篇小说《海上》，附作者小传介绍伊巴涅斯的生平和文学创作。《海上》先后于1933年和1935年被收录在上海光华书局出版的、由谢六逸编的《模范小说读本》以及然而社出版部的《世界短篇小说名作选》中。

胡愈之是文学研究会成员之一，主张以改造社会、改造传统文学为目的，进行外国文学——尤其是写实主义文学的译介。与《海上》同期，他还发表了《近代文学上的写实主义》[①]，这是国内第一篇系统介绍西方写实主义的文章，对写实主义文学思潮进行了梳理，提出作为浪漫主义的对立面，写实主义的出现源于实证主义的兴起和社会矛盾的加剧，并从文学进化论的角度出发，提出虽然在西方文学中，新的文学思潮已经取代写实主义，但写实主义对于中国文学依然有启蒙意义、契合中国文学发展的现实需求，因此，他号召翻译写实主义文学。此外，当时国内出现了打着模仿西方写实主义小说之名的粗制滥造的黑幕小说之类，胡愈之提出只有译介真正的写实文学才能扫除不良文学的影响。

胡愈之对《海上》的译介是他翻译写实主义文学的具体实践。《海上》是一篇具有强烈现实主义色彩的短篇小说，叙述了瓦伦西亚渔民安托尼迫于生计，冒险与其他渔民前往深海捕鱼的故事，虽然最终捕到了鱼，可是九岁的儿子不幸溺亡。小说具有非常明显的写实主义文学特色，描写了在海上与自然搏斗的生动场面，突出了大自然的残酷无情和渔民生活的艰难。

《海上》是胡愈之较早翻译的欧洲写实主义小说，在1920—1923

[①]　愈之：《近代文学上的写实主义》，《东方杂志》1920年第17卷第1期。

年担任《东方杂志》编辑期间，作为该刊文学部分主要的翻译者，他广泛翻译了欧洲和近东十余个国家的二十多位作家各类文学体裁的作品，包括伊巴涅斯的《海上》以及贝纳文特的戏剧《怀中册里的秘密》。

胡愈之的翻译实践证明中国新文学运动的作家们对写实主义小说的重视，其目的在于依靠他山之石——西方写实主义小说，推动本民族文学启蒙和发展，这是伊巴涅斯的小说来到中国的重要文化语境。

第五节　周作人对伊巴涅斯的译介

1921 年周作人先后译介了两篇伊巴涅斯的短篇小说，其中《癫狗病》载《新青年》第 9 卷第 5 期，该小说转译自艾萨克·戈德堡（Isaac Goldberg）的英语译本《露娜·贝纳莫尔》（*Luna Benamor*）[①]，另一篇《意外的利益》收录在由商务印书馆出版的、周氏兄弟合译的《现代小说译丛》（第一集）。周作人的翻译引起了中国读者对伊巴涅斯的关注，戴望舒就在《良夜幽情曲》译者题记中提到"伊巴涅思在中国是常被说起的，但是短篇除周作人先生译过他一篇《意外的利益》（载《现代小说译丛》）外，我还没有见过有人翻译过……"[②]

周作人是推动现实主义文学在中国译介与传播的重要作家，他对伊巴涅斯的译介与他所受到的西方 19 世纪人道主义思想的影响有关。1918 年他发表了《人的文学》一文，提出新文学应该是以"人道主义为本"的"人的文学"："其中又可以分作两项，（一）是正面的，写这理想生活，或人间上达的可能性。（二）是侧面的，写人的平常生活，或非人的生活，都很可以供研究之用。这类著作，分量最多，也最重要。因为我们可以因此明白人生实在的情状，与理想生活比较出

[①] Vicente Blasco Ibáñez, *Luna Benamor*, trans. Isaac Goldberg, Boston: John W. Luce and Co., 1919.

[②] 戴望舒：《题记》，载［西］伊巴涅思《良夜幽情曲》，戴望舒译，光华书局 1928 年版，第 2 页。

差异与改善的方法。"① 周作人对"人的文学"的阐释呼应了写实主义文学和平民文学的主张。

伊巴涅斯的《癫狗病》是一出现实主义的悲剧。小伙巴斯加勒忒原本拥有健康的体魄、平凡而幸福的生活,一日在回家途中不幸被疯狗咬伤,感染了癫狗病(即"狂犬病")。村里的医生束手无策,年迈的父母只能眼睁睁看着青年被狂犬病折磨致死,失去人生唯一的希望。在贫穷落后的瓦伦西亚农村,农民面对狂犬病流行除了祈祷别无他法。伊巴涅斯生动描绘了青年一次次发病的惨状:"……从眼眶里突出的眼睛,他那青黑的脸色,他那扭曲,像是被拷打的兽,伸着舌头,在那不可满足的渴的苦痛中,喷着泡沫而喘息。"② 父母只能将他捆绑在一间屋子的大床上,具有悲剧性意味的是,这张床和这间屋原本是为青年不久后结婚准备的。

另一篇《意外的利益》讲述了下层社会善良人所受的不公正待遇。主人公抹大拉为生活所迫,时不时做些偷鸡摸狗的事,某次协助"秃子"去一户人家盗窃,分赃时"秃子"拿走了几乎所有赃物,只给抹大拉留了几个铜钱和一条被子。抹大拉在这条被子里意外发现行窃时的"意外的利益"——失窃人家的婴儿,善良的抹大拉冒着风险把婴儿送回,反而被当场抓住,锒铛入狱。伊巴涅斯本人也因为抗议当局,多次入狱,因此把抹大拉的监狱生活描写得绘声绘色。周作人引用福特教授的评论:"这一篇小说大约是他下狱中见闻的回忆,可以看出他的特色的一斑。"③

译介伊巴涅斯的另一个原因是周作人对于"被侮辱与损害"民族文学的兴趣。在《现代小说译丛》第一集序言中,周作人提出了译介弱小民族文学的意义:

---

① 周作人:《人的文学》,《新青年》1918 年第 5 卷第 6 期。
② [西]伊巴涅支:《癫狗病》,周作人译,《新青年》1921 年第 9 卷第 5 期。
③ 周作人译:《现代小说译丛》第一集,商务印书馆 1922 年版,第 292 页。

……我们生活的传奇时代——青年期,——很受了本国的革命思想的冲激;我们现在虽然几乎忘却了《民报》上的文章,但那种同情于"被侮辱与损害"的人与民族的心情,却已经沁进精神里去:我们当时希望波兰及东欧诸小国的复兴,实在不下于章先生的期望印度。直到现在,这种影响大约还很深,终于使我们有了一国传奇的异域趣味;因此历来所译的便大半是偏僻的国度的作品。①

西班牙虽然不属于"波兰及东欧诸小国",但收录在这部译丛中的《意外的利益》和《癫狗病》描写的都是社会底层被侮辱和被伤害的人物的遭遇,他们本性善良,但遭遇了不公正的待遇,被厄运纠缠,属于被伤害的人群。

周作人的个人经历使他对伊巴涅斯的作品产生共鸣。他曾提出:"我相信翻译是半创作,也能表示译者的个性,因为真的翻译之制作动机应当由于译者与作者之共鸣。"②周作人非常爱好《癫狗病》,在《育婴刍议》附记中提到:"有时又忽然爱好深刻痛切之作,仿佛想把指甲尽力的掐进肉里去,感到苦的痛快。在这时候,我就着手译述特别的文字,前年在西山养病时所译的《癫狗病》(新青年九卷)和这篇《刍议》都是一例。"③周作人转引福特的评论形容伊巴涅斯的风格:"没有愉快的东西减轻悬在这些著作里的图画上的暗影;他是一个艺术家,只将阴暗与穷苦的景色,放到画布上去,排除所有表示光明与悦乐的东西。但是他终是一个有确实的技工的艺术家,虽然他的题材与色彩的选择只要给与一种惨淡的印象。"④在《空大鼓》的序言中,周作人又一次提到:"我最喜欢的是库普林的一篇《晚间的来客》,和伊巴涅支的《癫狗病》,这是一九二一年我在西山养病时所

---

① 周作人译:《现代小说译丛》第一集,商务印书馆 1922 年版,第 1—2 页。
② 岂明:《"艺术与生活"序》,《语丝》1926 年第 93 期。
③ 周作人:《附记》,见《育婴刍议》,《民国日报·觉悟》1923 年第 9 卷第 30 期。
④ 周作人译:《现代小说译丛》第一集,商务印书馆 1922 年版,第 291—292 页。

译,是登在《新青年》上最后的一篇小说了。一九二三年秋天我译英国斯威夫德（Swift）的《育婴刍议》（A Modest Proposal）的时候,在附记里曾说及这《癫狗病》……"① 1920 年 12 月周作人突然感染肋膜炎,在医院住了 60 多天,之后又静养至 1921 年 9 月才返家。肋膜炎和狂犬病一样,反复发热,使病人陷入昏沉的状态。周作人在《过去的生命》中写道:"我仍是睡在床上,/亲自听他沉沉的,缓缓的,一步一步的,/在我床头走过去了。"② 在西山养病期间,周作人创作了一篇散文《一个乡民的死》,一个平凡的农民得了肺病,只能在家慢慢等着疾病一点点把他消耗掉,善良的乡民们抹去了他的赊账,自发给他烧纸。对疾病的无奈和恐惧,对村民的"善"的书写,和《癫狗病》有一些相似之处。

第六节　茅盾对伊巴涅斯的译介

茅盾曾围绕伊巴涅斯作品的"写实主义"两度发表对他的评论:1921 年发表在《小说月报》第 12 卷第 3 期上的《西班牙写实文学的代表者伊本讷兹》,全篇约 7500 字,是国内最早对伊巴涅斯及其作品的全面评价,也是茅盾译介西班牙文学的开端;1928 年伊巴涅斯逝世,茅盾以笔名沈余在《贡献》第 2 卷第 1 期发表长评《伊本纳兹》,向他致敬。此外,他还发表了关于伊巴涅斯小说的书评《英译的五月花》和《五月花》,评论《文学家与社会问题》和《欧洲大战与文学:为欧战十年纪念而作》中也含有讨论伊巴涅斯的文字。通过对伊巴涅斯作品的评价和分析,茅盾具体阐释了"写实主义"的特点:

---

① 周作人:《序》,载［俄］托尔斯泰等《空大鼓》,周作人译,开明书店 1928 年版,第 Ⅱ 页。
② 周作人:《病中的诗:二、过去的生命》,《新青年》1921 年第 9 卷第 5 期。

首先，茅盾发掘了伊巴涅斯作品中的"平民文学性"。伊巴涅斯支持宗教信仰自由、平民教育，支持推行议会制或共和制。他的作品取材下层社会，坚持反映真实的生活，与当时西班牙保守派文学避免纯粹现实主义、避免对丑陋污秽的事物和悲惨贫穷的生活进行描写，并对现实进行不同程度的美化截然不同。伊巴涅斯在小说中描写了社会底层人民的生活，将丑恶的、肮脏的一面展示在读者眼前，他的作品中，《海上》《落海人》《蛤蟆》塑造了渔民、船员、鱼贩等人群的形象，《癫狗病》《蛊妇的女儿》《疯狂》写的是山民和农民，《提穆尼》（又译《醉男醉女》）写酒徒，《愁春》写园艺工人，《意外的利益》《女囚》写盗贼和囚犯，《奢侈》写失足女，等等。他的小说取材于贫民，与茅盾"扫除贵族文学的面目，放出平民文学的精神"的主张吻合。茅盾评论道："美丽而富庶的瓦冷西阿，以及它的质朴粗野的好心的人儿，在那些短篇小说里，有真实的反映。正和他的政治上的平民主义相应，这些小说的题材也都取自下层社会。"① 茅盾还指出，伊巴涅斯对人性善恶的描写非常成功，他笔下的恶人却有着善心，只是没有经过教育，粗野了些，而满嘴说着漂亮话掩饰自己的罪恶的人，才是伊巴涅斯要抨击的对象。

其次，茅盾认为伊巴涅斯创作的问题小说反映了当下的矛盾。伊巴涅斯能够洞悉新旧社会冲突，观照社会现实，反映新旧斗争和他所生活的时代的矛盾，即代表现代化的、资本主义的事物与传统的、农业社会的、无产阶级的事物之间的矛盾。"我们在他的作品内，看见老舵工怨嫉地目视汽船代替了他的木船；看见老酒商怀念他们的过去的好日子，那时，人工酿的车厘酒（Sherry）还可以卖好价钱，不曾被廉价的机器制酒夺了买主；我们看见牧师的势力发生了动摇；我们又看见世家子竟解除了他的贵阀门第的枷锁，和犹太女子或是别的社会地位极低的小家女儿发生了恋爱。"② 茅盾分析了伊巴涅斯的一系列

---

① 沈余：《伊本纳兹》，《贡献》1928年第2卷第1期。
② 沈余：《伊本纳兹》，《贡献》1928年第2卷第1期。

问题小说，如：《茅屋》中斗得同归于尽的两帮村民实际都是不幸的人；《大教堂》揭示了教会和政治的关系，主人公从托莱多的大教堂走出去，游历欧洲，成了革命家又坐了牢，虽然垂暮之年回到大教堂，然而"他的生活最有价值而且有意味，因为世界上已经富有了他的鼓动了"①；《血与沙》抨击西班牙的国技——斗牛，主人公为追求金钱和名誉死在了斗牛场上，而"当他的尸身抬出去，全场的观众正呶呶然要求把斗牛戏的节目继续做到底……在《血与沙》的斗牛场，我们透过了那浓厚的犷气而看见西班牙的民族性；在摆底斯德的困苦中，我们又看见了后面的大问题——土地问题"②。伊巴涅斯描写了真实的社会，毫不遮掩地反映了社会冲突和矛盾，他的写作以极力攻击西班牙旧风俗习惯与旧社会秩序为目的，因而在阅读他的作品时，"他给你的印象，给你的感想，决不是单面的浅的简易的，他给了你很复杂深刻的印象，需要你去反复寻绎"③。

再次，茅盾提出伊巴涅斯的描写手段值得中国文学借鉴。他多次将伊巴涅斯对景物和人物的逼真自然的描写比作"木炭画"："伊本讷兹描写景物的深切，以及他那木炭画似的人物写真却确是他著作中的精金，有不朽的价值，并能在世界文学中占一个地位。……伊本讷兹《风波》的鱼市描写，也就令人感觉得鱼腥了。这澈骨的鱼腥真叫人不能回避，甚至读完全书之后，还尽管是觉得瓦伦西亚的民风，描写在这本书中的，很像精美的木炭画，粗疏的几笔，又逼真又自然，又活动，真叫人有亲临其地的感想。"④ "他的人物也是木炭画，而不是精致的油画。是罗丹的雕像。他并不细写他们的容貌，可是当你既把全书读完，他们的极清晰的面貌，就在你眼前站着，再也不肯离开了。"⑤ 文学与美术本就有相通之处，茅盾不是唯一一个将写实主义的

---

① 沈余：《伊本纳兹》，《贡献》1928年第2卷第1期。
② 沈余：《伊本纳兹》，《贡献》1928年第2卷第1期。
③ 沈余：《伊本纳兹》，《贡献》1928年第2卷第1期。
④ 沈雁冰：《西班牙写实文学的代表者伊本讷兹》，《小说月报》1921年第12卷第3期。
⑤ 沈余：《伊本纳兹》，《贡献》1928年第2卷第1期。

笔法比作绘画技法的人，最早提出写实主义文学主张的陈独秀曾把"写实主义"与绘画联系起来，称"写实主义"是"文学美术者"描述人生真相的重要方法。

第七节　戴望舒对伊巴涅斯的译介

戴望舒同样爱好茅盾所说的"木炭画"般的描写技巧，他说："他的木炭画似的风格和麦纽艾（menuet）似的情调是我所十分爱好的。在闲空的时候，我随便将他的短篇译了些；这完全是由于我对于他的过分的爱好的本能的冲动。"① 伊巴涅斯是戴望舒翻译的第一位西班牙作家，戴望舒则是当时翻译伊巴涅斯短篇小说数量最多的人，共译有12篇。1928年由光华书局②出版了由戴望舒和杜衡合作翻译的《伊巴涅思短篇小说集》，分为上卷《良夜幽情曲》和下卷《醉男醉女》。

茅盾曾说③，译介伊巴涅斯作品有两点必须注意，其一是"要把描写景物之美译出来"，其二是"要把他木炭画似的人物写真译出来"，这两点在戴望舒的译作中得到了体现。《落海人》将夜晚的海上行船写得十分唯美："夜是美丽的，一个春夜，带着点点的繁星。那清凉又很有点不规则的海风，有时吹满了三角形大帆，使桅杆呻吟起来，有时突然地息了，于是那大帆像昏晕了一样地落下，发着一种拍翅的高响声。"④《蛊妇的女儿》细致描画了寡妇玛丽埃塔的外貌："她有那惨白又像蜡一样透明的皮肤，时时还渲染上一层娇红的颜色；黑色的眼睛，绽裂如杏仁，生着很长的睫毛；脖子很美丽，有两条横皱纹，益烘托出她的洁白的肤色的光彩来。她的身裁颀长，胸部丰满，

---

① ［西］伊巴涅思：《良夜幽情曲》，戴望舒译，光华书局1928年版，第1页。
② 因光华书局更名，1928年初版和1929年2月版为光华书局，1935年版为大光书局。
③ 沈雁冰：《西班牙写实文学的代表者伊本讷兹》，《小说月报》1921年第12卷第3期。
④ ［西］伊巴纳兹：《落海人》，戴望舒译，《中央日报》1928年10月24日第1版。

在黑衣下，稍稍一动起伏不平便显了出来。"① 戴望舒译的大部分伊巴涅斯作品是依据法语版的《西班牙爱和死的短篇》转译而来的，从法语翻译西班牙语作品更有优势：法国与西班牙相邻，两国语言同属罗曼语族，文学交流密切。戴望舒译介的伊巴涅斯作品语言优美，广受读者欢迎。滕威认为，从西文对照来看，戴望舒译的《失在海上》和胡愈之译的《海上》相比，"戴译更准确，更完整"②。此外，《良夜幽情曲》和《醉男醉女》曾多次再版，2018年天地出版社编辑出版了简体字版的《醉男醉女》，证明戴译伊巴涅斯小说依然具有文学价值。

第八节 李青崖对伊巴涅斯的译介

1929年北新书局出版了伊巴涅斯的长篇小说《启示录的四骑士》，是该书局"欧美名家小说丛刊"之一，1939年更名为《四骑士》由商务印书馆再版。译者李青崖（1886—1969），名允，号青崖，湖南人，翻译家、教育家，是"我国从法语原文翻译法国小说的第一人"③，译著以批判现实主义作家莫泊桑的作品最为知名。李青崖是一位爱国知识分子，他通过翻译传播西方国家的革命经验，鼓舞国人挽救国家于危亡，其译介产生了广泛影响。余中先提出，李青崖翻译的作品"多为写实主义，甚至是自然主义，当然也有一些浪漫主义的味道。这大概跟李青崖先生当时的'接受环境'有关，那时应是20世纪20—30年代，中国社会内忧外患，面临军阀混战的祸害以及日本侵略的威胁，中国读者需要了解和阅读以批判社会为特色的这一类文学，需要知道像莫泊桑的这些描写普法战争期间普通法国人生活状态的作品，需要

---

① ［西］V. Blasco-Ibanez：《蛊妇的女儿》，望舒译，《未名》1928年第1卷第2期。
② 滕威：《"过气"大师伊巴涅斯》，《读书》2019年第2期。
③ 吴岳添：《序三：我国从法语原文翻译法国小说的第一人》，载［法］左拉《饕餮的巴黎》，李青崖译，郑州大学出版社2022年版，第11页。

以这样充满真诚的人性之味的进步作品来激励自己，奋起自救"①。

与他翻译的法国现实主义文学一样，李青崖译《启示录的四骑士》与该小说的战争主题和现实主义内核有密切关联。《启示录的四骑士》是一部关于第一次世界大战的小说。1914年伊巴涅斯前往巴黎时，第一次世界大战爆发，于是他开始创作反战小说《启示录的四骑士》。1916年小说出版时正是第一次世界大战如火如荼之际，国际社会对战争的关注度很高，因此1918年即被译成英语在美国出版，十分畅销，又被改编为电影在全球上映。小说讲述了欧战中同祖同宗的一个法国家庭和一个德国家庭的经历：法国人马塞洛移民阿根廷，与一庄园主的长女成婚，之后带着一双儿女回到法国；庄园主的幼女嫁给了德国人卡尔，全家回到德国。第一次世界大战爆发使原本同根生的两家人，因为分别代表战争中对立的两方面而成了仇人。最终，马塞洛和卡尔的儿子都死在了战场上。

李青崖认为，反对战争、宣扬人道主义是这部小说的价值所在："伊巴臬兹生于萎靡不振的西班牙，在空前大祸的欧战里，当然小则感到弱小民族有亟图自卫的必要，大则感到人道主义将因战祸而灭亡，所以便抓住这个因自卫而受了蹂躏的法国做题材，又引用《启示录》这段预言，去唤醒世人对于战祸可怕的记忆力。"② 李青崖企图借助译介《启示录的四骑士》，让民众了解战争的残酷、外国青年面对战争威胁的英勇，引发国人对自身处境的思考，激扬国人的爱国情感和反抗精神。当时中国和西班牙一样也面临战争这场"空前大祸"的威胁，作为受压迫和侮辱的国族，中国民众唯有像小说中的法国民众一样，拿起武器自卫，否则将面临国家的沦陷和人道主义的灾难。他在译者序言中描述了自己如何被爱国的法国青年们踊跃入伍保家卫国的场面震撼和感动：

---

① 余中先：《序二：读李青崖，了解莫泊桑、左拉和其他》，载［法］左拉《饕餮的巴黎》，李青崖译，郑州大学出版社2022年版，第10页。
② ［西］伊巴臬兹：《启示录的四骑士》，李青崖译，北新书局1929年版，代序第4页。

……就是那幕欧战初起时在动员令下的巴黎。瞧着那些拿着入伍证到军政机关去报名入伍的汉子的踊跃情形,真感到健全民族对于强敌压境的好现象,一面听着那音乐台上所奏的马塞军歌,竟使我浑身连骨髓仿佛都发抖似的。我那时几乎随着那军歌的调子,竟想模仿《羊脂球》里的戈吕德,高声在银幕下的微光里唱起这几句歌来:

爱国的至情,

你来引导来扶持我们的复仇手臂罢。

自由,钟情的自由,

指挥你那些防御者赴敌罢!①

以伊巴涅斯小说为代表的西班牙现实主义文学反映了19世纪末20世纪初西班牙以至欧洲的现状,社会中普遍存在的矛盾冲突,具有强烈的社会批判精神,对平民的关怀和反对战争的人道主义情怀,富于正义和道德意义,切合了李青崖等知识分子反映欧洲战时社会,打破旧文学,培育"写实的""为人生的"新文学的迫切需求,体现了主体对文学思潮的选择性接受。

---

① [西]伊巴枭兹:《启示录的四骑士》,李青崖译,北新书局1929年版,代序第8—9页。

第三章　弱小民族文学译介的兴起
——巴罗哈作品的译介与接受

第一节　对西班牙文学弱小民族文学身份的构建

鸦片战争以后中国逐渐沦为半殖民地，随着西方民族主义思想的东渐，近代民族意识开始萌发。"弱小民族"概念的萌发可追溯至1904年，陈独秀在《说国家》[①]一文中将世界上的国家分为"被外国欺负"的国家和"列强国家"。1911年李绍裘在《帝国主义侵略弱小民族的方式》[②]一文中将"弱小民族"定义为受到"帝国主义国家"军事、经济和文化侵略的国家。1919年李大钊的《联治主义与世界组织》[③]、陶孟和的《万国联盟及其当存在之理由》[④]、穗庭的《朝鲜独立运动感言》[⑤]等都使用了"弱小民族"，指受列强压迫的小国。随着民族意识的加强，在20年代"弱小民族"被广泛接受和使用。1921年在《太平洋会议与太平洋弱小民族》[⑥]一文中，陈独秀将印度、波兰等被殖民国家称为"弱小民族"，并在1925年《列宁主义与中国民

---

① 三爱：《说国家》，《安徽俗话报》1904年第5期。
② 李绍裘：《帝国主义侵略弱小民族的方式》，《邵中学生自治会期刊》1911年，期次不详。
③ 李大钊：《联治主义与世界组织》，《新潮》1919年第1卷第2期。
④ 陶履恭：《万国联盟及其当存在之理由》，《太平洋》1919年第2卷第2期。
⑤ 穗庭：《朝鲜独立运动感言》，《新潮》1919年第1卷第4期。
⑥ 陈独秀：《太平洋会议与太平洋弱小民族》，《新青年》1921年第9卷第5期。

族运动》① 中号召联合全世界被压迫的无产阶级与被压迫的弱小民族，推翻国际资本主义、帝国主义的统治与剥削；1924年瞿秋白的《十月革命与弱小民族》② 一文呼吁弱小民族携手对抗强大民族的资产阶级的压迫与剥削。

在文化与文学领域，对于弱小民族的关注体现在对其文学的关注上。部分五四知识分子认为，要构建现代民族，就需要与传统思想和文化决裂，并引入西方现代思想，译介外国文学是了解世界民族和构建本民族身份的重要手段，因此译介"弱小民族文学"带有显著的民族意识启蒙的意义。

历史上的西班牙曾是一个殖民强国，15—16世纪鼎盛时期远超英国等后发殖民国家，以国土面积来说，西班牙是英国的将近2倍，因此，将西班牙文学划入"弱小民族文学"是否合理？正如前文所述，在20世纪初的语境中，"弱小民族"与"帝国主义""压迫者""剥削者"等相对，并非从国土面积和人口来界定，因此"弱小民族"是一个相对的、动态的概念。宋炳辉教授在《弱势民族文学在中国》一书中将"弱小民族"的概念修正为"弱势民族"，旨在"更加凸现民族关系中的文化地位和情感、价值态度及其象征表现"，并指出"小"不是简单地指涉人口、领土、经济实力，而是侧重"民族文化、民族心理及其象征表现"的内涵。他将"欧洲弱势民族（英、法、德、意、俄等国之外的欧洲诸国）的文学"纳入"弱势民族文学"，并提出"弱势民族"是一个"想象的共同体"：

> 所谓"弱势民族"，其含义并非一成不变，它是相对于本民族国家的现状及其在世界格局中的地位而言的。居于这种变化，在考察20世纪中外文学关系时，必须注意到，作为一种现代文学话语，弱势民族文学的具体所指也不是固定不变的，它在中国现

---

① 陈独秀：《列宁主义与中国民族运动》，《新青年》1925年第1期。
② 瞿秋白：《十月革命与弱小民族》，《向导》1924年第90期。

代文学话语的整体中具有相对性和流行性的特征，对它的语义分析也必须放在具体的历史语境中，综合考察主客体两个方面的因素。①

在20世纪初的中国，"西班牙"是如何被纳入"弱小民族"这一"想象的共同体"的？相对应的"西班牙文学"又是如何被逐步构建为"弱小民族文学"的？

长期以来，在两国文化交流中，西班牙的国家状态以及在世界格局中所处的地位，契合了中国学者对"弱小民族"的想象。国内对西班牙"弱小民族"的构建始于晚清，这一时期中国政治和文化界对西班牙国内乱局和海外殖民地的丢失已经非常关注。截至目前，通过晚清期刊全文数据库和民国时期期刊数据库搜索关键词"西班牙"或"日斯巴尼亚"②，1870—1912年共有相关信息3643条，报道西班牙近闻与国事评论的报刊有《万国公报》《西国近事汇编》《秦中书局汇报》《东西洋考每月统记传》《教会新报》《中西闻见录》《益闻录》《述报》《中西教会报》《时务报》《萃学报》《实学报》《知新报》《东亚报》《清议报》等，所载与西班牙政治局势有关的报道多从西方和日本的报刊上翻译而来。

二三十年代，中国学者通过译介伊巴涅斯、萨马科伊斯等人的现实主义文学和包括巴罗哈、阿索林等人在内的"九八年一代"作家作品，进一步构建了西班牙文学"弱小民族文学"的身份。"九八年一代"作家群体形成于1898年美西战争后，这一群体在文学上的改革策略之一是在文学作品中揭露西班牙社会落后愚昧的方方面面，推动西班牙走上西欧国家"健康""民主"的道路。因此，国内翻译家通过翻译这一群体作家的作品，接触到的便是"弱势""被侮辱"的西班牙，西班牙作家笔下"被侮辱和损害的人"引起

---

① 宋炳辉：《弱势民族文学在中国》，南京大学出版社2007年版，第17页。
② "日斯巴尼亚"即"España"（西班牙）的音译。

了中国译介者和读者们深刻的同情和共鸣。例如,赵景深在介绍西班牙文学时,强调其文学中"反映贫民生活""揭露社会阴暗面"和"反对专制"等方面,他所用的文章——《伊本纳兹的贫民》《悲惨的西班牙人》等——标题显示了他对西班牙文学的阐释具有"弱势民族文学"的倾向。

周作人、茅盾、戴望舒、卞之琳和鲁迅等都曾通过翻译参与西班牙文学"弱小民族文学"的构建。

周作人所译的伊巴涅斯小说《癫狗病》与《意外的利益》,讲述的都是"被侮辱与损害"的善良的下层人民的故事。《意外的利益》曾被收入《现代小说译丛》,影响了不少青年学者,使他们产生了翻译西班牙等欧洲弱国文学的兴趣。施蛰存曾三次翻译西班牙作家作品,他说:"最先使我对于欧洲诸小国的文学发生兴趣的是周瘦鹃的《欧美短篇小说丛刊》。其次是《小说月报》的《弱小民族文学专号》,其次是周作人的《现代小说译丛》,这几种书志中所译载的欧洲诸小国的小说,大都篇幅极短,而又强烈地表现着人生各方面的悲哀情绪。这些小说所给我的感动,比任何一个大国度的小说所给我的更大。"①由他担任编辑或主编的刊物——《无轨列车》《新文艺》《现代》刊载过西班牙作家巴罗哈、阿索林等人作品。

茅盾在推动西班牙文学被建构为"弱小民族文学"的过程中发挥了重要作用。他所主编的《小说月报》1921年第12卷第10期被辟为"被损害的民族的文学号",对弱小民族文学在中国的译介、传播与接受产生了深远影响。虽然没有西班牙文学作品入选这一专号,但是在这一专号的推动下,越来越多的弱势国家文学被译介到中国,国内译介西班牙文学作品的数量在这一时期大大增加。茅盾本人在译介过程中极为关注西班牙作家笔下"所损害和被侮辱的人",在《西班牙现代小说家巴洛伽》一文中,他写道:"巴洛伽也和俄国的一般作家相像,爱那些被损害与被侮辱的人们;流浪的青年,亡命的党人,是他

---

① 施蛰存:《北山散文集》(二),华东师范大学出版社2001年版,第1223页。

著作中的英雄，他的杰作都是描写该一方面的。"① 他对伊巴涅斯的小说《茅屋》中的贫困村民抱有深切同情："一部被视为乡土小说的作品，然而涵着一个重要的社会问题。我们同情于摆底斯德，我们也不能憎恨那些村人。他们都是不幸的人，然而他们争斗，同归于尽。"②1927 年，茅盾从英译本译出了萨马科伊斯的小说《他们的儿子》(*Their Son*)，连载在《小说月报》第 8 和第 10 期，1928 年商务印书馆出版了这部中篇小说，1931 年再版，是"文学研究会丛书"之一。《他们的儿子》讲述"被损害和被侮辱"的下层社会的善良工人苏莱达的不幸人生。他是一名朴实、勤劳的蒸汽火车机车手，为了增加收入，他将家里的一间屋子转租给了朋友勃伦伽——一个寻花问柳、狂饮滥赌的青年。由于苏莱达常年在外工作，给了心性不定的妻子和勃伦伽机会，但苏莱达从不怀疑两人，且非常宠爱妻儿。当从他人口中得知妻子与勃伦伽偷情后，苏莱达约勃伦伽决斗并杀死了他，因此入狱二十年，出狱后却被品行恶劣、越来越像勃伦伽的儿子捅死。

赵景深、戴望舒、卞之琳和徐霞村译介了多篇阿索林的散文小说，将西班牙衰落的面貌呈现在中国读者面前。阿索林作品中较多出现的是古老的国家和默默无闻的劳动者，他主张从传统中挖掘高贵的西班牙精神。以《劳动者》(又译《一个劳动者》)为例，主人公是一个勤劳能干、一贫如洗的农民，他的身上散发着西班牙农民的朴素、乐观和隐忍气息，是一个典型的受压迫受侮辱的人民的代表。1947 年《中国工人丛刊》转载这篇小说时，编者在文末写道：

……我们周围不是也有很多这样的人吗？他良善勤劳，但是却生活得贫困潦倒，他又迷信命运，以为这一切都是上帝安排的，并不是什么社会制度的罪恶，他明明懂得很多很多实际的学问，世人却认为他没有智识……未曾组织起来的劳动者，因为看不见

---

① 沈雁冰：《西班牙现代小说家巴洛伽》，《小说月报》1923 年第 14 卷第 5 期。
② 沈雁冰：《伊本纳兹》，《贡献》1928 年第 2 卷第 1 期。

第一部分　启蒙之声:20世纪初西班牙文学的译介与接受(1913—1936)

本身的力量,所以容易表现得软弱和迷信命运,但是当城市里出现了大工厂,大批工人组织起来,看清自己的力量可以改造社会的时候,劳动者就再不是这样的可怜虫了。①

鲁迅在近代翻译史上的一大贡献是提倡弱小民族文学的译介,这一主张具有民族思想启蒙的意义。1907年,他在《摩罗诗力说》中介绍弱势民族的作家以及为民族独立解放呐喊的进步作家。1909年周氏兄弟的《域外小说集》开弱小民族文学译介的先河,共收录了13位作家共38篇文章,近半为弱小民族文学。鲁迅十分关注东欧等地的弱小民族,对这些同病相怜的民族心有戚戚,他在《破恶声论》中写道:"至于波兰印度,乃华土同病之邦矣……使二国而危者,吾当为之抑郁,二国而陨,吾当为之号咷……"② 在被压迫民族的国民身上,他看到了弱者不惧强者的反抗精神,因而开始译介弱小民族文学,他在《我怎么做起小说来》中写道:"……注重的倒是在绍介,在翻译,而尤其注重于短篇,特别是被压迫的民族中的作者的作品。因为那时正盛行着排满论,有些青年,都引那叫喊和反抗的作者为同调的。……因为所求的作品是叫喊和反抗,势必至于倾向了东欧,因此所看的俄国、波兰以及巴尔干诸小国家的东西就特别多。"③ 1935年鲁迅指出,世界文学史不应仅限于英美法德文人的作品,他在《"题未定"草》一文中写道:"世界文学史,是用了文学的眼睛看,而不用势力眼睛看的,所以文学无须用金钱和枪炮作掩护,波兰捷克,虽然未曾加入八国联军来打过北京,那文学却在",因此,中国不该忽略那些"国度已灭,或则无能"国家的文学,"如希腊的史诗,印度的寓言,亚剌伯的《天方夜谭》,西班牙的《堂·吉诃德》"④。鲁迅对包括西班牙在内的非强势国家的经典文学的译介倡议,展现了他译介外国文学的宽阔视野。

---

① [西] 阿佐林:《劳动者》,徐霞村译,《中国工人丛刊》1947年第1辑。
② 迅行:《破恶声论》,《河南》1908年第8期。
③ 鲁迅:《鲁迅全集》第4卷,人民文学出版社1981年版,第511页。
④ 鲁迅:《"题未定"草》,《文学》1935年第5卷第1期。

第三章 弱小民族文学译介的兴起

20年代鲁迅已开始有意识地向中国读者介绍西班牙文学，在1921年9月4日致周作人的信中，鲁迅写道："某君之《西班牙主潮》送上。《小说月报》前六本尚在季市处，倘某君书中无伊巴ネヅ生年，则只能向图书馆查之，因季市足疾久未到部也。"[①] 可见他对西班牙文学译介的热心。1925年他还曾翻译《西班牙剧坛的将星》（载于《小说月报》第16卷第1期），介绍西班牙戏剧。鲁迅虽然没有翻译《堂吉诃德》，但他对"堂吉诃德"这一人物形象在中国的传播与接受有巨大的推动作用，尤其是他与创造社、太阳社成员围绕堂吉诃德精神的论争，扩大了这部小说在中国的影响。鲁迅在《无花的蔷薇之三》[②]等多篇文章中提到塞万提斯与他笔下的"堂吉诃德"。1928年鲁迅约请郁达夫翻译了屠格涅夫的《Hamlet 和 Don Quichotte》（《哈姆雷特与堂吉诃德》）[③]，发表在《奔流》创刊号上，他在《编校后记》[④]中对《堂吉诃德》小说概要与"堂吉诃德式的"（Don Quixote type）做了简要介绍。1931年鲁迅翻译了苏联作家卢那察尔斯基的剧作《被解放的堂·吉诃德》[⑤] 第一场，由瞿秋白翻译了后两场。《北斗》被禁后，1934年上海联华书局出版了易嘉（瞿秋白）翻译的单行本《解放了的董·吉诃德》，鲁迅为他撰写了后记。此外，1932年鲁迅曾发表《中华民国的新"堂吉诃德"们》[⑥] 一文。

鲁迅译介西班牙文学最主要的成果是翻译了巴罗哈的作品，其对巴罗哈的译介进一步构建了西班牙文学"弱势民族文学"的身份，本书在后面将做进一步论述。

宋炳辉提出："在特定的民族历史处境中，出于民族主体的身份

[①] 鲁迅：《书信全编》（上中下卷），陈漱渝、王锡荣、肖振鸣编，广东人民出版社2019年版，第48页。

[②] 鲁迅：《无花的蔷薇之三》，《语丝》1926年第79期。

[③] ［俄］I. Turgenjew：《Hamlet 和 Don Quichotte》，郁达夫译，《奔流》1928年第1卷第1期。

[④] 鲁迅：《编校后记》，《奔流》1928年第1卷第1期。

[⑤] ［苏］A. V. 卢那卡尔斯基：《被解放的堂·吉诃德》，隋洛文译，《北斗》1931年第1卷第3期。

[⑥] 不堂：《中华民国的新"堂吉诃德"们》，《北斗》1932年第2卷第1期。

◇◇◇ 第一部分　启蒙之声：20世纪初西班牙文学的译介与接受(1913—1936)

认同的需要，处于世界民族谱系之不同地位的不同民族文化，对于某个民族接受主体会产生不同的情感作用，由此也会对该主体的内部构成产生不同的影响。"[1] 弱小民族文学的译介者认识到了本民族弱小且处于被外族压迫的境地，既希望从其他弱小民族的挣扎和反抗中汲取力量，又希望以同声相泣的方式寻求压力的排解，因此在20世纪初中国文学对外国文学的主动选择与接受的研究中，弱小民族文学译介具有独特内涵，尤为值得关注。

第二节　巴罗哈作品译介概述

皮奥·巴罗哈1872年出生于西班牙巴斯克地区的圣塞巴斯蒂安市，曾获医学博士学位，1935年入选西班牙皇家学院院士。他是西班牙"九八年一代"代表作家之一，一生笔耕不辍，著有66部长篇小说，其中大部分被编入了9部三部曲中，另有2部戏剧，被誉为"继塞万提斯和加尔多斯之后西班牙最伟大的小说家"，被海明威视为文学上的老师。他的创作可以分为三个阶段：第一阶段的作品多反映故土生活、社会矛盾和人生忧患，代表作有短篇小说集《忧郁的生活》(*Vidas sombrías*，又译《黑暗的生活》)、三部曲《巴斯克的土地》(*Tierra Vasca*)、《为生活而奋斗》(*La lucha por la vida*)和《种族》(*La raza*)等。第二阶段代表作包括以"城市""大海"主题命名的三部曲和反映19世纪卡洛斯战争的历史小说《一个活动家的回忆》(*Memorias de un hombre de acción*)等。第三阶段的作品相对不知名，是创作于内战爆发后流亡法国至1940年返回国内期间的作品。

作为优秀的文体家，巴罗哈在写作上追求创新，形成了独特的风格。他主张尽可能自发自然地叙事，反对刻意规划设计和严密构思，

---

[1] 宋炳辉：《弱势民族文学在中国》，南京大学出版社2007年版，第9页。

为西班牙文学带来了活泼、自由的新风格。他以现实生活作为背景，以客观态度讲述事件发生，笔下多是一些被社会边缘化的、不得志的人物。他认为，小说就像个包罗万象的大口袋，因此在他的小说中，主要人物周围常常有几百个次要人物。

国内对巴罗哈的译介主要集中在 20 年代中期至 30 年代末，40 年代仅有零星翻译，共有 12 人翻译了巴罗哈作品，共计 31 篇短篇小说、散文和文学评论，重要的译介者有鲁迅、张友松、施蛰存、戴望舒、樊仲云和庄重等人，另有评论研究和报道 23 篇。其中，鲁迅是最重要的译介者，1928—1935 年以鲁迅和张禄如为笔名发表了 9 次（共 19 篇）巴罗哈的作品。

短篇中有多篇属于"重译"或"复译"，刘石克所译的《医生的夜晚》（*Noche de medico*）即鲁迅所译的《往诊之夜》，林柯所译的《祷钟》与鲁迅所译的《跋司珂族的人们》中的《祷告》是同一篇，郁南所译的《晚祷》和张友松所译的《晚祷》是同一篇，爪仁所译的《不知者》、余岚所译的《憧憬》与张友松所译的《未知的境界》是同一篇。"重译"可能受到两个因素的影响：20 世纪早期国内翻译者可以接触到的外国文学作品有限，可作为翻译素材的资料较少；鲁迅译作的传播，引起了其他翻译者译介巴罗哈的兴趣。

杂文《面包店时代》《西班牙怀旧录》《小说的创作》和《文艺上的小定理》中，后两篇是文学评论。《小说的创作》由樊仲云依据英语版本转译。巴罗哈围绕小说创作，讨论了小说的形式、题材和"自由小说"，批判了古典主义和浪漫主义小说。"小说"在中国文学传统中常被视为不登大雅之堂的"小道"，被排除在正统文学之外。译介《小说的创作》反映了文学研究会对"小说"这一文体和"创作方法"的关注，其译介外国文学的目的不是文化的猎奇、文学的消遣，而是探寻新文学发展思路。《文艺上的小定理》一文围绕文学与文化展开对话，巴罗哈面对记者的提问，用充满哲学性的、机智不失幽默的语言进行了回复，嘲讽了西班牙人对知识的漠视。巴罗哈按照"受大众尊重程度"为新闻记者划分"等级"，揭示并不是有知识的专业记者受尊重,而是会作秀的记者更受欢迎。1936年《新商业》第2卷以"西班牙名作家巴罗哈:谈新闻记者"为题转载了《文艺上的小定理》最后一部分文字。巴罗哈的这几篇杂文在思想性和文学性上都有一定代表性,译者是具有一定经验的作家和翻译家,但传播和影响都不及鲁迅翻译的巴罗哈小说。

1923—1936年,对巴罗哈的评论、研究和报道近20篇。其中,鲁迅在译文前后所附的作家小传和翻译后记等,茅盾所作的《西班牙现代小说家巴洛伽》,崔真吾所译的《巴罗哈》,以及万良濬、朱曼华《西班牙文学》中的相关文字,是读者了解巴罗哈文学创作的重要参考,《小说月报》《文学旬刊》《朝花》《译文》是刊载相关研究成果的主要期刊。总体来说,国内学者对巴罗哈的阐释和研究结合了个人的文学思想和主张,有意识、有选择地根据中国文学发展的需要进行择取和遮蔽。巴罗哈以尼采为精神导师,崇尚无政府主义,被称为"贵族式的无政府主义者",又受叔本华思想影响,是一个悲观主义者,而中国学界在译介他时,有意识忽略和淡化他的悲观主义、无政府主义和个人主义等较为消极的价值取向。鲁迅等人关注他巴斯克族作家的身份及其作品中凸显的民族性。茅盾等人认为巴罗哈的文艺创作建立在他对社会的细致观察和丰富的个人体验基础之上,巴罗哈的主张打破了传统小说的叙事模式,作品中反映出他对西班牙落后的传统与社会现实的批判。因此,巴罗哈被多位中国作家誉为"西班牙现代最伟大的小说家",鲁迅称巴罗哈是"最独创底的作家,早和Vicent Blasco Ibanez并称现代西班牙文坛的巨擘"[1];施蛰存称他为西班牙"最伟大,最有世界的声名的作家"[2];徐霞村认为"巴罗哈是近代西班牙的最大的小说家"[3];茅盾称巴罗哈是"反对传统主义最烈的人"[4];《西班牙文学》中称"巴罗哈是近代西班牙小说家中最响

---

[1] 鲁迅:《编校后记》,《奔流》1928年第1卷第1期。
[2] [西]巴罗哈:《深渊》,施蛰存译,《现代》1933年第3卷第2期。
[3] 徐霞村:《二十年来的西班牙文学》,《小说月报》1929年第20卷第7期。
[4] 沈雁冰:《西班牙现代小说家巴洛伽》,《小说月报》1923年第14卷第5期。

亮的一个"①。

第三节 鲁迅对巴罗哈的译介

鲁迅是中国外国文学翻译的先驱，自1903年开始通过日语版本翻译东西方名著，他的翻译活动一直延续到1936年离开人世，留下了30余部译著和70余篇发表在报纸杂志的译作，翻译文字超过300万字。他是国内最早译介巴罗哈短篇小说的翻译家，曾9次发表译作，共计翻译了19篇短篇小说和散文，是巴罗哈最重要、最有影响力的译介者。日本学者永田宽定和笠井镇夫选译了巴罗哈《忧郁的生活》中的部分篇目，以"跋司珂牧歌调"为题，在日本的《海外文学新选》（第十三编）发表，鲁迅依据他们的日语译本译出了《山民牧唱》。

1928年《奔流》第1卷第1期刊载了鲁迅翻译的《跋司珂族的人们》，包括4个短篇：《流浪者》（*Errantes*）、《黑马理》（*Mari Belcha*）、《移家》（*Hogar Triste*）和《祷告》（*Angelus*）。1929年出版的《近代世界短篇小说集Ⅱ：在沙漠上及其他》收录了鲁迅翻译的《放浪者伊利沙辟台》（*Elizabide el vagabundo*）和《跋司珂族的人们》。

鲁迅在《朝花》1929年第17期发表了他翻译的《面包店时代》，转译自冈田忠一的日语译本《一个革命者的人生及社会观》。鲁迅对巴罗哈弃医从商的特殊经历颇感兴趣："译整篇的论文，介绍他到中国的，始于《朝花》。其中有这样的几句话：'……他和他的兄弟联络在马德里，很奇怪，他们开了一爿面包店，这个他们很成功地做了六年。'他的开面包店，似乎很有些人诧异，他在《一个革命者的人生及社会观》里，至于特设了一章来说明。"② 巴罗哈本该延续自己大学时的专业成为一名医生，但他对写作和文艺聚谈以外的任何事情都提

---

① 万良濬、朱曼华：《西班牙文学》，商务印书馆1931年版，第125页。
② ［西］巴罗哈：《面包店时代》，鲁迅译，《朝花》1929年第17期。

不起兴趣。获得医学博士学位后,他在瓦伦西亚做了两年乡村医生,医生的工作和生活乏善可陈。不久后他收到兄长的信,邀请他到马德里经营姨母的面包房,他放弃了医生职业,回到喧闹的马德里,在面包店的柜台后面阅读写作。很快,巴罗哈忍受不了经营面包店的琐事烦扰,平息不了与工人的冲突,在姨妈去世后,他就把面包店转让了。学医、行医和经营面包店的经历被写进了《知善恶树》(*El árbol de la ciencia*)、《青年,自我崇拜》(*Juventud, egolatría*)等作品中。

鲁迅与巴罗哈都曾有过"弃医从文"的相似人生经历,因此,巴罗哈行医和经营面包房的经历引起鲁迅的注意,在介绍巴罗哈的时候多次提及:"他是医生,但也是作家……"① "先学医于巴连西亚大学,更在马德里大学得医士称号。后到跋司珂的舍斯德那市,行医两年,又和他的哥哥理嘉图到马德里,开了六年面包店。"② 鲁迅在轻松幽默的小说《会友》的译后记中写道:"作者是医生,医生大抵是短命鬼……"③ 足见他对巴罗哈的亲切和惺惺相惜之情。

1934年鲁迅以笔名张禄如翻译的《"山民牧唱"序》(*Prólogo*)和《会友》(*El charcutero*)分别发表在《译文》第1卷第2期和第3期,均转译自笠井镇夫的《山民牧唱》。《山中笛韵》(*Idilios vascos*)发表在《文学》1934年第2卷第3期,由8个短篇组成:《烧炭人》《秋的海边》《一个管坟人的故事》《马理乔》《往诊之夜》《善根》《小客栈》《手风琴颂》。其中《往诊之夜》不是新译,转载自1929年第14期《朝花》,另7篇为新译,在收入《鲁迅全集》和鲁迅的巴罗哈译作集《山民牧唱》时,《山中笛韵》更名为《山民牧唱》。《少年别》(*Adiós a la Bohemia*)载于1935年《译文》第1卷第6期。《促狭鬼莱哥羌台奇》(*Lecochandegui, el jovial*)载于《新小说》1935年第1卷第3期,译自笠井镇夫的《跋司珂牧歌调》。

---

① [西]P.巴罗哈:《促狭鬼莱哥羌台奇》,鲁迅译,《新小说》1935年第1卷第3期。
② [苏]莱夫·伦支等:《近代世界短篇小说集Ⅱ:在沙漠上及其他》,鲁迅等译,合记教育用品社1929年版,第168页。
③ 黎烈文等:《后记》,《译文》1934年第1卷第3期。

鲁迅原本拟将他翻译的巴罗哈短篇小说辑集,以"山民牧唱"为书名,编入上海联华书局印行的《文艺连丛》,遗憾的是未能在他生前出版。鲁迅先生逝世后,鲁迅先生纪念委员会于1948年编印出版了《鲁迅全集》,并将以上译作编入第十八卷,包括《序文》《放浪者伊利沙辟台》、《山民牧唱》(8个短篇组成)、《促狭鬼莱哥羌台奇》《会友》《少年别》《跋司珂族的人们》(4个短篇组成)和附录《面包店时代》共19个短篇。1953年人民文学出版社将鲁迅翻译的巴罗哈作品作为单行本出版,题为"山民牧唱",是在《鲁迅全集》的基础上重印的,删除了《面包店时代》,不含译者后记。1958年人民文学出版社的《鲁迅译文集》(八)中收录了《山民牧唱》,除了译文,收入了他的5篇译后记,是了解鲁迅翻译巴罗哈的重要文献资料。

日本对西方文学的接受比中国早,与西班牙的文学交流也比中国要早,例如:笠井镇夫与永田宽定便是从西班牙语直译巴罗哈的作品,笠井镇夫曾拜访巴罗哈并写下《访巴罗哈翁于村庄》,冯雪峰翻译了这篇访谈,载于《小说月报》1929年第20卷第8期。由于日本是距离中国比较近的发达资本主义国家,前往日本留学的中国学生较其他欧洲国家更多,精通日语的翻译人才相对较多,想达到"别求新声于异邦"的目的,从日本翻译西方文学和文化,不啻一条切实可行的捷径。从20世纪的20年代末开始,日本学者所著的西方文论、西方各国文学思潮、各国文学史等著作被译介到中国,比较知名的,如宫岛新三郎的《欧洲最近文艺思潮》,升曙梦的《俄国现代思潮及文学》和《现代文学十二讲》,小泉八云的《文学十讲》和《英国文学研究》,厨川白村的《欧美文学评论》《文艺思潮论》《欧洲文艺思想史》和《苦闷的象征》等。鲁迅首次介绍西班牙文学,就是翻译了日本外国文学理论家厨川白村的文章《西班牙剧坛的将星》。

鲁迅采取忠实于日语译本的翻译方法,译文通顺流利,重视文体风格。鲁迅对翻译策略的论述中,最为知名的是"宁信不顺"的主张,他自谦"硬译"的说法,遭到了梁实秋、赵景深等人的批评,后者主张"与其信而不顺,不如顺而不信",而鲁迅则反驳"译得

'信而不顺'的至多不过看不懂,想一想也许能懂,译得'顺而不信'的却令人迷误,怎么想也不会懂,如果好像已经懂得,那么你正是入了迷途了"①。这场论战给后世留下了一个错误的印象,鲁迅的译文是"不顺"的。但从鲁迅译介的巴罗哈作品来看,他的译文是流畅的。鲁迅不懂西班牙语,但是他的翻译十分忠实于日语译本。以小说篇名为例,鲁迅的翻译不仅不算"硬译",而且用现在的翻译理论来看,非常倾向于归化的翻译方法:《跋司珂族的人们》中的篇目选译自巴罗哈的 *Vidas sombrías*,本意是"悲惨的生活",鲁迅虽然不通西班牙语,了解书名原作的意思后,仍然选择使用日语译本的书名:"后一篇是永田宽定译的,原是短篇集《阴郁的生活》中的几篇,因为所写的全是跋司珂族的性情,所以就袭用日译本的题目,不再改换"②;关于《少年别》的题名翻译,鲁迅解释说:"Adios a la Bohemia 是它的原名,要译得诚实,恐怕应该是《波希米亚者流的离别》的。但这已经是重译了,就是文字,也不知道究竟和原作有怎么天差地别地远,因此索性采用了日译本的改题,谓之《少年别》,也很像中国的诗题。"③ 鲁迅的翻译不仅考虑到了篇名与小说内容的呼应,并用"像中国的诗题"来翻译篇名,是归化的翻译方法,不属于"硬译";《移家》的原作题为"*Hogar triste*",意为"悲伤的家",鲁迅翻译的"移家"则更符合小说情节;《山中笛韵》受到了日语版书名"跋司珂族牧歌调"的启发,采用了意译方式,凸显了中国文化的意境。

鲁迅在翻译中十分注意用对应的文体重现原作的风格。如:《"山民牧唱"序》模仿了山歌的形式,用白话口语翻译两人的一问一答。又如:《会友》一文中,胸中无点墨的推销员附庸风雅、模仿学人哲士作诗,鲁迅用浅显的白话翻译,但保持了诗歌的基本形式:

---

① 长庚:《几条"顺"的翻译》,《北斗》1931年第1卷第4期。
② [苏]莱夫·伦支等:《近代世界短篇小说集Ⅱ:在沙漠上及其他》,鲁迅等译,合记教育用品社1929年版,第168页。
③ 陈占元等:《后记》,《译文》1935年第1卷第6期。

听呦，列位，莫将
献给别达沙河的
却贝伦提各方面的这诗，
当作诵词呦。
……
由这亲睦的飨宴，
我们更加博得名声。
要成为可以竞争的敌手，
和那华盛顿的市民们。①

《西日汉文本对照下的鲁迅翻译观——从鲁迅翻译巴罗哈谈起》一文指出：鲁迅的翻译"不仅可以较大程度地展现原作者的口吻与风格，而且也不会让读者感到困惑难解，即译文大体上是称得上'既信且顺'的"。研究者通过《放浪者伊利沙辟台》中一段景物描写的日语译文和中文译文比照分析，指出："鲁迅依照日文保留原意的同时，营造了汉语的意境美……此般译文是断然不能被称为'死译'的……鲁迅顺着日文的口吻，加上对汉语词句的把握，将巴斯克山区的景色还原于中国读者眼前，读来仿若渐入身旁之境，拉近了心理距离，更易产生联想与共鸣。"② 虽然转译的翻译方式很难避免错译和误译，但是总体来说，鲁迅的译文是忠实于日语译本的，译文通俗易懂，语言流畅，不存在"硬译"的情况，且兼顾到了中国读者的阅读趣味。

第四节　弱小民族文学视阈下鲁迅对巴罗哈的阐释

鲁迅对巴罗哈的阐释围绕巴斯克（鲁迅译"跋司珂"）这个西法

---

① ［西］P. 巴罗哈：《会友》，张禄如译，《译文》1934年第1卷第3期。
② 程弋洋、盛妍：《西日汉文本对照下的鲁迅翻译观——从鲁迅翻译巴罗哈谈起》，《鲁迅研究月刊》2020年第1期。

边境的弱小民族展开,在译者序跋或后记中,他反复强调作家的民族身份:"跋司珂族是古来住在西班牙和法兰西之间的 Pyrenees 山脉两侧的大家视为世界之谜的人种。巴罗哈就禀有这族的血液……"①

鲁迅所译的大部分巴罗哈作品都反映了巴斯克山民——"被损害"的下层人民——的悲惨生活,巴斯克人的"阴郁"正是受生活环境和人生境遇的影响所形成的:《流浪者》写一家四口夜里在山间流宕。《移家》原文题为"悲惨的家",丈夫失业,一家人搬到了连自来水都没有的公寓六楼,生活窘迫,幼子夭折,"那冷冷的壁,满是尘埃的家具,散乱着绳子的地板,对于他的话,都浮出阴沉的笑来"②。《祷告》中的13个渔民"是为危险所染就,惯于和海相战斗,不管性命的十三个"③,渔民在海上与死亡搏斗,唯一的心理慰藉是当陆地上教堂里的钟声响起,大家一起虔诚祷告。《烧炭人》讲述生活在与世隔绝的山中的烧炭青年某日得知了两个坏消息,一个是许给自己的表妹要嫁给其他人,另一个是自己被征入伍。他对第一个消息"并不觉得悲哀",令他气愤的是得知自己要被迫入伍,青年诘问:"为什么硬要拖我出去呢?他们并不保护我,为什么倒要我出去保护他们呢?"④《秋的海边》描述了一名妇女前往海边追忆逝去的初恋,环境的描写与女主人公的悲凉心境呼应。《一个管坟人的故事》叙述遭村民排挤的穷苦管坟人独自抚养孤儿的善行。《善根》讲述矿山经理夫妇因帮助矿工遭解雇。《黑马理》描写了无依无靠、沉默麻木的少年黑马理:"今天经过的时候,我看见你比平时更加沉思了。你坐在树身上,惘惘然忘了一切似的,然而有些不知什么苦处,嚼着薄荷的叶呵。唉唉,黑马理,试来说给这我罢,你是想着什么,而凝眺着远山和青天的。"⑤《少年别》为短剧,1900年前后,马德里一家波希米亚式的文

---

① 鲁迅:《编校后记》,《奔流》1928年第1卷第1期。
② [西]巴罗哈:《跋司珂族的人们》,鲁迅译,《奔流》1928年第1卷第1期。
③ [西]巴罗哈:《跋司珂族的人们》,鲁迅译,《奔流》1928年第1卷第1期。
④ [西]Pio Baroja:《山中笛韵》,张禄如译,《文学》1934年第2卷第3期。
⑤ [西]巴罗哈:《跋司珂族的人们》,鲁迅译,《奔流》1928年第1卷第1期。

艺青年聚集的小咖啡馆中，男主人公拉蒙想要坚持自己的文艺理想又想要挽回爱情，他和曾是模特的前女友德里妮约在这家咖啡馆见面，尽管德里妮欣赏他的才华，但为生活所迫，只能放弃不切实际的爱情，甘愿沦为妓女，咖啡馆会面成了两人的告别。悲剧意味最浓厚的《马理乔》讲述贫穷的村妇马理乔与儿子接连罹患神秘的重病，吉卜赛女人的"治疗方案"是让她寻一处没有发生不幸的家庭借宿一晚，但这样的家庭根本不存在："马理乔从山村到郊外，从郊外到市镇，信步走去，遍问了各色的市镇。无论到哪里，都充满着哀伤，无论到哪里，都弥漫着悲叹。……无论到哪里，都有不幸。"① 这些短篇无不被阴郁气息所笼罩，小说中的主人公属于社会最底层——山中流民、山民的孩子、失业的城市工人、渔民、矿工、患病者……不论生活在高山中、大海边或城市里，人物都处于痛苦、忧伤和麻木的精神状态中，巴罗哈作品的字里行间透露着阴郁和悲伤。何其芳在回忆自己的大学和中学教书经历时说："我常常想着巴罗哈的一篇小文章，《马理乔》，我感到真如他所叙述的，到处都有着不幸存在，我感到我就是那个抱着死了的婴儿的母亲，到处走着，到处去求医，到处看见了不幸。"②

巴罗哈的一部分作品也有诙谐的人物和轻松愉快的情节，反映巴斯克山民的淳朴和青年男女纯真的爱情，如：《"山民牧唱"序》是轻松活泼的山歌风格，通过姑娘和小伙的一唱一和，讲述七个小伙向姑娘求亲，姑娘拒绝了军人、牧羊人、水手、矿工、猎人、樵夫，选择了自己爱的部落小伙；《放浪者伊利沙辟台》气氛轻松活泼，讲述了在青山绿水环绕、民风淳朴的巴斯克山区，从乌拉圭归来一无所有的伊利沙辟台与村里的姑娘喜结良缘的故事。《会友》原题"El Charcutero"，意为"开猪肉铺的人"，副标题"un episodio de la historia de los chapelaundis del Bidasoa"，意为"比达索阿的村民们的轶闻"，讲

---

① ［西］Pio Baroja：《山中笛韵》，张禄如译，《文学》1934年第2卷第3期。
② 何其芳：《给艾青先生的一封信：谈"画梦录"和我的道路》，《文艺阵地》1940年第4卷第7期。

述了一群快活的巴斯克山民去法国治下的比达索阿村狂欢的轶闻。鲁迅称这篇小说"用诙谐之笔,写一点不登大雅之堂的山村里的名人故事",尽管作品诙谐幽默,鲁迅更愿意强调小说中古老、神秘的巴斯克民族所处的弱势地位和民族品格:"何况所写的又是受强国压迫的山民,虽然嘻嘻哈哈,骨子里当然不会有什么乐趣。"①

鲁迅注意到,巴罗哈笔下的巴斯克人是"正经,沉默,不高兴说谎的种族。最爱少说的人,善感的人的种族"②,在小说情节中不经意流露出善良、质朴的民族性格。例如:小说《流浪者》中一家人在夜晚投宿山间荒弃的小屋,虽然居无定所、缺衣少食,"对于流宕的自由的他们的生涯,平安地,几乎幸福地"③;《一个管坟人的故事》中的管坟人巴提在村民眼里是个不虔诚的伪善的恶人,但只有他挺身而出收养了六个孤儿,在虚伪、假道义的村民反衬之下,穷苦的巴提表现出了真正的大爱;《小客栈》写的是遍布巴斯克乡间的小客栈,比起大旅店和火车,对勤劳贫苦乐观的巴斯克旅人来说,坐马车、住小客栈才是真正的舒适惬意,才能与自然融为一体;《手风琴颂》以手风琴这一平凡乐器,喻指"谦逊、诚恳、稳妥"的民众。在巴罗哈的笔下,尽管生活如何艰难,巴斯克山民总能以无比的坚韧和隐忍坚持下去:没有足够的食物就随意吃两口或者不吃了,没有水就去公园的喷泉汲一些,没有家就四处流浪,没有家人庇护也能自己长大,面对险恶的自然就虔诚祷告。

巴斯克人既是物质匮乏的山民,又是受到强国压迫的小族,山民是被现代社会忽视、遗忘的群体,鲁迅多次用"阴郁""忧郁"形容巴斯克人的性格:"即如写山地居民跋司珂族的性质,诙谐而阴郁,虽在译文上,也还可以看出作者的非凡的手段来。这序文固然是一点小品,然而在发笑之中,不是也含着深沉的忧郁么?"④

---

① 黎烈文等:《后记》,《译文》1934年第1卷第3期。
② [西]巴罗哈:《"山民牧唱"序》,张禄如译,《译文》1934年第1卷第2期。
③ [西]巴罗哈:《跋司珂族的人们》,鲁迅译,《奔流》1928年第1卷第1期。
④ 乐雯等:《后记》,《译文》1934年第1卷第2期。

第三章 弱小民族文学译介的兴起

鲁迅对外国文学的译介常常观照自身唤醒本民族的意图：他翻译的日本文学作品《一个青年的梦》呼唤人与人的互相理解、和谐共处，《出了象牙之塔》则是要唤醒古国的民众意识到自身的问题，不要固守陈旧的文明而走向灭亡。鲁迅对巴罗哈的阐释与接受具有相似的特点，他在同为弱势民族的巴斯克族身上看到了相似的民族性格，在《促狭鬼莱哥羌台奇》后记中写道："看完了这一篇，好像不过是巧妙的滑稽，但一想到在法国治下的荒僻的市镇里，这样的脚色就是名人，这样的事情就是生活，便可以立刻感到作者的悲凉的心情。还记得中日战争（一八九四年）时，我在乡间也常见游手好闲的名人，每晚从茶店里回来，对着女人孩子们大讲些什么刘大将军（刘永福）摆'夜壶镇'的怪话，大家都听得眉飞色舞，真该和跋司珂的人们同声一叹。但我们的讲演者虽然也许添些枝叶，却好像并非自己随口乱谈，他不过将茶店里面贩来的新闻，演义了一下，这是还胜于莱哥先生的促狭的。"[①]《促狭鬼莱哥羌台奇》讲述了地方上的名人莱哥羌台奇是如何捉弄别人，如何吹嘘离奇的见闻。鲁迅用"滑稽"来形容以莱哥羌台奇为代表的巴斯克人，用"法国治下的""荒僻的"来形容巴斯克的市镇，用"悲凉"来形容作者巴罗哈的心情，他甚至自觉将巴罗哈笔下的巴斯克人与中日战争后的中国人联系在一起，认为他们应该"同声一叹"，两者的相似之处在于他们既是同样受到强国（法国和日本）压迫的，是值得同情的，又有些"游手好闲""随口乱谈"。

鲁迅是弱小民族文学译介的重要倡导者。他在翻译和研究巴罗哈时，十分专注"民族性"的问题，他将巴斯克人与中国人民族品格的相似性做对比，体现了他对于本民族的关注与批判。本质上，巴斯克人只是西班牙人中的一部分，巴斯克人不等于西班牙人，鲁迅认同巴斯克人是受法国压迫的山民，不代表鲁迅认同西班牙人是受法国压迫的山民，但是，由于巴罗哈是西班牙作家，中国读者认为鲁迅对巴罗

---

① [西] P. 巴罗哈：《促狭鬼莱哥羌台奇》，鲁迅译，《新小说》1935 年第 1 卷第 3 期。

哈的译介说明鲁迅认为西班牙是弱小民族,这一误解使"西班牙文学是弱小民族文学"的观点强化了。

中国知识界对西班牙和西班牙文学的理解带有自我投射的意味,即中国和西班牙一样,都是大国,都是历史悠久的古国,却不是强国,徐霞村、茅盾和鲁迅等对西班牙文学的译介和研究都凸显了将西班牙引为同调的倾向。这一自我投射产生于19世纪末至20世纪初"民族—国家"意识觉醒的背景下近代知识分子对本民族、本国在世界中的定位。刘再复认为:"中国'民族—国家'意识的觉醒虽然受到西方思想的影响,但更重要的还是经受战争失败的大刺激,因此,中国近代'民族—国家'意识便带上突发性的'反帝—救亡'的特点,其民族主义表现为强烈的民族义愤。但也因为战争失败的耻辱,使中国近代的思想先驱完成了一个重大发现,即发现中国是个大国,但不是强国(而是弱国),而且开始了百年来第一轮痛切的反省,即开始寻找弱的原因。"① 因此,中国作家和学者将西班牙文学作为弱势民族文学进行译介符合自身的需求。

第五节 鲁迅等作家对巴罗哈文学技巧的接受

巴罗哈主张尽可能自发自然地叙事,不必去刻意规划设计,反对在创作之前做严密构思,人物语言应该平实自然。他认为"自由小说"可以生动表现现实生活:"我们现在试假定有二种小说:一种是和自由诗相如的自由小说,一种是像诗似的须严守韵律及诗的构造……自由小说的优点,便是在实际的表现生活时,可以使我们免去动脉硬化,或骨化及死亡的危险。"② 巴罗哈反对小说的固定模式:"小说有一定的形式?……说起现今的小说,真是五花八门,种类繁多。什么事都

---

① 刘再复:《共鉴"五四"》,福建教育出版社2010年版,第104页。
② [西]鲍罗耶:《小说的创作》(续),仲云译,《文学周报》1925年第193期。

可作题材。有哲学的或心理的；也有描写冒险或乌托邦的；也有只是叙事的——什么事都有。我们若以为在这样繁复的情状之中，可以有一个简单的模范，那真未免迷信主义太过专断了。"① 巴罗哈批评古典主义像是一个只有瓦砾石像的花园，过于整齐统一，但是毫无自然生气，浪漫主义像过于修饰的花园，不像园林像丛林，他认为只有"自由小说"才可以表现现实生活，并将"自由小说"比作通气的花盆，可以从各方面吸取新力，而不像玻璃瓶和花瓶美则美矣，里面的植株最终会营养不良死亡。

徐霞村认为，巴罗哈的很多小说"半似小说半似随笔的短文"，"巴罗哈的小说都是充满迅速的动作和简明的描写"，其作品的共同点是"把清楚的，具体的事实赤裸裸地而且毫无修饰地叙述出来。……巴罗哈的文体却完全和传统的修辞不同，干燥，生硬，不规则，有时简直可以说不能读，因此便有些人说他不懂文法，说他的加斯底拉语言是从巴斯格语言译过来的，其实这种文体正是他的忠实和客观的结果，很有一种严紧的美，不过人们不能习惯罢了"②。戴望舒注意到巴罗哈的小说"不顾故事的连续"，叙事风格自由大胆，因此称他是"极端好动的人"和"叛逆的小说家"："在艺术上也是绝对的叛徒，巴罗哈并不顾到修辞，他的文字是大胆，粗糙，随心所欲；他甚至不顾到故事的连续，在一部以古罗马为对象的作品，他是毫不为意的把罗马放到了一个近代的背景里去，因为仔细的观察古代的生活习惯的耐性，他是没有的，而且在他认为是绝对不需要的作有些批评家以为，这种写作上的倔强态度，也仅仅是表明他的破坏狂的一端而已，他并不是来不及顾到，而是故意……"③

鲁迅十分认同巴罗哈的文体观，巴罗哈反对传统小说模式，模糊各类文学体裁的边界，与鲁迅的文体创新意图不谋而合。鲁迅在巴罗

---

① [西] 鲍罗耶：《小说的创作》，仲云译，《文学周报》1925年第192期。
② 徐霞村：《二十年来的西班牙文学》，《小说月报》1929年第20卷第7期。
③ 戴望舒：《西班牙近代小说概观》，《矛盾月刊》1934年第2卷第5期。

哈自传体散文《面包店时代》的译者注中写道："(《面包店时代》)也可以作小说看,因为他有许多短篇小说,写法也是这样的。"① 巴罗哈的创作取材于日常生活,故事按时间顺序发展,流畅自然,没有夸张的戏剧化的冲突,与鲁迅的创作观非常契合。鲁迅非常注重形式的多样化,他广泛借鉴诗歌、音乐、美术等艺术形式,采用了日记体、对话体等形式进行创作,如20年代散文体的《兔和猫》和被称为"诗化小说"的《伤逝》等。

在鲁迅译介的巴罗哈小说之中,《"山民牧唱"序》是对话体小说,《少年别》是短剧。《"山民牧唱"序》通过与姑娘的问答,展现了青年男女纯真的爱情。《少年别》以1900年前后一群波希米亚文学青年聚集的马德里的某家咖啡馆为场景,拉蒙告别了昔日爱人德里妮,故事情节通过人物之间的对话呈现。该剧于1933年被改编为独幕剧,在马德里卡尔德隆剧院上映,取得成功。鲁迅认为《少年别》形式新颖,将它介绍给中国读者以供参考:"(《少年别》)是用戏剧似的形式来写的新样式的小说,作者常常应用的;但也曾在舞台上实演过。因为这一种形式的小说,中国还不多见,所以就译了出来,算是献给读者的一种参考品。"②

鲁迅曾翻译厨川白村的《西班牙剧坛的将星》介绍西班牙的当代戏剧发展和剧作家贝纳文德,并亲自进行"戏剧体裁小说"的实践——1935年他改编《庄子·至乐》中的一则故事,衍生出了戏剧形式的小说《起死》,这篇小说糅合古今,风格荒诞奇异,揭露相对主义哲学观的虚伪,在形式上,它是一个可以表演的剧本。黎舟认为:"这篇作品(《起死》)采用了短剧形式,可以明显地看到受巴罗哈《少年别》的影响。"③

巴罗哈在文学上大胆创新,在创作上有着无穷的精力和勇气。对

---

① [西]巴罗哈:《面包店时代》,鲁迅译,《朝花》1929年第17期。
② 陈占元等:《后记》,《译文》1934年第1卷第6期。
③ 黎舟:《鲁迅与巴罗哈》,《福建师大学报》(哲学社会科学版)1981年第3期。

于他的时代来说，他是一个叛徒，他对传统的反叛集中体现在了他的创作中，即忽略传统文学所重视的修辞，文字直白，结构不严谨，力图突破古典主义和浪漫主义文学的局限，对中国新文学来说具有一定启示。

巴罗哈的人物塑造对鲁迅同样有很大启发。鲁迅曾在《会友》一文的后记中提到："但我要介绍的就并不是文学的乐趣，却是作者的技艺。在这么一个短篇中，主角迭士尔辟台不必说，便是他的太太拉·康迪多，马车夫马匿修，不是也都十分生动，给了我们一个明确的印象么？"①《会友》一文中人物众多，即便是次要人物拉·康迪多和马匿修也非常有特点。以拉·康迪多为例，她是迭士尔辟台的妻子，一个粗鲁的农妇，巴罗哈用寥寥几笔勾勒了她的样貌和性格特征：她年轻时"是一个黑眼珠，颜色微黑，活泼而且有些漂亮的娃儿，然而脾气也很大"②。婚后，她总是动不动就大吵大闹，比如当迭士尔辟台想要上前线保家卫国，就会遭到她的辱骂，叫他不要管什么祖国，专心做香肠才是正经事："连不懂事情的孩子和还没生下来的肚子里的孩子也不要管，要抛掉了我，独自去了吗？你是流氓吗？为什么要去打仗的？你这佛郎机鬼子！到这样的地方去酗酒的吧。流氓！佛郎机鬼子的废料！废料的汉子！"③她是麻木的、狭隘的民众的化身，大嗓门和暴脾气是她的典型特征，令人过目难忘。

巴罗哈对人物的塑造源于对西班牙社会的细致观察。他的父亲是矿业工程师，天性奔放、思想自由，偶尔也为报纸撰稿，因职业需要，带着全家在西班牙各地生活，使巴罗哈有机会了解各地风俗。巴罗哈兄弟对文学的爱好与父亲的影响有很大关系，在马德里居住时，他的父亲经常去作家、诗人聚集的咖啡馆与他们聚谈。在潘普洛纳生活时，外公在他们家住的同一栋楼里开了一家客栈，巴罗哈接触到了来自各

---

① 黎烈文等：《后记》，《译文》1934年第1卷第3期。
② [西] P. 巴罗哈：《会友》，张禄如译，《译文》1934年第1卷第3期。
③ [西] P. 巴罗哈：《会友》，张禄如译，《译文》1934年第1卷第3期。

地的斗牛士、杂耍团、歌手、作家等各色人物,为今后的创作提供了丰富的资源。巴罗哈的足迹遍布西班牙各地,被认为是当时最了解西班牙的作家,他还去过英国、意大利、瑞士、德国、挪威、荷兰、比利时等国,国内译介的《小说的创作》就是巴罗哈某次与文学界朋友乘坐汽车旅行的途中写下的。他的创作以现实生活作为背景,以客观态度讲述下层小人物的故事。例如,《为生活而奋斗》的主人公来自社会底层,送过信、拾过荒、当过流浪汉、入过监狱、做过工人,后来凭借努力走上正途成了工厂主。通过他的经历,把西班牙社会底层的各色人物展现在读者面前,详尽描绘了贫民悲惨的生活和阿方索十三世即位前后压抑的社会氛围。情节与人物是支撑巴罗哈小说的两根柱石,它们都来自作家的现实生活体验,巴罗哈的小说就是建立在对生活的细致观察之上的。

巴罗哈对传统文学的叛离、对社会的批判来自个人的观察和体会,具有强烈的现实性,因此他的描写刻画是有力的,他的讽刺和批判是入髓的。巴罗哈小说中的人物能跨越时间和空间,令中国的读者产生强烈的共鸣。赵景深大力赞扬了巴罗哈对"贫困不足"的西班牙社会方方面面的了解,正是因为他对"西班牙知道得很清楚"才能做到"入骨三分"的批评:

> 巴罗哈……把马德里的破落户生活,形容得入骨三分,可与伊本纳兹的贫民相伯仲。再加以他的怀疑眼光,诅咒着旧社会传统的积习,国家与宗教的罪恶,职业生活的不能普及,使这本小说益有光采。巴罗哈对于西班牙知道得很清楚,所以敢于毫不客气地来下批评。他把穷困不足的世界显示给我们看了,有一种浮妄的人只知道羡慕他国的艺术文化,自己本国艺术文化低下浅陋却无暇顾及,真是一面镜子,只会照人,不会照自己。①

---

① 赵景深:《现代文坛杂话·悲惨的西班牙人》,《小说月报》1928年第19卷第12期。

第三章 弱小民族文学译介的兴起

巴罗哈性格分明，善用犀利的语言风趣幽默地讽刺西班牙的社会问题和民众的思想问题。例如，短篇小说《深渊》叙述一老一小以替人放牧羊群为生，某日赶羊回圈时一只羊逃脱，坠落到了峭壁上，孙子试图将羊拽回，不料和羊一起落入了深洞。祖父四处求助，在一个年轻人救援失败后，大家深信洞里有魔鬼，更加恐惧，没有人再愿意帮忙。最后来了牧师，讽刺的是，牧师不帮忙救人，而是诵读悼文，任凭深渊里传来阵阵的痛哭和呻吟，却无人施救。施蛰存通过英译本《西班牙小说集》翻译了这篇小说，并在译者后记中称巴罗哈为西班牙最伟大和最有生命力的作家。① 《深渊》所揭示的村民的愚昧、冷漠和宗教的虚伪也是当时中国社会的弊病。又如《文艺上的小定理》讽刺了民众的盲目、非理性和无知，巴罗哈举了一系列的例子证明在西班牙，知识是不被尊重的。他说："一个小说家在西班牙等于一个卖落花生的小贩"，并创造出了一个公式证明作家和小贩的地位确实一样低。人们不尊重知识，也不敬重专业人士："在智识的各职业里头，并不是智识本身来得较为尊重。这样，对于医生是因为他的同情心。对于女优是为她对于她的丈夫的贞操及其忠实。对于丑角是因为他的政治思想。对于学者是因为他的亲切。对于作家是因为他的胡子。对于演说家是因为他的漂亮的衬衫的袖口。对于新闻记者，是因为他的两只脚。"他将记者分为三类：写文章的，伏案的和跑腿的，并讽刺用脑写文章的记者远不及用脚跑腿的记者受尊重："在新闻社里最被尊重及得到同情的乃是跑腿记者……假定有人对于无名记者的参拜，我们相信人们现在的想头，必是对这跑腿记者参拜的。那参拜式非常的伟大，不过假使能够有个第四级时，就是脚底皮污硬的记者，那么，这参拜的礼节当是无限的了。"②

巴罗哈尖刻而不失幽默，文字充满想象力和创造力，能一针见血地指出问题的关键所在，不停留于简单的批判，或者说为批判而批判，

---

① ［西］巴罗哈：《深渊》，施蛰存译，《现代》1933年第3卷第2期。
② ［西］P.巴罗哈：《文艺上的小定理》，庄重译，《译文》1936年新1卷第5期。

而是从社会现实——证券交易所的贪婪,宗教的虚伪,大众对专业人士认同感的偏差等,引导读者去思考问题产生的更深层次的本质原因。在《面包店时代》中,巴罗哈写道:"因为这样,所以我将证券交易所看作慈善底制度,而和这相反,觉得教堂是阴气之处,从那地方的忏悔室的背后,会跳出身穿玄色法衣的教士来,在黑暗中扼住人的喉咙,捏紧颈子,也并非无理的。"① 致人倾家荡产的证券交易所被巴罗哈称为"慈善底制度",而被视作精神救赎的教堂、忏悔室被巴罗哈描写成了阴暗凶险的地方,教士则是杀人的凶手。

崔真吾翻译的评论《巴罗哈》中写道:"他(巴罗哈)不是猥亵文学家,神秘主义者,也不是花月诗人。这样忽视一个伟大的写实主义者是我们的虚伪的社会底消遣的巧避之一种。……他的风格是辛辣的,经济得严谨,几乎粗率的显明……"② "巴罗哈,讽刺的,尖刻的巴罗哈,是一个大大地爱他世界底人:那是无疑的。"③《巴罗哈》一文是鲁迅了解巴罗哈的参考资料之一,鲁迅曾介绍:"译整篇的论文,介绍他到中国的,始于《朝花》"④,指的就是这篇评论。

和巴罗哈一样,鲁迅也是讽刺艺术的大师,两位作家都善于用幽默的笔法针砭时弊。鲁迅早在1933年就留下了讨论"幽默"和"讽刺"的文字⑤,1935年他曾接连发表《论讽刺》和《什么是"讽刺"》讨论什么是文学中的讽刺艺术。他高度肯定了讽刺在文学创作中的意义,主张讽刺应该是基于真实的社会问题,对客观现实进行适当的艺术处理:"其实,现在的所谓讽刺作品,大抵是写实。非写实决不能称为所谓'讽刺'……"⑥ "'讽刺'的生命是真实;不必是曾有的实事,但必须是会有的实情。所以它不是'捏造',也不是'诬蔑';既不是'揭发阴私',又不是专记骇人听闻的所谓'奇闻'或'怪现

---

① [西]巴罗哈:《面包店时代》,鲁迅译,《朝花》1929年第17期。
② [美]W. A. Drake:《巴罗哈》,真吾译,《朝花》1929年第13期。
③ [美]W. A. Drake:《巴罗哈》,真吾译,《朝花》1929年第14期。
④ [西]巴罗哈:《面包店时代》,鲁迅译,《朝花》1929年第17期。
⑤ 详见《华德保粹优劣论》《打听印象》《"滑稽"例解》《一思而行》等。
⑥ 鲁迅:《论讽刺》,《鲁迅全集》第6卷,人民文学出版社2005年版,第341页。

状'。它所写的事情是公然的,也是常见的,平时是谁都不以为奇的,而且自然是谁都毫不注意的。不过这事情在那时却已经是不合理,可笑,可鄙,甚而至于可恶。但这么行下来了,习惯了,虽在大庭广众之间,谁也不觉得奇怪;现在给它特别一提,就动人。"① 鲁迅钟情于各类讽刺风格作品,从清末讽刺小说到外国作家契诃夫、森鸥外、果戈理等,巴罗哈的风格正是鲁迅所欣赏的。鲁迅对讽刺艺术的认识和实践,结合了中国本土文学的经验,同时受到了包括巴罗哈在内的西方作家的影响,通过借鉴和融合,形成了独具风格的个人文学特色。

第六节 被遮蔽和消解的悲观主义:茅盾等人对巴罗哈的有意误读

巴罗哈是一个悲观主义者,中国学者并非不了解巴罗哈悲观主义的倾向,但选择不谈、少谈他的悲观主义,侧重巴罗哈积极进步的方面。巴罗哈的悲观主义受国家衰落的时代因素影响、西方哲学思潮影响,也有个人因素影响。由于父亲工作原因,他从小过着四处迁徙的生活,幼年时父亲工作繁忙,母亲对几个子女教育非常严厉,对他的性格形成产生了很大影响,在大学学医和毕业后在乡村行医时,他与某些教授和同事的关系非常紧张。青年时代巴罗哈就埋头阅读各类著作,并深受叔本华哲学思想的影响。

1898 年巴罗哈完成了医学博士学位论文《疼痛——基于心理物理学的研究》(*El dolor. Estudio de Psicofísica*),在医生执业过程中,他不得不经常面对贫困和痛苦,这加深了他的悲观主义倾向。他回忆道:"圣胡安·德·迪奥斯医院之行留给我的是压抑和忧伤。我觉得世界有

---

① 鲁迅:《什么是"讽刺"》,《鲁迅全集》第 6 卷,人民文学出版社 2005 年版,第 340 页。

意无意向我展现它最丑陋的一面。几日内频繁出入这个医院,我慢慢相信叔本华的悲观主义几近真理。这个世界就是疯人院和医院的结合体。理解力带来的是不幸,只有失去意识和发了疯的才能获得幸福。"[1]

结束医生生涯后,巴罗哈去马德里经营面包店,因经营不善,面包店又倒闭了。经历过人生很多失败后的巴罗哈对一切都持悲观态度。《巴罗哈访问记》一文中记录了他对一些问题的看法,他觉得总统和看门人没什么两样:"东作一个揖,西打一个躬,时时刻刻要衣冠整齐。我便得今天和作腊肠的人招呼,明天又要去会个无足重轻的外交官。真可怕!"他对婚姻的评价也很消极:"西班牙人对于婚姻是素抱悲观的;他们把结婚视为永久的契约……一个西班牙女人年纪一到三十,她便是一支沉没的船了。"他对西班牙法律非常失望:"我们底法律总是顶出色。实际上它是太好了,好到不能适用。"巴罗哈笔下的人物大多命运悲惨,《完美之路》中的费尔南多、《塞萨尔或一无所有》中的塞萨尔、《冒险家萨拉卡因》中的萨拉卡因、《为生活而奋斗》中的曼努埃尔等,或是充满理想,或是怀抱进步思想,或是与落后势力斗争……最后都以失败告终。自传体小说《知善恶树》充满巴罗哈式悲观主义思想,主人公安德烈斯是巴罗哈的化身,学医和行医的经历使他目睹种种弊端,后来人生中的各种不幸变故使他亲身体验到社会的残酷,他从一个充满理想的少年,渐渐产生怀疑,最终对人生感到绝望而自杀。阿索林称"没有任何一部作品能像这本书那样概括了巴罗哈的精神"[2]。鲁迅翻译的《少年别》也流露了巴罗哈的悲观,一对情投意合的青年迫于物质生活的压力而分手,小说中见证情人道别的流浪者说:"Realismo, cosa amarga y triste. ¡Vale más vivir en el sueño!"(意为:现实是个痛苦和悲伤的东西。不如活在梦里!)这是典型的巴罗哈式的悲观论调。

---

[1] 原文载 Pío Baroja, *Familia, Infancia y Juventud*, Barcelona: Galaxia Gutenberg, 1997, p. 276。

[2] 沈石岩编著:《西班牙文学史》,北京大学出版社 2006 年版,第 258 页。

第三章　弱小民族文学译介的兴起

赵景深认为："巴罗哈是一个悲观者，略近于俄国阴暗沉郁的文人，但却稍有不同，俄国人把人生看作神秘的，而他则怀疑着人生。巴罗哈所看见的人生，除了卑鄙自私以外，便没有别的东西。不但世界是失去了，人的内外两面，新的世界也是得不到的。"[1] 徐霞村也写道："巴罗哈是个悲观主义者，他对世上的一切都是处于冷观的地位，看完了便耸一下肩膀，或作一个冷笑。"[2] 茅盾认为："九十年代的巴洛伽所主张的是尼采的虚无主义，是消极的破坏的……"[3] 鲁迅则用"阴郁"来形容巴罗哈的多篇短篇小说。

中国作家虽然普遍承认巴罗哈的悲观主义，但对其作品的译介和接受则有意淡化了其思想中的悲观主义、无政府主义和个人主义，竭力建构了一个积极的、进步的，甚至是充满斗争精神的作家形象。以徐霞村对巴罗哈的接受为例，他虽然承认巴罗哈是悲观的，但更强调其文学上的现实主义和批判社会现实的积极方面，他写道："（巴罗哈）一方面虽然悲观，一方面仍旧在黑暗里摸索着，希望或者可以找到一线光明，他之所以并不完全避开，并且时时对西班牙社会下着尖刻的批评，大概就是这个缘故吧"，并指出了巴罗哈小说的特点是忠实和客观："巴罗哈的小说都是充满迅速的动作和简明的描写，它们的题目有时和古传奇相仿，但写的方法却是完全现代的，客观和忠实是它们的最大的特点"，他的散文和随笔的特点同样是"把清楚的，具体的事实赤裸裸地而且毫无修饰地叙述出来"[4]。《西班牙文学》一书在对巴罗哈的评介中，也谈到了巴罗哈的虚无主义和悲观主义，但更加肯定和突出的是巴罗哈孜孜不倦的写作态度："他（巴罗哈）对于生命的态度，常常是这样的：'生命有什么用呢？'然而他却努力的写作，而且不断地印行许多书。他又常常问自己为什么要写作？自寻烦恼的去创造又为的是什么呢？这不用他自己回答，我们知道他是一个

---

[1] 赵景深：《悲惨的西班牙人》，《小说月报》1928年第19卷第12期。
[2] 徐霞村：《二十年来的西班牙文学》，《小说月报》1929年第20卷第7期。
[3] 沈雁冰：《西班牙现代小说家巴洛伽》，《小说月报》1923年第14卷第5期。
[4] 徐霞村：《二十年来的西班牙文学》，《小说月报》1929年第20卷第7期。

巴斯蔻人——根本上就是一个喜欢动作的人——不管有多少障碍,他非得把这障碍斩除是不肯休歇的。"①

茅盾对巴罗哈的思想进行了更为深入的阐释,他认为,巴罗哈虽然受到叔本华的影响,却并不消极处世,反而是一位真正的反传统的斗士。在《西班牙现代小说家巴洛伽》② 一文中,茅盾并没有花费笔墨分析巴罗哈的悲观主义及其作品所传递的悲观情绪,而是着墨于巴罗哈铁的精神、辛辣的笔调、对传统主义的反抗等积极的方面。茅盾将巴罗哈的悲观主义和虚无主义归结于他的个人主义和强烈的求生意志:"为什么像他那样深印着叔本华的悲观主义的人不会变成了一个'厌弃人类否定人生的人?'为什么他非但不厌弃人生,反是一个鼓吹奋斗的人? 这一串问题的解答只是一句话:因为他是个人主义的,且有强烈的求生的意志。"并进一步强调"个人主义"和"求生意志"使巴罗哈成为反对传统主义最强烈的人,"他破坏一切固定的价值,就为的是要建设更高贵而更难达到的价值"。茅盾认为,巴罗哈的思想渗透于文字,"不以思想害艺术";他笔下的人物来自社会,与陀思妥耶夫斯基的人物一样,"谓堕落者之人格里潜伏着美妙的灵性"。茅盾在结论中写道:

> 总之,巴洛伽是合于我们时代的人,他的精神是铁的精神,或许稍微嫌辛辣一些。在艺术上,他是介于托尔斯泰式的"人生派"及王尔德式的"艺术派"之间的,在西班牙近代文坛,因为他是新运动的先驱,所以重要在世界现代文坛,因为他是现代思潮的有力的一支,所以重要。在我们中国,(或者这只是我一个人的看法,) 因为他的强烈的求生的意志,他的艺术观,他的对于传统主义的反抗,都可以唤醒我们青年,叫我们不要贪麻醉,吸吗啡,叫我们不要藉文艺为慰安而自杀民族的活力,所以重要!

---

① 万良濬、朱曼华:《西班牙文学》,商务印书馆1931年版,第125—126页。
② 沈雁冰:《西班牙现代小说家巴洛伽》,《小说月报》1923年第14卷第5期。

> 我希望正在高唱"不要艺术观,不要目的,不要主义,不要艺术社会化,不要睁眼看现实人生,不要想起政治的腐败来扰乱他飘飘欲仙的与自然为伍的诗人的心"的中国文坛,姑且注意一下巴洛伽及共同时代诸人!

在这段文字中,茅盾提出巴罗哈对中国,特别是对麻木不顾现实的中国青年的意义,他借巴罗哈等作家的文学态度证明文艺对于唤醒民族活力、对于表现现实人生等方面的积极意义。在《现在文学家的责任是什么?》一文中,茅盾再次以巴罗哈为例,证实"为人生的文学"的合理性:"文学是为表现人生而作的。文学家所欲表现的人生,绝不是一人一家的人生,乃是一社会一民族的人生。"① 巴罗哈及"九八年一代"作家的文艺创作,体现了文学"为人生"的一面,他们采用各种现代主义手法进行创作,揭露了西班牙社会的弊端,这样的积极意义远远超过了个人的悲观主义。

中国作家有意识地弱化巴罗哈的悲观主义,刻意塑造一个批判社会、不知疲倦、鼓吹奋斗的现实主义作家,显然是为了推动本国新文学的发展。这种不要悲观消极,鼓吹奋斗的文学姿态产生于特定的背景中,新文学的推动者们急切要将中国文学从封建思想文化的束缚中解脱出来,与世界文学尽快接轨,加入世界文学中去。陈思和从中国知识分子对文化传统中的精神内核的继承、新文学运动作家对西方文学的接受等角度分析"中国新文学发展中的现实战斗精神",他提出,作者和读者对"现实主义"这个术语的宽泛理解,"显然已经超出了现实主义作为一种创作方法而构成的文学基本精神现象",在文学研究会"为人生"口号的影响下,中国作家在接受现代文学思潮时,总是自觉、密切地与"现实的战斗"联系在一起。②

---

① 茅盾:《茅盾全集》第18卷《中国文论一集》,人民文学出版社1989年版,第9页。
② 陈思和:《中国新文学发展中的现实战斗精神——现实战斗精神与现实主义的分界》,《中国现代文学研究丛刊》1987年第2期。

对巴罗哈的译介与研究是译介西方文学、吸收借鉴国外短篇小说创作技法的又一个案例,鲁迅等译介者通过对巴罗哈作品的择取和译介,对其文学思想和创作手段的研究,丰富了创作经验,拓展了读者对世界文学和世界民族的认知,激昂了青年一代以包括巴罗哈在内的西班牙"九八年一代"作家为楷模,与落后传统作斗争,追求国家现代化的意气。

第四章　文体与风格的借鉴
——阿索林作品的译介与接受

第一节 "九八年一代"的文学创新与阿索林的文学主张

"九八年一代"之名源自美西战争。1898年美国借口停靠在哈瓦那港的缅因号军舰爆炸，要求惩罚西班牙，双方宣战。美西战争爆发后不足4个月，西班牙就落败给了新兴工业国家美国，双方在巴黎签订和约。美西战争后，西班牙失去了最后的海外殖民地波多黎各、古巴和菲律宾。这一年在西班牙历史上被称为"灾难之年"。美西战争给西班牙留下的不仅仅是一场经济和政治危机，帝国日落给西班牙人带来了沉重的失败感，造成了一场思想上的危机，自我怀疑、自我批评的情绪弥漫在知识界，一批19世纪末出生的知识分子和作家在各类报纸和杂志上逐渐崭露头角，他们抗议社会现状、探索新知、呼吁新的政治和文化。1901年马埃兹图、巴罗哈与阿索林组成"九八年一代"的前身——"仨人"团体（Los Tres），并在《青年》杂志上发表《仨人宣言》（*Manifiesto de los Tres*），1913年阿索林最早提出了"九八年一代"。

"九八年一代"青年作家和知识分子的思想和艺术特征的形成受到了欧洲文艺和哲学思潮的影响。比利牛斯山另一侧的法国呈现出与经济政治上困顿、思想上苦恼的西班牙截然不同的繁荣景象：19 世纪末，巴黎是世界文化中心，新的文艺思想在这里交汇碰撞，吸引各地的年轻人前来法国学习。西班牙国内，文学青年如饥似渴地了解从法国传来的各种思潮，从唯意志论、超人哲学、实用主义、先验论，到直觉主义、存在主义、克劳泽主义、无政府主义等。马德里的咖啡馆为他们提供了公共文化空间，"九八年一代"等知识分子将马德里的咖啡馆变成了文艺讨论的集会中心，吸引了一大批文学青年前往聆听、参与讨论，他们逐渐形成了相近的政治立场与观点，如抨击贵族、教会特权和君主政体的弊端，反对军事独裁，等等。年轻的作家们在咖啡馆中讨论易卜生、梅特林克、陀思妥耶夫斯基、魏尔伦、波特莱尔等作家作品，贝纳文特、巴列-因克兰、鲁文·达里奥、马埃兹图、巴罗哈、马查多兄弟、阿索林等都是咖啡厅文艺会谈的常客。此外，近代出版业蓬勃发展，报纸期刊成为思想传播和文学创作的阵地。"九八年一代"作家或在杂志上撰写评论，进行思想的交锋和文艺的对谈，或发表实验性的小说、剧作和诗歌，一批文艺刊物成为"九八年一代"文学实验和传播思想的阵地。

"九八年一代"作家在特殊的历史环境下，将社会改革思想与文学创新实践相结合，形成了思想性与艺术性统一的艺术特征。虽然群体中每个作家艺术特色各异，但总体来说，"九八年一代"的文学在思想、文体形式和语言方面有很多共性，其中较为突出的是以"西班牙"为写作主题，对国家深刻的爱是所有作家创作的核心。乌纳穆诺有名言："西班牙令人痛心"（Les duele España），代表了"九八年一代"对于国家的基本态度。一般认为，以"西班牙"为主题的写作有以下几方面特征：一是作品反映西班牙现实，反对表面上虚假的西班牙，主张把贫穷、真实的西班牙展现给世人，既批评统治阶级的腐朽、社会落后和传统陋习，又赞美祖国和人民；二是将卡斯蒂利亚地区视作西班牙民族的根基所在，有的作家特意游历卡斯蒂利亚并留下传记，有的作家则深读以卡斯蒂利亚地区为写作背景的古典文学著作，特别是《堂吉诃德》，从文学经典中寻找西班牙精神；三是从过去历史中寻找西班牙衰落的根源；四是从平民的生活和传统中发现西班牙有别于官方记载的"潜历史"（intrahistoria）。

"九八年一代"有强烈的文学创新意识和积极的实践。他们对19世纪陈旧的表现形式早已厌倦，他们从四面八方吸收和借鉴新的思想、新的表现手法、新的艺术形式，积极创造新的文学形式，提出了不同的文学主张，尤其是对文体的改革，具体有乌纳穆诺的"尼波拉"（nivola）小说和哲理剧，巴列-因克兰的"埃斯佩尔彭托"（esperpento）风格、仿戏剧和电影的小说，阿亚拉的"诗歌小说"（novela poemática），阿索林模糊文体的"散文化的小说"（ensayos de novela, novela lírica, prosa poética，又被称为"抒情小说"或"小说的散文化"），巴罗哈的新小说观——"小说就像一个包容一切的袋子"（Es un saco donde cabe todo），等等。他们的文学实践引起了中国作家的关注和肯定，徐霞村在《二十年来的西班牙文学》一文中将他们的文学成就介绍给中国读者："在最近的西班牙文学趋势里，最可注意的一件事就是每一个作家都在创造着他自己的特有的文体。"[1]

"九八年一代"作家中，阿索林在文体创新方面贡献巨大，他提出改造被长段和夸张的修辞禁锢的传统叙事文学，他的小说与散文相近，风格简洁、描写细致、爱好短句、语言明确、辞藻丰富、结构自由、注重细节、情节稀少、长于抒情，极富美感。《西班牙文学史》评价阿索林："因其独具一格而成为西班牙现代抒情散文的典范，对西班牙语国家20世纪的散文革新起了推动作用。"[2]

第二节　阿索林作品译介概述

阿索林是西班牙散文家、文体学家和记者，原名何塞·马丁内

---

[1] 徐霞村：《二十年来的西班牙文学》，《小说月报》1929年第20卷第7期。
[2] 沈石岩编著：《西班牙文学史》，北京大学出版社2006年版，第252页。

斯·路易斯，1873年出生在西班牙西南部瓦伦西亚的阿利坎特省，童年在一所极为严苛的教会学校度过，年仅15岁就进入瓦伦西亚大学学习法律，但是他的天赋却在阅读和写作上，尤其喜爱阅读政治文章，受无政府主义和克劳泽主义影响很深。1907—1919年曾5次担任国会议员，并担任过几个月的公共教育部副部长。1924年被选为西班牙皇家学院院士。

阿索林的文学创作主要有散文、随笔和小说，其最大的贡献在于他的散文。阿索林第一阶段以写个人经历为主，表达对西班牙社会传统价值观的失望和批判，代表作有自传体小说三部曲《意志》(*La voluntad*)、《安东尼奥·阿索林》(*Antonio Azorín*)和《一个小哲学家的自白》(*Las confesiones de un pequeño filósofo*)。他的作品突破传统小说围绕情节的写作方法，着力于人物描写，通过一幅幅画面和对话串联起故事，以类似散文的方式写小说，反映了他对于生死、对于时间的思考，带有浓浓的伤感和虚无主义。第二阶段尝试改写和续写西班牙文学经典，用另一种方式解读经典，代表作品如改编自塞万提斯名作《玻璃学士》的《托马斯·鲁埃达》(*Tomás Rueda*)、改编自同名作品的《唐璜》(*Don Juan*)和《唐娜·伊内斯》(*Doña Inés*)。第三阶段阿索林开始尝试超现实主义的先锋派小说，有《费利克斯·巴尔加斯》(*Félix Vargas*)、《超现实主义》(*Superrealismo*)、《作家》(*El Escritor*)等。

阿索林的名字在国内又被译为"阿左林""阿佐林""阿苏令"等，他的作品被戴望舒、徐霞村和卞之琳等人译介到中国，主要译自描写西班牙乡村和古城的《村镇》(*Los pueblos*)、《卡斯蒂利亚》(*Castilla*)和《西班牙的一小时》(*Una hora de España*)，这些译作给了中国读者一个闲暇、诗意的印象，阿索林"清淡而有余味"的抒情文字受到很多作家的喜爱。《西班牙文学》评论阿索林："他不仅要打破卡司特尔那种传统的华丽文字，而且要根本地把它们掘起来。"[①] 戴望舒

---

① 万良濬、朱曼华：《西班牙文学》，商务印书馆1931年版，第133页。

称他的作风"是清淡简洁而新鲜的"。汪曾祺用"热情的恬淡,入世的隐逸"形容他的作品,在评论中国散文所受到的外国影响时说:"西班牙的阿索林的作品介绍进来的不多,但是影响是很深的",他本人还将阿索林称为"终生膜拜的作家"。周作人曾感慨:"要到什么时候我才能写这样的文章呢!"金克木称阿索林的作品:"平淡,细致,不着褒贬,自然见意,有点像阮籍、陶潜的诗。"曾卓曾写道:"但就我所知,在作家们中间,受他影响的人也颇有几个。如:《画梦录》时代的何其芳,李广田。芦焚(师陀)似乎也受他很深的影响,他的《看人集》、《江湖集》中的某些作品,颇有一点阿左林的风味,而最近出版的《果园城记》,其中的《说书人》,《邮差先生》,《灯》等篇,与《西万提斯的未婚妻》中的几篇描写人物的散文,在风格和气氛上,更是非常相近了。"[1]

据考证,虽然茅盾在1923年《小说月报》第14卷第5期的"海外文坛消息"栏目最早提到了阿索林两本新书的书讯,但国内对阿索林作品的译介始于徐霞村1928年译介的《斗牛》。此后20余年间戴望舒、徐霞村和卞之琳等人持续译介和发表阿索林的散文和小品,使阿索林成为继巴罗哈之后中国读者最熟悉的西班牙现代作家。

阿索林的《西万提斯的未婚妻》由戴望舒和徐霞村合作翻译,1930年由上海神州国光社首次出版,1934年由人文书店再版,1982年更名"西班牙小景"由福建人民出版社出版,2003年上海三联书店再次出版;由卞之琳翻译的《阿左林小集》1943年由国民图书出版社出版,据卞之琳在《卷头小识》中的叙述,集中的散文是他自1930年起陆续翻译的,因此也将它纳入这一时段。

戴望舒、徐霞村和卞之琳对阿索林在中国的传播和接受起到了决定性的作用。《华侨日报·文艺周刊》《新文艺》《现代》和《文化先锋》是刊载阿索林作品最多的报刊。徐霞村和戴望舒发表的大部分散文都收录在了《西万提斯的未婚妻》中,卞之琳翻译的文章多收录在

---

[1] 曾卓:《曾卓文集》第3卷,长江文艺出版社1994年版,第352—353页。

《阿左林小集》。

这一时期国内对阿索林及其作品的研究和介绍中具有代表性的包括：徐霞村的《二十年来的西班牙文学》《一位绝世的散文家：阿左林》《阿左林的唐焕》和徐中玉的《一位绝世的散文家：西班牙的阿左林》。此外，中国现当代作家中，周作人、唐弢、汪曾祺、何其芳、唐湜、师陀、冯亦代、金克木等，或是撰文研究和评论阿索林，或是承认受到阿索林的影响。

第三节 徐霞村对阿索林的译介

徐霞村（1907—1986），原名徐元度，是中国著名的作家和翻译家，是国内最早的西班牙文学的译介者之一。徐霞村在北京汇文中学完成了中学学业，打下了坚实的英语基础，在考入中国大学后，他萌生了翻译外国文学的兴趣，开始了翻译实践。1927年他前往法国勤工俭学，并担任《小说月报》驻欧洲通讯员，1928年夏回国后，更专心地投入创作和翻译中。欧洲留学经历拓展了徐霞村的文学译介视野，令他对西班牙文学产生了亲切感。他在《小说月报》等杂志发表了大量关于西班牙近代文学、戏剧和文化方面的评论，还翻译了20余篇西班牙文学作品，涉及阿索林、皮孔（Jacinto Octavio Picón，1852-1923）、乌纳穆诺等多位作家，主要成果有：译著《西万提斯的未婚妻》、文论《现代南欧文学概观》《近代西班牙戏剧概况》，散文《阿左林的唐焕》《西班牙的文化》等。他的译作发表在《无轨列车》《小说月报》《新文艺》《文学季刊》《文化先锋》等进步刊物上；《斗牛》先后收录在《南欧小说名著》《斗牛》《西班牙小说选》中。

徐霞村是阿索林作品在国内最早的译介者，受其散文清新优美的风格的吸引，20年代末至30年代通过法语译本共翻译了20篇阿索林的散文和短篇小说。徐霞村对阿索林的译介始于1928年的《斗牛》，载《无轨列车》第 8 期。《无轨列车》是一本新刊物，这年 9 月由毕业于震旦大学法文班的刘呐鸥、施蛰存、戴望舒共同创办，刊载具有新鲜艺术形式的现代文学作品。徐霞村在 1928 年翻译了另 4 篇现代西班牙短篇小说，与《斗牛》一起集结成一部西班牙小说选，以"斗牛"为书名，1929 年由上海春潮书局出版，1930 年再版，1932 年立达书局重印，更名为"近代西班牙小说选"。这一时期徐霞村对西班牙文学产生了极大兴趣，1929 年他在《小说月报》第 20 卷第 7 期上发表了《二十年来的西班牙文学》，对以"九八年一代"为主的西班牙现代作家做了全面介绍，其中他最重视的作家是阿索林，同时期发表了《一位绝世的散文家：阿左林》（载《新文艺》1929 年第 1 卷第 4 期）。徐霞村与戴望舒合译的《西万提斯的未婚妻》出版后多次重印和再版，译笔优美，对中国新文学作家产生了重要影响，直至今日仍然是中国读者了解阿索林的重要译著。

徐霞村翻译阿索林可能受到三个因素的影响。首先，系统译介包括西班牙文学在内的世界各国的现代文学是徐霞村的翻译志向，因此他格外重视包括阿索林在内的"九八年一代"作家作品；其次，茅盾等曾提倡译介短篇，阿索林的散文正是新文化运动中的翻译家们所青睐的、可用"经济办法"译介的文学体裁；最后，阿索林"文字清淡而有余裕，颇具东方风味"的散文风格吸引了徐霞村，在多篇译者序言中，他都提到了阿索林作品的这一特点，其抒情散文对五四作家来说是新颖的文体形式。

徐霞村通过法语翻译阿索林的散文，缺少可供参考的法语译本曾经限制了他的翻译，与戴望舒的合作却促成了他的翻译。由于不懂西班牙文，徐霞村的翻译一度受到很大限制，他在《斗牛》的"前记"中写道："我们这些不能直接读原文的人，材料的来源自然就不得不靠诸英法文的译本，而一般包括在'近代'两个字中的西班牙作家，除了伊班涅兹之外，又因为地方色彩太复杂的关系，英法的学者对他们多所隔膜，很少系统的翻译。这四篇小说在艺术上我个人并不十分满意，但是因为它们的作者都是一八九八年以后的代表作家的缘故,只好勉强把它们译过来。"① 不久之后,徐霞村终于得到了合适的法文译本:"一九二九年在上海时,已故诗人戴望舒同志从国外买到《西班牙》的法文译本,译者是法国的西班牙文学专家乔·比勒蒙。当时承蒙望舒不弃,邀我同他合译。"② 在《西万提斯的未婚妻》一书"译者小引"中对法文译本有一个说明:"本书是法国比勒蒙(G. Pillement)所选译的 Espagne 的全部的转译。比勒蒙氏是法国西班牙文学的权威,并与原著者有私人的交谊,想来他的译文总很可靠,而有深切的了解吧。"③ 据考证,比勒蒙的法文译本是从阿索林的《城镇》《西班牙》《卡斯蒂利亚》三部著作中选译的。得到了可靠译本后,徐霞村很快开始与戴望舒合作翻译阿索林,1930年《西万提斯的未婚妻》由上海神州国光社出版,1934年由人文书店再版。另据1931年《读书月刊》杂讯:"徐霞村近从某西班牙教士,学西班牙文,以图深造。"④ 从时间上来说,与他译介阿索林的时间基本一致,可以见得他为了提升翻译质量所做的努力和对西班牙文学翻译的不懈追求。

关于《西万提斯的未婚妻》一书的书名,周作人曾说:"不过书名似乎不大好,有点儿 Journalistic(江湖气?),而且也太长。"⑤ "Journalistic"本指与新闻工作有关的,"江湖气"指跑江湖者招徕生意对吸引观众眼球的风格、习气。周作人可能认为,"西万提斯的未婚妻"这一书名从传播角度来说更能吸引读者的目光,但"西万提斯"几乎是西班牙文学的代名词,仿似一般通俗读物的书名,不适合做严肃文学的书名。1982年福建人民出版社将其更名为"西班牙小景"再版,徐霞村在前言中的解释回答了周作人对书名的质疑:"译好之后,我们考虑到《西班牙》这个书名有点像地理书籍,出版商可能不大愿意接受,

---

① [西]阿左林等:《斗牛》,徐霞村译,春潮书局1929年版,第1—2页。
② [西]阿索林:《西班牙小景》,徐霞村、戴望舒译,福建人民出版社1982年版,第3页。
③ [西]阿左林:《西万提斯的未婚妻》,戴望舒、徐霞村译,神州国光社1930年版,第1—2页。
④ 李:《文坛消息·北平文坛杂讯》,《读书月刊》1931年第1卷第3/4期。
⑤ 岂明:《西班牙的古城》,《骆驼草》1930年第3期。

便用其中比较重要的一篇《西万提斯的未婚妻》作为书名……"①

《西万提斯的未婚妻》共 26 篇短文，徐霞村译了 11 篇：《一个劳动者的生活》《员外约根先生》《斗牛》《黄昏》《一位小贵族》《瓶香》《内阁总理》《卡洛斯·鲁比欧》《蒙德拉路》《夜笛》《故居》，其余 15 篇由戴望舒翻译。30 年代徐霞村开始翻译阿索林的《西班牙的一小时》，由于戴望舒在 1932 年已经开始选译这本书的一些篇目，并用"西班牙的一小时"为题发表译作，因此徐霞村改用了"十六世纪的西班牙"为题。1935 年徐霞村在《文学季刊》第 2 卷第 3 期上翻译发表了《十六世纪的西班牙》，包括 9 篇短篇小说和散文：《行路者》《戏剧》《军备》《伐斯工尼亚》《光荣》《群众》《宫殿和荒墟》《俘虏的赎救》和《宫中的人们》。1942 年《文艺先锋》杂志转载了其中的 7 篇：第 1 卷第 1 期转载了《小品五章》，即：《民族戏剧》（又译《戏剧》）和《军备》《伐斯工尼亚》《光荣》《群众》；第 1 卷第 16 期转载了《宫中的人们》；第 1 卷第 18 期转载了《行路者》。

徐霞村不仅翻译了阿索林的作品，还对他的生平和文学创作进行了较为全面的介绍和研究，扩大了作家在中国的传播和接受。1929 年徐霞村发表的两篇文章——《二十年来的西班牙文学》和《一位绝世的散文家：阿左林》收录在 1930 年出版的《现代南欧文学概观》中，是读者了解阿索林作品的重要参考。周作人与废名发表在《骆驼草》1930 年第 21 期上的文章均提及或引用了徐霞村的文章。1934 年徐霞村又发表了书评《阿左林的唐焕》。

徐霞村对阿索林的译介突出文体方面的创新。阿索林取消小说结构的主张，对徐霞村很有启发："结构根本就不应该存在。人生是没有结构的；它是各色的，多方面的，流动的，矛盾的，完全不像它在小说里那样整齐，那样板然地方正。"② 中国古典小说以叙事为核心，

---

① 徐霞村：《重印前言》，载［西］阿索林《西班牙小景》，徐霞村、戴望舒译，福建人民出版社 1982 年版，第 3—4 页。
② 徐霞村：《一位绝世的散文家：阿左林》，《新文艺》1929 年第 1 卷第 4 期。

第一部分　启蒙之声:20世纪初西班牙文学的译介与接受(1913—1936)

追求情节的完整、结构的完美,五四运动之后,中国短篇小说在思想性、艺术性等方面都展现出与传统小说不同的追求,在文体方面受到西方文学影响的中国作家不断创新,追求极具创造力的新的文体形式,散文化的小说代表了文体的创新。徐霞村评论阿索林的自传体三部曲:"所写的完全是作者自身的感想,所以虽然有些情节,而结构确是不存在的。没有结构是阿左林的主张之一。"[1] 徐霞村认为阿索林的"绝"除了语言风格,就是"没有结构",在阿索林的小说中,结构被取消,取而代之的是流动的情节。短篇小说《黄昏》便是一篇没有结构的色彩清新的小品文,描写了一群农民街坊黄昏时的聚会,细致刻画了聚会的环境场所和人物的衣着言行,但是没有冲突的情节、没有篇章架构。阿索林的叙述就像山涧流水一样清澈和舒缓,每个人物自然地出现在场景中又自然地离开。

其次,阿索林淡化了情节。他擅长用平淡的笔触写平凡的人和事,"自然见意"。以《斗牛》为例。"斗牛"是西班牙国技,自晚清报纸杂志上已有图文介绍,在林纾、陈家麟所译的哈葛德的《双雄较剑录》中,就有对斗牛场面的详细描写。阿索林的这篇《斗牛》却没有去描写斗牛场上惊险刺激的场面或是斗牛士的英姿飒爽,而是描写了一家人在去看斗牛之前慎重地穿着打扮,男主人挑选帽子、女儿用石竹花装扮自己等等平淡无奇的细节和亲朋之间的对话,完全没有情节的高潮起伏。阿索林取材西班牙平民的生活,将普通西班牙人的生活日常写出了诗意,因此,徐霞村在阿索林的散文中找到了东方传统文学中的淡雅趣味:"脱开老加斯底[2]的文体,他创始用一副清淡,自由,简洁,新鲜,而且详细的笔法来描写事物。他的小说和随笔都以分析西班牙平民生活和自然界为题材;没有结构,但是每篇都充满余味,颇似东方作品。"[3] 阿索林的文字极富诗意,被译介到国内的作品

---

[1] 徐霞村:《一位绝世的散文家:阿左林》,《新文艺》1929年第1卷第4期。
[2] 今译"卡斯蒂利亚"。
[3] 徐霞村:《前记》,载[西]阿左林等《斗牛》,徐霞村译,春潮书局1929年版,第2页。

多为短篇小说和散文，其中大部分是《西班牙的一小时》和《西班牙》的选文，多是他用散漫的笔调描写的西班牙的古城和人，因此，徐霞村称阿索林的文章"使人读了如吃橄榄，清淡而且有余味"，称阿索林的散文具有一种"低徊的趣味"，是"一种与西班牙的传统的散文完全不同的散文"[①]。《西班牙文学》一书评价阿索林"好像一只谨慎的小鸟，用安闲的态度远远地站着观察，一面唱着浅近的歌"[②]。

阿索林在语言使用上追求简洁与精确，正如《西班牙文学史》对其文体的评价："在他的作品里，一切修词上的句子，关系的句读，比拟，直喻等都是绝对禁用的，他的文体因此变成一堆不同的名词，像石头里没有沙泥一样。"[③] 徐霞村引用《安东尼奥·阿索林》中的一段描写来说明阿索林的精细、清晰和朴素的描写的魅力，并提到"他的文体是短简而明洁，完全找不到那传统的加斯底拉（Castilla）散文的陈套的构造，修词的句子，以及骈偶和对比，他只爱正确和详细，因为据他的意见，只有正确和详细才能使所写的东西逼真，因此一个读者从他的随笔和小说里见到最多的就是名词"[④]。

徐霞村译介的阿索林作品很快引起了京派作家的关注。1930年周作人在《骆驼草》第3期发表了书评《西班牙的古城》，后收入散文集《看云集》，周作人写道："《一个西班牙的城》和《一个劳动者的生活》，我都觉得很好。……到了《节日》读完，放下书叹了一口气：要到什么时候我才能写这样的文章呢！"周作人的评价吸引了不少读者的注意。同年《骆驼草》第21期刊登了评论《阿左林的话》，据研究[⑤]，作者"法"是周作人的学生、《骆驼草》的编辑之一——废名。《骆驼草》周刊被定位为一本新的散文杂志，其主要编辑周作人、废名都爱好风格闲适的散文，吸引了一批爱好散文的作家的关注。唐弢

---

① 徐霞村：《一位绝世的散文家：阿左林》，《新文艺》1929年第1卷第4期。
② 万良濬、朱曼华：《西班牙文学》，商务印书馆1931年版，第133页。
③ 万良濬、朱曼华：《西班牙文学》，商务印书馆1931年版，第134页。
④ 徐霞村：《二十年来的西班牙文学》，《小说月报》1929年第20卷第7期。
⑤ 刘进才：《阿左林作品在现代中国的传播与接受》，《中国现代文学研究丛刊》2004年第4期。

也曾在《阿左林》一文中称:"许多朋友都关心着一本绝版已久的书,这就是戴望舒、徐霞村合译的《西万提斯的未婚妻》,师陀、怒庵(傅雷)都向我借过这本书,后来就索性送给了怒庵。"①

第四节 戴望舒对阿索林的译介

戴望舒是同时期西班牙文学译介者中,与西班牙文学和文化关系最密切的人。他从学生时代就对西班牙文学展示出了浓厚的兴趣,对西班牙文学的译介贯穿了他的一生,成果丰厚,译著《良夜幽情曲》《醉男醉女》《西班牙短篇小说集》《西万提斯的未婚妻》《洛尔迦诗钞》是20世纪西班牙文学在国内的重要翻译作品。

戴望舒对阿索林的译介是他西班牙文学翻译的重要成果之一。遗憾的是,因战争流离,且过早离世,戴望舒在好友施蛰存处留下了《西班牙的一小时》《小城》两部阿索林作品的译稿,没有来得及在生前出版。施蛰存在《诗人身后事》②中写道:"以上二种都是西班牙作家阿左林的散文集。所收各篇虽然大多发表过,但始终未印单行本。望舒极重视这些散文,发表后还经常修改,写成定本。在法国时,曾写信给作者阿左林。阿左林有复信,同意望舒可以无条件翻译他的《西班牙的一小时》。"包括《西班牙的一小时》《小城》在内的四部书稿"可能是望舒最认真从事的翻译工作,却偏偏至今未能印行,令人丧气"。

戴望舒自1929年开始翻译发表阿索林的散文,译著有1930年出版的译著《西万提斯的未婚妻》,其中有15篇由戴望舒执笔翻译:《一个西班牙的城》《修伞匠》《卖饼人》《约翰贝特罗的儿子约翰》《安命》《节日》《夜行者》《沙里奥》《哀歌》《孟戴涅的理想》《西

---

① 唐弢:《晦庵书话》,生活·读书·新知三联书店1980年版,第417页。
② 施蛰存:《诗人身后事》,《香港文学》1990年第67期。

万提斯的未婚妻》《阿娜》《侍女》《一个马德里人》《比雷奈山间的结语》，多篇转载在《新文艺》《金屋月刊》《新女性》《风雨谈》《远风》等文学杂志上。

30年代戴望舒得到了《西班牙的一小时》法文译本，很快将其中11篇译出，以"西班牙的一小时"为题分两次发表在《现代》杂志上：《西班牙的一小时》《老人》《宫廷中人》《虔信》《知道秘密的人》《驳杂》，载于《现代》1932年第1卷第1期的创刊号；《阿维拉》《文书使》《僧人》《风格》《西班牙的写实主义》，载于《现代》杂志1932年第1卷第2期。可能戴望舒得到阿索林授权，计划翻译出版《西班牙的一小时》全书，因此不在《现代》杂志继续发表译文。第1卷第3期的"编辑座谈"中，特意作了说明："关于本期的编辑，第一要声明的，就是我已大胆把《西班牙的一小时》停止刊载了。关于这部散文，无论看原作或译文，都是第一流的文艺物，但是究竟因为全书有六七万字，在一个杂志上刊载了一部长篇的散文译稿，终觉不十分好，所以已商得译者的同意，自本期起停止了。"[①]

1932年第5/6期的《文艺月刊》刊载《阿索林散文抄》新译5篇：《山和牧人》《戏剧》《旅人》《宫殿、废墟》和《深闭着的宫》。1936年戴望舒将《沙里奥》和《一个农人的生活》收录在由他翻译的《西班牙短篇小说集》中。《好推事》载于《纯文艺》1938年创刊号，《星岛日报·星座》和《光化》均转载过这篇小品。

1938年5月，戴望舒携家人前往香港，直至1949年返回内地前，戴望舒在香港陆续居住了8年多，此间的主要文学活动包括加入中华全国文艺界抗敌协会香港分会，担任《星岛日报·星座》主编，参与合编《星岛周报》《顶点》《中国作家》。40年代戴望舒在《星岛日报·星座》与《华侨日报·文艺周刊》这两份具有很大影响力的香港文艺周刊上发表了多篇阿索林散文，包括：《好推事》《几个人物的侧影》《灰色的石头》《玛丽亚》《倍拿尔陀爷》《刚杜艾拉》《伤逝》

---

① 佚名：《编辑座谈》，《现代》1932年第1卷第3期。

《夜行者》等。这些作品同时也被内地的文艺期刊转载。

戴望舒先是通过法语翻译阿索林的作品,后来通过西班牙语直接翻译。《西万提斯的未婚妻》是戴望舒发起翻译倡议并邀请同为法语译者的徐霞村合作翻译的,据法国翻译家、阿索林研究者比勒蒙(G. Pillement)的《西班牙》(*Espagne*)译出。1932 年《文艺月刊》所载《阿索林散文抄》中声明是"自 Una hora de España 译出"①,说明戴望舒是从原著翻译的。

作为诗人,戴望舒擅长用诗意的语言翻译阿索林散文,贴合原作的风格,对阿索林作品在中国的传播和接受起到了关键的作用。1929 年《金屋月刊》第 1 卷第 7 期的《金屋谈话》中写道:"戴望舒先生替我们译了一篇阿左林的散文。作者是现代西班牙新文学运动的领袖,他的文体明净芳洁是值得注意的。"② 戴望舒的译介在作家中得到了回响,卞之琳阅读了徐霞村和戴望舒的译文后十分喜爱,开始翻译阿索林的作品。冯亦代曾说:"戴望舒译西班牙阿索林和鲁迅译巴罗哈的作品,使我亲近了法国和西班牙散文的别致风格,阿索林文章中气氛的渲染给我印象特别深……我对于西班牙作家阿索林特别爱好,因为他是写散文的,而且作品在一层淡淡的寂寞与哀愁之中蕴含了不尽的诗意。"③ 当代作家苏北在读了戴望舒翻译的阿索林以后写道:"感谢戴望舒这位诗人。他的语言这么好,不知是阿左林写得好,还是戴望舒翻译得好。总之是好极了。我曾在书的扉页上记下:喜欢阿左林的淡定、从容、简洁(或者说简单),一个西班牙人,他懂得中国的白描,也许白描不仅仅是中国人的发明。或者如莫言所说,艺术作品只有反映了人类的基本情感,才能感动世界各地的读者。我读了书中的《安命》和《节日》,真是感动无比。不,不是感动,而是宁静,是宁静无比。"④

---

① [西]阿索林:《阿索林散文抄》,戴望舒译,《文艺月刊》1932 年第 3 卷第 5/6 期。
② 佚名:《金屋谈话》,《金屋月刊》1929 年第 1 卷第 7 期。
③ 冯亦代:《荒漠中的摸索》,《外国文学评论》1989 年第 3 期。
④ 苏北:《我其实不懂阿左林》,《今日天长》(网络版)2017 年 4 月 24 日第 4 版,http://jrtc.yunpaper.cn/article/index/aid/1410350.html,2023 年 8 月 12 日。

第四章　文体与风格的借鉴

戴望舒钟情于阿索林散文的文体和风格，曾称阿索林为"无匹的散文家阿索林"①，在《西万提斯的未婚妻》的译者小引中，戴望舒将阿索林的风格概括为："他的作风是清淡简洁而新鲜的，他把西班牙真实的面目描画给我们看，好像是荷兰派的画。"②

戴望舒生前原计划出版的《西班牙的一小时》和《小城》都是描写西班牙古城的作品，他的西班牙旅行游记《在一个边境的站上》仿照阿索林的笔法和风格描写了一个西班牙边境小城。

周作人阅读了徐霞村与戴望舒合译的《西万提斯的未婚妻》之后，曾说："他（阿索林）的文章的确好而且特别，读他描写西班牙的小品，真令人对于那些古城小市不能不感到一种牵引了。……这本译本是我所喜欢的书……"③戴望舒则把周作人对西班牙古城的向往付诸实施。1934年8月22日下午5时，戴望舒怀着雀跃的心情登上了法国里昂开往西班牙的火车："我梦想中已变成那样神秘的西班牙在等着我。"④戴望舒的西班牙之梦是一场西班牙文学和文化之梦，是一场古老的西班牙之梦。他解释自己为何取道较远的里昂—鲍尔陀（今译波尔多）路线进入西班牙时说："可以穿过'平静而美丽'的伐斯各尼亚（今译巴斯克），可以到蒲尔哥斯（今译布尔戈斯）去瞻览世界闻名的大伽蓝，可以到伐略道里兹（今译巴利亚多利德）去寻访赛尔房德思（今译塞万提斯）的故居，可以在'绅士的'阿维拉小作勾留，我便舍近而求远，取了从伊隆入西班牙境的那条路程。"⑤戴望舒选择的这条路线从巴罗哈的故乡——巴斯克深入卡斯蒂利亚——被阿索林等"九八年一代"作家看作"西班牙精神"所在的地方，也是阿索林笔下的"西班牙古城"所在的地方，《西班牙的一小时》中《阿维拉》的开篇就是："在西班牙的一切城中，阿维拉是最十六世纪的。

---

① 戴望舒：《记玛德里的书市》，《文艺春秋》1946年第3卷第5期。
② ［西］阿左林：《西万提斯的未婚妻》，戴望舒、徐霞村译，神州国光社1930年版，第1页。
③ 岂明：《西班牙的古城》，《骆驼草》1930年第3期。
④ 戴望舒：《我的旅伴：西班牙旅行记之一》，《新中华》1936年第4卷第1期。
⑤ 戴望舒：《我的旅伴：西班牙旅行记之一》，《新中华》1936年第4卷第1期。

◇◇ 第一部分　启蒙之声:20世纪初西班牙文学的译介与接受(1913—1936)

它是被称为'绅士的'阿维拉。"① 几个月的旅行将"纸上的西班牙"变成了戴望舒"笔下的西班牙",此次西班牙之行最重要的文字成果是四篇旅行杂记和散文《记玛德里的书市》《西班牙爱斯高里亚静院所藏中国小说、戏曲》。

虽然戴望舒没有留下太多评论和研究阿索林的文字,让我们了解他对阿索林的想法,但是从他的游记中可以看出他对阿索林笔下的西班牙的向往和探索。阿索林作品对西班牙精神的挖掘和塑造,深刻影响了戴望舒对西班牙的理解和勾画。在游记之三——《在一个边境的站上》一文中,戴望舒记录了自己在凌晨坐火车抵达西班牙境内的伊伦(Irún),由于抵达时间太早,他枯坐在车站内观察形形色色的人和破旧的火车站:

> 提着筐子,筐子里盛着鸡鸭,或是肩着箱笼,三三两两地趁第一班火车的,是头上裹着包头布的山村的老妇人,面色黝黑的农民,白了头发的老匠人,像是学徒的孩子。整个西班牙小镇的灵魂都可以在这些小小的人物身上找到,而这个小小的车站,它也何尝不是十足西班牙底呢?灰色的砖石,黯黑的木柱子,已经有点腐蚀了的洋铅遮檐,贴在墙上在风中飘着的斑剥的招纸,停在车站尽头处的铁轨上的破旧的货车:这一切都向你说着西班牙的式微,安命,坚忍。西德(Cid)的西班牙,侗黄(Don Juan)的西班牙,吉诃德(Quixote)的西班牙,大仲马或美里梅心目中的西班牙,现在都已过去了,或者竟可以说本来就没有存在过。②

和很多中国读者一样,戴望舒过去对西班牙的了解仅限于纸上的西班牙,代表西班牙精神的是熙德、唐璜和堂吉诃德,是大仲马或梅

---

① [西]阿索林:《西班牙的一小时》,戴望舒译,《现代》1932年第1卷第2期。
② 戴望舒:《在一个边境的站上:西班牙旅行记之三》,《新中华》1936年第4卷第5期。

里美创作的西班牙。周作人曾说:"我不知怎样对于西班牙颇有点感情"①,他对西班牙的"感情"同样来自文学的铺垫,来自西万提斯和"吉诃德先生"、乌纳穆诺以及阿索林。在车站的这一刻,纸上的西班牙被现实的西班牙取代,戴望舒与阿索林发出了类似的声音,这些小人物才是西班牙小镇的灵魂,破旧的车站代表了西班牙精神中的"式微、安命、坚忍"。

读了阿索林等人的作品后,周作人对西班牙的印象更为具体:"伊伯利亚半岛的东西杂糅的破落户的古国"②;汪曾祺在《谈风格》一文中也曾写道,"阿左林笔下的西班牙是一个古旧的西班牙,真正的西班牙"③。诚然,阿索林笔下的西班牙常常是破落废弃的宫殿、戏剧演员、退役军人、修伞匠、卖饼人、传教士,等等,这些景与人质朴无华,就像《劳动者》(又译《一个劳动者的生活》)中的"劳动者"——一个典型的西班牙农民,勤劳善良却生活艰难、一贫如洗,他的身上散发着西班牙农民的朴素、安命、乐观和隐忍,面对生活的种种不幸,他只是感慨:"呃!我们有什么办法呢?上帝是这样安排的!"阿索林将目光投向古旧的建筑和小人物,是为了引导读者发现他们身上所埋藏的西班牙的各种精神,如《一个"伊达哥"》一文中所写:"有些高贵的人,虽然饥饿欲死,也很强烈地不愿意有生人可怜他们。这是西班牙的伟大;质朴、不挠,能够在一个坦然的外表下长久隐忍;几种几乎要渐渐消失的我们的国民性。"④ 该文是对西班牙16世纪文学经典、流浪汉小说的巅峰之作《托尔梅斯河边的小癞子》中部分章节的改写,阿索林将原著小说次要人物——一个普通的没落的小贵族伊达哥提升为主角。原著中的伊达哥,打肿脸充胖子,生活落魄到需要从自己的仆从——流浪汉小癞子那里蹭口饭吃,而阿索林则以优美的笔触

---

① 岂明:《西班牙的古城》,《骆驼草》1930年第3期。
② 岂明:《西班牙的古城》,《骆驼草》1930年第3期。
③ 汪曾祺著,邓九平编:《汪曾祺全集》3《散文卷》,北京师范大学出版社1998年版,第340页。
④ [西]阿左林:《一个"伊达哥"》,徐霞村译,《小说月报》1929年第20卷第11期。

写伊达哥一日的活动，塑造了一个坚韧、高尚的伊达哥形象。

面对边境破旧的车站，戴望舒喟叹去年白雪今安在，颇似阿索林的《宫殿和荒墟》的主题：那些文艺复兴时留下的、富丽堂皇的宫殿，那些曾经由民间手工艺人——石匠、瓦匠、金匠、画师等在宫殿上留下的巧夺天工的作品，如今只剩下残垣断瓦。车站——西班牙的化身，曾经辉煌，到了20世纪初，就像宫殿和巧夺天工的作品一样，失去了往日的光彩。西班牙是游记中的西班牙，是景色优美的国度，但最深层次的西班牙是什么？去何处寻找西班牙的奥秘？戴望舒说："如果你能够留意观察，用你的小心去理解，那么你可以把握住这个卑微而静默的存在，特别是在那些小城中。这是一个式微的、悲剧的、现实的存在，没有光荣、没有梦想。"[1] 戴望舒此时身处破陋的火车站，而心思已经随着阿索林作品的指引走进了城里，在阿索林的指引下神游了一番西班牙的古城。作为游览者的戴望舒所感受到深深的平静、静静的阳光、寂静的小方场、在远处寂灭的叫卖声、消沉下去的寺院的钟声、铁匠的作坊、木匠的作坊、羊毛匠的作坊、腐朽的门、生锈的门环、斑驳或生满黑霉的白墙、野草和草苔侵占的院子、淙淙地响着的喷泉、振羽的鸽子、佝偻的老妇……戴望舒截取了阿索林常用的人、物、景的素材，以阿索林的风格，写了一段他此刻看到、感受到和想象中的西班牙的古城和人：

> 现在，你在清晨或是午后走进任何一个小城去吧。你在狭窄的小路上，在深深的平静中徘徊着。阳光从静静的闭着门的阳台上坠下来，落著一个砌着碎石的小方场。什么也不来搅扰这寂静；街坊上的叫卖声在远处寂灭了。寺院的钟声已消沉下去了。你穿过小方场，经过一个作坊，一切任何作坊，铁匠底、木匠底或羊毛匠底。你伫立一会儿，看着他们带着那一种的热心，坚忍和爱操作着；你来到一所大屋子前面：半开着的门已朽腐了，门环上

---

[1] 戴望舒：《在一个边境的站上：西班牙旅行记之三》，《新中华》1936年第4卷第5期。

满是铁锈,涂着石灰的白墙已经斑剥或生满黑霉了,从门间,你望见了里面被野草和草苔所侵占了的院子。你当然不推门进去,但是在这墙后面,在这门里面,你会感到有苦痛、沉哀或不遂的愿望静静地躺着。你再走上去,街路上依然是沉静的,一个喷泉淙淙地响着,三两只鸽子振羽作声。一个老妇扶着一个女孩佝偻着走过。寺院的钟迟迟地响起来了,又迟迟地消歇了。①

戴望舒文中的"小城",即阿索林的《一个西班牙的城》(又译《一座城》)和《西万提斯的未婚妻》等等无数作品中常出现的西班牙的古城。结尾,戴望舒写道:"这就是最深沉的西班牙,它过着一个寒伧、静默、坚忍而安命的生活,但是它却具有怎样的使人充塞了深深的爱的魅力啊。而这个小小的车站呢,它可不是也将这奥秘的西班牙呈显给我们看了吗?"②

透过阿索林的文字,戴望舒触摸到了真正的西班牙,并像他所说的,对西班牙"充塞了深深的爱"。在阿索林以后,戴望舒将他所翻译的西班牙短篇小说结集成册出版了《西班牙短篇小说集》,之后更是翻译了包括洛尔迦在内的西班牙当代诗人作品,成为20世纪上半叶最重要的西班牙文学译介者之一。

第五节 卞之琳对阿索林的译介

阿索林的小品颇受国内诗人青睐,除了戴望舒,现代诗人卞之琳也是阿索林的重要译介者。卞之琳在浦东中学读高中时就开始诗歌翻译实践,在北京大学上学期间开始在《华北日报副刊》《诗刊》等报纸杂志上发表翻译和自己创作的诗歌。卞之琳十分喜爱阿索林,好友

---

① 戴望舒:《在一个边境的站上:西班牙旅行记之三》,《新中华》1936年第4卷第5期。
② 戴望舒:《在一个边境的站上:西班牙旅行记之三》,《新中华》1936年第4卷第5期。

◇◇◇ 第一部分　启蒙之声:20世纪初西班牙文学的译介与接受(1913—1936)

沈从文写了首《卞之琳浮雕》描摹他翻译和写作时的样态,载于《大公报·文艺副刊》1934年第124期,最后两句模拟卞之琳的口气写道:"天气多好,我不要这好天气。我讨厌一切,真的,只除了阿左林。"

据现有材料,卞之琳共译介了21篇阿索林的短篇小说和散文,最早于1933年以"季陵"为笔名翻译发表了《传教士》(载《牧野》第6期),其主要成果是译著《阿左林小集》。根据卞之琳在《阿左林小集》的"卷头小识"中自述翻译阿索林的经历,他于30年代开始翻译阿索林的作品,通过友人邮购了英译本的《西班牙的一小时》,1934年先译出了《"阿左林是古怪的"》等9篇,接着又译了《奥蕾利亚的眼睛》,后来又根据法语译文翻译了《菲利克思·梵迦士》的部分章节。1935年在日本期间选译了《蓝白集》中的三四篇小说。1936年上海商务印书馆出版的《西窗集》中收录了《"阿左林是古怪的"》等11篇。1937年从戴望舒处获得《唐·欢》的英译本和原著后,卞之琳选译了8个片段集结成《阿左林小集》,由于抗日战争全面爆发直到1943年才由国民图书社出版。《阿左林小集》共27篇:自《小哲学家自白》中选译9章(《"阿左林是古怪的"》《孤独者》《"晚了"》《上书院去的路》《卡乐思神父》《叶克拉》《读书的嗜好》《早催人》《三宝盒》),自《村镇》中选译1章(《奥蕾丽亚的眼睛》),自《唐·欢》中选译8章(《女住持》《金匠店》《记者》《老树》《音乐大师》《诱惑一》《诱惑二》《最后的一晚》),自《菲利克思·梵迦士》中选译2章(《白》《招租》),自《蓝白集》中选译7篇(《玫瑰·白合·剪边罗》《迷惘》《耽乐》《演说家》《改心》《飞蛾与火焰》《像一颗流星》)。另有1篇《轮船先生》发表在《国闻周报》1935年第12卷第32期。

卞之琳译介阿索林受到了同时代作家的影响:戴望舒与徐霞村合译的《西万提斯的未婚妻》出版后,卞之琳"与少数朋友开始爱好了阿左林先生的文章"[①],他还读过周作人在《骆驼草》上写的推

---

① 卞之琳:《卷头小识》,载[西]阿左林《阿左林小集》,卞之琳译,国民图书出版社1943年版,第3页。

荐,并在《译阿左林小品之夜》中写道:"前几年在《骆驼草》上谈到'西班牙的城'的岂明先生前几天在报上谈北平呼声中正介绍过呢。"①

阿索林在西班牙内战中被迫逃亡法国避难,令同样遭遇战争流离失所的卞之琳等中国作家产生了惺惺相惜之情。卞之琳在阅读阿索林的时候,产生了强烈共情。他在阿索林笔下感受到了作家对人民和祖国的深情,又将这种深情投向了自己的国家,在《阿左林小集》的《卷头小识》里他写道:"他把王公贵人和市肆负贩,宫廷和铁匠铺,用了同样篇幅,同样气力写,仿佛不知道谁大谁小,什么大什么小,他总亲切的,生动的给了我们以西班牙人和西班牙。……阿左林先生固然没有教我爱西班牙,更没有教我爱中国,然而从他的作品里,如同从一切真挚的作品里,我增得了对于人,对于地的感情,也就增得了对于西班牙的感情,也就增得了对于本国的感情。"② 卞之琳在《译阿左林小品之夜》中曾写道:"'这是异邦呢,还是故国?'都是的,在我。我是中国人。译这些小品,说句冒昧的话,仿佛是发泄自己的哀愁了。"③ 西班牙与中国同为古国,在卞之琳译介阿索林的时候,中国也和西班牙一样经历战乱,文学和现实交织下,卞之琳对阿索林和阿索林笔下的人和景产生了共鸣。《阿左林小集》的读者、诗人曾卓也曾感慨《阿左林小集》中的西班牙和中国有很多相似之处,他认为《三宝盒》中提到的西班牙人常说的三句话——"多晚了!""我们可以干什么呢?""现在他就要死了!"恰恰也是中国人经常说的冷淡的话,这三句话表明了"听天由命,悲哀,逆来顺受,令人寒心的死感",可以说是概括了西班牙民族的心理。④

卞之琳主要从英语版本进行转译,同时参考法语和西班牙语的版

---

① 卞之琳著,江弱水、青乔编:《卞之琳文集》中卷,安徽教育出版社2002年版,第4页。
② 卞之琳:《卷头小识》,载[西]阿左林《阿左林小集》,卞之琳译,国民图书出版社1943年版,第1页。
③ 卞之琳著,江弱水、青乔编:《卞之琳文集》中卷,安徽教育出版社2002年版,第4页。
④ 曾卓:《曾卓文集》第3卷,长江文艺出版社1994年版,第352页。

本。卞之琳译介阿索林克服了重重困难，除了战争因素，在当时获得原本和其他语言译本很不容易，再次印证了在国内早期的西班牙文学翻译活动中，这些因素影响了西班牙文学在中国的译介。幸得文学界友人的相助和支持，通过各种渠道为卞之琳提供了阿索林的译作和译文。在《阿左林小集》的《卷头小识》中，他提到了友人的帮助，包括另一位译者戴望舒的指点："一九三七年春天从北平回南方，在上海望舒那里谈起了这个小集子，就托他找我从《日晷》上转译下的那几篇的原文，他就告诉我《奥蕾丽亚的眼睛》就是《西班牙》里的一篇，并且把原文给我看了，由他的帮助，我改正了几点自己的译文。"①

卞之琳为译介阿索林付出了巨大心血，从《阿左林小集》的《卷头小识》笔录的漫长翻译过程可见一斑。卞之琳的《阿左林小集》出版于战争时期，虽然印刷简陋却深受一些作家的喜爱，曾卓的书评《阿左林小集》中谈到②，这是他买的第六本或第七本，前几本都送给别的友人了，离开重庆时，大部分藏书都不得已扔掉，只随身带走了几本，《阿左林小集》就是其中之一，并称赞卞之琳的译文优美，信达。

第六节　汪曾祺等京派作家对阿索林的接受

汪曾祺曾在《阿索林是古怪的——读阿索林〈塞万提斯的未婚妻〉》和《谈风格》两篇文章中明确提到阿索林对他的影响，他称"阿索林是我终生膜拜的作家"③，又说"有人问我受哪些作家影响比

---

① 卞之琳：《卷头小识》，载［西］阿左林《阿左林小集》，卞之琳译，国民图书出版社1943年版，第6页。
② 曾卓：《曾卓文集》第3卷，长江文艺出版社1994年版，第350—353页。
③ 汪曾祺著，邓九平编：《汪曾祺全集》6《散文卷》，北京师范大学出版社1998年版，第14页。

较深，我想了想：古人里是归有光，中国现代作家是鲁迅、沈从文、废名，外国作家是契诃夫和阿索林"①。

汪曾祺生于1920年，国内掀起阿索林译介的热潮时，正是他的青年时代，在西南联大二年级时，汪曾祺开始迷上了阿索林，并受到他的影响，写了一些类似风格的小品文。汪曾祺一生留下400多万字的小说、散文和诗歌，但是没有写过长篇小说。他的大部分作品是在新时期创作的，青年时创作过一些短篇小说和散文，并初露锋芒，创作了《戴车匠》《老鲁》《鸡鸭名家》等优秀作品，收入《邂逅集》。沈从文称"他写的比我好"，并将汪曾祺的习作寄出投稿。

汪曾祺关注到了阿索林小说散文化的特征。在《小说的散文化》一文中，汪曾祺提出："散文化似乎是世界小说的一种（不是唯一的）趋势……阿左林的许多小说称之为散文也未尝不可，但他自己是认为那是小说的。——有些完全不能称为小说的东西，则命之为'小品'，比如《阿左林是古怪的》。"② 汪曾祺提到的《阿左林是古怪的》是《一个小哲学家的自白》中的一个短篇，小说中的"我"去拜访一个上流社会家庭，陷入了一种社交的恐惧，不知如何与人交流，于是不停地观察周围环境，当主人夫妇夸赞他的天才时，他觉得并非如此，于是就说："阿索林是个古怪的人。"短短几百字让读者跟着一起体会了"我"的惊慌不安，以小说的开篇部分为例：

听主妇对我说："把你的帽子放开吧，"我觉得窘极了。我把它放到什么地方去呢？我怎样把它放开呢？我笔直的坐在一张靠椅的极边上；把手杖搁在两腿间，帽子搁在膝头上。怎样把它放开呢？放到什么地方去呢？墙上我看见他们的女儿所画的花卉图；天花板上装点着蓝云，云间有一些燕子在飞。我在椅子上稍为扭

---

① 汪曾祺著，邓九平编：《汪曾祺全集》3《散文卷》，北京师范大学出版社1998年版，第337页。

② 汪曾祺著，邓九平编：《汪曾祺全集》4《散文卷》，北京师范大学出版社1998年版，第78页。

动了一下,回答主妇的一句话:"今年真是热。"①

主人公对寻常场景进行了细致的观察,穿插以不连贯的对话和"我"的遐想,"我"内心的复杂波动被如实记录下来,具有强烈现实感,读者很容易身临其境。这种写作打破了传统形式,忽略了故事情节,对人物大量着墨,将对话和"我"的冥想串联起来,犹如一幅幅连续的画。汪曾祺的创作实践中也有与阿索林近似的散文化的小说,以《三叶虫与剑兰花》中的一个片段为例:

> 徐的额头上也有些潮润,我看他掏出手绢擦过不止一次。也许这是他的习惯,有许多人做完了事总要擦擦的,即使不出汗。然而这会儿实在热了,十点多了。徐为什么不脱衣服?他想着什么,不大在意。这个人好像经常地想着什么。所以他的研究工作做得那么精细实在。这样的性格跟他的工作真合适。他做一切事总是那么从容不迫,有条不紊。我这会儿可是想说说话。我们所有的研究室也空了,许多习惯也真该随那些图书仪器一块儿运走了。我们有一段时间过另外一种日子,我们要旅行不少地方,回一趟家,见许多东西,吃吃,谈谈……我有跟人说点什么的欲望,几次要开口了,想不到说什么好。得了,随便,随便最好,抬一抬头:
> "天真是蓝!"②

这篇小说没有明显的结构,而是随着"我"的思绪展开,用随笔的形式写了几个场景和几个人物。因大学里的图书仪器需搬迁,"我"和徐之一起参与劳动,通过"我"对徐的动作习惯的观察,向读者展

---

① [西]阿左林:《阿左林小集》,卞之琳译,国民图书出版社1943年版,第1页。
② 汪曾祺著,邓九平编:《汪曾祺全集》1《小说卷》,北京师范大学出版社1998年版,第164页。

示了他的职业和性格。"我"实际上是满怀离愁别绪的,很想要说一些告别的话,但最后就说了一句"天真是蓝",仿佛呼应了阿索林的"今年真是热"。文字自然流畅,没有华丽的语言和修辞,读者能自然地进入小说场景之中。

从早期的《醒来》《职业》《庙与僧》等短篇小说开始,汪曾祺逐渐形成了个人风格。其作品特点之一是小说的散文化,他的小说情节往往如凡人的日常一般流动推进,不存在必然的、确定的因果联系,不受严格的情节完整要求的支配。

汪曾祺曾主张短篇小说的革新,包括散文化、诗歌化或是戏剧化,在《短篇小说的本质》一文中他写道:"我们宁可一个短篇小说像诗,像散文,像戏,什么也不像也行,可是不愿意它太像个小说,那只有注定它的死灭。我们那种旧小说,那种标准的短篇小说,必然将是个历史上的东西。"① 在《小说的散文化》中,汪曾祺提出了"散文化的小说"所具有的几个方面的特征:题材方面,"散文化的小说一般不写重大题材。在散文化小说作者的眼里,题材无所谓大小。他们所关注的往往是小事,生活的一角落,一片段";人物描写方面,"散文化的小说不过分地刻划人物";结构方面,"散文化小说的最明显的外部特征是结构松散。……打破定式,是散文化小说结构的特点";情节方面,散文化的小说没有什么具体的情节,"有一些散文化的小说所写的常常只是一种意境";语言方面,"散文化小说的作者十分潜心于语言"。② 对照前文对阿索林文学创作的论述,我们发现,汪曾祺对于"散文化的小说"的认识与阿索林是共通的。

其次,汪曾祺与阿索林对作品风格和语言的追求相似:内容质朴、形象和内蕴丰富、细节描写精确生动、节奏舒缓、以优美的笔触反映日常生活。

---

① 汪曾祺著,邓九平编:《汪曾祺全集》3《散文卷》,北京师范大学出版社1998年版,第27—28页。

② 汪曾祺著,邓九平编:《汪曾祺全集》4《散文卷》,北京师范大学出版社1998年版,第78—81页。

第一部分　启蒙之声:20 世纪初西班牙文学的译介与接受(1913—1936)

两人均认为风格至关重要，是一个作家区别于其他作家的标志。汪曾祺在《谈风格》中写道："一个人的风格是和他的气质有关的。布封说过：'风格即人'。中国也有'文如其人'的说法。人和人是不一样的。趋舍不同，静躁异趣。"① 阿索林也写过一篇题为"风格"的评论，他指出："每一个作家都有他的风格。每一个作家都拥护他的风格。一切风格的拥护是一种个人的自白。"他阐释了自己对风格的好恶，并引用西班牙 17 世纪作家格拉西安的话表明自己对自然、简洁的风格的喜爱："风格是像面包一样地自然，我们永远不会厌倦它……（自然的风格）是那些在日常事务上，并不深思而话说得很好的人们所用的东西。"他还批评了矫饰的风格和晦涩的语言："西班牙的诸作家的主要的瑕疵，实在就是晦奥。"② 这与汪曾祺对小说语言的看法极为相近，汪曾祺认为："散文化小说的作者十分潜心于语言。他们深知，除了语言，小说就不存在。他们希望自己的语言雅致、精确、平易。他们让他们对于生活的态度于字里行间自自然然地流出，照现在西方所流行的一种说法是：注意语言对于主题的暗示性。"③

在汪曾祺的很多描写中，都可见他朴素平和的语言，使用精确的词语和表达将生活准确、优美地呈现在读者眼前。以他的代表作、短篇小说《戴车匠》中的一段描写为例：

> 木花吐出来，车床的铁轴无声而精亮，滑滑润润转动，牛皮带往来牵动，戴车匠的两脚一上一下。木花吐出来，旋刀服从他的意志，受他多年经验的指导，旋成圆球，旋成瓶颈状，旋苗条的腰身，旋出一笔难以描画的弧线，一个悬胆，一个羊角弯，一个螺纹，一个杵脚，一个瓢状的，铲状的空槽，一个银锭元宝形，

---

① 汪曾祺著，邓九平编：《汪曾祺全集》3《散文卷》，北京师范大学出版社 1998 年版，第 335 页。
② [西] 阿索林：《西班牙的一小时》，戴望舒译，《现代》1932 年第 1 卷第 2 期。
③ 汪曾祺著，邓九平编：《汪曾祺全集》4《散文卷》，北京师范大学出版社 1998 年版，第 81 页。

一个云头如意形……狭狭长长轻轻薄薄木花吐出来，如兰叶，如书带草，如新韭，如番瓜瓤，戴车匠的背勾偻着，左眉低一点，右眉挑一点，嘴唇微微翕合，好像总在轻声吹着口哨。木花吐出来，挂一点在车床架子上，大部分从那个方洞里落下去，落在地板上，落在戴车匠的脚上。木花吐出来，宛转的，绵缠的，谐和的，安定的，不慌不忙的吐出来，随着旋刀悦耳的吟唱。……①

在这段文字中，汪曾祺对戴车匠的劳动场面进行了细致入微的描写，营造了一个现实感和艺术感交织的场景，将很多人眼中艰苦的劳动写出了和谐、闲适和优雅，令读者身临其境感受车匠的精湛技艺和他对这门手艺的执着与热爱。

值得一提的是，阿索林也和汪曾祺一样，十分喜爱和敬重平凡而伟大的匠人。阿索林对西班牙的传统充满着热爱之情，在当选西班牙皇家学院院士的演讲中，他自称为"文学的匠人"，因从西班牙工匠的身上感受到对传统的热爱：

在西班牙的诸小镇上，我曾经时常看着那些在自己的作坊里的铁，木，和羊毛的工匠。在近代的世界中，细巧而有耐心的手工艺是在很快地消灭下去了。但是在那些小镇的作坊中，我却赏识着那些匠人的爱，小心和感心的忍耐。……传统，从父亲到儿子，形成了这些行业，慢慢地创造了又积起了那些运用它们的材料的技术，习惯和秘诀。而我这个旁观者所期望于文学的匠人者，便是这些卑微的劳动者的品性，这种传统的氛围气，这种工作的热忱。②

---

① 汪曾祺著，邓九平编：《汪曾祺全集》1《小说卷》，北京师范大学出版社1998年版，第141页。
② [西]阿索林：《西班牙的一小时》，戴望舒译，载王文彬、金石主编《戴望舒全集·散文卷》，中国青年出版社1999年版，第463—464页。

通过以上几个方面的分析，我们发现汪曾祺与阿索林在精神气质和文学追求方面十分相近，这是汪曾祺接受阿索林的一个基本前提。汪曾祺吸收、借鉴了阿索林的创作手法和理念，特别是在短篇小说的散文化书写方面，但是汪曾祺的写作植根中国传统和文化之中，融合了自身的经历和阅读体验，阿索林有西班牙的古城和故乡"叶克拉（Yecla）"，而汪曾祺有西南的城镇和故乡高邮。

第五章 骑士东游
——《堂吉诃德》的译介与接受

第一节 《堂吉诃德》译介概述

米格尔·德·塞万提斯·萨维德拉（Miguel de Cervantes Saavedra，1547-1616）是西班牙语世界最伟大的小说家，他的《堂吉诃德》代表了西班牙语文学的最高成就，哈罗德·布鲁姆称《堂吉诃德》是"第一部西方现代小说"。

根据相关研究，"塞万提斯的名字最早见于《江苏》杂志11、12合刊（1904年4月1日）的世界名人录，将他的名字译为'沙文第斯'。除了注明他的生卒年，著有小说《唐克孙脱》（Don Quixote）外，还评述这部作品'不追前轨，莫步后尘，曼然称杰作'"[1]。最早的《堂吉诃德》的译文见于1913年的《独立周报》，共两章，由马一浮翻译[2]，由于篇幅短小，几乎没有产生影响。

1922年，著名翻译家林纾与陈家麟合作翻译的《魔侠传》由商务印书馆出版，是《堂吉诃德》在中国的最早译本。虽然是《堂吉诃

---

[1] 王军：《新中国60年塞万提斯小说研究之考察与分析》，《国外文学》2012年第4期。
[2] 史青：《永远的骑士——塞万提斯逝世四百周年纪念暨国际学术研讨会纪要》，《外国文学》2017年第1期。

德》的首译，但在译出后并没有得到文学界认可。金克木称，林译出来，毫无动静，周作人表达了对译本的失望之情，钱锺书用"老笔颓唐"批评林纾。历经近百年沉淀，今天的研究者从历史角度看待《魔侠传》，林译本尽管存在诸多不足，但作为首个译本，具有开创性价值。

《魔侠传》之后，国内陆续出版的各类《堂吉诃德》的节译本、简写本、英汉对照学业书等10种左右，全部是转译的，包括：贺玉波译的《吉诃德先生》，1931年由上海开明书店出版；蒋瑞青译的《吉诃德先生》，1933年由上海世界书局出版；汪倜然（汪绍箕）译的《吉诃德先生》，1934年由上海新生命书局出版；慎伯译的《董吉诃德》，1936年由中华书局出版；伍光建译的《疯侠》，1936年由上海商务印书馆出版；伪满洲图书文具株式会社1938年出版的简写本《唐先生奇侠传》；温志达译的《堂吉诃德》，1939年由上海启明书店出版；傅东华译的《吉诃德先生传》，1939年由长沙商务印书馆出版；1945年河南韬奋书店的《唐·吉诃德》，译者不详；范泉译的《吉诃德先生传》，1948年由永祥印书馆出版。

这些译本中，翻译家傅东华的译本流传最为广泛。早在1925年，傅东华就在《小说月报》发表了《西万提司评传》[①]一文介绍这位作家。受《世界文库》主编郑振铎邀请，傅东华负责翻译《吉诃德先生传》，译作于1935—1936年在《世界文库》连载。1939年作为单行本出版，此后多次再版。据他本人所述[②]，由于不识西班牙语，最初翻译时，他寻找到了5种英语译本（T. Shelton、P. Motteux、O. Jarvis、T. Smollett 和一个佚名翻译的译本），还有法语译本（M. Furne）和日语译本（片上伸），主要参考 O. Jarvis 和片上伸译本译出。他还译出了海涅的评论《吉诃德先生》，载于1935年《译文》第2卷第3期。

另有一些翻译家尝试翻译《堂吉诃德》，但受战争等因素影响，未能成书。1934年，翻译家马宗融曾有感于国内没有质量上乘的全文

---

① 傅东华：《西万提司评传》，《小说月报》1925年第16卷第1期。
② 傅东华：《我怎样和吉诃德先生初次见面》，《中学生》1935年第56期。

译本,试图通过法语转译来完整翻译全著,但最终仅译出了序言和前五个章节,以《巽语借镜录:董齐索德》刊载于《华美》第1卷第1—6期。

戴望舒受胡适邀约,1936—1938年获得中英庚款委员会资助翻译《堂吉诃德》,他依据从西班牙带回的多部西语原著版本进行翻译,并做有大量注释,但这些译稿最终遗失。叶灵凤回忆,戴望舒青年时期游历西班牙时,就已对这部西班牙名著产生兴趣,"(戴望舒)到了马德里以后,他还在塞万提斯的铜像下面拍了一张照,可见他那时早已有了这志愿了"。叶灵凤见证了戴望舒十余年来不懈翻译,但遗憾的是有生之年未能见到好友的《堂吉诃德》面世:

> 我一见到堂吉诃德全译本出版的消息,就不禁想起了望舒,因为他一直将翻译堂吉诃德当作自己一生一个最大的志愿……可惜进行了不久,就爆发了抗日战争,他从上海来到了香港,庚款委员会的译书计划自然也停顿了。但是十多年来,他仍一直在继续这件工作,有时抽暇修改旧稿,有时又新译几节,虽然进行得很慢,但是我知道他从未将这件工作完全停顿过。……我不知他的"堂吉诃德"究竟已经译成了多少,但是毫无疑问他对这一份译文是花了不少心血的。①

1990年,施蛰存将仅存的第四章全文及注释发表在《香港文学》第67期②,施蛰存称:"从残存的译稿来看,望舒是把这本书当作欧洲文学经典著作来翻译介绍的。"③

虽然在20世纪初尚未有令人满意的译本,但中国文学界已将《堂

---

① 叶灵凤:《〈堂吉诃德〉的全译和望舒》,《读书随笔·二集》,生活·读书·新知三联书店1988年版,第35—37页。
② [西]赛尔房特思:《吉诃德爷传(译稿第四章)》,戴望舒译,《香港文学》1990年第67期。
③ 施蛰存:《诗人身后事》,《香港文学》1990年第67期。

第一部分 启蒙之声:20世纪初西班牙文学的译介与接受(1913—1936)

吉诃德》确立为外国文学经典。"学衡派"吴宓在《西洋文学入门必读书目》[①]中,将英语版的《堂吉诃德》列为唯一的"西班牙文学名著"。文学研究会的多位成员曾给予这部作品极高评价,茅盾肯定了塞万提斯是西班牙古典文学的代表:"当十六世纪西班牙政治事业正当隆盛的时代,文学界中也出了一个极大的不朽的文家,就是西凡德思。提起西班牙古典文学的代表,除他更没有别人可以当得了。"[②]郑振铎在1927年所编的《文学大纲》中评论:"除了莎士比亚的戏曲以外,西万提司的大著《吉诃德先生》(Don Quixote)是文艺复兴期的对于世界文学最美丽、最奇异的贡献。"他为堂吉诃德的伟大心胸和坚定的信仰所打动,赞扬他大战风车,且不以失败自馁的精神"是一切前驱者的精神!西万提司在这里给世界以一个最伟大、最高尚的人物,常常是完全的可爱的"[③]。国内最早的西班牙文学史述《西班牙文学》推《堂吉诃德》为西班牙小说的代表、不朽的文学作品,用大量笔墨对作家和作品进行了介绍,将吉诃德称为可爱、伟大、高尚的人物。[④]

《堂吉诃德》在中国早期传播的最主要推动者是周氏兄弟,他们著书立说,并与知名学者、作家围绕堂吉诃德的人物意义展开争鸣,激发了读者阅读和讨论的兴趣。周作人《欧洲文学史》中的相关论述、鲁迅与瞿秋白合译的《解放了的堂·吉诃德》、鲁迅的杂文《中华民国的新"堂吉诃德"们》《真假堂吉诃德》等,在国内引发广泛关注,"吉诃德"成为理想主义和英雄主义的代名词。可以说,中国知识分子对堂吉诃德人物形象的阐释,正是在特定历史时期其自身文化传统在西方文化冲击下的反馈,"呼唤堂吉诃德"的本质是他们对满怀理想、一往无前的英雄主义的呼唤。

在文学以外,由原著改编的电影扩大了原著小说在社会层面的影响。1933年由英国电影公司摄制的电影《吉诃德先生》(Don Quixote)

---

① 吴宓:《西洋文学入门必读书目》,《学衡》1923年第22期。
② 沈雁冰:《西班牙写实文学的代表者伊本讷兹》,《小说月报》1921年第12卷第3期。
③ 郑振铎:《文学大纲》,商务印书馆国际有限公司2015年第2版,第507—509页。
④ 万良濬、朱曼华:《西班牙文学》,商务印书馆1931年版,第101—109页。

在南京等国内城市上映，两年间《矛盾月刊》《文艺月刊》《时事新报》《时报》《新闻报本埠附刊》《十日谈》《小说》《明星》《电影生活》《玫瑰画报》《现代》等报纸杂志对电影以及小说原著进行了持续的报道。

废名、张天翼等中国作家受《堂吉诃德》和相关评论的影响，创作出了中国的"堂吉诃德"，《莫须有先生传》和《洋泾浜奇侠》是其中最具代表性的作品。中国作家将"堂吉诃德"引进中国的同时，着眼于揭露中国社会的矛盾冲突，揭示中国知识分子的挣扎，在吸收外国文学艺术形式的同时，赋予莫须有和史兆昌这两个中国的"堂吉诃德"以作家的思想特质和时代精神内涵。

第二节 引玉之砖:《魔侠传》

《魔侠传》是《堂吉诃德》的首个译本，1922年由商务印书馆出版，由林纾与陈家麟合作翻译，以转译形式译入中文，中介英语版本不详。《魔侠传》仅译了原著第一部的正文章节，内容有删减。第一版共202页，分为上下卷，共四段，每段长度不同。首次出版后，商务印书馆曾在1933、1934、1937年三次重印。当下，林纾译著依然具有清末民初文献研究、民国世界文学翻译研究等方面的史料价值，新时期以来商务印书馆、朝华出版社和上海三联书店等重印了包括《魔侠传》在内的部分林译作品。

《魔侠传》的主要译者林纾（1852—1924），福建闽县（福州）人，字琴南，是清末民初著名翻译家，他本人不懂外语，通过与其他通晓外语的人合作翻译。据统计，他一共翻译了246部作品，其中已发表和出版的222种，除去原著者信息不详的作品，共涉及11个国家，107名作家。[1] 胡适称林纾是"译介西洋近世文学第一人"，康有

---

[1] 张俊才:《林纾评传》，中华书局2007年版，第292—293页。

◇◇ 第一部分　启蒙之声：20世纪初西班牙文学的译介与接受（1913—1936）

为写《琴南先生写万木草堂图题诗见赠赋谢》，称赞严复和林纾："译才并世数严林，百部虞初救世心。"

林译西方小说数量之大，影响之广，与当时的社会潮流有很大关系。维新之后，西洋小说对于启发民智的意义已是共识，小说报纸杂志纷纷创刊：《点石斋画报》《绣像小说》《月月小说》《新新小说》《小说七日报》《小说旬报》《小说林》《小说月报》《小说海》《中华小说界》……一时翻译小说成为时尚，且不论文言还是白话，这些报刊一并收之，为外国文学翻译提供了广阔的发表空间。

林纾译作主要由商务印书馆出版，该馆被认为是早期译介外国文学的发端之一。商务印书馆自清光绪二十九年（1903）到民国十三年（1924）共出版译书322种，影响了周作人、鲁迅、沈从文、钱锺书、林语堂等后世作家。该馆及旗下《小说月报》《东方杂志》和《小说世界》出版和刊载了近170部林译小说。《魔侠传》是商务印书馆推出的"说部丛书"的一种，该丛书含林译本124种，占总量的1/3以上，包括《巴黎茶花女遗事》《黑奴吁天录》《吟边燕语》等代表作。

《魔侠传》是《堂吉诃德》首译，但是它的翻译质量却受到不少诟病，令读者感到遗憾惋惜。虽然在译介时间上《魔侠传》发生在五四运动之后，但是从译者、翻译目的和策略来说，它延续了晚清西方文学翻译的传统，没有受到新文化运动过多的影响。1922年周作人在《晨报副镌》发表《魔侠传》一文，直言他对这本译著的失望："因为我们的期望太大，对于译本的失望也就更甚"。他指出《魔侠传》存在的几个问题，即：只译了上部，译文不够忠实原文，有不同程度的改写和错译，还任意添加批注。周作人提出："希望中国将来会有一部不辱没原作者的全译出现。"① 钱锺书虽然将《魔侠传》列入林纾译得较好的四十余部作品之一，但指出《魔侠传》是林纾晚期之作，其精力和笔力已大不如前："他前期的译本绝大多数有自序或旁人序，有跋，有《小引》，有《达旨》，有《例言》，有《译余剩语》，有

---

① 周作人：《自己的园地》，北新书局1930年第14版，第92、95页。

《短评数则》，有自己和旁人所题的诗、词，在译文里还时常附加按语和评语"，到了后期他的翻译态度发生了转变，"这些点缀品或附属品大大地减削。题诗和题词完全绝迹；卷头语……也极少出现……他的整个态度显得随便，竟可以说是冷淡、漠不关心"[①]。《中外文学交流史·中国—西班牙语国家卷》[②]通过对文本的细致分析指出《魔侠传》存在的主要问题：仅译了上部的非全译本；忠实性欠佳，大量删减原文内容使塞万提斯的丰富和多义变得单一，损毁了小说所具有的现代性；略去与西班牙历史文化传统互文的语句；随意增加语句，进入译文说三道四。

将《魔侠传》中的误译、漏译、随意改写等谬误完全归罪于林纾，证据尚显不足：一方面，《魔侠传》是通过英语译本转译的，译者未指出具体参考的英语版本，因此无法得知错译、删减等不忠实原文的问题是否应归咎于作为中介的英译本；另一方面，林纾曾说"鄙人不审西文，但能笔达；即有讹错，均出不知"[③]，在与助手陈家麟的合作中，由陈家麟负责口译，林纾落笔，因此一些错译和删减可能是陈家麟有意无意的行为。

尽管如此，通过对《魔侠传》文本的细节进行分析，结合林纾本人的政治主张，可以窥得林纾作为文字的输出者，影响了翻译策略的选择和译著整体的风格：翻译策略方面，林纾随意添加评论；译著风格方面，林纾过度求雅，偏离原文风格。以下试做具体分析。

一　随意添加评论

林纾经常在译文中随性添加带有主观色彩的评论，周作人评价说：

[①] 钱锺书（钱钟书）等：《林纾的翻译》，商务印书馆1981年版，第35—36页。
[②] 赵振江等：《中外文学交流史·中国—西班牙语国家卷》，山东教育出版社2015年版，第79—84页。
[③] 钱锺书（钱钟书）等：《林纾的翻译》，商务印书馆1981年版，第30页。

第一部分 启蒙之声:20世纪初西班牙文学的译介与接受(1913—1936)

"这种译文,这种批注,我真觉得可惊,此外再也没有什么可说了。"①林纾译文中,既有真正的"批注"——在排版时均被调整为原文字体约1/2的大小,因为是纵向排版,批注与正文很容易区别开来,而周作人所说的"批注",实际上是林纾在正文中随意添加的个人评论,和正文融为一体,甚至可能误导读者,让读者误以为是原作者的话语。

被周作人批评的例子来自原著第三十一章。堂吉诃德第一次出门冒险,遇农夫鞭打偷懒的佣人——一个十五六岁的男孩,堂吉诃德按照骑士小说那套打抱不平,命令农夫放了男孩,并向男孩补偿拖欠的工钱,结果等堂吉诃德走了,主人立马改换了嘴脸,男孩挨了主人更狠的鞭子。事有巧合,男孩后来又遇到了堂吉诃德,非但不感谢他,反而对他破口大骂:"但愿上帝咒诅您!咒诅世界上所有的游侠骑士!"②(a quien Dios maldiga, y a todos cuantos caballeros andantes han nacido en el mundo.)《魔侠传》中相应语句的译文为"似此等侠客,在法宜骈首而诛,不留一人以害社会。吾于党人亦然"③,这明显要比原文激进很多,原文只用了"maldiga"(诅咒、咒骂),而后者用了"诛""不留一人以害社会",且添加评论"吾于党人亦然",表明译者反对革命、憎恶革命党人的政治立场。

《魔侠传》中添加的评论完全符合林纾的政治倾向和社会治理主张。原著上卷第七章中,堂吉诃德许诺桑丘,如果能征服海岛或王国,就根据骑士的规矩,封他当个附庸国的国王:"你别以为这有什么稀奇,游侠骑士的遭遇,好些是从古未有而且意想不到的。"(Y no lo tengas a mucho, que casos y casos acontecen a los tales caballeros, por modos tan nunca vistos ni pensados, que con facilidad te podría dar aún más de lo que te prometo.)《魔侠传》中相应语句的译文为:"且此事甚易,

---

① 周作人:《自己的园地》,北新书局1930年第14版,第96页。
② 参考译文均出自杨绛译本,下同。
③ [西]塞万提斯:《魔侠传》,林纾、陈家麟译,上海三联书店2018年版,卷下第四段第43页。

尔勿惊悸，天下事安能遽定，譬如革命一事，至伟至大，然以吾观之，亦常事耳。"① 原著中没有做"天下事安能遽定，譬如革命一事，至伟至大，然以吾观之，亦常事耳"这番关于革命的论述，联系林纾所处的时代背景和他的政治立场，译文中的"革命"指的应该是清末民初中国的革命，"吾"指的自然是林纾本人。因堂吉诃德向桑丘表达了"世事难料"的观点，林纾发了一通自己对革命的看法：天下事怎么能急匆匆就定下来？比如革命的事情，再怎么说它伟大，在我看来，也不过平常事而已。

《堂吉诃德》中的《何必追根究底》是一个关于朋友道义、夫妻信任的短篇故事。安塞尔模求好友罗塔琉帮他试探他新婚妻子卡蜜拉的忠诚，一开始，罗塔琉坚决反对好友的荒唐主意，但后来与卡蜜拉朝夕相处，日久生情，最终两人背叛了安塞尔模。《魔侠传》译文中添加了如下评论："路沙雷盖如汉之伍被，始持正论，后乃从逆，后乃反汉惜哉。"② 塞万提斯侧重于批判丈夫的愚蠢，而林纾译文侧重于批判好友的变节。他引用汉朝伍被的典故来佐证"路沙雷变节"之谬：汉代淮南王刘安想要谋反，羁押了门客伍被的父母要挟他，而对朝廷忠心耿耿的伍被劝刘安不要谋反，并将朝廷大大称颂了一番。后来伍被变节了，为刘安出谋划策，谋反的事情败露后被杀了。林纾把背信弃义地勾引朋友妻子的"路沙雷"与伍被做比较，将支持朝廷称为"正论"，推翻朝廷视为"从逆"，林纾眼中的革命党人无异于"始持正论，后乃从逆"者。这样的译文完全符合他保皇派的政治立场。

原小说第四十八章中，神父提出，对骑士小说应该进行审查，这有利于骑士小说的推陈出新、不断进步，不论是对闲人还是忙人来说，骑士小说都可以为紧张的生活带来放松，人就像绷紧的弓一样，没有

---

① ［西］塞万提斯：《魔侠传》，林纾、陈家麟译，上海三联书店2018年版，卷上第一段第33页。
② ［西］塞万提斯：《魔侠传》，林纾、陈家麟译，上海三联书店2018年版，卷下第四段第91页。

适当的放松和休闲是不行的。《魔侠传》中相应表述为:"至于小说,亦宜加以审定,此书适合今日所谓通俗教育会章程,乃西班牙固已行之矣。书果佳者,则可力遏前人所著,离谬之书,不令行世,盖戏文及小说为社会中万不可废之物,非是,无消遣之具,且将窘其脑筋。"[1]其中,"此书适合今日所谓通俗教育会章程,乃西班牙固已行之矣"是添加的文字,表达了译者对文学审查的支持。译文提及的"通俗教育会"是指中华民国教育部于1915年增设的通俗教育研究会,以研究通俗教育事项、改良社会、普及教育为宗旨,分小说、戏剧和讲演三股,工作内容包含调查、审核、选择、编辑、撰译和改良等。此段译文的添加,反映出林纾译书的动机之一是救国:"吾谓欲开民智,必立学堂,学堂功缓,不如立会演说,演说又不易举,终之唯有译书。"[2]他始终秉持改良派"洋为中用"的功利主义目的去翻译,他不断思考中西文化的差异,并不断借鉴西方的优势,这里提出的对小说的审查正是他努力汲取西方可以为清末民初中国社会所用之经验的证明。

此外,原著所讨论的是"骑士小说",而译文去掉了"骑士",扩大到了所有"小说";原著提出骑士小说可以作为休闲读物,而林纾不仅把小说和戏文看作是"消遣之具",而且可以"窘其脑筋",强调了小说和戏文启发智慧、锻炼思维的教育价值。这说明林纾有意打破中国文化传统中对小说和戏文的偏见,正如郑振铎对林纾的评论:"他以一个'古文家'动手去译欧洲的小说,且称他们的小说家为可以与太史公比肩,这确是勇敢的很大胆的举动。自他之后,中国文人,才有以小说家自命的;自他之后才开始了翻译世界的文学作品的风气。"[3]

除了以上几处,书中其他由译者添加的评论还有"读吾书者,当

---

[1] [西]塞万提斯:《魔侠传》,林纾、陈家麟译,上海三联书店2018年版,卷下第四段第181—182页。
[2] 罗新璋编:《翻译论集》,商务印书馆1984年版,第161页。
[3] 钱锺书(钱钟书)等:《林纾的翻译》,商务印书馆1981年版,第17页。

捧腹不可自止矣"①"上均幻之言"②"此尤奇想"③"铁弩三千随婿去，正与此同"④"此事与中国故清时同"⑤，等等，可能与林纾没有外国语言文学的学习经历，诗学观念完全来自中国古典文学有关，是他的阅读和文学惯习对翻译的影响所致。

林纾凭空添加评论、恣情任性发挥的翻译方式，产生于晚清中国传统文学的惯性和翻译初兴、未受到翻译规范有效制约的背景之下。林纾的翻译活动受到了自身意识形态和诗学思想的控制。从个人经历来说，虽然自幼家境贫寒，但是他勤奋好学，希望以自己的才学报国。虽在1882年中举，但并未顺利走上仕途，曾担任教职，时人评价他"生性木强善怒，有许多人因此和他疏离。但富于热情，好救人厄难，且是一个非常热烈的爱国者"⑥。林纾将翻译西洋小说作为改造中国文学和社会的工具，时时不忘比较中西文化异同和借鉴西方文化优势，因而写下"此书适合今日所谓通俗教育会章程""此事与中国故清时同"等评论。

二　过度求雅，偏离原文风格

《魔侠传》在语言风格方面过度"求雅"。周作人认为《魔侠传》"过雅"，林纾难辞其咎，"译文之不达不雅——或太雅——是笔述者

---

① ［西］塞万提斯：《魔侠传》，林纾、陈家麟译，上海三联书店2018年版，卷上第三段第11页。

② ［西］塞万提斯：《魔侠传》，林纾、陈家麟译，上海三联书店2018年版，卷上第三段第54页。

③ ［西］塞万提斯：《魔侠传》，林纾、陈家麟译，上海三联书店2018年版，卷上第三段第55页。

④ ［西］塞万提斯：《魔侠传》，林纾、陈家麟译，上海三联书店2018年版，卷下第四段第134页。

⑤ ［西］塞万提斯：《魔侠传》，林纾、陈家麟译，上海三联书店2018年版，卷下第四段第200页。

⑥ 谭正璧编：《中国文学进化史》，光明书局1929年版，第329页。

之过"①。"雅"源于与林纾同时代的翻译家严复。在《天演论》的序言中,严复提出"译事三难:信、达、雅",得到广泛认同,"信、达、雅"成了中国翻译理论的一种经典阐述。严复作为清末民初的翻译家,其翻译思想代表了当时中国翻译理论发展的成果和当时翻译的赞助人、译者、读者的趣味,得体、古雅、典雅是当时对译文的基本要求之一。

《堂吉诃德》被称为西班牙文学的高峰,不仅由于小说的内容与创作手法具有独创性,也有赖于塞万提斯纯熟的语言。《堂吉诃德》具有"简洁直白"的语言风格,塞万提斯在小说序言中写道:"我只想给诸位看官带来一本简洁、直白的小说,没有前言装饰,也没有像其他小说那样数也数不尽的十四行诗、警世诗和颂词。"

作为讽刺之书、幽默之书,除了故事情节,人物的口语对话为小说增色不少。《堂吉诃德》中有708个形形色色的人物,塞万提斯按人物身份设置对话,对话使用直白的口语,还引用了不少民谚。"出自各类人物之口的鲜活话语生动地展示了他们各自的身份、性格及特点,全书的语言具有浓厚的民族特色。正是这种特色使得《堂吉诃德》一书成为西班牙人民和全世界人民的文化瑰宝。"②

林纾完全忽视了塞万提斯的语言风格,《魔侠传》采用的文言文是一种相对于白话文的书面语言,有悖于原著语言风格。《魔侠传》中,不论是学识渊博的神父、教长、贵族子弟以及堂吉诃德本人,还是桑丘这样的农民、客店里的一众平民、理发师、路遇的囚犯,甚至异教的摩尔人、西班牙语不太娴熟的巴斯克人等均谈吐不俗,对话都使用书面语书写。

第二十六章中,桑丘弄丢了堂吉诃德嘱他带给心上人杜尔西内娅的信,理发师和牧师让他凭着记忆复述一遍,桑丘自然学不来堂吉诃德佶屈聱牙的用词,因为他"一辈子没听见过这么文雅的东西",结

---

① 周作人:《自己的园地》,北新书局1930年第14版,第95页。
② 沈石岩编著:《西班牙文学史》,北京大学出版社2006年版,第79页。

果复述得不伦不类，笑料百出。堂吉诃德文绉绉的、倾诉衷肠的话："但愿最甜蜜的杜尔西内娅·台尔·托波索身心安宁。如果你凭貌美而小看我，你仗高贵而鄙视我，你对我的轻蔑使我尝遍了辛酸，我尽管有能耐，也受不起这样的苦，因为苦得太厉害，也太长久了。"桑丘转述的话只有几个词和堂吉诃德的原话对得上，剩下的内容完全是胡编乱造、自由发挥，用"还讲什么救命呀、什么苦恼"概括了，最后有些情话他完全不记得了就说："并且就这么一顺溜的下去"，桑丘支离破碎的复述带来了喜剧的效果。《魔侠传》中，与理发师的对话变成了桑丘一人独白："吾伤心一如刀剐，夜不能寐，因述其亲爱之言，吾都不能省记，书末则曰惨形武士。"① 桑丘的语言风格对于他的身份来说，显然过于文雅，他的措辞"一如刀剐""夜不能寐""亲爱之言""不能省记"等，与堂吉诃德的遣词用语风格完全没有区别，且水平丝毫不逊色。原作者的用意是让一个目不识丁的农民去复述一个口吐莲花的文人的求爱信，结果只能是一出笑剧，反过来就嘲讽了堂吉诃德刻意模仿骑士写求爱信的矫揉造作的行为。在翻译中，本应该充分运用汉语的修辞功能去展现原文的幽默效果，尽可能使中国读者读到桑丘搜肠刮肚拼凑出来的滑稽的说辞时，会心一笑，理解原文的妙处。

"讹语"②（prevaricación idiomática）被认为是塞万提斯营造对话喜剧效果的重要手段之一，《堂吉诃德》语言研究者朱克（George K. Zucker）将它定义为："el uso de una palabra popular en lugar de una erudita cuando hay alguna semejanza fonética o de significado entre las dos.［……］es un error debido a la ignorancia del que la comete."③（使用俗语替代与之在发音或语义上相近的文雅词语。……而讹语的使用者没有

---

① ［西］塞万提斯：《魔侠传》，林纾、陈家麟译，上海三联书店2018年版，卷上第三段第104—105页。
② 英语表述为prevarication in language，笔者译为"讹语"。
③ George K. Zucker, "La prevaricación idiomática: Un recurso cómico en el Quijote", *The Saurus*, Vol. 28, No. 3, 1973, p. 515.

◇◇ 第一部分 启蒙之声:20世纪初西班牙文学的译介与接受(1913—1936)

意识到错用词语。)小说中,桑丘是使用讹语最频繁的人物。在第二十一章中,堂吉诃德许诺桑丘,如果自己当上国王,就给桑丘也封个爵位,桑丘回答他:"Y¡ montas que no sabría yo autorizar el *litado*!"(好哇!我可会卖弄我的官眼儿。)堂吉诃德说:"*Dictado* has de decir, que no *litado*."(该说"官衔",不是"官眼儿"。)桑丘把"dictado"(爵位)说成"litado"(西语中不存在的词),他连"爵位"的正确说法都不知道,却想着当"伯爵",真正是官迷心窍,让读者捧腹。而《魔侠传》中,这段对话被译为:"山差邦曰,吾师赐爵,固属天恩,第未知吾之资格果能称兹五等否。奎沙达曰:胡能不称。"[1] 堂吉诃德和桑丘是主仆关系,而不是师徒关系,桑丘的表达用语正确规范,如"吾师赐爵""固属天恩""称兹五等"等,显得谈吐不俗;"固属天恩""第未知吾之资格果能称兹五等否"又可以看出桑丘对堂吉诃德彬彬有礼、态度谦逊,俨然是一个受过良好教育的学徒,与塞万提斯笔下粗鄙、狭隘的桑丘差之千里。林纾采用文言翻译,造成了削平山峰、填补深谷般的"一视同仁"的人物对话翻译效果,给小说的风格和人物塑造带来了灾难性损害。

《魔侠传》中的诗歌也以过于雅致的形式出现。第二十六章中,堂吉诃德为了爱情在黑山修炼时,为心上人做了一首情诗,《魔侠传》中这首情诗被译为:"高树叶青青/风雨难飘零/小树亦婀娜/吾恨何由形/关怀尔盛衰/落泪光晶莹/迹遥心则亲/执迷何时醒/佯狂山水中/山水悲伶俜/我心对山水/焉知愁冥冥/热恼火始然/居此如囹圄/永永不更悔/那复言零丁。"[2] 林、陈两人的译诗在风格和语义上与原著有着显著区别。原诗是堂吉诃德的无病呻吟、伤春悲秋,他为了模仿骑士小说中思慕心上人发疯的骑士,躲入无人深山,故作疯狂,在树上或写或刻下这些诗句,表达爱情对自己的折磨。《魔侠传》中的译诗对原

---

[1] [西]塞万提斯:《魔侠传》,林纾、陈家麟译,上海三联书店2018年版,卷上第三段第56页。
[2] [西]塞万提斯:《魔侠传》,林纾、陈家麟译,上海三联书店2018年版,卷上第三段第102页。

诗的改动非常大，两首诗歌中对应的词语非常少。原诗直白、具体，每个小段落结尾处直接抒发相思的愁苦："堂吉诃德在此哭哭啼啼，思念远方的杜尔西内娅·台尔·托波索。"而林纾的译文实际上是根据情境进行了自由发挥，风格含蓄，更贴近中国抒情诗歌的风格，使用了"飘零""恨""山水""心""愁""悔""零丁"等中国古典抒情诗歌中的词语，且非常注重译文工整，每句五字，多押韵。

总体来说，《魔侠传》虽能基本传达意义和情节，但是在行文风格上过度追求"雅"，无法体现原著小说活泼的语言风格，再现作者的创造力和匠心，显得死板生硬。钱锺书曾批评《魔侠传》："塞万提斯的生气勃勃、浩瀚流走的原文和林纾的死气沉沉、支离纠绕的译文，孟德斯鸠的'神笔'和林译的钝笔，成为残酷的对照。"①

最后必须指出，《魔侠传》是《堂吉诃德》的首译，有着抛砖引玉的效果，对《魔侠传》的批评和解读，吸引和推动了后来者积极投入《堂吉诃德》的译介。2021年，在《魔侠传》诞生近百年后，西班牙汉学家雷林科（Alicia Relinque Eleta）将它回译成西班牙语，在中西两国以双语出版，使《魔侠传》重又回到当代读者之中。

第三节　周氏兄弟对《堂吉诃德》的译介与接受

尽管周氏兄弟没有真正翻译过《堂吉诃德》，但是他们在该小说在中国的传播和接受中，发挥了不可估量的作用。姚锡佩认为，堂吉诃德正是凭着一颗赤子之心获得了周氏兄弟的喜爱，两人在批判针对堂吉诃德的各种不得当的嘲笑中准确地介绍了吉诃德这一形象的丰富内涵。②

---

① 钱锺书（钱钟书）等：《林纾的翻译》，商务印书馆1981年版，第34—35页。
② 姚锡佩：《周氏兄弟的堂吉诃德观：源流及变异》，载北京鲁迅博物馆鲁迅研究室编《鲁迅研究资料》（22），中国文联出版公司1989年版，第324、331页。

◆◇◆ 第一部分　启蒙之声：20世纪初西班牙文学的译介与接受(1913—1936)

大约在1908年，周作人和鲁迅在日本留学期间接触了《堂吉诃德》的德语译本①。1925年发表的《塞文狄斯》一文中，周作人写道："《吉诃德先生》（全名是《拉曼差的聪敏的绅士吉诃德先生》）是我所很喜欢的书之一，我在宣统年前读过一遍，近十多年中没有再读，但随时翻拢翻开，不晓得有几十回，这于我比《水浒》还要亲近。"②塞万提斯和《堂吉诃德》被周作人汇编入他在北京大学任教的讲稿——《欧洲文学史》（1918年），周对这部小说的讽刺艺术、思想价值的介绍，塑造了20世纪初这部小说在中国读者中的最初印象：

> 论者谓其书能使幼者笑，使壮者思，使老者哭，外滑稽而内严肃也。……Cervantes故以此书为刺，即示人以旧思想之难行于新时代也，唯其成果之大，乃出意外，凡一时之讽刺，至今或失其色泽，而人生永久之问题，并寄于此，故其书亦永久如新，不以时地变其价值。书中所记，以平庸实在之背景，演勇壮虚幻之行事，不啻示空想与实生活之抵触，亦即人间向上精进之心，与现实俗世之冲突也。Don Quixote后时而失败，其行事可笑。然古之英雄，先时而失败者，其精神固皆Don Quixote也，此可深长思者也。③

鲁迅最早提到塞万提斯是在1926年驳斥陈西滢等人的《不是信》④一文中，最早提到《堂吉诃德》，可能是在1926年发表的杂文《无花的蔷薇之三》⑤一文，其中引用了《堂吉诃德》中焚书的逸闻。

正如一千个读者就有一千个哈姆雷特，《堂吉诃德》人物形象的典型性和丰富性给了读者充分的阐释空间，并引起了中国学界的诸多

---

① 据姚锡佩考证，鲁迅藏书中有他在日本购买的德国朗氏万有文库译本《堂吉诃德》。见姚锡佩《周氏兄弟的堂吉诃德观：源流及变异》，载北京鲁迅博物馆鲁迅研究室编《鲁迅研究资料》(22)，中国文联出版公司1989年版，第325页。
② 子荣：《茶话之五：塞文狄斯》，《语丝》1925年第57期。
③ 周作人：《欧洲文学史》，岳麓书社2010年版，第127—128页。
④ 鲁迅：《不是信》，《语丝》1926年第65期。
⑤ 鲁迅：《无花的蔷薇之三》，《语丝》1926年第79期。

第五章 骑士东游

争论，尤以鲁迅与创造社、太阳社的论战最著名。创造社、太阳社挖苦鲁迅为"中国的堂·吉诃德""文坛的老骑士""堂鲁迅"等，意在讽刺鲁迅是不合时宜的小资产阶级作家。作为反击，鲁迅邀请郁达夫译出了屠格涅夫所作的《Hamlet 和 Don Quichote》（《哈姆雷特与堂吉诃德》）[1] 刊载在 1928 年《奔流》创刊号上，指出他们对堂吉诃德有误解，因为他们根本没有读过小说。他在编校后记中指出："所以 Turgenjew 取毫无烦闷，专凭理想而勇往直前去做事的为'Don Quixote type'，来和一生瞑想，怀疑，以致什么事也不能做的 Hamlet 相对照。后来又有人和这专凭理想的'Don Quixoteism 式'相对，称看定现实，而勇往直前去做事的为'Marxism 式'。中国现在也有人嚷些什么'Don Quixote'了，但因为实在并没有看过这一部书，所以和实际是一点不对的。"[2]

鲁迅在翻译和写作中强调了堂吉诃德是一个可爱可敬的理想主义者，强调了喜剧外壳下注定以悲剧收场的英雄主义。1931 年鲁迅翻译了卢那卡尔斯基的戏剧——《被解放的堂·吉诃德》[3] 的第一场，发表在《北斗》第 1 卷第 3 期，后两场[4]由瞿秋白译出，此后又更名为"解放了的董·吉诃德"和"解放了的堂·吉诃德"作为单行本出版，引发了关于"吉诃德精神"的广泛讨论，李蕤[5]等多人发表读后感。

鲁迅对于堂吉诃德没有嘲笑和讽刺，而是充满同情和理解，对他的赞美崇敬是多于批评的。在《〈解放了的堂·吉诃德〉后记》中，鲁迅谈道："但我们试问：十六十七世纪时的西班牙社会上可有不平存在呢？我想，恐怕总不能不答道：有。那么，吉诃德的立志去打不平，是不能说他错误的；不自量力，也并非错误。错误是在他的打法。

---

[1] ［俄］I. Turgenjew：《Hamlet 和 Don Quichotte》，郁达夫译，《奔流》1928 年第 1 卷第 1 期。
[2] 鲁迅：《编校后记》，《奔流》1928 年第 1 卷第 1 期。
[3] ［苏］A. V. 卢那卡尔斯基：《被解放的堂·吉诃德》，隋洛文译，《北斗》1931 年第 1 卷第 3 期。
[4] ［苏］卢那察尔斯基：《被解放的董吉诃德（第二场）》，易嘉译，《北斗》1931 年第 1 卷第 4 期；《被解放的董吉诃德（第三场）》，易嘉译，《北斗》1932 年第 2 卷第 3—4 期。
[5] 李蕤：《两种傻力：解放的吉诃德读后》，《文艺月刊》1940 年特刊号。

因为胡涂的思想,引出了错误的打法。"[1] 此后,鲁迅又作了杂文《中华民国的新"堂吉诃德"们》[2] 批评"青年援马团"的"堂吉诃德"式的作秀;《真假堂吉诃德》[3] 抨击了中国的"假堂吉诃德"们装疯卖傻,鱼肉人民。20 世纪初对《堂吉诃德》的评论有几十篇之多,以鲁迅为代表的中国学者将"堂吉诃德"视作理想主义的化身,以此为矛,挑战社会中的不平,实际上促进了《堂吉诃德》在中国读者中的接受。

20 世纪初,中国面临内忧外患,鲁迅与其他学者译介和创作的文章凸显了"吉诃德型""吉诃德式"或"吉诃德主义"相对于"哈姆雷特型"的英雄主义的一面,因此爱国人士热切呼唤"吉诃德"来到中国。有文章指出,吉诃德先生虽然疯癫无状,但"这种不计成败的奋斗的意气,实反映着文艺复兴期前驱者的精神……然后我们中国,却正少这种'吉诃德型'的人物。"彼时面对日本强占东北,国民党政府依然采取"一面交涉、一面抵抗"的委曲求全主义,不敢坚决抵抗,在国际联盟中获得声援便以为胜了,这无异于阿 Q 的精神胜利法。且国民党政府面对强者逆来顺受,对内却摆出强硬姿态,因此,"'吉诃德型'与'阿 Q 型'的不同,正是中国与欧美的不同"。[4]

另一受到广泛关注的问题是:鲁迅的《阿 Q 正传》是否受到了《堂吉诃德》的直接影响?吉诃德(Quijote)名字中的 Q 是否就是阿 Q 的 Q?鲁迅没有留下任何说明。但是,自《堂吉诃德》被介绍到中国后,评论界就常常将阿 Q 与堂吉诃德进行比较。尽管堂吉诃德是仁义大爱、品格高尚的知识分子,而阿 Q 是鼓吹着精神胜利法、得过且过的俗人,但由于两个人物身上的"疯"都给读者带来了欢笑,而在欢笑后面又隐藏着深沉的悲哀等相似之处,所以常常被相提并论。

---

[1] 鲁迅:《〈解放了的堂·吉诃德〉后记》,《集外集拾遗》,人民文学出版社 1973 年版,第 411 页。
[2] 不堂:《中华民国的新"堂吉诃德"们》,《北斗》1932 年第 2 卷第 1 期。
[3] 洛文:《真假堂吉诃德》,《申报月刊》1933 年第 2 卷第 6 期。
[4] 佚名:《杂谈:吉诃德型与阿 Q 型》,《社会与教育》1933 年第 7 卷第 4 期。

1928年赵景深的《中国的吉诃德先生》一文中就将堂吉诃德、阿Q和中国民俗故事中的呆女婿都归为"呆子"。1933年《社会与教育》上一篇随笔文章《从〈吉诃德先生〉说到〈阿Q正传〉》总结了两部小说的共通之处："充满了讽刺性,趣味性和反衬出歪曲的人生之侧面的悲哀来的伟大的作品",区别在于："吉诃德先生是描摹出一个十足的小说中的人物,阿Q则很近乎现实的。又,一个是知识份子的精神过敏的盲动,一个是非知识份子的莫名其妙的蠢动,而其所遭遇以至结局,则同样是可悲哀的。"[1] 1938年《血路》上刊登的幻想小说《阿Q与唐吉诃德的会谈》[2]甚至将哈姆雷特、堂吉诃德和阿Q聚到了一起,让他们高谈阔论一番。1940年李蕤在评论《两种傻力——解放的吉诃德读后》中指出,两个人物既能让人发笑,又发人深省,催人泪下："他(堂吉诃德)和阿Q一样,他的可笑行动后面衬托着悲惨的社会,在我们刚刚要为他的愚蠢来发笑的时候,我们为更深的启示而立时肃然,甚且眼泪盈睫了。"[3] 1941年《上海周报》上刊载的《关于"董·吉诃德"和"阿Q"》一文提出,人们将堂吉诃德和阿Q并列,实际上是因为两个人物形象在知识分子中十分流行,而堂吉诃德每次挨揍后还能自我安慰,与阿Q的精神胜利颇有几分相似。[4]

第四节　现代作家笔下的中国堂吉诃德

随着《堂吉诃德》在中国的传播,中国现代作家笔下出现了堂吉诃德的身影。废名曾在周作人推荐下阅读了《吉诃德先生传》,并在《废名小说选》的序言中承认受到了这部小说的影响："在艺术上我吸收了外国文学的一些长处,又变化了中国古典文学的诗,那是很显然

---

[1] 宝骅:《从〈吉诃德先生〉说到〈阿Q正传〉》,《社会与教育》1933年第7卷第4期。
[2] 高囊丰:《阿Q与唐吉诃德的会谈》,《血路》1938年第30期。
[3] 李蕤:《两种傻力——解放的吉诃德读后》,《文艺月刊》1940年特刊号。
[4] 荷影:《关于"董·吉诃德"和"阿Q"》,《上海周报》1941年第4卷第8期。

的。就'桥'与'莫须有先生传'说，英国的哈代，艾略特，尤其是莎士比亚，都是我的老师，西班牙的伟大小说'吉诃德先生'我也呼吸了它的空气。"[1] 卞之琳也曾在《冯文炳选集》序言中写到废名最推崇的西方文学作家是莎士比亚和塞万提斯。[2]

废名创作的《莫须有先生传》第1至第11章连载于1930年《骆驼草》，此后又有《行云章》和《续行云章》刊载于《青年界》，1932年由开明书店出版单行本。止庵研究认为该小说是废名受《堂吉诃德》影响后创作的一部精神自传："《莫须有先生传》反映了作者思想进程的某一阶段；作为阶段结束与开始的标志，该书之于废名人生与写作的意义不容忽视。"[3]

小说在多个方面呼应了《堂吉诃德》。从题名来看，《莫须有先生传》完全照搬了《吉诃德先生传》。两部小说的人物之间也存在对应关系，废名敏锐地捕捉到了现代中国知识分子身上的"堂吉诃德气"——理想主义的气息，莫须有先生就是这样一个具有堂吉诃德气息的知识分子代表，他回到乡间隐居，时不时与房东太太展开一番哲理性的对话。莫须有与房东太太几乎对应了堂吉诃德与仆从桑丘，即理想主义与现实主义。夏元明研究认为，《莫须有先生传》在思想内容、人物形象、文体方面与之有很多相似之处，可以说是中国的《堂吉诃德》。[4]

钱理群围绕堂吉诃德的"归来"主题分析《莫须有先生传》和《莫须有先生坐飞机以后》，他提出："在作家（指废名）看来，为五四时期西方思潮所唤醒的一代知识分子固然有着为理想献身的道德的崇高性，但他们都是根本陷入了歧途的；因此，他们越是为理想奋勇直前，就越不能避免唐·吉诃德的喜剧性的尴尬。于是，需要向知识分子的

---

[1] 废名：《废名小说选》，人民文学出版社1957年版，第3页。
[2] 卞之琳：《〈冯文炳（废名）选集〉序》，《新文学史料》1984年第2期。
[3] 止庵：《读〈莫须有先生传〉》，《黄冈师范学院学报》2003年第1期。
[4] 夏元明：《〈莫须有先生传〉与〈堂吉诃德〉之比较研究》，《黄冈师范学院学报》2001年第6期。

'本心'呼唤，呼唤他们'归来'——从对现代工业文明的追求回复到中国以农民为主体的传统农业文明：这才是他们的真正'本土'。"①

张天翼的长篇小说《洋泾浜奇侠》自 1933 年起连载于《现代》，1936 年由上海新钟书局出版单行本。小说讽刺了沉迷武侠和修仙的年轻人，主人公史兆昌就是一个堂吉诃德般的人物，他胸怀救国壮志，却迷恋武侠小说，结果被假称"救国女侠"的舞女和太极大师诈骗了钱财，上了战场没能飞剑杀人，反而中了枪。王淑明指出《洋泾浜奇侠》在人物塑造、情节设计等多个方面受到了《吉诃德先生》的影响：

> 那个史兆昌，无疑地就是吉诃德先生的假象，至于这部小说的内容，也有许多地方与《吉诃德先生》是大致相同的。……吉诃德先生爱读武侠小说，史兆昌亦然。吉诃德先生攻打风磨，史兆昌疑风动而摆桩步。吉诃德先生收山差为徒弟，史兆昌收服小王。吉诃德遇到疑难地方，就想起书上有没有交代，史兆昌亦然。吉诃德先生有爱人达尔茜尼亚夫人，史兆昌要和救国女侠立头功。②

进入战争时期后，对"堂吉诃德式"为受苦民众挺身而出的英雄的呼唤声更为强烈。1938 年，抗日战争全面爆发后不久，唐弢写了杂文《吉诃德颂》，认为"堂·吉诃德其实是一个光荣的名词，他虽然被世人所轻蔑，认为可笑"。唐弢指出，堂吉诃德虽然是塞万提斯小说中的人物，但是具有时代意义，他的为公理而战、为被压迫者而战的精神是难能可贵的。"他不仅出现在书本里，同时也活在每一个时代，每一个国家里，历史正是靠了'为着大众去冒险'的精神而进展的。勇往直前，不屈不挠，这是吉诃德先生的特质，他挟着的是公理，打着的是不平，虽然不免于认错目标，铸成笑料，然而他的态度是严肃的。"③

---

① 钱理群：《中国现代堂·吉诃德的"归来"——〈莫须有先生传〉、〈莫须有先生坐飞机以后〉简论》，《云梦学刊》（社会科学版）1991 年第 1 期。
② 王淑明：《洋泾浜奇侠》，《现代》1934 年第 5 卷第 1 期。
③ 唐弢：《唐弢杂文选》，人民文学出版社 1955 年版，第 122—123 页。

◇◇◇ 第一部分　启蒙之声:20 世纪初西班牙文学的译介与接受(1913—1936)

堂吉诃德身上的 16 世纪西班牙骑士精神中惩恶扬善、锄强扶弱的高贵品质为国人所赞颂。宗亮创作的诗歌《唐·吉诃德颂》[①] 写道:"……温和的骑士,/勇敢的书生,/善良的傻子,/伟大的'莫名其妙者'呵! /因为:/你憎恶人民底憎恶/爱人民底爱呀;/你又憎恶得太勇敢,/爱得太慷慨,/而忘记了自己底/穷困,/孤独,/有比穷困的慷慨者更仁慈的么? /有比孤独的勇者更英武的么? ……"在诗人笔下,堂吉诃德已经超越一个读骑士小说发了疯的癫狂者,而成为心怀受难人民的勇毅、仁爱和无私的守护者。

丁往道的短篇小说《我遇见了唐吉诃德》讲的是一个堂吉诃德式的书生从戎的故事。大学生石贲书经历艰苦的思想斗争,放弃了悠闲的大学生活,离开了寡母幼妹和新婚的妻子去从军。石贲书拥有无所畏惧的精神:"我就敢,我什么都不怕,我攻击每一个我所讨厌的人,不管他是同学,是先生,是校长。"他立志除暴安良:"我要与恶势力斗争,解除人民的痛苦。古代武士的精神就是我的精神。"小说结尾,作者对他进行堂吉诃德般的仿写:"(石贲书)那么瘦而长的身体,放在一匹矮小的川马上,在深山丛莽里,用他的发着幽光的两眼顾观世界,而觉着宇宙在他的脚下缩小了。"[②]

[①]　宗亮:《路与碑:唐·吉诃德颂》,《诗文学》1945 年第 2 期。
[②]　丁往道:《我遇见了唐吉诃德》,《文艺月刊》1947 年第 1 期。

第二部分

诗以载道:战争时期西班牙文学的译介与接受(1937—1948)

第六章 1937—1948年西班牙文学译介与接受总说

1937年抗战全面爆发以后,外国文学译介在战争语境下呈现出另一番景象。具体到西班牙文学译介领域,西班牙内战诗歌上升为翻译的热点,而在对西班牙内战诗歌的选择中,诗学往往让位于意识形态,西班牙左翼诗人的作品受到了热烈的欢迎。

五四运动以来,翻译文学的实用价值逐渐被肯定,晚清以来的翻译文学已经使国人注意到外国文学在呈现异域风情之外,兼有"文"与"道"的功能,中国译者择取的外国文学越来越注重其所蕴含的时代意义和思想价值,符合时代意识形态话语的作品更有可能被译介。

传统意义上的"文以载道"在新文学运动中受到了批判,新文学运动的作家们又赋予了它新的时代意义。郑振铎提出:"现在的介绍,最好是能有两层的作用:(一)能改变中国传统的文学观念;(二)能引导中国人到现代的人生问题,与现代的思想相接触。而古典主义的作品,则恐不能当此任。"① 茅盾在《新文学研究者的责任与努力》②中提出,译介的两个目的是引进西方先进国家的"文学艺术"和"现代思想",且"现代思想"尤为重要。

回顾20世纪20年代以降的西班牙文学译介活动,"文""道"并

---

① 西谛:《杂谈》,《文学旬刊》1922年第46期。
② 郎损:《新文学研究者的责任与努力》,《小说月报》1921年第12卷第2期。

重的态度几乎一以贯之。20—30年代国内译介最多的西班牙作家是伊巴涅斯，中国文学界将他称为"小说家兼革命家"[①]"小说家及反抗西班牙的独裁政治的共和党领袖"[②]，他本人强烈的社会参与感和责任感为中国知识界所重视，他的反战小说《启示录的四骑士》和反独裁作品《为西班牙反国王——揭开阿方索十三世的假面具》（*Por España y contra el Rey*）在中国广泛传播，体现了中国知识界对西班牙作家的"道"——思想与意识形态——的关注。新文学作家对"九八年一代"作家的极力译介，与其文学创作中所蕴含的进步思想有着密切关联。"九八年一代"作家提出了反独裁、人道主义、反战等主张，抨击了西班牙的王权、教会和贵族特权，揭露了落后的社会现实，尤其同情社会底层人民。对中国新文学作家来说，他们的思想代表了"进步"与"现代"，契合了中国的历史语境与时代精神，因此"九八年一代"被中国知识界理解为由青年作家领导的、以引进西方现代主义思想取代西班牙传统主义思想的运动，在形式和内容上都呼应了中国的新文学运动。茅盾曾写道："1898年，正是美西战争结束的那一年，西班牙的青年文人，以文学批评家乌那摩奴（Unamuno）思想家阿苏令（Azorin）为首领，正式的宣告传统主义已经死灭，近代主义代之而兴。他们介绍尼采，易卜生，左拉，托尔斯泰的思想和艺术，他们高呼'贯输近代主义到政治教育界和文艺界。'"[③]

30年代中国对西班牙文学的关注发生了显著转向，这与国际国内文化语境的变化有着密切关系。在中国，日本法西斯不断进犯，抗日战争在1937年全面爆发。在西班牙，1936年佛朗哥等军队将领策动叛乱，西班牙民众响应号召，拿起武器与叛军战斗，保卫共和国。西班牙内战牵涉多方利益，受到了国际世界的普遍关注：西班牙内战爆发后，代表西班牙右翼势力的佛朗哥得到了德、意法西斯势力支持，

---

① 启三：《Blasco Ibanez死了》，《北新》1928年第2卷第9期。
② 虞仲：《伊本纳兹之死》，《当代》1928年第1卷第2期。
③ 沈余：《伊本纳兹》，《贡献》1928年第2卷第1期。

第六章 1937—1948年西班牙文学译介与接受总说

而苏联则支持包括西班牙政府军、西班牙共产党、无政府主义者等在内的左翼势力,来自世界各国的约4万名志愿者加入国际纵队奔赴西班牙反法西斯战场,在1936年12月的马德里保卫战中发挥了重要作用。然而在前期取得有利形势的情况下,为避免西班牙内战扩大为世界大战,英法采取绥靖政策,国际纵队撤离,1938年苏联因为自身利益撤回了顾问和志愿军,反法西斯力量被大大削弱,德、意法西斯协助佛朗哥夺取西班牙政权。尽管1939年最终以佛朗哥胜利告终,但是内战期间西班牙人民顽强抵抗法西斯势力的精神鼓舞了全世界遭受法西斯压迫的人民:"西班牙打开了欧洲革命的新时代。西班牙革命运动的理想曾激起别的国家的未来的发展。……别的国家的无产阶级正急切地等待着革命的西班牙的胜利消息。"①

由于西班牙内战的反法西斯性质,国际力量对西班牙共和政府的支持,以及这场内战中错综复杂的国际社会各方利益,西班牙内战受到了广泛关注。包括中国作家在内的世界各国作家纷纷撰文,声援与法西斯势力作英勇斗争的西班牙人民,创作了一大批优秀文艺作品。例如:海明威曾三赴西班牙战场,创作了以西班牙内战为背景的长篇小说《丧钟为谁而鸣》和剧本《第五纵队》,在世界范围内传播广泛。

梳理这一时期中国的外国文学翻译情况,会发现翻译和出版事业受到了战争波及,整体上外国文学出版数量和质量有所下降,戈宝权对此进行了分析并提出:"……翻译和介绍外国文艺作品的工作,从抗战一开始时起就显然地退了步,一直到现在还可视为是最弱的一环。这其中如许多重要城市的相继沦陷,外国书报杂志的购置不易以及从事翻译工作者的生活不安定等,俱形成了翻译及介绍工作退步的原因。"② 面对外国文学作品的搜集、译者生活和工作环境以及出版等方面的不利因素,爱国文艺工作者呼吁在抗战时期加紧外国文学的翻译。1936年由巴金、黎烈文、鲁迅等作家联合签署,在《译文》等杂志上

---

① 巴金:《"战士杜鲁底"》,《烽火》1938年第14期。
② 权:《加紧介绍外国文艺作品的工作》,《抗战文艺》1938年第3卷第3期。

· 127 ·

◆◇◆ 第二部分 诗以载道:战争时期西班牙文学的译介与接受(1937—1948)

同时发表的《中国文艺工作者宣言》一文体现了中国作家在这一历史时刻的选择。文章指出,当下的主要任务是"救亡图存",立场不同的文艺工作者"将更加沉着而又勇敢地在这动乱的大时代中担负起我们的艰巨的任务。……我们愿意和站在同一战线的一切争取民族自由的斗士热烈的握手!"①

在一些文学团体和个人的组织、策划和推动下,世界各国作家创作的大量西班牙内战主题作品被译介到国内。例如,《加紧介绍外国文艺作品的工作》呼吁:"在目前抗战期间,我们实有积极翻译及介绍外国文艺作品的必要,为了丰富我们的文艺作品写作活动,像苏联以内战及反军事干涉为主题的作品,以及西班牙两年来英勇斗争中所产生的作品,更有介绍的必要。"② 在此语境之下,反映西班牙反法西斯战争的诗歌——"战歌""抗战谣曲""革命歌谣",以及报告文学译介大大增加,取代前二十年译介的主要对象——小说和戏剧,成为新的译介热点。"救亡"成为时代主题,对"道",即救亡图存、赢得反法西斯战争胜利的追求取代诗学,成为文学翻译与创作最重要的驱动力。国内译介的以西班牙内战为主题的文艺作品,歌颂了英勇不屈、顽强抵抗的西班牙人民,对西班牙战场的情况进行了生动、实时的报道,激励了中国人民与西班牙人民一道抵抗法西斯,极大鼓舞了处在战争阴影笼罩下的中国人民,推动了中国人民在东方战场上与日本法西斯势力决一死战。

由于西班牙内战在世界范围内受关注度极高,这一时期各国作家为声援西班牙反法西斯战争进行的创作体量极大。有研究统计,1936—1945 年,在中国国内期刊上发表的以"西班牙内战"为主题的文艺作品中翻译文章达 400 篇,诗歌 88 首,小说 7 部,戏剧 2 部,绘画 205 幅,照片 1010 张。③ 其中有些作品影响很大,但是本研究指向

---

① 鲁迅、张天翼、靳以等:《中国文艺工作者宣言》,《译文》1936 年新 1 卷第 4 期。
② 权:《加紧介绍外国文艺作品的工作》,《抗战文艺》1938 年第 3 卷第 3 期。
③ 孙少伟:《异国形象与战时中国——西班牙内战主题翻译作品研究(1936—1945)》,硕士学位论文,北京外国语大学,2018 年,第 7 页。

"西班牙文学在中国",绘画、照片等传统意义上"非文学"的文艺创作不属于本研究对象;中国学者译介的西班牙语以外的外国作品也不属于本研究对象。例如:由巴金编译、揭露西班牙平民所受压迫的画册《西班牙的血》《西班牙的苦难》《西班牙的曙光》,属于绘画体裁,不纳入本研究。巴金编译的"西班牙问题小丛书"——《西班牙的斗争》《战士杜鲁底》《西班牙》等由其他国家作家所创作的反映西班牙反法西斯战争的报告文学,也不纳入本研究。胡乔木所作的《漫天吹着西班牙的风》是中国作家以西班牙为主题创作的诗歌,不属于西班牙文学,因此不纳入本研究。黄峰编译的《保卫玛德里》一书中,既有外国作家创作的报告文学,也有西班牙作家的作品,其中外国作家的作品不在本研究范围内。30年代末至40年代国内密集出版了一批介绍西班牙国情、西班牙反法西斯战争和人民阵线的书籍,如《西班牙》《在西班牙》《西班牙万岁》等知识普及性和社会类读物,也不纳入本研究。本研究作为"西班牙文学的译介与接受研究",虽然未将以上所列举的中外文艺工作者创作和翻译的反法西战争的画册、报告文学、诗歌和知识类读物纳入研究范围,但必须承认,它们具有研究西班牙反法西斯战争的史料价值,具有研究中西文化交流的价值,具有研究作家思想史的价值,值得相关领域研究者关注。它们证实了这一时期中国国内对西班牙的密切关注和中国人民对西班牙人民的情谊,证实了文艺创作无法脱离文化语境而独立存在,证实了社会意识形态对文艺创作具有深刻影响。

第一节 1937—1948年西班牙文学译介概述

一 1937—1942年西班牙文学译介概述

1937—1942年西班牙文学译介呈现丰富多元的态势,从体裁来看，文体不再局限于传统的小说、戏剧、散文，而是延伸到了诗歌和报告文学，相较于前一时期，诗歌译介发展迅猛，影响尤为广泛。

30年代西班牙诗歌发展迅猛，中国文学界敏锐捕捉到了年轻一代的诗人们将成为西班牙文坛上新的主角。远游欧洲的青年诗人戴望舒归国，带回了西班牙的现代派诗歌，将它们翻译成中文发表在《新诗》《诗志》等现代派诗刊上，推动了国内现代派诗歌的发展，其影响一直延续到今天。

《译文》1937年第2期的"西班牙专号"拉开了国内译介西班牙内战诗歌的序幕，该专号旨在呼吁国人关注和支持西班牙人民的反法西斯斗争，包括3首《西班牙的歌谣》，为孙用从美国的《新群众》杂志转译。

抗战全面爆发后，戴望舒南下香港，将对西班牙文学的兴趣集中到抗战谣曲的翻译，共发表西班牙内战主题诗歌13首，其中11首为抗战谣曲，自1939年起发表和转载在《星岛日报》《顶点》《壹零集》《文艺阵地》《中原月刊》等报刊。

同一年，身处桂林后方的左翼诗人黄药眠在《抗战时代》《救亡日报》《诗创作》《文艺新闻》上发表了11首西班牙爱国诗人的作品，并于1942年发表了单行本《西班牙诗歌选译》，作为"诗创作丛书之五"，由诗创作印行，50年代更名为"西班牙革命诗歌选"由北京中外出版社出版，1951年由北京师范大学出版部再版。

在"孤岛"上海，芳信在好友、左联作家朱维基等人的支持下，将西班牙"保卫文化反法西斯知识分子联盟"诗人的英语版诗集《……而西班牙歌唱了》（*. . . and Spain Sings：50 Loyalist Ballads*）全本译出，1940年起陆续发表在《戏剧与文学》《文艺新潮》《行列：诗歌半月刊》等报刊，1941年由诗歌书店出版单行本《……而西班牙歌唱了》，1948年由光华书店再版，更名为"西班牙人民军战歌"。

国内翻译发表的关于西班牙内战的报告文学中，由西班牙作家创作的有：黄峰编译的《保卫玛德里》，1937年由上海杂志公司出版，含21篇世界各国作家创作的报告文学，展现了马德里保卫战中西班牙人民与人民阵线的国际志愿者携手抗击法西斯的壮举，其中一部分是西班牙作者所作；戴望舒（署名施蛰存）翻译的西班牙作家费囊德思的《掘壕手》《死刑判决》反映了西班牙人民在反法西战争中的英勇无畏；西班牙作家拉蒙·何塞·森德尔的两篇报告《西班牙内战透视：人民阵线在西班牙》和《西班牙政府必然胜利》由丙一、杨起森分别翻译。

经典文学持续受关注，重译最多的作品依然是《堂吉诃德》。1939年，商务印书馆出版了翻译家傅东华先生的译著《吉诃德先生传》。同年，年轻译者温志达译的《堂吉诃德》由上海启明书店出版。戴望舒从法国归来后，受胡适邀请，接受中英庚款委员会约稿，1936—1938年潜心翻译了《堂吉诃德》，他依据在西班牙购买的不同版本，从原著译出，并做有大量注释。遗憾的是在战争中稿件遗失，1990年施蛰存将仅存的译文及注释发表在《香港文学》第67期，即《吉诃德爷传（译稿第四章）》。

1936年，西班牙作家米盖尔·德·乌纳穆诺因公开挑战佛朗哥独裁势力遭拘禁，不久后去世，引起各国知识分子强烈愤慨。乌纳穆诺面对法西斯分子不卑不亢的精神鼓舞了大洋彼岸同样遭受法西斯压迫的中国知识分子，戴望舒、庄重等先后译介了乌纳穆诺的代表作《一个恋爱故事》《龙勃里亚侯爵》《寂寞》《雾》等。1937年《译文》杂志的"西班牙专号"有3篇有关乌纳穆诺的译文和评论向中国读者隆重介绍了这位作家。庄重翻译的乌纳穆诺小说选《寂寞》1948年由上海生活书店出版。

二　1943—1948年西班牙文学译介概述

随着西班牙战火平息，佛朗哥独裁统治建立后采取保守态度，竭力避免卷入第二次世界大战，因此，中国国内对西班牙的关注逐渐减少。1943—1948年中国转而以译介西班牙经典文学作品为主，包括不少在中国具有一定知名度的文学作品的重译和再版。

阿索林受到中国现代主义作家的欢迎。卞之琳翻译的《阿左林小集》1943年由国民图书出版社出版，是继《西万提斯的未婚妻》之后又一部深受读者喜爱的高质量的译著，其中大部分篇目已经在卞之琳1936年出版的《西窗集》中发表过。全部译稿虽然在30年代末就已完成，但受战乱影响，直到40年代才与读者见面。阿索林也是戴望舒最喜爱的西班牙作家之一，在香港期间，他翻译了十余篇阿索林的散文，发表在《华侨日报·文艺周刊》等报纸杂志上，并计划出版《西班牙的一小时》和《小城》两部译著，遗憾的是未能如愿。

现实主义作家伊巴涅斯的作品生动揭露了西班牙社会的落后和人民的疾苦，体现了文学对社会的观照，对伊巴涅斯的译介一直从20年代延续到40年代。这一时期的译著有胡簪云从英语版（*The Cabin*）译出的《茅舍》，1946年由商务印书馆出版，次年重印，列入商务印书馆的"世界文学名著"系列。中篇小说《茅屋》（*La barraca*）是伊巴涅斯的代表作，反映了瓦伦西亚佃农的悲剧命运，胡簪云译本是该小说在国内的首译。其他译文有：石磴译的《落日》，茜莱译的《没有出息的寄生虫》，李青崖译的《草原大王》，董每戡译的《小说之社会底影响》和伯石（朱遵柱）译的《可怜悯者》。

在40年代，商务印书馆出版了3部新译的经典著作，除《茅舍》外，还有穆斯林历史学家、土耳其语言学家杨兆钧根据土耳其文版本转译的游记《克拉维约东使记》。15世纪初克拉维约（Ruy González de Clavijo，？－1412）奉西班牙国王之命，前往中亚觐见帖木儿大帝，他将沿途军事、政治、文化、宗教和风土人情载入该书。该书由商务印书馆多次再版，是研究15世纪欧亚交流的重要史料。王鹤仪翻译了西班牙诺贝尔文学奖作家何塞·埃切加赖的《造谣的社会》（*El gran galeoto*），1944年由商务印书馆出版。《造谣的社会》（今译《伟大的牵线人》）是埃切加赖最负盛名的剧作，讲述谣言如何拆散一对夫妇，最后丈夫因维护荣誉决斗去世，被造谣的养子与养母走到了一起。王鹤仪根据英语译本（*The World and His Wife*）译出，译本语言简单平实,删去了长段的抒情,更适合在剧场演出。

第二节 以诗歌为主的译介

1937—1948 年期间对西班牙文学的翻译以诗歌为主。国内对西班牙诗歌的译介以 1935 年为分水岭,此前以译介民歌为主,在第一部分第一章中已做简要梳理,此后则以译介"二七年一代"的现代派诗歌和西班牙左翼诗人的内战诗歌作品为主。1937—1948 年,因战争累及,国内译介西班牙文学有所减少,但相比其他文学体裁作品的翻译,诗歌翻译仍有增长,尤其是对内战诗歌的翻译。翻译西班牙诗歌与国内诗人以"西班牙内战"为主题的诗歌创作一起,形成一股时代潮流,成为构建"反法西斯"精神同盟的文学途径之一。

西班牙诗歌译介潮流的形成,主要受文学和意识形态两个因素的影响。文学因素主要指西班牙文学自身的发展情况。30 年代以后,前一时期国内译介较多的"九八年一代"作家虽未离场,但其文学创作无较大突破创新,国外译者翻译其作品的兴趣降低,而"二七年一代"[1] 开始在文坛崭露头角,引领西班牙诗歌走向繁荣,其作品很快吸引了世界文坛目光,被译入英语、法语等通用语言,传播到世界各国。"二七年一代"取得了很高的文学成就,其中有后来获得诺贝尔文学奖的维森特·阿莱克桑德雷(Vicente Aleixandre,1898 - 1984)、塞万提斯文学奖得主豪尔赫·纪廉(Jorge Guillén,1893 - 1984)、赫拉尔多·迪耶戈(Gerardo Diego,1896 - 1987)、达马索·阿隆索(Dámaso Alonso,1898 - 1990)、拉法埃尔·阿尔维蒂(Rafael Alberti,1902 - 1999),还有佩德罗·萨利纳斯(Pedro Salinas,1891 - 1951)、

---

[1] 1927 年,一群 1900 年前后出生的西班牙青年作家聚集在南部城市塞维利亚,共同纪念他们崇敬的西班牙黄金世纪诗人贡戈拉(Luis de Góngora,1561 - 1627)逝世三百周年,后世将他们称为"二七年一代"。

第二部分 诗以载道:战争时期西班牙文学的译介与接受(1937—1948)

费德里科·加西亚·洛尔迦(Federico García Lorca,1898 - 1936)、路易斯·塞尔努达(Luis Cernuda,1902 - 1963)、马努埃尔·阿尔托拉吉雷(Manuel Altolaguirre,1905 - 1959)等享誉世界的诗人。

西班牙内战诗歌与中国抗日战争语境极为契合。1936年西班牙内战爆发以后,一些西班牙作家中断创作、投笔从戎,另有一些作家通过文学创作歌颂英雄、鼓舞斗志,他们渐离"纯诗歌""艺术的去人性化",自觉介入社会现实。《骑兵营》一诗作者吉尔 - 阿尔贝特(Juan Gil-Albert,1906 - 1994)曾说:"我们宣告对这种在鲜血上蔓延、踩在最不人道的残肢断臂上来保持'纯粹'感到可怖,从美学上也对此毫无兴趣。"① 《……而西班牙歌唱了》英语版的编写者在这部诗集的前言中这样介绍西班牙内战谣曲兴起的背景:

> 被人称为懦弱无能的西班牙在她的无名的群众的行动里面找到了支持的力量。为内战所带来的集体的情感,以及悲惨的局面激起了全国的诗人们把他们对于形式主义的美学的试验抛弃。就在反叛的宣告以后,西班牙的年轻诗人和艺术家建立了一个同盟或协会,目的是在把没有领袖的,为从前的剥削者所抛弃和出卖的大众的需要和企望,用文字,姿态,色彩和旋律去表现出来。在农民和工人投身在防塞后面用血肉的身躯去挡住柏林人,外国的暴徒们,以及上等阶级的饱暖的市侩们的残杀时,刚戈拉的无所谓的诗,显然地,是不能有什么用处的。诗人们以正确的本能,复活了西班牙诗歌里面的最古旧的传统:中世纪的歌谣。②

这一时期译介到中国的西班牙诗歌中,占主要位置的是以反法

---

① 转引自汪天艾《西班牙内战"诗史":战地歌声》,《文艺报》2014年11月14日第7版。
② [美]M. J. 倍那台脱:《前言·西班牙人的战谣》,载[西]安东尼·亚帕利西奥等《西班牙人民军战歌:……而西班牙歌唱了》,芳信译,光华书店1948年版,第4页。

西斯、歌颂西班牙人民阵线为主题的诗歌以及西班牙左翼阵营诗人的创作，这些诗歌铿锵有力，无不洋溢着英雄主义的气概，为同处在法西斯威胁之下的中国读者带来信心和勇气。在西班牙内战文学鼓舞下，包括中国在内的世界各国诗人，或是翻译西班牙内战诗歌，或是创作西班牙主题的诗歌，声援西班牙的反法西斯战争，同时也激励中国人民与世界各国遭受法西斯压迫和侵略的人民一道奋起反抗。

第三节 译介方式和途径

中国诗坛主要译介的是西班牙"二七年一代"左翼作家创作的反法西斯谣曲。通过对译者所作的序言、后记等副文本进行考证，孙用、黄药眠和芳信等翻译的西班牙内战诗歌，均译自《……而西班牙歌唱了》。该诗集英语版名为"…and Spain Sings：50 Loyalist Ballads"，由美国学者、语言学家伯纳德特[1]（Mair José Benardete，1895 – 1989）与美国诗人汉弗莱斯[2]（George Rolfe Humphries，1894 – 1969）合作编写，1937 年由纽约先锋出版社出版，是二十余位美国作家同盟的成员参与编译的成果。其中，汉弗莱斯是主要组织者和推动者，作为一名左翼知识分子，在西班牙内战中支持共和派。

最早从英译本《……而西班牙歌唱了》转译西班牙内战诗歌的是孙用，他选译了 3 首发表在 1937 年《译文》"西班牙专号"上，在"翻译后记"中声明"本篇中的三首都是从 R. Humphries 的英译本转译"[3]。另一位译者黄药眠称其共译过 20 余首，最终选择了 11 首，1939 年之后发表在《抗战文艺》等杂志，1942 年由诗创作社出版单

---

[1] 旧译"M. J. 倍那台脱"。
[2] 旧译"R. 亨姆弗利斯""鲁尔夫·亨弗莱司""R. 涵菲里士"等。
[3] 绮萍等：《后记》，《译文》1937 年新 3 卷第 2 期。

行本《西班牙诗歌选译》，在卷首语中他提到"本书所根据的则是 R. 涵菲里士所译的英译本"①。芳信将整部诗集全部译出，其中部分发表在《文艺新潮》等杂志，1941 年由上海诗歌书店出版，共 51 首，包括了朱维基翻译的两位英语版编者的前言以及巴雷拉（Lorenzo Varela，1916 – 1978）的序言，初版书名为"……而西班牙歌唱了"，1948 年由光华书店更名为"西班牙人民军战歌"出版。

英文版《……而西班牙歌唱了》在中国颇受欢迎，还有一些知识分子也曾通过它翻译了一些诗歌。蒋锡金在《芳信和诗歌书店》② 一文中回忆道："此书③有好几个人译过，我也曾译过其中的几首。"英文版《……而西班牙歌唱了》是从叶君健（马耳）处获得，蒋锡金又把它借给蔡芳信，供他翻译使用。

该诗集在美国出版时由编者拟定的书名是"…and Spain Sings：50 Loyalist Ballads"，其中，"Loyalist"指对统治者、政府或政党忠诚的人，西班牙内战中，相对于佛朗哥叛军来说，"Loyalist"指支持共和政府的人，"Ballad"指民谣、民歌等，因此，如翻译为"……而西班牙歌唱了：50 首卫国谣曲"或更贴合字面意思。但是在译介到中国的过程中，译者在对书名的翻译中，逐渐建立起西班牙内战诗歌与中国抗战的联系，从一开始翻译为"西班牙的歌谣"（孙用译）、"西班牙歌唱"（芳信译），到后来改写为"革命歌谣"（黄药眠译）和"革命诗歌"（黄药眠译）、"人民军战歌"（芳信译），译者和编辑采用"革命"和"人民"迎合中国读者的期待视野。

这部诗选是西班牙与美国两国的左翼知识分子的一次成功合作。英文版《……而西班牙歌唱了》中全部诗歌均选译自西班牙诗歌周刊《蓝色工服》的第 1—4 期④，这些诗歌均由西班牙左翼诗人创作，

---

① 黄药眠：《写在卷首》，载［西］R. 阿尔培特等《西班牙革命诗歌选》，黄药眠译，北京师范大学出版部 1951 年版，第 1 页。
② 锡金：《芳信和诗歌书店》，《新文学史料》1980 年第 4 期。
③ 指英文版《……而西班牙歌唱了》。
④ ［美］M. J. 倍那台脱：《前言·西班牙人的战谣》，载［西］安东尼·亚帕利西奥等《西班牙人民军战歌：……而西班牙歌唱了》，芳信译，光华书店 1948 年版，第 6 页。

包括阿尔维蒂、阿尔托拉吉雷、普拉多斯等知名诗人。诗歌的作者声明放弃著作权，诗集获得的收入均用于支持西班牙反法西斯事业。汉弗莱斯称，英语版的《……而西班牙歌唱了》采取了"意译，改译和注译"的方式，并不是"一字不走的翻译"，因为是多位译者共同参与，西语水平参差，因此汉弗莱斯请他们采取"直译而有节奏的散文"。①

戴望舒曾计划出版《西班牙抗战谣曲选》，他从西班牙语原文选译了普拉多斯等编写的《西班牙战争谣曲集》（*Romancero General de la Guerra de España*）中的多首诗歌。这部诗集中的诗歌也主要来自《蓝色工服》周刊，戴曾向读者介绍："在一九三六年，当法朗哥带着他的刽子手向玛德里进军的时候，玛德里的反法西斯知识者同盟出版了一种名为《青色工衣》（EL MONO AZUL）的杂志。"②

戴望舒提到的《青色工衣》即《蓝色工服》，指的是西班牙保卫文化反法西斯知识分子联盟的周刊 *El Mono Azul*。20 世纪 30 年代初西班牙左翼作家阿尔维蒂、玛丽亚·特蕾莎·莱昂（María Teresa León, 1903－1988）等加入了苏联国际革命作家联盟（la Asociación de Escritores Revolucionarios）。随着法西斯势力在欧洲的扩张，1935 年该联盟成员在巴黎大会上号召知识分子放下思想分歧，一致抵抗法西斯势力。1936 年，佛朗哥发动叛乱，并与德、意法西斯勾结，西班牙左翼知识分子于 1936 年 7 月 18 日成立了保卫文化西班牙知识分子联盟，以非政治党派形式支持共和政府和人民阵线各党派的反法西斯活动，不久后更名为"保卫文化反法西斯知识分子联盟"（la Alianza de Intelectuales Antifascistas para la Defensa de la Cultura）。同年 8 月底，出版了联盟的周刊《蓝色工服》。"蓝色工服"是印刷工人最常见的工作服装，刊名致敬了在反法西斯战争中冲在第一线的工人民兵。该文学周刊的

---

① ［美］R. 亨姆弗利斯：《前言·西班牙人的战谣》，载［西］安东尼·亚帕利西奥等《西班牙人民军战歌：……而西班牙歌唱了》，芳信译，光华书店 1948 年版，第 8—9 页。

② 戴望舒：《跋西班牙谣曲选》，《香港文学》1985 年第 2 期。

编辑包括阿尔维蒂、特蕾莎·莱昂、巴雷拉等知名左翼作家。在1936年8月至1939年2月之间，共出版47期，其中大部分出版于1936—1937年之间。

《蓝色工服》代表着西班牙诗人告别了"纯粹诗人"的身份，从对美的纯粹追求，转向介入社会现实的文学创作。伯纳德特认为，《蓝色工服》中所刊载的西班牙内战诗歌是了解西班牙反法西斯战争的重要手段："关于这次生死存亡的内战，我们不能获得再好的描写，除了从阅读我们这里所收集的歌谣里所获得的描写以外。人民阵线的目的，使新的西班牙受到阻碍的恶势力，教会，军队，地主，新的英雄典型，群众运动，前线各方面的英勇抵抗……所有一切余的，都由这些好诗，这些生动的诗，这些生动的诗所特有的那种大胆和明晰表现出来。"[①]

以《蓝色工服》为阵地，西班牙左翼诗人创作的内战诗歌向世界流播，得到了各国反法西斯人士的关注。犹如一场文学的火炬传递和长跑接力，这些内战诗歌被译为英语、法语……通过世界各国左翼性质的报纸杂志发表，随后进入中国知识分子的视野，再由中国译者翻译发表到中国报纸杂志上。中国文学界对西班牙内战诗歌的译介，除了受到前文提及的美国左翼作家翻译的《……而西班牙歌唱了》的影响，还受到了英国左翼媒体的影响。例如：《抗战文艺》1938年第2卷第1期刊载的《西班牙战争中的诗人们》一文译自英国《左翼评论》(*Left Review*) 1937年11月"西班牙专号"中的同名文章。另一不可忽视的传播渠道和影响来自苏联，不少对于西班牙文学的介绍译自苏联作家协会的机关报《文学报》，如：发表于《译文》1937年新3卷第2期的《西班牙文坛近况》是诗人阿尔维蒂与莱昂女士接受苏联《文学报》访谈的内容。此外，《文学报》的记者凯林（F. V. Kelin）有多篇西班牙文学评论在1936—1938年被翻译成中文：《西班牙人民阵线的

[①] [美] M. J. 倍那台脱：《前言·西班牙人的战谣》，载 [西] 安东尼·亚帕利西奥等《西班牙人民军战歌：……而西班牙歌唱了》，芳信译，光华书店1948年版，第5—6页。

文学》《当今的西班牙文学》《西班牙文学中的英雄主义》《乌那慕诺之死》《西班牙的革命作家别尔加曼》，刊载于《世界文化》《译文》《光明》和《抗战文艺》，是中国读者了解西班牙内战文学的重要参考。

第七章　歌唱西班牙

——西班牙内战诗歌的译介与接受

第一节　西班牙内战诗歌译介概述

1936年西班牙爆发内战，西班牙共和政府和人民阵线左翼联盟对抗以佛朗哥为首的西班牙国民军和长枪党等右翼集团。这原本是一场内战，因为法西斯国家、反法西斯国家分别支持两方，引起了国际社会的广泛关注。此时的中国已深受日本军国主义之害多年，日本与德国、意大利等法西斯国家侵略联盟逐渐成型，中国人民日益感受到法西斯的威胁和反法西斯的迫切性和必然性，因而空前关注西班牙战况。敏感的知识分子和国际政治专家们已经窥得远在西班牙的这场战争，超出了内战的本质，随着各个国家的"站队"和干涉，它必然搅动国际局势，随着法西斯集团的壮大，远在万里之外的中国可能也会受到间接影响。一篇题为"西班牙内战与中国"的新闻报道中提到："实则西国战事，殊含有严重国际性质，胜负所系，影响及法西斯和社会主义的前途，极大极大，而中国是积弱之邦，素来任人宰割的，这番西班牙内战的结果，恐怕远东火药库的爆发，将接踵而起，吾们祖国同胞，赶快第擦枪磨刀准备著罢。"[①]

---

① 若望：《西班牙内战与中国》，《金刚钻》1937年6月28日第2版。

第七章　歌唱西班牙

国内报刊大量转载被摧毁的西班牙城市和受难的西班牙人民的新闻照片，使中国读者感同身受，对西班牙人民抱有深切的同情和热情的支持。1937年毛泽东和朱德分别致函西班牙共产党和西班牙人民表示敬意，1938年7月和11月中国共产党中央委员会两次致电西班牙共产党和西班牙共和政府声援西班牙人民。① 百余中国人身体力行加入国际纵队，深入前线，支援西班牙反法西斯斗争，组成国际纵队中国支队。西班牙人民的反法西斯斗争为中国提供了可资借鉴的经验，军事专家将马德里保卫战作为案例与中国抗日战争进行比较，希望能从中汲取经验教训。1937年毛泽东在《为动员一切力量争取抗战胜利而斗争》中号召：鉴于西班牙现在胜利地保卫马德里的经验，坚固地团结起来，为保卫祖国而作战到底。

在文艺界，作家、译者和编辑通过翻译西班牙的时事新闻和文学作品将西班牙人民反法西斯的英勇斗争精神传递给国内读者，西班牙内战形成了一个关注和讨论的热点：在西班牙内战爆发的1936—1939年间，《立报》《东方杂志》《国闻周刊》《时事类编》《良友》《世界晨报》《新华日报》《新中华》《解放》《抗敌报》《晋察冀日报》等报纸杂志有大量西班牙内战相关信息的转载、述评，甚至专辟"西班牙专号"进行声援。

西班牙国内和海外涌现了一大批以西班牙内战为主题的文艺作品，例如，海明威的《丧钟为谁而鸣》、奥维尔的《向加泰罗尼亚致敬》、毕加索的《格尔尼卡》、达利的《内战的预感》等。在所有的艺术表现形式中，诗歌占据了相当重要的地位，西班牙的诗人们突然从追求唯美诗艺和讴歌爱情转向了现实主题，以便于传唱的谣曲的形式创作抗战诗歌，或是抒发战争带来的苦闷，或是鼓舞人心："诗歌在西班牙人民的血液里面，它直接地有力地影响了他们的情绪。"② 内

---

① 张铠：《中国与西班牙关系史》（增订版），五洲传播出版社2013年版，第384页。
② ［英］D. 特里瓦尔：《西班牙战争中的诗人们》，高寒译，《抗战文艺》1938年第2卷第1期。

战诗歌很快被中国学者发现并翻译到中国。据资料，国内对西班牙内战诗歌的译介始于1937年孙用译的《西班牙的歌谣》，20世纪上半叶国内共有两部西班牙内战诗集的中文译本出版：《……而西班牙歌唱了》1941年由诗歌书店出版，1948年更名为"西班牙人民军战歌"，由光华书店再版。《西班牙诗歌选译》1942年由桂林诗创作社出版，1950年、1951年分别由北京中外出版社、北京师范大学出版部再版，更名为"西班牙革命诗歌选"。据统计，1937—1942年，国内各类杂志和报纸上刊载西班牙作家创作的内战主题诗歌有34首之多。西班牙内战诗歌的主要译介者是孙用、戴望舒、黄药眠和芳信，下文将对他们的译介与接受展开梳理和研究。需要说明的是，因战争时期资料保存难度大，戴望舒等译者使用多个笔名发表译作，资料整理的难度较大，或有遗漏，期待未来有补充和纠正。

第二节 《译文》"西班牙专号"与孙用的西班牙内战诗歌译介

《译文》是介绍外国文学的知名左翼刊物，其创刊背景是1934年国民党在文化上采取书籍报刊审查，类似于军事"围剿"的堡垒政策，发表作品变得十分艰难，同时，外国文学翻译质量参差不齐，因此，鲁迅、茅盾等作家在上海发起创办了《译文》。《译文》1934年9月16日正式面世，前三期由鲁迅亲自操刀编辑，之后由于身体原因交予他信任的弟子黄源。20世纪50年代茅盾在《发刊词》中指出，30年代鲁迅创办《译文》的目的是："（一）通过介绍苏联及其他国家的革命的和进步的文学作品的方法，来反抗国民党反动政府的压迫，突破国民党反动派在文艺战线上的包围和封锁；（二）通过介绍苏联及其他国家的革命的和进步的文学作品的方法，来推动当时作家们对于现实主义创作方法的学习，并在青年中间进行国际主义和爱国主义的教育。"[①] 因与上海生活书店发生分歧，《译文》于1935年停刊，翌年3月虽然复刊，但由于时局动荡，1937年再次停刊。短短几年之间，《译文》发表了包括西班牙在内的近30个国家的300余篇翻译作品，其中具有代表性的西班牙文学作品有鲁迅译的巴罗哈小说和庄重译的乌纳穆诺小说。

《译文》对西班牙文学在中国的译介与传播最重要的贡献是"西班牙专号"。文学专号是集中介绍一国文学的有效途径，为了声援西班牙，1937年4月《译文》辟第3卷第2期为"西班牙专号"，选文多来自国际知名的左翼刊物，如：美国的《新群众》、苏联的《文学报》《海外杂志》和《莫斯科日报》等。篇目包括：乌纳穆诺、巴罗哈、萨马科伊斯的文学作品和记者访谈，3首西班牙内战诗歌，8篇意大利、美国、苏联、法国等国文艺工作者创作的与西班牙局势相关的报告文学。其中，与西班牙文学相关的有：庄重译的《一个体面的更正：西特利亚的传说之一》、雨田译的《钟的奇迹》、孙用译的《西班牙的歌谣》3首、绮萍译的《马德里－瓦伦西亚－巴塞隆那》《乌那慕诺之死》《与乌那慕诺最后的晤谈》、铁弦译的《当今的西班牙文学》。

《译文》的"西班牙专号"具有特殊的时代意义——声援西班牙反法西斯战争。西班牙内战中，佛朗哥一方受到德、意法西斯势力支持，而英、法采取绥靖政策，西班牙法西斯势力在与共和政府的交战中逐渐占得上风。国内知识分子了解到西班牙战况后，担忧中国的抗日战争会步其后尘，希望国人了解西班牙内战的惨烈，并竭力争取国际社会的同情和支持。《译文》主编黄源曾写道："我曾为《译文》，出过一期西班牙专号，选取各国参与西班牙战争的人士所作的《报告》，给国人明了西班牙战争的真相，博得了国人对西班牙人民军的无限同情。各国有正义感的人必然同情我们的，只要我们把在流血中产生的新中国的这幅画描摹出来，放在他们面前。从事文学工作的，

---

① 茅盾：《译文·发刊词》，《译文》1953年第1期。

要负着这种责任。"①

"西班牙专号"开创了国内翻译西班牙内战诗歌的先河。译者孙用（1902—1983）是翻译家和鲁迅研究专家，最初走上翻译道路时，得到了鲁迅的关怀和大力支持，令他感激终生。鲁迅的弱小民族文学翻译观和左翼文学立场对孙用的影响很大，孙用通过英语和世界语翻译了保加利亚、匈牙利、波兰、尼泊尔、芬兰、印度等国文学作品，曾获匈牙利人民共和国劳动勋章、波兰密茨凯维支纪念章。在新中国成立前，孙用除了邮局的工作以外，经常翻译作品发表在《译文》《文艺阵地》等刊物上。在《西班牙的歌谣》的"后记"中，孙用引用英译本译者的话，解释了他翻译这三首诗歌的动机："西班牙的诗人原来有着各不相同的文学的动向，可是，在这斗争的当儿，却都一致的采用着古代的歌谣的体裁，唱出了现代西班牙的英雄的故事。"② 除了"西班牙专号"收录的西班牙内战诗歌，孙用还通过世界语翻译了加泰罗尼亚诗人伊格莱西亚斯（Ignasi Iglesias，1871－1928）的《播种》，以"播种"比喻拿起武器与法西斯势力斗争，来获得最终的"收获"——赢得战争的胜利："……为了未来的孩子，／我们不屈地斗争！／我们播种，我们再播种，／我们就有后来的收获……"③

孙用翻译的诗歌《西班牙的歌谣：（一）铁甲车：为铁路民军而作》《西班牙的歌谣：（二）格拉那达的新凯旋歌》《西班牙的歌谣：（三）为印刷家萨都尔尼诺·鲁依兹作》原作者分别为厄雷拉、普拉·伊·贝尔特朗和阿尔托拉吉雷，三首均从美国《新群众》的英语版译出，而英语版译者汉弗莱斯是从法语转译的，也就是说，这中文版本至少经历了"接力赛般"三次转换："西班牙语原作——法语译作——英语译作——中文译作"。一般认为，多次转译会造成信息的损耗，在翻译上是不可取的，且孙用已经知道从法语译入英语采用的

---

① 上海鲁迅纪念馆编：《黄源文集》第 2 卷《论著卷》，上海文艺出版社 2005 年版，第 804 页。
② 绮萍等：《后记》，《译文》1937 年新 3 卷第 2 期。
③ ［西］I. 伊格勒西亚思：《播种》，孙用译，《文艺阵地》1939 年第 4 卷第 1 期。

就是"很自由的'意译'"①，但依然决定翻译这三首诗歌给中国读者，这一翻译行为证实了抗日战争中，国内学者对于西班牙内战诗歌的意义与价值的认同。

这三首诗歌的主题和内容均为"抗战文学"，反映了西班牙军民如何英勇抗击侵略者，保卫家乡。《铁甲车：铁路民军而作》向铁路民军致敬，烽烟四起的战场上"榴霰弹爆成了满天灰霾""雷声跨过高高的高地""黑的烟云像黑色的心"，而铁路民兵驾驶着铁甲车"沿着战线，沿着峡谷，高山"带来了胜利的希望，向着入侵者怒吼"铁甲车要践踏着你们！"《格拉那达的新凯旋歌》借格拉纳达城曾被摩尔人占据、又被基督教徒光复的历史，抒发共和派必将赶走占据者、再次光复格拉纳达的强烈信念。《为印刷家萨都尔尼诺·鲁依兹作》赞颂了平凡的印刷师萨都尔尼诺为传播进步诗人洛尔迦的作品而做出的贡献，称赞他"是工人之中的英雄"。孙用选译这三首诗歌，将西班牙诗人的反法西斯写作视为榜样，正如戈宝权所说："西班牙人民，两年来为争取他们的自由与独立的反法西斯的斗争，也丰富了和培养了他们的文学作品。不要讲年青的作家，就是年老的诗人玛察多，也在极困苦的生活条件之下，为前线写诗歌，西班牙的抗战文学，是他们两年来英勇斗争的反映。"②

《译文》以选文与翻译水准高、质量好著称，培养了一批优秀的青年翻译家，是反国民党文化"围剿"的重要阵地，同时也是发表西班牙进步文学的重要阵地。"西班牙专号"源于西方左翼文学力量影响下国内知识分子的积极呼应。翻译和传播西班牙内战诗歌，对于团结国人反抗外敌侵略，为国人提供精神上的指引和宣传无产阶级意识形态等，都有不可估量的作用。因此，孙用翻译西班牙诗歌的实践中，受到的意识形态影响大于诗学因素。

---

① 绮萍等：《后记》，《译文》1937年新3卷第2期。
② 权：《加紧介绍外国文艺作品的工作》，《抗战文艺》1938年第3卷第3期。

◇◇ 第二部分　诗以载道:战争时期西班牙文学的译介与接受(1937—1948)

第三节　黄药眠对西班牙内战诗歌的译介与接受

黄药眠(1903—1987),又名黄访、黄恍,笔名黄吉、达史,是中国著名诗人、文艺学家和翻译家。目前对黄药眠的研究成果多集中于他的文艺思想、美学思想和文学创作等方面,例如童庆炳的《黄药眠的"生活实践"文艺论》等,但是对黄药眠的翻译研究,尤其是西班牙诗歌译介极少关注。外国文学翻译是黄药眠文学活动的重要组成部分,作家型译者往往从翻译活动中汲取营养,丰富创作内涵,因此研究黄药眠的西班牙诗歌翻译具有一定意义。

抗战时期,黄药眠从 R. 涵菲里士的英译版本中选译出了 20 余首诗歌,最后确定了 11 首发表在《抗战时代》《救亡日报》《文艺新闻》和《诗创作》上,略作修改后收录在 1942 年由桂林诗创作社出版的诗集《西班牙诗歌选译》中。这本仅 60 页左右的小诗集并没有被读者遗忘,新中国成立后该诗集更名为"西班牙革命诗歌选",1950 年由北京中外出版社出版,1951 年由北京师范大学出版部再版。

黄药眠与西班牙内战诗歌的偶遇发生在桂林工作期间。在翻译西班牙内战诗歌之前,黄药眠已是颇有声名的诗人,1928 年出版了自己的首部诗集《黄花岗上》,同年加入创造社并加入中国共产党。英语专业毕业的他曾翻译过屠格涅夫的《烟》等外国文学作品。1929 年黄药眠被派往德国参加青年国际会议,并作为共产国际中国代表驻守海外三年,为其接触外国文学和文化提供了机遇。1938 年后,因被叛徒出卖而遭受四年牢狱之灾的黄药眠终于获保释,前往汉口养病,他和当时很多受战争影响的文化工作者一起撤离到桂林,并在桂林创办了国际新闻社,任总编辑。工作之余,或是创作抗战诗歌,或是翻译外国诗歌,《西班牙诗歌选译》就是在这一时期翻译的。

《西班牙诗歌选译》的英语译本可能来自艾青,黄药眠曾写道:

第七章 歌唱西班牙

"我要感谢艾青先生,他给了我以翻译这些诗的可能。"① 中华全国文艺界抗敌协会桂林分会是联系两人的纽带,1938年12月,艾青担任桂林战时文艺工作者联谊会理事,该会旨在推动筹备文协桂林分会,1939年10月2日,文协桂林分会正式成立,黄药眠是主要成员之一。两人对诗歌共同的热爱,以及以文学为阵地高扬战斗热情、争取抗战胜利的共同目标,为两人的文学交流提供了可能。1938年11月至1939年9月间艾青在桂林停留期间,积极传播抗日救亡的时代精神,主持了《广西日报·南方》的创刊,并一人承担了约稿、选稿、编稿工作,黄药眠曾多次为《南方》副刊撰稿。黄药眠在《论抗战文艺的任务及其方向》②一文中对艾青的创作进行了评论,他认为,艾青的诗歌"能忠实于自己""简炼的句子里含有着丰富的情感""喜欢从侧面去表现,象征主义的手法,限制他使他不愿意直接了当处理题材,喜欢用纤细的技巧去描绘伟大的场面",并建议艾青"用更直率的手法来表现他的情感""用比较粗的线条来描画比较伟大的场面"。他还曾计划作一篇艾青诗评,"计划虽然是打好了,但由于僻处乡间,找不到必要的参考书和材料,结果,'论五四前后的新诗运动','评艾青的诗论'都无从写起"。③

宣传抗日是桂林诗人群体文学活动的重要目的。1938年底,日军连续对桂林进行大规模轰炸,造成大量人员伤亡,房屋损毁,日军的暴行强烈刺痛着诗人们。在《南方》发刊词中,艾青慷慨激昂地立下志愿:"我们一刻也不能懈怠,我们的工作暴露侵略的魔鬼在我们国土的罪行,高扬我们战斗的热情、坚毅、勇猛,争取祖国的胜利和光荣!"④ 黄药眠在桂林的文学活动同样围绕着宣传抗日展开,通过翻译《西班牙诗歌选译》,向中国读者介绍内战中西班牙人民的斗争精神:

---

① 黄药眠:《译者的话》,载[西] R. 阿尔培特等《西班牙诗歌选译》,黄药眠译,诗创作社1942年版,第58页。
② 黄药眠:《战斗者的诗人》,生活·读书·新知三联书店2014年版,第167页。
③ 黄药眠:《战斗者的诗人》,生活·读书·新知三联书店2014年版,第185页。
④ 万忆、万一知编著:《广西抗战文化史料汇编》第1辑《文艺期刊卷》,人民日报出版社2013年版,第128页。

◇◇◇ 第二部分 诗以载道:战争时期西班牙文学的译介与接受(1937—1948)

"西班牙的内战,促使着所谓'无脊椎'的西班牙精神复活起来。"①除了翻译西班牙内战诗歌,为了使读者更全面了解西班牙内战,黄药眠还写了《佛朗哥政权之末日》一文,并发表在《风下》1946年第18期和《愿望》1946年第10期,鼓动世界范围内不可遏阻的民主浪潮推翻佛朗哥的法西斯统治,号召西班牙的无政府工团主义、社会主义的劳工团体以及共产党的游击武装同心协力,加速西班牙法西斯的死亡。

黄药眠选译的每首诗歌都饱含激情,紧密围绕西班牙内战主题歌颂英雄,鼓舞民心,尤其突出了共产党人在这场反法西斯战争中的英雄形象:《给国际纵队》是诗人阿尔维蒂向支援西班牙反法西斯战争的国际纵队致敬的诗歌;《看,那些士兵》②歌颂了反法西斯、保卫人民的士兵,诗句"他们擎的是红旗,他们的真理,/是斧头与镰刀,自由的标志"暗示了士兵们共产党党员的身份;《莲娜峨登娜》《约萨哥仑,人民的队长》《卡尔庇峨塔》塑造了反法西战争中的男女青年英雄形象;《威拉佛兰加的民警》赞颂了威拉佛兰加的民警捍卫自己的家乡和人民;《被放逐者》描写了战争中背井离乡流亡的群众;《你没有死》赞颂英勇捐躯的青年英雄;《谁曾在这儿经过》描写被劫掠的故土;《西班牙是不能够被奴役的》歌颂自由英勇的西班牙人民;《给费塔里科》哀悼了死在法西斯枪下的诗人洛尔迦。

《西班牙诗歌选译》在国人艰难抵抗日本法西斯侵略的时期,与其他反法西斯诗歌一道,提振了军民的士气,引起了读者的共鸣。《先知者:读"西班牙诗歌选译"以后》是嘉丁阅读《西班牙诗歌选译》之后创作的诗歌,其中写道:

　　加里西亚属于中国的领土吗?

---

① 黄药眠:《译者的话》,载[西]R.阿尔培特等《西班牙诗歌选译》,黄药眠译,诗创作社1942年版,第56页。
② [西]R.阿尔培特等:《西班牙革命诗歌选》,黄药眠译,北京师范大学出版部1951年版,第4页。

第七章 歌唱西班牙

> 费塔里科是黄帝的子孙吗?
> 为什么和我们这样亲切?这样熟识?
> 而且像貌与遭遇,无一不与我们同样?
> 呵!虽然在地域上有过遥远的距离
> "但,距离在你们心里,并不分什么界限……"
>
> 然而先知的西班牙歌者,中国的兄弟呵!
> 我们有四万五千万的弟兄,待着与你握手。
> 我们有四万五千万个喉咙咿呀的合唱你的歌,
> 唱着,唱着呵:
> "西班牙的人民!(我们的兄弟!)
> 从来就不会流泪,从来就不知道屈膝
> 你们是懂得怎样来保卫自己
> ——这人民的国家,自由的大旗……"[1]

诗人将"西班牙"和"西班牙人民"称为我们的先知者、中国的兄弟,体现了对西班牙人民的真挚友情,中西两国虽相隔万里,但是两国的相似性,对自由的共同渴望,相似的境遇,令诗人觉得格外亲切。西班牙人民反法西斯的英勇无畏——"从来就不会流泪,从来就不知道屈膝"令诗人无比钦佩,诗人渴望以西班牙人民为"先知",指引中国人民走上保卫祖国的道路。

丰富和发展诗歌创作理论是黄药眠翻译西班牙内战诗歌的另一个重要原因。他肯定了翻译外国文学对于发展本国文学的积极意义,在《诗歌的民族形式问题之我见》中,他写道:"我们要介绍莎士比亚,我们也要介绍歌德和普希金,我们介绍他们,并不是洋博士般当作为我们模仿的对象,而是当为发展我们民族文化的阶梯。"[2] 除了翻译与

---

[1] 嘉丁:《先知者:读"西班牙诗歌选译"以后》,《诗创造》1948年第8期。
[2] 黄药眠:《战斗者的诗人》,生活·读书·新知三联书店2014年版,第106页。

◇◇◇ 第二部分　诗以载道:战争时期西班牙文学的译介与接受(1937—1948)

写作,黄药眠在桂林的文学活动丰富,作为中华全国文艺界抗敌协会桂林分会的主要成员之一,这位曾经的共青团中央宣传部部长,加入了分会的文艺习作指导小组,为青年举办讲座、评阅稿件、指导写作,其所在的诗歌组曾发起街头诗运动,组织诗歌朗诵会,推动诗歌的通俗化。黄药眠对民歌早有兴趣,他曾说,自己大学时对老师推荐的古典文学名著不感兴趣,但是"自己翻些 Burns 的民歌来读,很感兴趣"[1]。

西班牙内战谣曲的一大特色,就是诗句的通俗、大众。西班牙诗人复活"谣曲"这一古老的民族诗歌形式,朗朗上口的诗句鼓舞民众斗志,塑造英雄形象,将政治和抒情完美结合了起来。黄药眠认为,西班牙革命诗人的成功之处在于他们对传统民歌的创新运用:

> 至于西班牙的革命诗人们为什么要采取民歌的风格,这是有他的历史传统的。……远在十六世纪的时候,在西班牙就流行着一种民歌,不管是知识份子,或者劳苦人民,大家都可以口头上哼两句。这种情况足足维持了一个世纪。后来渐渐衰落了,但它在西班牙农民中间,和美洲的落后民族中间,还保存着很大的影响。……当千百万人民手里拿起了武器和他们的法西斯蒂斗争的时候,他们又开始歌唱了,他们复活了西班牙人民最喜爱的诗歌传统——中世纪的民歌。[2]

借"西班牙战争谣曲",黄药眠证实了并非所有的文艺大众化都是脱离了艺术,走向完全的政治化。黄药眠一向反对将文艺与政治置于对立面,警惕着国内诗歌盲目发展,避免其误入"街头诗""口号诗"等反文学性诗歌的歧途。他认为,文艺虽然属于上层建筑,由政治环境所决定,但是不能因此将文艺完全政治化了:

---

[1] 黄药眠:《黄药眠抒情诗集》,长江文艺出版社 1990 年版,自序第 2 页。
[2] 黄药眠:《写在卷首》,载[西] R. 阿尔培特等《西班牙革命诗歌选》,黄药眠译,北京师范大学出版部 1951 年版,第 2 页。

> 因为文艺虽然和整个政治动向相配合，然而它有着相对的独立性，而在其发展上亦有其特殊的内在规律性，如果我们用极端的功利主义去衡量文艺，那么我们就常常会把文艺限制在一个极端狭小的范围里面，同时出于政治的过分干涉文艺，结果就是忽视了文艺的特殊的内在规律性，和对于创作过程的缺乏理解，以至把奉命创作出来的东西代替了真正的艺术。①

黄药眠为自己的诗歌理论著作取名"战斗者的诗人"，正体现了他的文艺追求——既支持诗歌的大众化，支持文艺配合抗战，同时反对"文艺家直着喉咙叫喊什么主义，宣传什么主义"②。如果"谣曲"可以复活，中国传统诗歌的形式是否也可以古为今用？受"西班牙战争谣曲"的启发，身居桂林期间，黄药眠向中国古典诗歌问道，写下了《诗人在历史上走过的足迹》《略论中国的诗史》《论屈原的诗》等文学理论作品，发掘了中国古典诗歌的美学价值。

最后，作为诗人翻译家，黄药眠的诗歌创作必然会受到翻译活动的影响。黄药眠曾谈到译诗、写诗是他创作《桂林底撤退》的基础："环境不允许我写的时候，我就译诗，如《西班牙革命诗歌选》。这样想起来，我写诗的基础还是有一些的。也就凭着这些写诗的经验，我把抗日战争的最后一战写成了长诗《桂林底撤退》。"③ 桂林时期，是黄药眠创作的活跃期，《桂林底撤退》是黄药眠的代表作，是他以桂林大撤退为主题创作的长诗，创作于翻译《西班牙革命诗歌选》之后。全诗充满张力，感情丰沛，诗人目睹桂林在日军威胁下，国民党当局抗战不力，民众不得不选择撤离故土，骨肉分离，恋人纷飞，悲愤和悲悯使他好像有"骨鲠在喉头"："我愿意自己／变成一个巨大的

---

① 黄药眠：《文艺与政治》，《战斗者的诗人》，生活·读书·新知三联书店2014年版，第173—174页。
② 黄药眠：《文艺与政治》，《战斗者的诗人》，生活·读书·新知三联书店2014年版，第174页。
③ 黄药眠：《黄药眠抒情诗集》，长江文艺出版社1990年版，第5—6页。

◇◇◇ 第二部分 诗以载道:战争时期西班牙文学的译介与接受(1937—1948)

竖琴/为千万人的悲苦/而抒情!"①

受到西班牙诗人复活谣曲的启发,黄药眠对诗歌有了更广泛的理解,他尝试将诗歌与中国传统说唱艺术相结合。50年代黄药眠创作的抗美援朝诗集《英雄颂》中包含了5首快板《第一、二、三次战役》《第四次战役》《关庆和送信》《赵春喜、杨大爷》《模范大队》,据《后记》,它们是在朝鲜收集到的战斗员以及文工团同志的作品。除了收集抗美援朝战场上即兴创作的快板,黄药眠也尝试在自己的诗歌中融入快板的元素:"其中有好些是有高度艺术性的东西,气魄粗犷雄伟……如果将来我们能够把它们继续搜集,整理,并加以提高,那我们未来的新型的诗歌是可以从其中演化出来的。我在这集子中也有几首诗,有意要模仿它,但究竟因为我受生活经验的限制,模仿得并不好,这是很令我惭愧的。"② 将战场上军人创作的快板收入诗集,并在个人创作中有意模仿快板的形式,是黄药眠将现实主题的现代诗歌融入民间艺术、丰富现代诗歌形式的有益尝试。

第四节　芳信对西班牙内战诗歌的译介与接受

芳信(1902—1963),原名蔡方信,翻译、演员、教师,生于江西南昌。1923年入北京人艺戏剧专门学校学习戏剧表演,1925年肄业,前往上海从事戏剧和电影表演。1927—1928年赴日本留学学习英文,1928年回国后在上海文艺圈活动。曾任华中建设大学文艺系教授,文化部编审处、人民文学出版社编辑。芳信在"孤岛"时期参与上海诗歌座谈会(即行列社)的文学活动,翻译了几十首诗歌,还参与了世界书局孔另境主编的《剧本丛刊》的相关工作,翻译了《俄罗斯名剧丛刊》十余种,大部分为俄苏作家剧作,新中国成立前参与中苏友好

---

① 黄药眠:《黄药眠自选集》,花城出版社1986年版,第3页。
② 黄药眠:《英雄颂》,北京师范大学出版部1952年版,第100—101页。

协会的"友谊文艺丛书"的翻译工作,译有《黑暗之势力》《大雷雨》《一个伟大的队长》《钦差大臣》《樱桃园》《少校夫人》《伊哥尔·布莱却夫》《死的胜利》《广场上的狮子》《新婚交响曲》《国家与文学及其他》等几十部作品,著有《罗曼罗兰评传》。新中国成立后继续从事翻译,参与翻译"文艺翻译丛书"中的苏联短篇小说选集《仇恨》《海燕之歌》等作品。

芳信译介诗歌的主要成果是 1941 年诗歌书店出版的《……而西班牙歌唱了》(1948 年更名为"西班牙人民军战歌"由光华书店再版)。芳信明确指出,《……而西班牙歌唱了》是 *…and Spain Sings：50 Loyalist Ballads* 一书的全译本,含英语版编者伯纳德特和汉弗莱斯所作的前言——《西班牙人的战谣》和西班牙诗人巴雷拉所作的引言——《西班牙人民的歌谣》,介绍了这部英语诗集编译的因由、译者们的翻译方式、所译诗歌的来源、阿尔维蒂等西班牙"保卫文化反法西斯知识分子联盟"的成员诗人是如何复活"谣曲"这一古老的文学形式,去反映西班牙内战的现实。前言和引言的译者是芳信的挚友,翻译家朱维基,朱维基还曾为他校对稿件,因此也算是两人的合作。芳信从早期崇尚唯美主义、颓废主义风格的文学,到抗战爆发后,参加上海文学座谈会和行列社文学活动,受到中共党员蒋锡金、朱维基等人支持,翻译西班牙内战诗歌,是上海"孤岛"时期文学翻译的一个案例,凸显了意识形态对译者翻译活动的重要影响。

芳信在日本留学期间,就对文学萌生兴趣,但早期他的文学趣味倾向唯美主义、颓废主义文学。施蛰存在《林微音其人》中对芳信等人有一段记录：

> 但他(林微音)不是水沫社中人。他属于另外一个三朋四友的文艺小集团。他的文艺同道有朱维基和芳信,这三人的领袖是夏莱蒂。他们办过一个小刊物,名为《绿》,也许他们的集体就称为"绿社"。……
>
> 芳信,我不知其本名,也不知其职业。他的妻子芳子,是一

个舞女。一九三〇年他们夫妇在四川北路、海宁路口开设了一所舞校，就是现在凯福饭店二楼。……

  这四个人都写诗，在上海新文学史上，算是活动过一个短时期的唯美派、颓废派。①

正如施蛰存所说，在全面抗战爆发以前，芳信的文学同人有唯美派、颓废派的朱维基、夏莱蒂，且他的主要精力投入在办舞蹈学校上。据蒋锡金的回忆②，芳信期望借舞蹈学校筹集资金办实验剧场，但是战争爆发打乱了他的计划。

芳信早期推崇唯美主义文学，与夏莱蒂等合办《火山》月刊，与朱维基等合办《绿》，据李朝平考证："自始至终，为《绿》撰文的作者都只有朱维基、林微音和蔡芳信。……面临轻忽艺术特质的左翼诗歌蓬勃发展且具压倒性优势的局面，绿社成员将其视作引导诗歌通往万劫不复深渊的狂潮，遂以艺术为中流砥柱，试图挽狂澜于既倒，高扬'为艺术而艺术'的诗歌主张，致力于'纯粹诗的趣味'的追求。……绿社之主张几与颓废主义观念悉数暗合……"③ 芳信与朱维基合译的《水仙》1928年由光华书局出版，其中包括王尔德、道生、波德莱尔等唯美主义和现代派作家作品。芳信甚至用"腊雪司"——即英语"水仙"（narcissus）的发音——命名了自己的舞蹈学校。受"绿社"同人和翻译作品的影响，这一时期芳信的创作带有唯美、颓废主义的特点，例如，根据自身经历创作的散文集《秋之梦》以及表现新青年与传统抗争的小说《春蔓》。由于戏剧学习和表演的经历，他的作品还常常带有古典戏剧的夸张，如表达对好友思念的散文《秋》中写道：

---

① 施蛰存：《沙上的脚迹》，辽宁教育出版社1995年版，第153—154页。
② 锡金：《芳信和诗歌书店》，《新文学史料》1980年第4期。
③ 李朝平：《被忽略的颓废主义诗人朱维基》，《现代中文学刊》2020年第5期。

> 哦，我的可爱的 S 君，自从那一年的十二月，一个月光莹澈的晚上，什么人不使知道（唉，连我和他是怎样地深好，也不告诉，就那么一个人，带着那样一个比三弦短，无琵琶那样宽，他自己教制乐器的人创制的琴），踏上了漂泊的旅途之后，悠长的五年，会没有一点消息。哦，谁知道他还和他那张寂寞时为他分解寂寞，悲哀时，为他发泄悲哀的琴儿在不在人世呢？也许他此时在寂寥无人迹的湖山旁边对斜阳在倾诉着他的哀戚；也许他此时在人烟稠密的都市，调拨着几百千观众的心弦；也许他抱着他的孤独的伴侣同葬身于辽阔无涯的碧海；也许他流落于异地他乡作乞食卖唱的勾当；但谁知道呢？但谁知道呢？唉，桃李曾五度地花发与花谢，我们的友人 S 君却终于渺然。①

芳信多次使用感叹词，如"哦""哎"等，抒发感伤的情绪，对分别后好友的怀想和担忧之情的描写，使用了"音乐""漂泊""寂寞""悲哀""寂寥""哀戚""斜阳""孤独""葬身碧海""死亡""流落""花发与花谢"等经常出现在唯美、颓废风格的作品中的典型词语，以抒情的笔触营造了感性的、唯美的、悲伤的氛围。

30 年代中后期，国难日益深重，日本法西斯的战火烧到了上海，芳信的舞蹈学校被烧毁，这使他反而有了更多时间参与文学活动。

诗人蒋锡金早在 1934 年就与朱维基相识，因为朱的关系又结识了芳信。1938 年底，已加入中国共产党的蒋锡金回到上海，于次年与朱维基等创办了上海诗歌座谈会，因座谈会的会刊为《行列》半月刊，因此又称"行列社"。《行列》是上海"孤岛"时期最重要的诗歌专业期刊之一，刊名"行列"象征着国人要前赴后继、英勇抗敌、捍卫祖国的决心，正如创刊号中《我们的行列》一诗所写："一队行列，／又一队行列——……我们只有前进，／没有退却——我死了有你；／你死了有他。／不把狄人消灭，／谁能压平我们心头的怒火；／冲啊——……

---

① 芳信：《秋之梦》，大光书局 1929 年版，第 2—3 页。

◇◇◇ 第二部分　诗以载道:战争时期西班牙文学的译介与接受(1937—1948)

越过崎岖的山川,/跋涉过漠漠的原野;/我们是新中国的扬子江——/新中国的大动脉!"①《行列》刊登的作品以与战争主题相关的创作和翻译作品为主,目的是撕破上海繁华面具下的政治危机,反映无产阶级的不幸生活和罢工等抗争,以及号召和激励国人奋起反抗。一些作品兼具文学性和思想性,对中国现代诗歌发展产生了深远影响,如1941年第1卷第1期刊载的孟进的《孤岛不是天堂》,1941年第1卷第3期刊载的荒牧致敬白求恩的诗歌《输血者——献给战友诺曼贝慈恩博士》、鸿麒的《一个剥死人衣服的人》、徐野的《粤北,你站起来了》和紫薇的《路毙者》,1941年第1卷第5—6期刊载的朱维基的《我们不要忍耐——记上海平卖面粉的情景》和白芷的《吊上海》,等等。

芳信的挚友、《行列》主编朱维基已经于这年2月加入中国共产党,支持党的地下文艺工作,投身抗日洪流,他提供位于法租界萨坡赛路的家宅作为每周一次上海诗歌座谈会的主要会场之一,参加活动的有二三十人,包括萧岱、沈孟先、辛劳(陈晶秋)、关露、白曙(陈白曙)、王敦庆等不少留在"孤岛"上海的左联作家和中共党员。这一时期,朱维基疏离唯美主义、颓废主义,他在思想和文学创作上的"左转"影响了芳信。以共产党员和左联作家参与为主的座谈会引起了芳信的兴趣:"芳信知道了,就要求让他也听几次会,我们也同意了。他参加了我们的几次活动,觉得有点意思,便经常来参加了。他说,'我原来想怎么也写出一首诗来向大家报到的,但没有办法,我这个人太实际了,没有诗了;我译几首诗,不一定译得好,算我交卷好吗?'"②"太实际""没有诗"可能是芳信自谦的说辞,芳信未必不能作诗,但对于他来说,很难从唯美颓废立刻转变为坚强有力的音调,写出如"我要挺直我的胸脯,昂起我的头,/挥动我的钢刀去索取敌人的头颅,/呵!我还要举起我的拳头——/捣碎法西斯的侵略的

---

① 丁筠:《我们的行列》,《行列》1940年第1卷第1期。
② 锡金:《芳信和诗歌书店》,《新文学史料》1980年第4期。

第七章　歌唱西班牙

魔手"① 这样的句子，翻译便成为芳信融入左联作家群体的途径。

"孤岛"时期反法西斯战争的语境和左联作家的影响，使芳信的文艺观念发生了突变，他写道："我们固然不能否认翻译的重要性，可是作为一个文艺工作者，而不能够自由地运用他的文字，发挥他的文字的战斗性，如同一个战士运用他的武器那样，对准那些陈旧的，腐败的，落后的种种东西，作无情的扫射，那他成其为什么文艺工作者！"② 从早期氤氲的忧伤、多情的风格，到战争时期向敌方"无情的扫射"，为了实践新的、战斗的文学主张，在行列社同人的鼓励下，芳信搁下创作之笔，拿起翻译之笔，并自告奋勇帮助行列社管理出版相关的收支。他谈到自己翻译西班牙内战诗歌的动机时说："一方面固然为了想给青年诗歌工作者做一些奠基的工作，同时自己也可以从这些西班牙人民为他们的祖国唱出的沉痛的歌唱中，学习怎样为自己的受难的祖国而歌唱——即使自己学习不到，至少这些从西班牙全民族里面产生出来的歌谣已喊出了一个跟我们受到同样厄运的伟大的民族的最高的呼喊。"③ 像春雷惊醒大地，芳信希望西班牙内战诗歌也像春雷般"带给那些顽固的，昏聩的，愚昧的人群一个惊心动魄的霹雳，像'……而西班牙歌唱了'带给那些残酷的，野蛮的，没有人性的，毁坏文明的法西斯蒂的一个霹雳一样！"④

芳信翻译过的其他诗歌还有亚美尼亚诗人西亚曼托的《骑士歌》、涅克拉索夫的《夜莺》《路上》《魏腊斯》、雪莱的《西风歌》（与蓝兰合译）等，但影响最广的是西班牙内战诗歌。他从蒋锡金处借来《……而西班牙歌唱了》英文版，选译了7首，其中《玛德里的木刻：前线》《玛德里与她的敌人们》《保卫玛德里》以"歌唱玛德里"为

---

① 紫曙：《雪哟我歌颂你》，《行列》1940年第1卷第3期。
② 芳信：《后记》，载[西]安东尼·亚帕利西奥等《西班牙人民军战歌》，芳信译，光华书店1948年版，第168页。
③ 芳信：《后记》，载[西]安东尼·亚帕利西奥等《西班牙人民军战歌》，芳信译，光华书店1948年版，第170—171页。
④ 芳信：《后记》，载[西]安东尼·亚帕利西奥等《西班牙人民军战歌》，芳信译，光华书店1948年版，第172页。

◇◇ 第二部分　诗以载道：战争时期西班牙文学的译介与接受（1937—1948）

题发表在蒋锡金主编的"孤岛"时期进步左翼文艺刊物《文艺新潮》1940年第2卷第5期，《谁在这儿走过?》《流亡者》《农民的胜利》以"西班牙歌唱"为题发表在林宗编的左翼戏剧刊物《戏剧与文学》1940年第1卷第1期，《瞧，那些兵士》发表在蒋锡金等主编的《行列》1940年第1卷第3期。

为了扩大诗歌的影响，在芳信倡议下，蒋锡金、朱维基等人决定创办"诗歌书店"，计划出版"诗歌创作""诗歌翻译""古典诗歌""诗歌理论"四个方向的丛书。"诗歌翻译丛书"原计划出版十二辑[①]，最终出版了两本，一本是由朱维基翻译的、英国诗人奥登所著的《在战时》[②]，另一本即芳信译的《……而西班牙歌唱了》。两本译著有一定关联性：一是主题都是反法西斯战争，二是英文原作均由叶君健提供，三是都注重完整性，是原作的全译本，包括了原作的前言，虽然声望无法媲美其他知名译者的译本，但译者、诗歌书店以及书店背后的行列社同人们向读者介绍两部诗集的诚意很大。

施蛰存在《林微因其人》中，这样评论朱维基、芳信、夏莱蒂和林微因的英语水平："大概他们四人中，虽然都译过一些外国文学，英语水平只有朱维基还可以。"[③] 施蛰存认为芳信英语水平欠佳是有根据的，从生平记录来看，芳信仅在不足两年的留日时期学习了英文，最初是以表演为专业，"孤岛"时期的芳信甫开始走上文学翻译的道路，语言是他要克服的首要困难，因此朱维基不仅承担了《……而西班牙歌唱了》序文的翻译，且对全书进行了校正。

细读芳信几个版本的翻译，可以发现一开始欠佳的译文，再版以后得到了更正完善。以阿尔维蒂的诗歌《保卫玛德里》（*Romance de la Defensa de Madrid*）中的四行诗为例："Ya nunca podrá dormirse, /porque si Madrid se duerme, /querrá despertarse un día/y el alba no vendrá a

---

[①] 编者：《编后记》，《行列》1940年第1卷第3期。
[②] ［英］奥登：《在战时》，朱维基译，诗歌书店1941年版。
[③] 施蛰存：《沙上的脚迹》，辽宁教育出版社1995年版，第154页。

verle."（意为：马德里不能入眠/若是睡去/想要醒来时/无法再见黎明。）芳信最初发表的译文是："玛德里决不会睡去，/因为如果它会睡去的话，/一个时候就会来把它弄醒/而且会找到一个缺席的黎明。"①"一个时候会来把它弄醒"和"而且会找到一个缺席的黎明"翻译得不够准确，并且有些拗口，缺乏诗歌的韵律。1948年版芳信重译为："马德里绝不能睡去，/因为如果它睡去的话，/它醒来的时候，/就再也看不见黎明。"经修正打磨的译文意义正确、形式简练，诵读起来节奏更明快。《……而西班牙歌唱了》虽是一位初涉诗歌翻译的译者根据英语转译的译著，确有一些错译，但经过修正，特别是1948年更名为"西班牙人民军战歌"再版时，再次进行了校对和修改，质量有了很大提升。

芳信在外国文学翻译史上并未留下很深的痕迹，当脱离了反法西斯的社会环境，很少人还会关注他翻译的西班牙内战诗歌。但是在"孤岛"上海，《……而西班牙歌唱了》吸引了国人对西班牙反法西斯战争的关注，加深了中国人民对西班牙人民的同情。这部诗集与其他战争时期翻译和创作的诗歌一起成为推动全国抗日的一股精神力量，并为后世研究"孤岛"时期的外国诗歌翻译留下了可靠的资料。

---

① ［西］Rafael Alberti：《保卫玛德里》，芳信译，《文艺新潮》1940年第2卷第5期。

第八章　从"现代"到"抗战谣曲"
——戴望舒对西班牙诗歌的译介与接受

戴望舒是中国著名诗人,对中国新诗发展有着重要的影响,一生创作了92首诗歌,《雨巷》《我用残损的手掌》等流传广泛。但是读者往往忽略了戴望舒在翻译方面的贡献,他曾译过西班牙语、法语、英语、俄语的诗歌、童话、小说、散文和文学批评,其中,他与法国文学、西班牙文学的关系更密切。对法国和西班牙诗歌的翻译是戴望舒文学翻译的重要组成部分,由施蛰存整理的《戴望舒译诗集》中,法国和西班牙诗歌平分秋色,他翻译的波特莱尔和洛尔迦的诗歌至今仍是经典。

目前对戴望舒的研究以他的文学创作为主,翻译研究,尤其是对他的西班牙诗歌翻译研究相对薄弱。但是,戴望舒的诗歌翻译和创作是共生的,他的诗歌创作受到了多元的外来影响。施蛰存曾指出:"戴望舒的译外国诗,和他的创作新诗,几乎是同时开始。……望舒译诗的过程,正是他创作诗的过程。"[1] 本章拟分析戴望舒对西班牙诗歌的译介与接受。

戴望舒的诗歌创作和翻译始于在震旦大学学习法语之时,早期受到法国象征派诗歌的影响,前往欧洲后,对法国和西班牙的现代诗歌

---

[1] 施蛰存:《〈戴望舒译诗集〉序》,载戴望舒译《戴望舒译诗集》,湖南人民出版社1983年版,第1—4页。

产生了巨大的兴趣。他对西班牙诗歌的译介可分为两个阶段，在抗日战争全面爆发前，以译介"二七年一代"现代派诗歌为主，之后以译介内战诗歌为主，因此以下分为"戴望舒西班牙诗歌译介概述""戴望舒对'二七年一代'现代派诗歌的译介与接受"和"戴望舒对西班牙抗战谣曲的译介与接受"三节进行论述。受战争因素影响，戴望舒译的"二七年一代"诗人的现代派抒情诗歌主要对50年代以后的中国诗坛产生影响，在1937—1949年阶段，其传播和影响不及"抗战谣曲"，因此，虽然本章按照译介的时间顺序，将"二七年一代"置于"抗战谣曲"之前，但论述的重点是戴望舒对"抗战谣曲"的译介与接受。

第一节　戴望舒西班牙诗歌译介概述

戴望舒对西班牙诗歌的译介源于他的西班牙之行。1934年8月至次年春，戴望舒曾前往西班牙旅行，此时在西班牙文坛上，"二七年一代"诗人风华正茂。进入20年代后，西班牙诗歌在法国先锋派的影响下蓬勃发展，现代主义抒情诗人、诺奖获得者希梅内斯对"二七年一代"的洛尔迦、纪廉、萨利纳斯、阿尔维蒂等青年作家产生了很大影响。这群年轻诗人的创作继承了西班牙文学传统，接受了先锋派等新文学思潮，吸纳了西方现代派技巧，其诗作既追求纯诗歌的精美形式，修辞大胆细腻，又结合了谣曲等传统民歌的特点，既创作自由体诗歌，也不排斥使用传统诗歌韵律，洛尔迦自信地称，"二七年一代"写出了欧洲最美的诗歌。

受洛尔迦等"二七年一代"诗人的吸引，戴望舒开始翻译他们的诗作，自1935年起在国内进行发表。据1983年湖南人民出版社出版的、由施蛰存整理的《戴望舒译诗集》，戴望舒翻译的西班牙诗歌有65首，其中洛尔迦32首，沙里纳思（今译萨利纳斯）6首，阿尔陀拉季雷（今译阿尔托拉吉雷）6首，阿尔倍谛（今译阿尔维蒂）3首，

◇◇◇ 第二部分 诗以载道:战争时期西班牙文学的译介与接受(1937—1948)

狄戈（今译迪耶戈）7首，迦费亚思3首，"抗战谣曲"8首。戴望舒的诗歌选译均附关于诗人生平、代表作品、文学观点的介绍，增加了读者的阅读兴趣，帮助中国读者更深入地理解西班牙诗歌。他的翻译主要发表在《新诗》《诗志》《顶点》等以刊载现代派诗歌为主的期刊上。

1938—1948年在香港生活期间，戴望舒的大部分创作和翻译都发表在《华侨日报》《星岛日报》《新生日报》等香港报刊上。由于他使用了多个笔名，甚至借用施蛰存等人的名字发表译文，很难确定他具体发表了哪些作品。据香港文学史研究者卢玮銮考证[①]，戴望舒曾使用过苗秀、江思、方仁、庄重、蒔甘、陈御月、御月、陈艺圃、艺圃、施蛰存、张百衔、白衔、方思、江文生、文生、望舒、达士、史方域、林泉居士、林泉居、江湖作为笔名。

30年代末，在抗日战争全面爆发的时代背景下，戴望舒对西班牙诗歌译介的兴趣转向了西班牙内战主题诗歌，尤其是谣曲形式的诗歌，他主要通过西语直接翻译，也有通过英语、法语转译的。据目前确切的资料统计，戴望舒翻译并发表的西班牙内战主题诗歌共13首，除了《玛德里》《农民最初的胜利》《骑兵营》3首外，其余11首以"抗战谣曲选"发表：《保卫玛德里》《保卫加达鲁涅》《无名的民军》《就义者》《山间的寒冷》《当代的男子》《流亡之群》《橄榄树林》《摩尔逃兵》《霍赛·高隆》《流亡人谣》，于1939年发表或转载在《星岛日报》《顶点》《壹零集》《文艺阵地》《中原月刊》等报刊。戴望舒曾计划出版《西班牙抗战谣曲选》，收入20首从西语直接翻译的、谣曲形式的西班牙内战主题诗歌，最终未能顺利出版。目前在各类报刊上只能找到11首"抗战谣曲"，因报刊数量较大、诗人使用化名等因素干扰，是否还有其他译作遗落仍有待更深入的研究。

戴望舒是中西文学交流中的重要桥梁，他译的西班牙诗歌形神俱备，具有很高的文学审美价值，推动了中国现代诗歌的多元化和现代

---

① 卢玮銮:《戴望舒在香港的著作译作目录》,《香港文学》1985年第2期。

化发展。由他译的洛尔迦诗歌技巧精湛，在翻译中保持了原作的节奏和情感，是公认的经典之作，具有独特的文学魅力，进入 21 世纪后仍陆续再版①，证实了他对当代中国诗歌依然有影响。北岛、王佐良、陈光孚等诗人、翻译家和学者都曾给予其诗歌翻译极高的评价。

第二节　戴望舒对"二七年一代"现代派诗歌的译介与接受

30 年代，以施蛰存等主编的《现代》杂志为标志，现代派诗歌在国内诗坛的影响力逐渐扩大，戴望舒是《现代》的编辑之一，是现代派的重要诗人，西班牙和法国的现代派诗歌对戴望舒产生了较大影响。戴望舒自 1935 年起翻译了逾 65 首"二七年一代"诗人的作品，可以说，戴望舒是国内翻译西班牙现代派诗歌的先行者。

1934—1935 年逗留西班牙期间，戴望舒常流连于书市和小咖啡馆等公共文化场所，对"二七年一代"的诗歌耳濡目染，尤其是被西班牙民众口口传唱的洛尔迦的作品。戴望舒对施蛰存说："广场上，小酒店里，村市上，到处都听得到美妙的歌曲，问问它们的作者，回答常常是：费特列戈，或者是：不知道。这不知道作者是谁的谣曲也往往是洛尔伽的作品。"②"二七年一代"的诗歌创作是现代主义在西班牙的回响，这一群体的作家在继承象征主义、意象派诗歌和超现实主义后，不断尝试新的表达方式，吸收世界各国的文学思想和创作风格，在西班牙现代文学史上留下了重要的一页。"如果离开了或者低估了 27 年代诗人的功绩，便不可言当代西班牙文学，因为正是这些诗人为

---

① ［西］洛尔迦：《洛尔迦的诗》，戴望舒、陈实译，花城出版社 2012 年版；［西］洛尔迦：《小小的死亡之歌：洛尔迦诗选》，戴望舒译，人民文学出版社 2016 年版；［西］费德里科·加西亚·洛尔迦：《船在海上，马在山中：洛尔迦诗集》，戴望舒，云南人民出版社 2020 年版。

② 施蛰存：《编者后记》，载［西］洛尔伽《洛尔伽诗钞》，戴望舒译，作家出版社 1956 年版，第 137 页。

西班牙当代诗歌赢得了举世瞩目的荣誉。"① "二七年一代"作家具有相似的学习经历,且多是大学教师或艺术家,交往甚密,他们常在自由派开办的大学生公寓聚谈,交流文学创作,研究成员作品,共同出版诗选,并以《文学公报》(La Gaceta Literaria)、《西方杂志》(La Revista de Occidente)、《海岸》(Litoral)和《诗歌与散文》(Verso y Prosa)等杂志为发表阵地,其作品的影响迅速扩大,在国内外享有很高的知名度。

"二七年一代"中最受瞩目的诗人洛尔迦是戴望舒最钟情的西班牙诗人。洛尔迦的诗歌显露出现代性的多重特征,诗歌中新奇的意象、异域少女的淳朴美、自由的爱情等元素,以及谣曲这一古老形式与现代主义融合而焕发的生机等,对戴望舒来说都是新奇的体验。戴望舒翻译了洛尔迦的多首代表作,《海水谣》结构自由,辽远清新,意象出新:"在远方,/海微笑着。/浪的牙齿,/天的嘴唇。……"②《西班牙宪警谣》则用"黑色""铅的脑袋""漆布的灵魂""黑橡胶似的寂静""细沙似的恐怖""脑中的手枪"等象征、隐喻和通感的手法暗示了宪警制造的恐怖和对吉卜赛人的压制:"黑的是马。/马蹄铁也是黑的。/他们大氅上闪亮着/墨水和蜡的斑渍。/他们的脑袋是铅的/所以他们没有眼泪。/带着漆布似的灵魂/他们一路骑马前来。/驼着背,黑夜似的,/到一处便带来了/黑橡胶似的寂静/和细沙似的恐怖。/他们随心所欲地走过,/头脑里藏着/一管无形手枪的/不测风云。……"③

西法文学界的联系与交流,加深了戴望舒对于翻译西班牙现代诗歌的兴趣。1935年自西班牙返回法国时,戴望舒拜访了诗人许拜维艾尔④,两人的交流中谈到了西班牙现代派诗人。戴望舒问:"在有些地方,你是和西班牙现代诗人有着共同之点的,是吗?"许拜维艾尔回答:"那些西班牙现代的新诗人们,加尔西亚·洛尔迦,阿尔贝谛,

---

① 何榕:《西班牙"27年代诗人"散文诗歌选》,《世界文学》1986年第5期。
② [西]加尔西亚·洛尔加:《加尔西亚·洛尔加诗抄》,戴望舒译,《文饭小品》1935年创刊号。
③ [西]费·迦·洛尔伽:《西班牙宪警谣》,戴望舒译,《译文》1955年第25期。
④ 苏佩维埃尔(Jules Supervielle,1884-1960)。

沙里纳思，季兰，阿尔陀拉季雷，都是我的很好的朋友。说起，你也常读这些西班牙诗人的诗吗？"戴望舒回答："我所爱的西班牙现代诗人是洛尔迦和沙里纳思。"①

戴望舒迫切想把"二七年一代"的诗歌介绍到中国，据他本人在《记玛德里的书市》②中所记，虽然经济窘迫，他依然在马德里的二手书市场上购得了洛尔迦、阿尔维蒂、纪廉、萨利纳斯等"二七年一代"诗人的诗集带回国内用于翻译的参考。1935年戴望舒译出了洛尔迦的《海水谣》等7首诗且附诗人介绍，邮寄给《文饭小品》，以《加尔西亚·洛尔加诗抄》为题发表在其创刊号上，并转载于《好文章》1936年第3期。1936年又译出了萨利纳斯的《无题》等6首诗歌，以"沙里纳思诗抄"为题发表在《新诗》第2期，此后又陆续寄出了几十首"二七年一代"诗人作品。1936年洛尔迦遭长枪党杀害，噩耗传来，促使戴望舒下决心下更大力气翻译这位西班牙诗人，陆续译出了《木马》（载《奔涛》1937年第1卷第3期），《不贞之妇》（载《诗创造》1947年第3期），《圣女欧拉丽亚之殉道》（载《华侨日报·文艺周刊》1949年第97期）。然而直至1950年病逝时，戴望舒还没有完成洛尔迦诗歌集的翻译和出版，1956年由施蛰存整理编校了33首译诗（《黎明》由施蛰存补译），由作家出版社出版了《洛尔伽诗钞》，并多次再版。

戴望舒的西班牙诗歌翻译丰富了中国现代诗歌翻译的理论，他否认"诗不能翻译"，提出诗歌的美在于其内容，而不是形式："只有坏诗一经翻译才失去一切，因为实际它并没有'诗'包涵在内，而只是字眼和声音的炫弄，只是渣滓。真正的诗在任何语言的翻译中都永远保持着它的价值。而这价值，不但是地域，就是时间也不能损坏的。翻译可以说是诗的试金石，诗的滤箩。"③ 经他的翻译，洛尔迦诗歌带

---

① 戴望舒：《记诗人许拜维艾尔》，载王文彬、金石主编《戴望舒全集·散文卷》，中国青年出版社1999年版，第37页。
② 戴望舒：《记玛德里的书市》，《文艺春秋》1946年第3卷第5期。
③ 戴望舒：《诗论零札》，载王文彬、金石主编《戴望舒全集·散文卷》，中国青年出版社1999年版，第187—188页。

给了中国读者具有强烈异域风情的阅读体验。王佐良分析了戴望舒如何将洛尔迦诗歌中的色彩、声音、民歌风格、形象和现代性等元素移植到中文中,他称:"只有诗人才能把诗译好。这是常理,经戴望舒的实践而愈验。"①

戴望舒的西语诗歌翻译成就,获得了广泛肯定,他译的洛尔迦诗歌对中国当代诗歌影响深远。陈光孚称:"菲德利哥·加尔西亚·洛尔伽是我国读者比较熟悉的西班牙诗人,有一些作品已经译成中文在我国发表过。其中以一九五六年出版的戴望舒先生的译本——《洛尔伽诗钞》最受欢迎。"② 北岛回忆:"洛尔迦的阴影曾一度笼罩北京地下诗坛。方含(孙康)的诗中响彻洛尔迦的回声;芒克失传的长诗《绿色中的绿》,题目显然得自《梦游人谣曲》;八十年代初,我把洛尔迦介绍给顾城,于是他的诗染上洛尔迦的颜色。"③ 戴望舒以自己对现代主义诗歌的深入理解和对洛尔迦诗歌的精确解读,成功地将洛尔迦诗歌的内容和情感传递到了中文世界,促进了中西文学的交流,丰富了中国读者对西方现代主义文学的了解。

第三节 戴望舒对西班牙抗战谣曲的译介与接受

1937年抗战全面爆发,次年戴望舒携家人前往香港,在抗日战争的洪流中,这位"雨巷诗人"开始翻译西班牙内战诗歌。据资料,戴望舒可能是在1939年初着手翻译西班牙抗战谣曲,在给艾青的信中他写道:"……只好暂时把写诗的念头搁下,决定在一星期内译一两首西班牙抗战谣曲给你——我已收到西班牙原本了。"④ "西班牙原本"

---

① 王佐良:《译诗和写诗之间——读〈戴望舒译诗集〉随想录》,《外国文学》1985年第4期。
② 陈光孚:《序言》,载[西]洛尔伽《洛尔伽诗选》,陈光孚译,四川文艺出版社1987年版,第1页。
③ 北岛:《洛尔迦:橄榄树林的一阵悲风》,《收获》2004年第1期。
④ 戴望舒:《致艾青》,载王文彬、金石主编《戴望舒全集·散文卷》,中国青年出版社1999年版,第252页。

即马德里的西班牙出版社（Ediciones Españolas）于 1937 年出版的《西班牙战争谣曲集》（Romancero General de la Guerra de España），诗集中的诗歌多选自左翼作家创办的《蓝色工服》周刊。根据目前的考证，这一阶段戴望舒共翻译发表了 13 首西班牙内战诗歌，其中 11 首归入"抗战谣曲选"系列发表在《星岛日报》的《星座》文艺副刊和《顶点》等文学类期刊报纸。

在民族危亡之际，戴望舒将工作重心转为编辑和翻译，"抗战"是戴望舒编辑和翻译工作的主题，他在新创刊的《星岛日报·星座》任主编并参与编辑《顶点》等报刊，30 年代末至 40 年代，他所译的西班牙内战诗歌主要发表在这两份刊物上。虽然香港相对远离战争，但并不孤立于战争的文化语境，戴望舒等南下文人文学活动的重点之一，是通过舆论宣传抗战、鼓励民众团结战胜强敌。戴望舒还积极投身中华全国文艺界抗敌协会香港分会等文艺组织的活动，是这一组织实际上的领导人之一。戴望舒与艾青合编的《顶点》第一期的《编后杂记》阐明了战争语境下文学期刊的使命："《顶点》是一个抗战时期的刊物。她不能离开抗战，而应该成为抗战的一种力量。为此之故，我们不拟发表和我们所生活着的向前迈进的时代远离的作品。"[1]

戴望舒担任《星岛日报》文艺副刊《星座》的主编，《星岛日报》于 1938 年创刊，办报的首要宗旨就是"协助政府从事于抗战救国之伟业"[2]。在《〈星座〉创刊小言》中，戴望舒写道："沉闷的阴霾的气候是不会永远延续下去的。它若不是激扬起更可怕的大风暴，便是变成和平的晴朗天。大风暴一起，非但永远没有了天上那些星星，甚至会毁灭了港岛上这些权且代替星星的灯光，若是这些阴霾居然有开霁的一天，晴光一放，夜色定然比往昔更为清佳，不但有灿烂的星，更有奇丽的月，那时，港湾里的几盏灯光还算什么呢。"[3] "沉闷的阴霾"

---

[1] 佚名：《编后杂记》，《顶点》1939 年第 1 卷第 1 期。
[2] 胡文虎：《创办本报旨趣》，《星岛日报》1938 年 8 月 1 日第 1 版。
[3] 戴望舒：《〈星座〉创刊小言》，载王文彬、金石主编《戴望舒全集·散文卷》，中国青年出版社 1999 年版，第 182 页。

"大风暴""和平的晴朗天""星星"等隐喻的真实意义不言而喻。《星座》文艺副刊对具有反法西斯性质的西班牙内战投以极大关注,除了戴望舒译的"西班牙抗战谣曲选"外,《星座》还收录了大量与西班牙内战相关的报告文学和新闻报道,如:"西班牙战争"系列报道以及《西班牙难民在法国》《西班牙战地通讯》《动乱中的世界文坛报告之五:弗朗哥治下的西班牙文化》《西班牙民族英雄阿斯加索》《西班牙战争的第三年》《西班牙战地日记一叶》。1939 年第 250 期刊登了袁水拍写的《西班牙大诗人马却陀逝世》,对被法西斯迫害的西班牙诗人们表示了深切同情:"马却陀死在异国,死在这个时代,其意义不单是说死了一个伟大的人物。他是被弗朗哥和希特勒和墨索里尼谋杀的,帮凶者便是那些'不干涉的'渴血的各种势力。诗人的死象征着他们谋杀了西班牙一部份的灵魂。法西斯者谋杀了马却陀,正像他们谋杀费代里各·迦尔西亚·洛尔加一样。"① 对西班牙诗人厄运的共情,折射出战争阴霾笼罩下戴望舒、袁水拍等在港诗人对自身处境的担忧。

　　戴望舒曾作为与左翼文学对立面的"第三种人"和"自由人"遭到批判,但是施蛰存在《为中国文坛擦亮"现代"的火花——答新加坡作家刘慧娟问》中评价自己和戴望舒等人的文学和政治立场时说:"我们自己觉得我们是左派,但是左翼作家不承认我们。我们几个人,是把政治和文学分开的。……我们标举的是,政治上左翼,文艺上自由主义。"② 从戴望舒对包括西班牙内战诗歌在内的左翼文学的翻译与介绍③,可以发现他所反对的是带着"国防诗歌"名头的"非诗歌"的创作。他在《关于国防诗歌》一文中写道:"但是反观现在的所谓'国防诗歌'呢,只是一篇分了行、加了勉强的脚韵的浅薄而庸俗的演说辞而已。'诗'是没有了的,而且千篇一律,言不由衷,然而那

---

① 袁水拍:《西班牙大诗人马却陀逝世》,《星岛日报·星座》1939 年第 250 期。
② 施蛰存:《沙上的脚迹》,辽宁教育出版社 1995 年版,第 181 页。
③ 20 年代末至 30 年代戴望舒曾发表过《匈牙利的"普洛派"作家》《苏联文坛的风波》《英国无产阶级文学运动》《国际劳动者演剧会》《法国通信(关于文艺界的反法西斯谛运动)》等,曾译《唯物论的文学论》等,主编《科学的艺术论丛书》。

些人们却硬派它是诗……"①

戴望舒对西班牙左翼文学和左翼诗人抱着赞赏的态度,"抗战谣曲"均由西班牙左翼诗人创作,既有"二七年一代"知名诗人阿尔维蒂、阿尔托拉吉雷、普拉多斯,也有不知名的诗人。戴望舒在《跋西班牙谣曲选》中向中国读者介绍了这部诗集的出版背景,尤其是西班牙诗人的左翼立场,展现了知识分子的担当和作为,以及西班牙各阶层的团结:

> 在一九三六年,当法朗哥带着他的刽子手向玛德里进军的时候,玛德里的反法西斯知识者同盟出版了一种名为《青色工衣》(EL MONO AZUL)的杂志。这个杂志,由于西班牙大诗人阿尔倍蒂(RAFAEL ALBERTI)的提议,特辟一栏来发表《谣曲》……后由"反法西斯知识者同盟"主干,诗人泊拉陀思编集,于一九三七年出版了这部《西班牙战争谣曲集》。……这些《谣曲》的作者是从社会的各阶层来的。他们代表着西班牙人民,他们的声音是西班牙人民的声音。②

戴望舒介绍了西班牙人民如何通过各种方式传播反法西斯谣曲,以及这些谣曲在抵抗法西斯势力中起到的重要宣传作用,凸显了西班牙人民在争取民主过程中遭受的挫折和百折不挠的精神。戴望舒坚信,反法西斯的斗争并没有结束,在西班牙抗战谣曲的鼓舞下,人民团结起来,其强大的力量终将战胜法西斯势力。

> 由于无线电广播,戏剧,电影,以及街头歌人的协力,这些反法西斯的谣曲便广泛而深切地传遍了西班牙,甚至传到敌人的

---

① 戴望舒:《关于国防诗歌》,载王文彬、金石主编《戴望舒全集·散文卷》,中国青年出版社1999年版,第175页。
② 戴望舒:《跋西班牙抗战谣曲选》,《华侨日报·文艺周刊》1948年第87号。

第二部分　诗以载道:战争时期西班牙文学的译介与接受(1937—1948)

后方。赤手空拳的西班牙人民之能够抵抗法西斯恶党那么长久,那么《谣曲》该是出了不少宣传的力量吧。……现在,西班牙争自由民主的波浪已被法西斯凶党压下去了,可是人民的声音是不会绝灭的。不论伪民主国家怎样支持着法西斯余孽法朗哥,爱自由的西班牙民众总有一天会再起来的。那时候,这些在农村,工场,牢狱中被低声哼着的谣曲,便又将高唱入云了。[1]

虽然西班牙内战已经以法西斯势力的胜利结束,但是内战中留下的文学遗产对仍在遭受战火蹂躏的中国依然有借鉴、引导的价值。戴望舒个人对西班牙抗战诗人饱含敬仰之情,并与战争阴霾笼罩下的西班牙诗人们产生了强烈的共情。他曾翻译法国作家阿拉贡的《西班牙抗战诗人的生与死》一文,该文热烈赞颂了马查多、洛尔迦等西班牙抗战诗人为西班牙的自由和民主竭力歌唱,在内战中他们遭遇了各类不幸,或流亡海外,或入狱,或被敌人枪杀。阿拉贡写道:"我从来没有像今晚一样觉得世上会有这样多的人类的悲哀。我也知道世上有一种力量,那和人类利益是接近的,而且准备要胜利的。……当生的力变成伟大时,在那叫做法国的国家中,在那叫做西班牙的国家中,永远不会再捉拿诗人,诗歌和快活欢呼了……"[2] 西班牙诗人在法西斯势力威胁下,依然能够无畏地创作,通过诗歌鼓舞民众、争取胜利,对戴望舒不无震撼,他与阿拉贡一样期待诗人不再遭到迫害。

戴望舒翻译西班牙内战诗歌或与战时香港的文学审查有一定联系。战时香港在英国控制下,英国并不希望得罪日本人,不欲卷入战争,因此对报刊媒体审查严格,不允许出现言辞激烈的左派文章,在港文人的文学创作的空间受到辖制。戴望舒回忆《星座》的主编工作时写道:"给与我最大最多的麻烦的,是当时的审查制度。……似乎《星

---

[1] 戴望舒:《跋西班牙抗战谣曲选》,《华侨日报·文艺周刊》1948 年第 87 号。
[2] [法]阿拉贡:《西班牙抗战诗人的生与死》,苗秀译,《星岛日报·星座》1939 年第 269 期。

座》是当时检查的唯一的目标。在当时，报纸上是不准用'敌'字的，'日寇'更不用说了。在《星座》上，我虽则竭力避免，但总不能躲过检察官的笔削。……这种麻烦，一直维持到我编《星座》的最后一天。"① 戴望舒将翻译的西班牙内战诗歌刊载在《星座》《顶点》等在港出版的文学刊物上，既可以绕开审查，又因为西班牙内战和中国抗日战争都具有反法西斯性质，必然能够唤起本国民众的抗敌意识。例如，戴望舒在《西班牙抗战诗人的生与死》② 一文中，根据字面意思将"Romancero General de la Guerra de España"译为"内战的谣曲集"，在《跋西班牙抗战谣曲选》中，戴望舒提到："右译西班牙抗战谣曲二十首，均从一九三七年马德里西班牙出版社刊行的《西班牙战争谣曲集》（ROMANCERO GENERAL DE LA GUERRA DE ESPAÑA）译出"③，也就是说，他将自己选译的诗歌发表时改用"抗战"代替"战争"，呼应了"抗日"，产生了"言此及彼"的效果。

西班牙内战诗歌炙热、真诚，洋溢着英雄主义的气概，以戴望舒翻译的阿尔维蒂的《保卫玛德里》为例：

> ……
> 玛德里，不要忘记战争
> 你永远不要忘掉
> 在你前面，敌人的眼睛
> 把死的视线向你抛。
> 在你的天空中
> 鹰鹫在那儿飞绕，
> 想扑向你红色的瓦屋，

---

① 戴望舒：《十年前的〈星岛〉和〈星座〉》，载王文彬、金石主编《戴望舒全集·散文卷》，中国青年出版社1999年版，第202页。
② [法]阿拉贡：《西班牙抗战诗人的生与死》，苗秀译，《星岛日报·星座》1939年第269期。
③ 戴望舒：《跋西班牙抗战谣曲选》，《华侨日报·文艺周刊》1948年第87号。

第二部分 诗以载道:战争时期西班牙文学的译介与接受(1937—1948)

你英勇的百姓,你的街道。
玛德里,但愿永不要说,
永不要传言或想到
在西班牙的心中,
热血会像冰雪消。
英勇和忠耿的泉源,
你该把它们永保,
巨大的惊人的江河
该从这些泉源流涌滔滔,
但愿每一个城区,
当那不幸的时辰来到,
(这时辰是决不会来的)
都比强大的要塞坚牢;
人人都像个城寨;
他们的额角像碉堡,
他们的胳膊像长城,
像门户,谁也不能来打扰。
谁要和西班牙的心
来较量,就让他来瞧瞧。
快点!玛德里还远哪。
玛德里知道自己防保,
用肩,用脚,用肘子,
用牙齿,用指爪,
挺胸凸肚,横蛮强直,
……①

---

① [西] R. 阿尔倍谛:《西班牙抗战谣曲钞:保卫玛德里·保卫加达鲁涅》,戴望舒译,《顶点》1939 年第 1 卷第 1 期。

第八章 从"现代"到"抗战谣曲"

这首诗反映了法西斯势力威胁下,马德里市民如何团结起来铸成铜墙铁壁,以大无畏的气概保卫首都马德里,避免它落入敌手。全诗洋溢着诗人对马德里这座城市的爱,将它视作西班牙的象征和英勇的西班牙人民的象征。除了奔涌的爱国主义情感,诗人采用了鹰鹫、碉堡、长城等意象来显示敌人的凶残和马德里的坚定,具有很强的表现力。戴望舒采用了简短而铿锵有力的语言,译出了原诗的热血奔涌,极富感染力。

戴望舒在香港期间,大部分时间用于编辑和翻译,仅创作了约24首诗歌,其中16首收入《灾难的岁月》,但多首诗歌被认为是他的代表作,《题壁》《等待》《我用残损的手掌》等以抗战为主题,被认为是戴望舒受西班牙抗战谣曲影响产生的转变。艾青在为《戴望舒诗选》所作的序言中提出,戴望舒写作风格的改变发生在其翻译西班牙抗战诗歌之后:"望舒虽然没有写诗,但他是兴奋的,他在香港主编一个报纸的副刊,发表了许多歌颂抗日战争的诗,他翻译了'西班牙抗战谣曲'。直到一九三九年的元旦,他才重新写作,那面貌就和过去的作品完全不同了。"[①]《戴望舒与西班牙文学》一文认为:"受西班牙'27一代'影响,戴望舒后期的创作风格发生转型,他在1945年发表的诗集《灾难的岁月》,文风明显有别于忧郁神秘的《雨巷》和《我底记忆》,语言明快简洁、感情充沛,字里行间透露出对战争胜利的渴望和苦难终将远离的信心。由此可见,20世纪30—40年代是戴望舒与西班牙文学译作互促的蜜月期。"[②]

1939年发表的短诗《元日祝福》与早期作品朦胧、唯美、感伤的风格大不相同,以平实的语言表达了诗人对经受战争洗礼的民族的祝福,传递了抗战必胜的信念。"新的年岁带给我们新的希望。/祝福!我们的土地,/血染的土地,焦裂的土地,/更坚强的生命将从而滋

---

① 艾青:《望舒的诗》,载戴望舒《戴望舒诗选》,人民文学出版社1957年版,第5页。
② 王小曼、刘丽芬:《戴望舒与西班牙文学》,《中国社会科学报》2020年11月30日第3版。

◆◆◆ 第二部分 诗以载道:战争时期西班牙文学的译介与接受(1937—1948)

长。/新的年岁带给我们新的力量。/祝福!我们的人民,/坚苦的人民,英勇的人民,/苦难会带来自由解放。"① 王佐良认为,戴望舒诗风转变的首要原因是时局,其次就是他在阅读和翻译西、法诗歌中获得了启示。②

戴望舒匿名发表的《抗日民谣(四首)》③ 三言两句,朗朗上口,是典型的民间歌谣:"一 神灵塔,神灵塔,/今年造,明年拆。/二 神风,神风,/只只升空,落水送终。/三 玉碎,玉碎,/哪里有死鬼,/俘虏一队队,/老婆给人睡。/四 大东亚,/啊呀呀,/空口说白话,/句句假。"由于和戴望舒之前的作品风格相差太大,有读者怀疑并非戴望舒所作,但是袁水拍在《香港的战时民谣》一文中指出:"据香港朋友的证实,这首民谣的确是戴先生写的。而且当时写的民谣不只这一首,共有十余首之多,因为它们单纯易懂,富于民谣的特色,立刻为香港民间所接受而流传了,环境使他不得不隐去作者的姓名……晓得是戴望舒写的,则难得一二而已。"④

与很多西班牙内战中的诗人经历相似的是,1942年戴望舒因抗日罪被日军逮捕入狱,在狱中他写下了《狱中题壁》:"如果我死在这里,/朋友啊,不要悲伤,/我会永远地生存/在你们的心上。/我们之中的一个死了,/在日本占领地的牢里,/他怀着的深深仇恨,/你们应该永远地记忆。/当你们回来,从泥土/掘起他伤损的肢体,/用你们胜利的欢呼/把他的灵魂高高扬起,/然后把他的白骨放在山峰,/曝着太阳,沐着飘风:/在那暗黑潮湿的土牢,/这曾是他唯一的美梦。"⑤ 这首诗歌中涌动的激昂情绪、从容不迫的凛然气度、平白的语言风格等

---

① 戴望舒:《元日祝福》,载王文彬、金石主编《戴望舒全集·诗歌卷》,中国青年出版社1999年版,第140页。
② 王佐良:《译诗和写诗之间——读〈戴望舒译诗集〉随想录》,《外国文学》1985年第4期。
③ 戴望舒:《抗日民谣(四首)》,载王文彬、金石主编《戴望舒全集·诗歌卷》,中国青年出版社1999年版,第147—148页。
④ 转引自王文彬、金石主编《戴望舒全集·诗歌卷》,中国青年出版社1999年版,第148页。
⑤ 戴望舒:《狱中题壁》,载王文彬、金石主编《戴望舒全集·诗歌卷》,中国青年出版社1999年版,第149页。

第八章 从"现代"到"抗战谣曲"

与戴望舒早期的抒情作品迥异。

除了个人创作风格受抗战谣曲影响而转变，戴望舒对西班牙文学的译介方面也出现了转变，即从早期仅仅关注西班牙现代派文学的技巧，转变为也开始介绍西班牙诗人在反法西斯战争中英雄主义一面。例如《西班牙的前进文学家》[①]一文介绍了法西斯统治下，西班牙诗人安东尼奥·阿帕里希奥（Antonio Aparicio, 1916-2000）、洛尔迦、马查多等诗人以笔为枪、不屈不挠的斗争。文中引用的《西班牙不死》是因反抗法西斯统治而入狱的阿帕里希奥在出狱后写下的，诗人表达了对法西斯黑暗势力毫不畏惧，哪怕尸横遍野，也要战斗到最后的坚强意志："西班牙的高贵鲜血湿透了大地，/凝结成黑色的石块。/岁岁年年，/你永远不能洗掉，抹去，/这些可怕的犯罪痕迹。"

戴望舒译的"西班牙抗战谣曲"在当时被广泛转载，受到读者欢迎，因此戴望舒曾考虑将它出版，以减轻当时所肩负的生活重担。他曾在日记中提到过自己的出版计划："我为什么不自己出版一点书赚钱呢？我有许多存稿可以出版，例如《苏联文学史话》，例如《西班牙抗战谣曲选》都是可以卖钱的，为什么不自己来出版呢？"[②]他将《西班牙抗战谣曲选》交给刘火子的微光出版部，后来微光未出版，戴向刘索回书稿。《文艺春秋》第3卷第6期曾刊登广告称该译著将由大地书馆出版。或因时局动荡，该书最后没能和读者见面，成为一件憾事。

戴望舒自30年代游历欧洲，接触到了西班牙"二七年一代"的现代诗歌，成为国内第一位译介西班牙现代诗歌的诗人，他的译作形神兼备成为传世的佳作，影响了20世纪80年代以后的一批中国当代诗人。南下香港后，戴望舒身兼编辑、翻译等多重工作，他将视线转向"西班牙抗战谣曲"，通过翻译诗歌的方式，向身处抗日战

[①] 江湖：《西班牙的前进文学家》，《华侨日报·文艺》1949年第101期。
[②] 戴望舒：《林泉居日记》，载王文彬、金石主编《戴望舒全集·散文卷》，中国青年出版社1999年版，第245页。

· 175 ·

◇◇ 第二部分 诗以载道:战争时期西班牙文学的译介与接受(1937—1948)

争中的国人传递了西班牙反法西斯战场上坚定的声音。作为诗人翻译家,西班牙诗歌的风格和形式影响了他的创作,这位雨巷诗人的笔下写出了节奏明快、语言平实的诗作,鼓舞了国人团结一致抗日的斗志。

第三部分

新的发端:新中国初期西班牙文学的译介与接受
(1949—1977)

第九章 1949—1977 年西班牙文学译介与接受总说

新中国成立后，外国文学翻译进入了崭新的时期，卞之琳在《十年来的外国文学翻译与研究工作》中，用"满天星斗"形容新中国成立初期外国文学翻译的包罗万象之势。尽管受到"一边倒"外交政策影响，以译介苏联和其他社会主义国家文学为重点，但是对西班牙等其他欧美资本主义国家的文学译介也得到一定程度的支持。当英语世界国家和苏联文学中的经典几乎都有了质量上乘的中文译本时，西班牙文学的沃土吸引了翻译家和出版社的关注，具有现实主义风格的经典文学作品成为这一时期译介的亮点，如《堂吉诃德》《羊泉村》《小癞子》《三角帽》《血与沙》《悲翡达夫人》《茅屋》等，其中不少是新译，或原非全译本基础上的增补译本。

1949 年至 1962 年之间对西班牙文学的翻译开始出现有组织的、有计划的出版，出版社在组织西班牙文学的译介方面发挥了重要的作用，仅人民文学出版社就出版了 9 部译著，成为西班牙文学翻译作品的主要出版单位。

从翻译方式来说，通过其他语种译本转译依然是这一时期西班牙文学翻译的主要方式，但是从西班牙语原著直译的趋势已经出现，直译译本比重增加：《洛尔伽诗钞》《茅屋》《悲翡达夫人》《阿尔贝蒂诗选》都是从西语直译的。

◇◇ 第三部分　新的发端:新中国初期西班牙文学的译介与接受(1949—1977)

延续五四时期以来的文学翻译传统和毛泽东《在延安文艺座谈会上的讲话》精神，同时，受这一时期文学评价标准单一和社会意识形态的影响，具有社会批判功能是遴选作品时的最重要标准，因此，古典文学和现代文学中具有强烈现实主义精神、歌颂劳动人民、批判封建落后或资本主义腐朽的作品——《小癞子》《堂吉诃德》《羊泉村》《血与沙》《茅屋》等，尤为受青睐。

译介出版的作品中，中篇小说和短篇小说合集占了很大比例：《小癞子》《三角帽》《茅屋》《羊泉村》《一个西班牙人民英雄》为中篇，《山民牧唱》《伊巴涅思短篇小说选》《惩恶扬善故事集》是短篇小说合集。

总体来说，这一时期的文学翻译质量、水平较此前有了一定幅度的提升，名家名译赋予了译著长久的艺术生命力，不少译著在不同时期被再版和重印5次以上。翻译家杨绛译的《小癞子》几经再版重印，是西班牙翻译文学的经典。

在1963年至1977年之间没有新的西班牙文学译著在国内出版，这是因为，一方面，1949年至1972年之间中国与西班牙的文化交流处于低潮阶段，西班牙自1939年至1975年处于佛朗哥统治之下，与社会主义阵营国家交往少，西班牙与中国直到1973年才正式建立外交关系；另一方面，中国自50年代末对亚非拉文学的译介逐渐重视，西班牙语文学的译介重点逐渐从西班牙文学转向拉丁美洲的西语国家文学。

第一节　1949—1962年西班牙文学译介概述

据统计，1949年至1962年之间，共出版18部西班牙文学单行本[①]，另有少量短篇和诗歌的译文发表在《世界文学》《译文》《人民文学》等报刊上，说明单行本已经取代零散发表在报纸杂志上的单篇译文，

---

① 新中国成立后的统计数据不包括儿童文学、编译本、改译本和用于教学目的双语对照本。

第九章 1949—1977年西班牙文学译介与接受总说

成为汉译西班牙文学的主要出版方式。译著中大部分为第一次译介到中国的作品，仅4部为新中国成立以前已经翻译的作品，其余均为新译，涵盖了古典文学、现实主义文学、浪漫主义文学和当代文学中反映反法西斯战争和反独裁统治的作品。新中国成立初期西班牙文学译介比较突出的趋势和特点有：

首先，西班牙古典文学译介较前一时期更为丰富。著名翻译家傅东华译的《堂吉诃德》是这一时期出版最频繁的小说。傅从英语译本转译了上部——《吉诃德先生传》，1950年由商务印书馆出版；1954年采用笔名伍实，由作家出版社再版；之后在参考西语版本的基础上，从英语译本转译了全书上下部，1959年由人民文学出版社出版。除了代表作《堂吉诃德》，塞万提斯的短篇小说集《惩恶扬善故事集》由祝融从英语转译，选译了原著13个短篇中的5篇，1958年由新文艺出版社出版。

西班牙流浪汉小说的鼻祖、文学经典《小癞子》由著名文学家、翻译家杨绛从英语译本转译。这部16世纪人文主义的现实风格小说先后于1951年、1956年和1962年由平明出版社、作家出版社和人民文学出版社出版。80年代初由人民文学出版社再版，杨绛根据西班牙语原本进行了修订，重新撰写前言介绍这部作品，由王央乐担任审稿。

洛佩·德·维加是西班牙文学黄金时代与塞万提斯比肩的戏剧作家，1962年适逢其四百周年诞辰，翻译家、编审朱葆光翻译的《羊泉村》由人民文学出版社出版。

其次，19世纪至20世纪初的现实主义文学得到了进一步译介。现实主义小说家伊巴涅斯有3部作品被译介出版：1956年，新文艺出版社根据戴望舒遗留的改正稿，修订出版了《伊巴涅思短篇小说选》，该译著初版是1928年由光华书局出版的，为已故翻译家戴望舒青年时期从法语转译。翻译家吕漠野依据世界语译本和英译本转译了伊巴涅斯的《血与沙》，1958年由新文艺出版社出版，上海译文出版社在20世纪80年代初多次再版该小说，并将它收入"二十世纪外国文学丛书"，1998年以后将书名改为"碧血黄沙"，收入"世界文学名著普及本"多次再版；80年代末，经改写后被中国少年儿童出版社收入"世界文学名著少年文库"多次出版。应人民文学出版社约稿，《茅屋》由翻译家庄重从西班牙语原著直译，1962年出版。另一位现实主义作家加尔多斯的《悲翡达夫人》由赵清慎从西班牙语原作译出，1961年由人民文学出版社出版。浪漫主义作家阿拉尔孔的《三角帽》由博园从法语译本转译，1959年人民出版社出版，收入"文学小丛书"第二辑，印数达25000册。后两位作家的这两部代表作都是第一次以单行本形式与中国读者见面。

最后，国内出版社对于西班牙文学中与国内主流意识形态相近、对新中国给予支持理解的作家的作品尤为青睐，其中最典型的案例是《阿尔贝蒂诗选》的出版。西班牙诗人阿尔维蒂1957年与妻子应邀来华访问，受中国之行启发创作了诗集《中国在微笑》，是"歌颂中国的伟大成就，歌颂中国人民的巨大创造力和劳动热情，歌颂中国美丽河山的诗篇"[①]，拓生、肖月根据诗人亲自编选的原稿直译，1959年由人民文学出版社出版。江雪雯、马节从德语转译的《一个西班牙人民英雄》1955年由工人出版社出版，朱昆从法语转译的《自豪的西班牙》1959年由人民文学出版社出版。

诗人洛尔迦和小说家巴罗哈的作品在新中国成立前分别由戴望舒和鲁迅翻译发表在报纸杂志上，影响深远。戴望舒猝然离世，好友施蛰存整理、补译了《洛尔伽诗钞》，1956年作家出版社出版。另有鲁迅译的《山民牧唱》由人民文学出版社出版，并收入《鲁迅全集》。

第二节 以经典文学为主的译介

西班牙古典文学是一座丰富的宝库，受到语言等因素影响，在新

---

① 译者：《前言》，载［西］阿尔贝蒂《阿尔贝蒂诗选》，拓生、肖月译，人民文学出版社1959年版，第3—4页。

第九章 1949—1977年西班牙文学译介与接受总说

中国成立以前还未得到系统的挖掘。因此，1949年以后系统译介西班牙经典文学就成了首要任务。这一时期人民文学出版社、新文艺出版社等着力组织翻译对世界文学影响深远的西班牙古典文学作品，例如《堂吉诃德》《小癞子》和《羊泉村》。

50年代对《堂吉诃德》的译介并未停滞，共出版了傅东华的3种重译本。1954年由作家出版社出版的《吉诃德先生传》，使用了笔名伍实，由于此前的傅东华译本均为原著的上部，1959年他在参考西语版本的基础上，从英语译本转译了下部，由人民文学出版社推出全译本《堂吉诃德》，2015年北京时代华文书局再版。

《堂吉诃德》问世350周年之际，国内响应世界和平理事会的号召举行了庆祝活动，国内主要文学期刊发表了若干介绍塞万提斯和《堂吉诃德》的文章：王淡芳的《塞万提斯和他的杰作〈堂·吉诃德〉》和周扬的《纪念"草叶集"和"堂·吉诃德"》载于《人民文学》1955年第10期，《"吉诃德先生传"简论——纪念"吉诃德先生传"出版三百五十周年》载于《文史哲》1955年第7期。

50年代对《堂吉诃德》的阐释和批评具有强烈的批判现实主义特征，从关注人物扩展到关注人物所处的环境和阶级矛盾。有文章指出："'吉诃德先生传'的人文主义主要表现在反封建和反教会的思想上"，这部小说蕴含的真理是："时代永远在前进，新的进步的事物是不可战胜的，一个人应该向前看，而不要向后看，应该认识现在，为美好的未来而斗争，而不要迷恋过去。"文章将堂吉诃德的"二重性"阐述为虽是人道主义者，又是十足可怜的蠢货，对他身上的弱点进行严厉的批评，因为"他对时代没有认识，由于他留恋过去，企图推行已经衰落的骑士制度，由于一牵涉到与骑士文学有关的问题，他的思想就糊涂起来，完全脱离现实，迷信书本和教条，书呆子气太重，同时又由于他沉溺于幻想，使主观的想象跟客观的现实发生矛盾和冲突，结果他不免做出了许多荒谬可笑的事情来，成为十足的可怜的蠢货，成为二重性的悲惨的英雄"。同时指出："桑丘有着新兴资产阶级贪婪，自私，升官发财，为名为利的思想。"①

《小癞子》被誉为欧洲流浪汉小说的鼻祖,其影响力不亚于《堂吉诃德》,但是一直未有译介。杨绛在译后记中提到:"莎士比亚的'一场空忙'(mucho ado about nothing)第二幕第一景里采用了这部书里的故事,高乃依(Corneille)的喜剧'戏子的梦想'(L'Ilusion comique)第一幕第三景里也提起这部书。几番有人作续集,模仿之作也不知多少。西班牙经典里有两部影响欧洲文学的小说,一部是'堂·吉诃德',一部便是这本书。各国名小说家直接间接受它影响的极多,例如英国的狄福(Defoe),法国的勒萨日(Lesage),德国的格林墨尔斯豪生(Grimmelshausen)。"②

《羊泉村》的作者洛佩·德·维加是西班牙文艺复兴时期最优秀的剧作家,十岁即开始写剧本,有"天才中的凤凰"之称。据考证,他一生创作了1500部作品,有470余部流传下来,被誉为"西班牙戏剧之父"。《羊泉村》是其作品中演出最多、流传最广的剧目,在第二次世界大战期间,这部戏剧在大街小巷演出,鼓舞人民坚持反法西斯斗争。中国国内早在1935年,为纪念洛佩·德·维加去世300周年,第1卷第2期的《戏世界月刊》曾辟专刊发表了2篇剧作和多篇评论介绍这位"西班牙的莎士比亚",但古典主义戏剧并不是当时译介西方戏剧的主流,尤其是一位对中国读者来说很陌生的剧作家,因此这一专刊的影响十分有限。1962年人民文学出版社的《羊泉村》是第一次以单行本的形式出版洛佩·德·维加的作品。

新中国成立后,对包括西班牙文学在内的欧美国家的现代文学,主要采取批判的态度,强调对苏联和新民主主义国家文学的学习,因此,反映统治阶级对平民的压迫的西班牙文学作品受到译者和出版社青睐,如《羊泉村》《小癞子》《惩恶扬善故事集》《三角帽》《悲

---

① 黄嘉德:《"吉诃德先生传"简论——纪念"吉诃德先生传"出版三百五十周年》,《文史哲》1955年第7期。

② 杨绛:《译后记》,载[西]佚名《小癞子》,杨绛译,作家出版社1956年版,第70页。

翡达夫人》等。例如，西语文学界一般认为《羊泉村》的主题是"捍卫个人荣誉"，中文译本的前言则从批判的角度谈作家如何在作品中体现统治者的压迫，人民群众对封建君主的反抗："洛卜·德·维迦站在进步的立场反映了西班牙社会的现实，以巨大的力量变现了西班牙当时的尖锐的社会冲突，揭露了封建制度的黑暗，歌颂了人民的善良、坚强和反封建的斗争精神"，称这部17世纪初的作品是"人民群众反抗封建压迫、争取自由权利的鲜明旗帜"[①]。又如，中篇小说《三角帽》是现实主义作家阿拉尔孔的代表作品，译者强调三角帽"是封建统治阶级权贵的服饰的一部分"，戴三角帽的人作为封建统治权力的化身，其性格特点被归纳为"贪婪、专横、愚昧而残暴"[②]。

现实主义作家加尔多斯的代表作《悲翡达夫人》由人民画报译审、翻译家赵清慎译出，王央乐在前言中梳理了现实主义精神在塞万提斯等作家中的传承，他将加尔多斯现实主义文学创作的特点总结为三点："爱国主义和民族意识，反宗教的民主思想，以及由于对资产阶级政治失望而产生的理想主义倾向。""悲翡达"的本意是"尽善尽美"，实际上这位女士代表着封建地方势力，阻碍民主革命的落后势力，《悲翡达夫人》的批判性在于"作者有意撕破封建道德的幌子，力图暴露这些人物的阶级本质的匠心"[③]。

对西班牙当代文学也有少量译介，《一个西班牙人民英雄》《自豪的西班牙》和《阿尔贝蒂诗选》这三部作品都是具有反法西斯精神的革命进步文学，但是前两部的文学价值不高，影响有限。

[①] 王央乐：《前言》，载［西］洛卜·德·维迦《羊泉村》，朱葆光译，人民文学出版社1962年版，第3—4、10页。

[②] 博园：《前言》，载［西］亚拉尔孔《三角帽》，博园译，人民文学出版社1959年版，第1页。

[③] 王央乐：《前言》，载［西］迦尔杜斯《悲翡达夫人》，赵清慎译，人民文学出版社1961年版，第3、8页。

◆◇◆ 第三部分　新的发端:新中国初期西班牙文学的译介与接受(1949—1977)

第三节　译介方式和途径

20世纪上半叶，西班牙文学基本都是通过其他外语译本——英语、法语、日语、世界语等转译的，译者中只有戴望舒和庄重等少数翻译者具备从西班牙语直接翻译的能力，有些译本甚至是通过二次转译的形式才被译入中文。在新中国成立后的短期内，依然无法实现完全从西班牙语直译，尽管大部分作品采取转译的办法，但是翻译的方式和途径日益被重视，原著意识增强，译者在翻译中会尽可能参照西班牙语原文。

据资料，1949年至1962年之间出版的译著中，绝大部分采用转译的方式进行翻译，例如：《三角帽》（1959年）和《自豪的西班牙》（1959年）是从法语转译的，《一个西班牙人民英雄》（1955年）是从德语转译的，《血与沙》（1958年）是根据世界语和英语译本翻译的。

一些译著较早的版本是根据其他语言译本转译，但是出版后译者秉持严谨的翻译态度，参考后期获得的西语译本进行修订，如：杨绛译的《小癞子》早期版本（平明出版社1951年版；作家出版社1956年版；人民文学出版社1962年版）是从英文译本转译为中文的[1]，1978年由上海译文出版社、1986年由人民文学出版社再版的版本则是从西班牙语版本直译的[2]。傅东华译的《堂吉诃德先生传》（商务印书馆1950年版）、《吉诃德先生传》（作家出版社1954年版）是根据英译本转译的，《堂吉诃德》（人民文学出版社1959年版）则参考了西语版本译出，2015年北京时代华文书局再次出版了这一版本。

---

[1] 杨绛：《译后记》，载［西］佚名《小癞子》，杨绛译，作家出版社1956年版，第70页。
[2] 杨绛：《译者序》，载［西］佚名《小癞子》，杨绛译，人民文学出版社1986年第2版，第21—22页。

第九章 1949—1977年西班牙文学译介与接受总说

从西班牙语直译的作品有:《阿尔贝蒂诗选》(1959年)、《悲翡达夫人》(1961年)和《茅屋》(1962年)。

翻译人才培养是提升外国文学翻译质量的关键,始于50年代的西班牙语人才培养为未来的西班牙文学翻译和研究奠定了基础。五六十年代中国陆续在外语院校中正式设立西班牙语专业,培养高级翻译人才,突破了一直以来困扰西班牙文学翻译的语言瓶颈。这一时期储备的西语专业人才在外交、教育、新闻出版和翻译等领域发挥了重要作用,其中多位翻译家获得"鲁迅文学奖文学翻译奖""智者阿方索十世勋章""伊莎贝尔女王勋章"和"西班牙艺术文化奖章"等殊荣,他们是80年代以来西班牙文学翻译和研究的中坚力量,为2000年后西班牙汉译的蓬勃发展创造了有利条件。

新中国成立之初,外语人才培养的主要目标是培养服务于国家建设和发展的外交和科技翻译人才,而不是文学翻译人才,全国院校内外语专业设立从英语、俄语专业开始,逐渐扩展到其他外语专业。西班牙语翻译人才培养是新中国成立后开展外交工作的刚性需求之一——西班牙语是世界上21个国家和地区的官方语言,联合国等国际组织的正式工作语言,母语使用者达4亿多人。1952年亚洲及太平洋区域和平会议在北京召开,来自世界各地的344名代表参加,其中智利、墨西哥等西语国家的和平代表约占与会总人数的1/3。为了更好服务于对外交流,团结国际友人,在周恩来总理指示下,这一年在北京外国语学院(今北京外国语大学)增设了西班牙语专业,迈出了西语翻译人才培养的第一步。1959年古巴革命胜利后,国际社会主义阵营进一步壮大,中古联系的增强使培养高水平西班牙语人才的需求更为迫切,60年代以后,北京大学、南京大学、上海外国语学院(今上海外国语大学)等先后设立西语专业,培养了一批知名西语文学翻译家。北京大学赵德明教授曾提到:"1959年1月,卡斯特罗领导的古巴革命胜利了。1960年,古巴和中国建交。随着国际形势的变化,国家当时急需一批西语人才。这个时候西语人才的培养主要是在北京外国语大学。当时北大按照国家的要求,准备开设西语专业。"① 赵振江教授也曾说:"1959年古巴革命成功了,和中国建立了外交关系"(第一个与中国建交的西语国家),"1960年,全国掀起了一股学习西班牙语的热潮"②。新中国西语专业的诞生与外交事业的发展密切相关。

---

① 万戴、楼宇:《与新中国建设同步的译介人生——访著名西葡拉美文学翻译家赵德明教授》,《中国社会科学报》2019年8月29日第2版。
② 范晔等:《朴实学风、浪漫情怀——北京大学西班牙语系赵振江教授访谈》,《国外文学》2007年第3期。

第四部分

繁荣发展:改革开放后西班牙文学的译介与接受(1978—2021)

第十章　1978—2021 年西班牙文学译介与接受总说

改革开放后，国家建设的各项事业进入了全速发展的新时期，思想解放带来了文化领域空前繁荣。教育水平的提升、学术研究的繁荣、读者人数的增加以及渴望了解外界的急切心理，为外国文学翻译带来契机，包括西班牙文学和拉丁美洲文学在内的西语文学译介迈入崭新的阶段。

国内西班牙文学的翻译数量持续增长、质量提升，出版呈规模化、全面化、专业化的特点，各文学史阶段的作家、文学流派和文学思潮的代表作几乎得到了全面的译介。据统计，1978 年至今，中国内地已出版了 500 余种简体中文版的西班牙文学作品，涵盖小说、诗歌、戏剧、散文等各类文学体裁。为了更细致地梳理新时期以来西班牙文学的译介与接受，突出不同时期的文化语境影响下的译介与接受特征，本章将 1978—2004 年划分为第一阶段，2005—2021 年划分为第二阶段。需要说明的是，这两个阶段并非割裂的，而是连续贯通的，只是在译介的选题和赞助人等方面呈现不同特征。

第一阶段以 1978 年为开端，这一年召开了党的十一届三中全会，是改革开放政策确立的一年。同年，西班牙文学瑰宝《堂吉诃德》首次从西班牙语直译的中文全译本出版，由著名作家、翻译家杨绛执笔翻译，因此将 1978 年作为西班牙文学在中国译介与传播迈入新时期的

第四部分 繁荣发展：改革开放后西班牙文学的译介与接受(1978—2021)

起点。自1966年以后，国内很长一段时间没有西班牙文学作品翻译出版，这部杨绛自50年代末就着手准备翻译的作品，1976年终于全部译完，此后又通校全书，至1978年3月才由人民文学出版社推出。1978年西班牙国王胡安·卡洛斯一世携王后访华，目睹了北京读者排队购买《堂吉诃德》的场景，这部译著成为最好的外交赠礼，译者杨绛受到接见。同年，杨绛修订的欧洲流浪汉文学经典《小癞子》由上海译文出版社再版。这两部译著的出版，可以视为新时期西班牙文学译介的发端。

这一阶段西班牙文学译介在选题上系统性更强，全面覆盖了自中世纪至当代最新作品，对浪漫主义文学、古典主义文学、现实主义文学和现代主义文学均有译介，但明显侧重于中世纪至黄金世纪期间的古典名著。大部分古典文学的代表作都被纳入译介范围，其中《塞万提斯全集》的出版具有里程碑的意义。1992年之前，对西班牙诺奖作家作品，知名现代主义作家、当代文学中的战后文学和侦探、悬疑题材的通俗文学中的畅销书均有译介。这一方面是由于国内译者和出版社可以较为自由地选择作品；另一方面是出版社和译者遴选译介作品的标准发生了变化，除了延续五四时期以来现实主义的评价原则，也关注到了西班牙小说的技巧创新，因此对西班牙当代小说的译介兴趣大大增加。1992年中国加入《伯尔尼公约》和《世界版权公约》，当代作品占译介作品的比例有所减少。

这一时期的译介中，存在的突出现象是古典文学和现实主义作品的重译。多部古典名著一经翻译出版，很快就出现了新的译本，部分作品在短短几年内就出现了三四个重译本，例如：《堂吉诃德》在同一年就出现了3个优质译本，《赛莱斯蒂娜》《鲁卡诺尔伯爵》《小癞子》《熙德之歌》等有多个译本。广义上的现实主义（包含自然主义、地域主义）作家——加尔多斯、伊巴涅斯、克拉林、阿拉尔孔、卡瓦耶罗等人的代表作有多个译本，他们的一些不具有代表性的作品也被译出。

第二阶段中，对西班牙文学的译介兴趣从古典文学逐渐转向当代

第十章 1978—2021 年西班牙文学译介与接受总说

文学，因此将 2005 年作为划分边界。2005 年人民文学出版社出版了"21 世纪年度最佳外国小说"之一《完美罪行之友》，南海出版公司出版了"世界文学论坛·新名著主义丛书"之一《女性小传》，重庆出版社出版了西班牙知名畅销书《大仲马俱乐部》……这些迹象表明，此后的当代文学——尤其是战后当代长篇小说正在引起出版社、读者和翻译者的兴趣，更多的西班牙当代文学作品得到了连续、大规模的译介，跃升为西班牙文学翻译和出版的主流。

前后两个时期，"古典—当代"的译介兴趣的转变，是随着西班牙文学译介和研究的深入自然发生的。从中国文学自身的发展需求来说，以翻译外国文学为途径，建构世界文学体系，实现文学文化上的中西互鉴，了解当代西班牙文学发展，翻译西班牙当代文学是应有之义。因此，将西班牙近年来的新作纳入外国文学翻译显得十分迫切。陈众议在其主编的"新经典·西班牙当代文学经典小丛书"的序言中指出："西班牙当代文学是当代世界文学多元共生现象中令人瞩目的一景。其所以重要，首先是因为它在世界文坛的骄人成就和巨大影响，其次则是因为它对于我国有特别的借鉴意义。……西班牙小说的双重回归，即回归情节、回归现实主义又非常契合当下中国文学的走向。"[①] 而仅仅译介古典文学无法满足读者的需求，几乎所有西班牙古代经典作品都有了中译本，90 年代掀起的名作重译热潮中，一些名著甚至已有 3 个以上名译版本，告别经典翻译已经成为一些出版社的共识，"世界文学论坛·新名著主义丛书"将"我们需要一场告别上个世纪传统经典的新名著阅读运动！"作为丛书的口号。从西班牙文学自身发展来说，西班牙当代文学品质提升，形成了一股"西班牙文学热"，当代文学作品在世界范围内翻译出版，出现了《风之影》等现象级的畅销书，引起了中国出版社的关注。从两国关系来说，进入 21 世纪后，中西文化交流日益频繁，2003 年为中西建交 30 周年，2007

[①] 陈众议：《"西班牙当代文学经典小丛书"总序》，载［西］米利亚斯《对镜成三人》，周钦译，北京十月文艺出版社 2009 年版，第 10—11 页。

年是中国西班牙年,2009 年西班牙成为北京国际图书博览会主宾国,两国文化领域高层次、多维度的交流引发了中国读者对西班牙文化的关注,推动了西班牙文学在中国的出版和传播。

第一节 1978—2021 年西班牙文学译介概述

一 1978—2004 年西班牙文学译介概况

1978—2004 年,有 220 余种西班牙文学翻译出版,其中 80% 以上为小说,诗歌、戏剧各占约 10%。从历史时期来说,西班牙黄金世纪和中世纪文学经典,包括自然主义文学在内的现实主义文学是这一时期译介的重点。对西班牙现代文学的译介总量并不多,有少数几位诺贝尔文学奖获奖作家和现代主义作家的代表作品被译介,对战后文学中的经典作品和当代通俗文学也有译介。

在全部译著中,西班牙黄金世纪文学经典和中世纪文学中的几部西班牙文学起源之作受到青睐。西班牙的"黄金世纪文学"指 16—17 世纪文艺复兴和巴洛克时期的文学,这一时期西班牙国内文化繁荣,文学成就斐然,对世界文学产生了深远影响,因而对译者和出版社有着巨大吸引力。

黄金世纪作家中被译介最多的是塞万提斯,作为西班牙文学的巅峰,塞万提斯几乎是西班牙文学的代名词。这一阶段出现了多部《堂吉诃德》的名家名译版本,最早的译本是 1978 年出版的杨绛译本,是国内第一部从西班牙语直译的全译本。1995 年同时有 4 种《堂吉诃德》出版,浙江文艺出版社的董燕生译本、甘肃人民出版社的孙家孟译本和译林出版社的屠孟超译本,以及 1999 年陕西人民出版社的唐民权译本均多次再版和重印,传播广泛。1996 年人民文学出版社推出《塞万提斯全集》共 8 卷,涵盖了这位作家的小说、诗歌和戏剧作品,

第十章 1978—2021年西班牙文学译介与接受总说

大部分作品系首次译出，是中国塞万提斯译介的重要里程碑。其他塞万提斯作品还有：《慷慨的情人》（1989年）共8个短篇，选译自《警世模范小说》（又译《训诫小说集》），从西班牙语直译；《王子王后历险记》（1991年）（又译《贝雪莱斯和西吉斯蒙达历险记》）是该部长篇小说的第一个中译本；《塞万提斯训诫小说集》（1992年）是该中短篇小说集的首个全译版本；《吉卜赛姑娘》（1994年、2001年）选自《塞万提斯训诫小说集》，共有3个译本出版。2000年以后，国内掀起了"塞万提斯热"，《堂吉诃德》的多个名家名译版本多次再版和重印，同时，有多部新人新译诞生。其他的塞万提斯作品有：《塞万提斯精选集》（2000年）是柳鸣九主编的"外国文学名家精选书系"之一，该书系以"名家、名著、名译、名编选"为出版目标，《管离婚案件的法官》（2001年）收入重庆出版社的"西班牙文学名著丛书"。

除了塞万提斯，罗哈斯、克维多等作家的小说也被翻译出版，他们的代表作均有多个译本。费尔南多·德·罗哈斯（Fernando de Rojas，1465-1541）的《赛莱斯蒂娜》（又译《塞莱斯蒂娜》）是西班牙文艺复兴时期的对话体长篇小说。杨绛曾在《小癞子》的译者序言中提到"薛莱斯蒂娜"，并在《旧书新解》一文中分析了这部小说的文体和艺术特色，并试译了其中部分章节，但直到1990年才有第一个中译本面世，即人民文学出版社的王央乐译本。此后有蔡润国译本（1993年）、屠孟超译本（1997年）和丁文林译本（2008年）。克维多（Francisco de Quevedo，1580-1645）是西班牙巴洛克文学的代表作家，被誉为塞万提斯之后最伟大的作家，被译介的作品有《骗子外传》（1990年）、《梦》（1996年）、《最后审判之梦》（2001年），其作品还被收入人民文学出版社的《西班牙流浪汉小说选》（1997年）、昆仑出版社的《西班牙流浪汉小说选》（2000年）和《纸上的伊比利亚》（2008年）。

西班牙的黄金世纪文学中不仅有优秀的小说，戏剧与诗歌也空前繁荣。曾与塞万提斯齐名的剧作家洛佩·德·维加留下的作品虽然很多，但翻译到国内的并不多，80 年代《园丁之犬》（1982 年）、《塞维利亚之星》（1982 年）和合集《维加戏剧选》（1983 年）由朱葆光相继译出。90 年代有胡真才、吕晨重翻译的《维加戏剧选》（1998 年），由人民文学出版社出版，收入"世界文学名著文库"，其中《阳泉镇》《塞维利亚之星》是重译，其余 3 篇是新译；另有徐曾惠译的《爱情与荣誉》（1994 年）、李德明译的《傻妹菲妮娅》（2000 年）和胡真才译的《傻姑娘》（2001 年）。剧作家卡尔德隆是与维加比肩的戏剧大家，他的代表作——哲理剧《人生如梦》（又译《人生是梦》）1990 年首次由吕臣重译出，此后有屠孟超译本（1991 年）。这部剧还被收入周访渔译的《卡尔德隆戏剧选》（1997 年）和吕臣重译的《卡尔德隆戏剧选》（2000 年）。其他被翻译的剧作有《坚贞不屈的亲王》（1998 年）和《世间最大恶魔》（2000 年）。

相对小说和戏剧，西班牙古典诗歌在中国读者中的接受度较低，译介比较少，主要译作有：胡安·鲁伊斯（Juan Ruiz, 1283 -?）的《真爱之书》（2000 年）由屠孟超首次译出，原作创作于 14 世纪，因其所体现的人文主义精神，被誉为"西班牙文艺复兴的催生剂"。诗歌集有：赵振江选译的《西班牙黄金世纪诗选》（1996 年由春风文艺出版社出版，1998 年再版，2000 年由昆仑出版社再版）；张清瑶从英语转译的《西班牙诗选（至 17 世纪末）》（1991 年）；王央乐从加泰罗尼亚语译出的、被誉为"史上最伟大的骑士小说之一"的《骑士蒂朗》（1993 年）；朱景冬译的《西班牙语经典诗歌 100 首》（2002 年）。此外，《塞万提斯全集》（1996 年）、《塞万提斯精选集》（2000 年）中收录了塞万提斯的诗作。

《鲁卡诺尔伯爵》《小癞子》和《熙德之歌》是西班牙中世纪文学中最具有世界影响力的经典，因此也是被积极译介的对象。堂胡安·曼努埃尔（Don Juan Manuel, 1282 - 1348）的《鲁卡诺尔伯爵》创作于 14 世纪，其通俗的语言、简洁的风格和故事中蕴含的智慧，对欧洲文学产生深远影响，安徒生的《皇帝的新装》和莎士比亚的《驯悍记》都取材于这部短篇小说集。90 年代《鲁卡诺尔伯爵》先后 3 次被译介：1991年的屠孟超译本（《鲁卡诺尔伯爵》）、1996年的申宝楼译本（《卢卡诺伯爵》）以及1999年的刘建译本（《鲁卡诺尔伯爵》）。2000年昆仑出版社推出了刘玉树译本（《卢卡诺尔伯爵》）。流浪汉小说《小癞子》的杨绛译本被推为名译，多次被重印，译者本人曾多次修订重译。90年代由其他译者重译的版本有：林林译的《小拉萨路》（1990年），刘家海译的《小癞子》（1997年），朱景冬译的《小癞子》（2001年），盛力译的《托尔美斯河的拉撒路》（收入《西班牙流浪汉小说选》，2000年）。《熙德之歌》创作于12世纪中期，是西班牙中世纪文学的瑰宝，是迄今为止保存最完整的英雄史诗，被称为中古欧洲的三大英雄史诗之一，1982年首次由赵金平从西语直译，后有段继承译本（1995年）、屠孟超译本（1998年）和尹承东译本（2000年）。

现实主义文学的译介数量巨大。受法国批判现实主义和自然主义文学影响，19世纪后期，西班牙文坛上浪漫主义之风逐渐被现实主义、自然主义驱散。20世纪以来，中国文坛对西班牙的现实主义文学和自然主义一直保持着浓厚的译介兴趣，不少作家已经被译介到中国。进入80年代以后，加尔多斯、伊巴涅斯、克拉林、阿拉尔孔、巴尔德斯、佩雷达、巴桑、卡巴耶罗等作家的作品被争相译介，代表作的重译比例较高。

加尔多斯、伊巴涅斯是极为高产的作家，为翻译者留下了数量庞大的作品库：前者著有78部小说、24部剧本、15部其他著作，后者有49部小说。他们的作品被大量译入中文，除了本身具有文学价值，这两位作家在中国读者中已有一定知名度，且作品已进入公共版权领域。

加尔多斯被称为"西班牙的巴尔扎克"，这一阶段有多达27部小说被译介。80年代有7部作品被译介，其中《萨拉戈萨》（1982年）、《三月十九日与五月二日》（1983年）、《特拉法尔加》（1985年）均译自历史小说《民族演义》，其余是以青年男女爱情为主题的小说：《玛丽亚·奈拉》（1982年）、《慈悲心肠》（1983年）、《葛罗丽娅》（1985年）、《福尔图娜塔和哈辛塔：两个已婚女人的故事》（1987年）。

90年代，新译的加尔多斯作品达12部之多，并且出现了翻译"撞车"现象：1996年人民文学出版社和黑龙江人民出版社分别出版了《悲翡达夫人》（黑龙江人民出版社译本为《佩菲塔夫人》）。其他译著有：《纳萨林神父》（1990年）、《两个女人的命运：福尔图娜塔和哈辛塔》（1992年）、《乞丐之爱》（1992年）、《阿尔玛伯爵夫人》（1993年）、《阿尔玛》（1996年）。上海译文出版社策划了《加尔多斯文集》，自1998年至2005年，共计出版11部小说，大部分为新译，包括《莱昂·罗奇一家》（1998年）、《曼索朋友》（1998年）、《一颗慈善的心》（1998年）、《金泉》（1999年）、《特里斯塔娜》（1999年）和《托尔门多》（2000年）等。

布拉斯科·伊巴涅斯因其作品强烈的现实主义特色，一直以来都是深受中国读者欢迎的作家。1978—2005年有23部译作出版，既有新译也有早前名家版本的再版，除了吕漠野译本从世界语转译、高长荣译本从英语转译外，其他译本从西班牙语直接译出，主要由重庆出版社、春风文艺出版社和上海文艺出版社出版。重译最多的代表作《碧血黄沙》（又译《血与沙》《血溅斗牛场》）有不同出版社的8个译本：吕漠野译本（1981年、1998年、2004年）、高长荣译本（1984年、1994年）、高峰译本（1995年）和林光译本（2002年、2008年）。中篇小说《五月花》《酒坊》《茅屋》《稻谷和马车》等以西班牙的"鱼米之乡"瓦伦西亚为背景，生动描写了社会底层劳动者艰难的生活、不合理的制度以及教权压迫下的挣扎，受到中国读者喜爱，被多次重译和再版。2001年由林一安主编的《布拉斯科·伊巴涅斯文集》由春风文艺出版社出版，收录了5部小说：《茅屋》《被判刑的女人》《碧血黄沙》《大教堂》《稻谷与马车》，是这位作家在中国的唯一一部文集。伊巴涅斯的不少作品是通过西班牙文化部图书总署资助出版的，印数不等，但一般都在万册以下。

自然主义作家克拉林有4部作品被翻译：《庭长夫人》（又译《圣女的沉沦》）和《独生子》《堂娜贝尔塔和其它故事》《完美的已婚女人》。他的代表作《庭长夫人》被称为西班牙的《包法利夫人》，自

1986年由唐民权等首次译出后，重译达 6 次（1995 年、1999 年、2000 年、2001 年、2002 年、2012 年），被收入昆仑出版社的"伊比利亚文学丛书"、译林出版社的"译林世界文学名著"和人民文学出版社的"世界文学名著文库"等多套文学经典名著丛书。

对西班牙现代文学的译介总量不大，约占译介总数的 1/5，尤其是 90 年代以后受版权等因素制约，大部分现代文学作品是在得到了西班牙文化部或卡塔兰文学院资助后翻译出版的。翻译选择的作品包括诺贝尔文学奖、塞万提斯文学奖等国内外重要奖项的获奖作家的代表作、现代主义作家的代表作品、战后文学中的经典作品和当代通俗文学。

20 世纪以来西班牙共有 5 位诺贝尔文学奖得主，剧作家埃切加赖和贝纳文特的作品在 1949 年以前已有译介，80 年代以来又陆续译介了希梅内斯、阿莱克桑德雷和塞拉的作品。埃切加赖的新译作品有沈石岩等译的《伟大的牵线人》（1995 年），贝纳文特的作品有林之木、贺晓译的《不该爱的女人》（1992 年）。

1984 年人民文学出版社出版了由西班牙青年学者达西安娜·菲萨克（Taciana Fisac Badell）翻译的《小银和我》，原作者希梅内斯于 1956 年获诺贝尔文学奖。这是首部由汉学家翻译的西班牙文学著作，也是译者的首部和截至目前唯一一部中文译著，菲萨克女士此后主要从事中国文学的翻译和研究工作，为中西文化交流作出重要贡献。菲萨克版《小银和我》语言优美，被多次重印。1989 年，漓江出版社出版了希梅内斯与 1977 年获奖的诗人阿莱克桑德雷的诗歌合集《悲哀的咏叹调》，由赵振江等人翻译，作为该社"获诺贝尔文学奖作家丛书"的一种。这套丛书取得了良好的社会和经济效益，多次再版，传播广泛，影响很大。1997 年再版时，删减了阿莱克桑德雷的部分，《悲哀的咏叹调》成为希梅内斯个人诗集，被收入漓江社的"诺贝尔文学奖精品典藏文库"。

塞拉是 1989 年诺贝尔文学奖的获得者，在他获奖之前，其代表作之一《蜂巢》在两年间几乎被同时翻译出版了 3 次：孟继成翻译的

《蜂房》(1986年)由北京十月文艺出版社出版;朱景冬翻译的《蜂房》(1986年)由青海人民出版社出版,收入"世界文学名著译丛";黄志良、刘静言合译的《蜂巢》(1987年)由外国文学出版社出版。这三个版本都是从西班牙语直译的。这一翻译"撞车"事件,反映出中国学界已经能够密切关注西班牙文学的动态和热点,因此在塞拉获诺奖之前,就已经不约而同将他的作品译介到中国。《蜂巢》是西班牙战后小说的代表作,呈现了西班牙佛朗哥独裁统治时期的社会面貌,在叙事技巧方面为后世文学提供了借鉴,小说译者在前言中指出,作者在"艺术技巧方面作了大胆的创新和改革"[①]。塞拉获奖后,其他作品也被译入中文:《罪恶下的恋情:帕斯库亚尔·杜阿尔特一家》(1991年)由顾文波、尹承东等译出,《为亡灵弹奏玛祖卡》(1992年)由李德明、林一安合译,收入漓江社"获诺贝尔文学奖作家丛书"。

西班牙战后文学风格多样,除了塞拉以外,还有一些佳作得到译介:塞万提斯文学奖得主费洛西奥(Rafael Sánchez Ferlosio,1927-2019)的现实主义文学小说《哈拉马河》(1984年),行星文学奖等奖项得主鲁维奥(Rodrigo Rubio,1931-2007)的《尸骨还乡》(1984年),纳达尔文学奖和西班牙国家文学奖等奖项得主拉福雷特(Carmen Laforet,1921-2004)的《一无所获》(1982年)和《破镜重圆》(1986年),国家文学奖等奖项得主卢卡·德代纳(Torcuato Luca de Tena y Brunet,1923-1999)的《上帝的笔误》(1985年),行星文学奖等奖项得主门多萨(Eduardo Mendoza)的《一桩疑案》(1985年),塞万提斯文学奖等奖项得主松苏内吉(Juan Antonio de Zunzunegui,1901-1982)的《合同子》等。

现代主义文学作品有少量作家作品的新译:洛尔迦的《洛尔伽诗选》(1987年)、《血的婚礼:加西亚·洛尔卡诗歌戏剧精选》(1994年)、《加西亚·洛尔卡戏剧选集》(1996年)、《洛尔卡诗选》(1999

[①] 黄志良、刘静言:《前言》,载[西]卡米洛·何塞·塞拉《蜂巢》,黄志良、刘静言译,外国文学出版社1987年版,第2页。

年），以及多位诗人的《西班牙现代诗选》（1987年）；乌纳穆诺的《迷雾》（又译《雾》，1988年、1992年）、《殉教者圣曼奴埃尔·布埃诺》（1992年）、《图拉姨妈》（1993年）；巴罗哈的《冒险家萨拉卡因》（1984年）、《种族》（1987年）和《布恩雷蒂罗之夜》（1988年）。

爱情和侦探类的当代通俗文学在80年代开始得到译介，成为经典小说的补充，为中国读者展示了西班牙社会文化的另一面，受到读者欢迎，部分作品的印数甚至超过了一些知名的经典文学作品。尹承东指出："近年来，我国介绍西班牙文学，多偏重于经典作家……这无疑是必要的和可喜的。但对其当代文学的介绍，尤其是'战后小说'的介绍，却不似介绍拉美'爆炸文学'那般热心……照我看来，西班牙文学从50年代开始……一批优秀作家为代表形成的'战后小说'新潮流也是不可小觑的。"[①] 西班牙畅销书作家科林·特莉亚多（Corín Tellado，1926－2009）的《君走我不留》（1988年）和《让我崇拜你》（1988年），阿尔维托·巴斯克斯－菲格罗亚（Alberto Vázquez-Figueroa）的《喋血胶林》（1988年），贡萨拉斯·玛达（Luis M. González-Mata）的《天鹅行动——一个国际间谍的自述》（1981年）等畅销书的印数多在2万册以上，《喋血胶林》甚至达到5万册，除了《君走我不留》，均没有重印和再版。加入国际版权公约后的十余年中，对当代通俗文学的译介微乎其微，直到2000年以后才有出版社通过版权代理人引进畅销小说。

这一阶段《世界文学》《外国文学》《外国文学研究》《外国文学动态研究》《当代外国文学》《外国文学评论》《外国文学动态》等外国文学研究专业期刊刊载了百余篇对西班牙作家和作品的研究。以《世界文学》为例，该杂志自创刊以来密切追踪包括西班牙文学在内的各国文学动态，在1979年第4期发表了关于西班牙文学奖颁奖信息

[①] 尹承东：《译本前言》，载［西］科林·特莉亚多《君走我不留》，尹承东译，黑龙江人民出版社1988年版，第1—2页。

和西班牙文坛动态的 3 篇通讯：《西班牙召开第一届全国作家代表大会》《西班牙皇家学院院长达马索·阿隆索获 1978 年塞万提斯文学奖金》和《西班牙颁发各种文学奖金》，是改革开放以后该刊物对西班牙文坛动态最早的报道。孟复、朱景冬、林旸、段继承、鲍斯盖、何榕、詹玲、尹承东等是较早在《世界文学》发表西班牙文学译作和通讯的学者，1986 年以后多以"西文"署名发表相关通讯和评论。创刊以来，共计发表了近 300 篇西班牙文学相关的通讯、评论和译文等。该刊编委陈众议因在西班牙文学和文艺理论研究等方面的贡献，2016 年被选为西班牙皇家学院外籍通讯院士。

国内的塞万提斯研究逐渐兴起，下一章将对相关研究做具体梳理和论述。

各类西班牙文学史和作家研究专著呈现了西班牙文学的发展历程，展示了相关作家的全貌，深化了中国读者对西班牙文学的理解，为相关专业的学习者和研究者提供了参考，促进了西班牙文学在中文世界的传播。丁文林的《塞拉：西班牙"一个真正的文库"》（1997 年）和沈石岩的《埃切加赖》（2003 年）是国内关于这两位作家的唯一研究专著。孟复的《西班牙文学简史》（1982 年）是新中国成立后第一部西班牙文学史专著，是四川人民出版社的"二十世纪外国文学丛书"的一种。张绪华的《20 世纪西班牙文学》（1997 年）、董燕生的《西班牙文学》（1998 年）和赵振江的《西班牙与西班牙语美洲诗歌导论》（2002 年）均是几位学者多年深耕教坛的成果，是读者了解西班牙文学的重要途径。

这一阶段西班牙文学的译介与传播中存在的主要问题是：与西语文学翻译的蓬勃发展态势相比，相关文学评论和研究稍显滞后。"翻译多于研究"的现象一定程度上影响了西班牙文学在中国的传播和接受。1993 年举办的西、葡、拉美文学研讨会上，与会代表一致认为："近年来西、葡、拉美文学的研究工作虽然发展很快，但与社会文化建设的需求和西、葡、拉美文学本身的丰富性、特殊性、复杂性相比，还有相当的差距，必须进一步解放思想，以更高的要求对西、葡、拉美文学进行更好的审美把握。尤其应在评论上有所加强。"[①]

二　2005—2021年西班牙文学译介概况

据统计，2005—2021年共有280余部西班牙文学作品被翻译出版，即每年有近20部，相比前一时期有大幅增长。从体裁来说，小说占八成以上，长篇小说占比增加，中短篇减少，诗歌译介有所增长。被译介的作家不再局限于古典名家，有2/3为新译作家，战后作家成为新的译介热点，不少作家的代表作品首次被译介。

市场经济体制下，出版社作为翻译和出版的组织者，以市场和读者的阅读兴趣为导向选择被译介作家和作品。2005年以来，随着光磊国际、锐拓传媒等版权经纪公司介入出版市场，西班牙当代文学翻译出版的版权问题得以解决，多家出版社系统推出了具有鲜明时代性的不同作家、不同主题的译丛。除了河北教育出版社的"伊比利亚文丛"、黑龙江人民出版社的"西班牙文学名著"仍然以古典文学经典为主，多家出版社推出了以当代作家作品为主的文学译丛。

以人民文学出版社为例，该社曾出版《堂吉诃德》《小癞子》《人生是梦》等西班牙古典文学名著。进入21世纪后，一方面，通过外国文学的专业研究人员和机构推选"21世纪年度最佳外国小说"发现新经典、传播新经典。例如："21世纪年度最佳外国小说"的遴选基于本土学者的研究，旨在探寻外国当代文学中的"新经典"，体现了我国对包括西语文学在内的外国文学研究能力的提升和文化自信的增强。另一方面，该社推出了"新世纪外国畅销小说书架"系列，主要收入风靡世界的畅销书籍。西班牙当代长篇小说出版中，最典型的案例是人民文学出版社与99读书人合作，引进了位居西语文学销售榜前五的《风之影》。这部小说的中文简体版自2006年出版以来，由人民文学

[①] 仅信：《中国西葡拉美文学研讨会在京郊召开》，《外国文学评论》1993年第4期。

和上海文艺两家出版社多次再版，几年后包括"风之影四部曲"系列在内的其他鲁依斯·萨丰的长篇小说陆续被引进出版，在国内，鲁依斯·萨丰几乎成为西班牙当代文学的代名词。

2007—2008年由西班牙文化部与人民文学出版社合作推出的"她世纪丛书"，共11部：《空盼》《天赐之年》《塞壬的沉默》《多罗泰娅之歌》《融融暖意》《沉睡的声音》《年年夏日那片海》《清冷枕畔》《你身体的印痕》《你的一句话》《隐秘的和谐》。2009年北京十月文艺出版社推出的"新经典·西班牙当代文学经典小丛书"，共4部：《阴差阳错》《垂直之旅》《来日无多》《对镜成三人》。西班牙当代作家作品也被收入其他外国文学系列，《完美罪行之友》（2005年）、《情系撒哈拉》（2009年）、《逆风》（2010年）、《帝国之王》（2012年）、《在岸边》（2015年）、《骗子》（2016年）和《父亲岛》（2016年）入选人民文学出版社"21世纪年度最佳外国小说"系列。《女性小传》（2005年）和《地狱中心》（2006年）收入南海出版公司"世界文学论坛·新名著主义丛书"。《月亮的女儿》（2017年）和《擦肩而过》（2015年）收入中央编译出版社的"西班牙语文学译丛"。

几十位自西班牙战后开始从事文学创作或者出生于战后的"新人"作家为西班牙文学译介带来新的活力，阿图罗·佩雷兹-雷维特（Arturo Pérez-Reverte）、卡洛斯·鲁依斯·萨丰（Carlos Ruiz Zafón，1964–2020）、哈维尔·马里亚斯（Javier Marías，1951–2022）、恩里克·比拉-马塔斯（Enrique Vila-Matas）等人在国际上已经享有盛誉，近年来，他们的作品陆续被译介到中国，取得了文学口碑和销量双丰收，成为当代西班牙文学的名片。

佩雷兹-雷维特是西班牙当代小说家，曾做过21年记者，作为战地记者为西班牙国家广播电台工作了9年，职业经历为他的冒险小说提供了丰富的创作灵感。他的多部小说被改编成电影，曾获戈雅奖。2003年他被选为西班牙皇家学院院士。截至2019年已有27部长篇小说出版，被译入40多种语言。目前国内出版的译著有9种：《大仲马俱乐部》（2005年）、《步步杀机》（2006年）、《战争画师》（2009

年)、《南方女王》(2012 年)、《第九道门》(2014 年,又译《大仲马俱乐部》)、《航海图》(2014 年)、《佛兰德斯棋盘》(2014 年,又译《步步杀机》)、《老卫队的探戈》(2016 年)和《巴黎仗剑寻书记》(2018 年)。

鲁依斯·萨丰的畅销书《风之影》出版于 2001 年,被翻译成 40 多种语言,在全球 50 余个国家已有 1500 万册的销量,至 2008 年 6 月连续 247 周位列西班牙十大畅销书名单,获何塞·曼努埃尔·拉腊基金会畅销书大奖等国内外奖项。小说以战后巴塞罗那为背景,作家将现实与想象融合,运用拼图的手法,结合历史、侦探等元素创造了一个悬疑故事,读者称在鲁依斯·萨丰身上找到了狄更斯、博尔赫斯等大师的影子。2006 年人民文学出版社出版了由范湲翻译的《风之影》,首版印数 2 万册,远超《堂吉诃德》以外的西班牙文学译著,半年销量突破 10 万册。因市场表现出众,出版社以多种形式再版该小说:2009 年人民文学出版社将它列入"新世纪外国畅销小说书架"丛书出版,2013 年以精装本形式出版,2015 年上海文艺出版社将它列入"99 畅销文库"和"21 世纪新畅销译丛"出版。2019 年上海文艺出版社推出了"风之影四部曲"套系,出版了由同一译者翻译的《灵魂迷宫》《天堂囚徒》《天使游戏》。国内已出版的该作家的其他作品还有《天使游戏》(2010 年)和《风中的玛丽娜》(2016 年)。

哈维尔·马里亚斯是西班牙当代小说家、翻译和专栏作家,作品被翻译成 40 余种语言,销量超 800 万,曾获罗慕洛·加列戈斯奖、都柏林文学奖、意大利诺尼诺文学奖、西班牙文学评论奖等国内外重要奖项。2015 年,代表作《如此苍白的心》由上海文艺出版社出版,2016 年人民文学出版社推出了"哈维尔·马里亚斯作品系列",共 5 部:《迷情》(2016 年)、《万灵》(2017 年)、《不再有爱》(2018 年)、《坏事开头》(2019 年)和《写作人:天才的怪癖与死亡》(2021 年)。

比拉-马塔斯是西班牙当代作家,曾获罗慕洛·加拉戈斯奖、意大利诺尼诺文学奖、西班牙文学评论奖等国内外重要奖项,被认为是最有可能获得诺贝尔文学奖的西班牙作家之一。流亡法国的经历对他的文学创作产生了深刻影响，他叙述风格独特，称自己的作品是"半虚构"，善于将各类叙事文体融合。他的作品被翻译成20余种语言。短短十年内，国内已出版5部长篇小说：《垂直之旅》（2009年）、《巴黎永无止境》（2013年）、《巴托比症候群》（2015年）、《似是都柏林》（2015年）、《便携式文学简史》（2018年）、《消失的艺术》（2018年）和《卡塞尔不欢迎逻辑》（2019年）由人民文学、上海译文、浙江文艺和上海人民出版社出版。2015年他曾来中国参加上海、北京书展，与孙甘露等作家进行文学对谈。

对西班牙当代女作家的译介大大超越了前一阶段，佛朗哥时代结束后，女性的身影出现在各个领域，不少女性作家在文学领域建树颇多，引起了世界文坛的关注。人民文学出版社推出的"她世纪"丛书是迄今为止规模最大的当代西班牙女性作家译著丛书，收入12部不同风格的长篇小说，主要为"后佛朗哥时期"的女性作家写女性人物的作品，均为作家的代表作品或新作。丛书由塞万提斯学院院长和西班牙驻中国大使馆文化参赞发起，由西班牙第一位女性副首相玛丽亚·特雷莎·费尔南德斯·德拉维加（María Teresa Fernández de la Vega）和中国社会科学院外国文学研究所陈众议研究员分别作序。丛书的出版是西班牙文学在中国译介传播的一件盛事，该套丛书获得了第四届亚洲之家奖。"她世纪"丛书收录的12位当代女作家中，大部分是第一次被译介到中国，仅有少数几位作家是中国读者较为熟悉的。

《空盼》[①]（2006年）的作者卡门·拉福雷特是西班牙战后具有划时代意义的女作家，22岁时创作的自传体小说《空盼》一举获得纳达尔文学奖，1982年江苏人民出版社出版了中文译本《一无所获》。她的国家文学奖获奖之作《破镜重圆》1986年由陕西人民出版社出版。2001年北京举办了庆祝作家塞万提斯百年诞辰活动，邀请中国读者共读拉福雷特的作品。

---

① 原著 Nada，又译《一无所获》。

第十章 1978—2021年西班牙文学译介与接受总说

《多罗泰娅之歌》（2007年）是罗莎·雷加斯（Rosa Regàs, 1933 - 2024）的行星文学奖获奖之作。罗莎·雷加斯是一位大器晚成的作家，曾任西班牙国家图书馆馆长，她的另一部代表作《蓝》曾获纳达尔文学奖。2019年她曾应邀来访，到塞万提斯图书馆以及北京大学与中国读者见面，并与中国作家鲁敏等围绕女性身份展开对谈。

艾尔维拉·林多（Elvira Lindo）是西班牙家喻户晓的青少年读物《小玛诺林》的作者，未来出版社的"世界青少年大奖小说"丛书曾收入她的"四眼田鸡小马诺林系列"，"她世纪"收录了她的长篇小说《你的一句话》（2008年）。

卡门·马丁·盖特（Carmen Martín Gaite, 1925 - 2000）是阿斯图里亚斯王子奖文学奖的得主，除了丛书收录的《离家出走》（2009年），她的童话作品《曼哈顿的小红帽》（2015年）也被译介到中国。

推出这套丛书的背景，首先是迈入21世纪后"女性文学"热度的攀升。以知网收录的学术期刊论文的发文量为例，2000年之后"女性文学"相关研究连年增长，从90年代年均不足百篇，至2007年前后上升到年均近400篇。"女性文学"也引起翻译者和出版社的关注。此前多家出版社推出的西班牙文学丛书主打"名著""经典"，对当代文学关注不够，对女作家关注更少，整个20世纪仅有巴桑、卡瓦耶罗、卡门·孔德、梅塞·罗多雷达、科林·特莉亚多、拉福雷特等少数西班牙女作家被译介。2001年出版的《西班牙当代女性诗选》是第一部"女性"选题的译著，女诗人的诗歌终于"不再是被遗忘的角落"[①]。

"她世纪"丛书等西班牙当代女作家作品出版后引起了中国学界的关注。陈众议认为，揭去"女性文学"的标签，从本质上来说，"她世纪"依然是西班牙当代文学的一部分，"她世纪"丛书作品的共同特征是："关注情节和现实"，西班牙女作家"以她们的方式发出不同的声音，显示不同的色彩。这种声音、色彩的'回归'态势对中国读

[①] 赵振江：《女性诗歌：不再是被遗忘的角落（代序）》，载［西］门德斯等《西班牙当代女性诗选》，赵振江编译，作家出版社2001年版，第1—13页。

者、中国作家当不无借鉴意义"。① 北京大学王军教授既是西班牙当代文学的翻译者又是研究者,她的专著《西班牙当代女性成长小说》(2016年)是中国学界首次对西班牙女性文学中的类型小说进行系统、全面的梳理和研究,为国内的女性文学研究提供了借鉴。

除了"她世纪"丛书收录的女作家,还有20余位当代女作家被译介,但是作品相对较少,包括《女性小传》(2005年)和《地狱中心》(2006年)的作者、西班牙国家文学奖得主罗莎·蒙特罗(Rosa Montero);《钻石广场》(1991年,吴守琳译;2009年,马琴译)、《茶花大街》(1996年)和《沉吟》(2010年)的作者梅塞·罗多雷达(Mercé Rodoreda,1908–1983);《擦肩而过》(2015年)和《留住黑夜》(2018年)的作者、西班牙皇家学院院士、行星文学奖得主索莱达·普埃尔托拉斯(Soledad Puértolas);《耶稣裹尸布之谜》(2006年)、《耶稣泥板圣经之谜》(2008年)和《圣血传奇》(2010年)的作者朱莉娅·纳瓦罗(Julia Navarro);《时间的针脚》的作者玛丽亚·杜埃尼亚斯(María Dueñas)等。西班牙当代女性作家的作品在中国的传播和接受范围相对有限,从作品销量和国际影响来说,西班牙当代女性作家中缺乏与佩雷兹-雷维特、鲁依斯·萨丰等男性畅销书作家,或是被誉为"穿裙子的马尔克斯"的智利女作家伊莎贝尔·阿连德比肩的人物。以"她世纪"为例,每部小说的印数仅有5000册,对这套丛书关注较多的是专业人士和学者群体。

洛尔迦是中国读者最熟悉的西班牙诗人,对他的译介和传播甚至超过西班牙获得诺贝尔文学奖的诗人希梅内斯。诗人在国内最早的诗集译本是戴望舒生前翻译的《洛尔伽诗钞》(1956年)。洛尔迦超现实主义的奇幻诗风影响了北岛、顾城、王家新等当代中国诗人。王家新在2017年书业年度翻译奖获奖致辞中说:"通过戴望舒先生的译文,

---

① 陈众议:《序二:她世纪的一抹风景》,载〔西〕图斯盖兹《年年夏日那片海》,卜珊译,人民文学出版社2007年版,第9、12页。

洛尔迦的诗就在我的耳朵里'猎猎有声'了……戴望舒对洛尔迦的翻译，具有任何后来者都不可替代的'发现'的意义，也深深影响到包括我自己在内的数代中国诗人。"

2016 年人民文学出版社再版了戴望舒的译作——《小小的死亡之歌：洛尔迦诗选》，收入"蓝色花诗丛"。80 年代，为缅怀洛尔迦逝世 50 周年，陈光孚翻译了 41 首诗歌，合成小集《洛尔伽诗选》（1987 年），大部分诗歌是戴望舒没有译过的。赵振江是洛尔迦的主要译者之一，曾译出这位作家的 7 部作品。洛尔迦百年诞辰之际，他应漓江出版社之约翻译出版了《洛尔卡诗选》（1999 年），这部选集非常厚重，包含了诗人各个时期的诗歌代表作和两个剧本。2007 年《加西亚·洛尔卡诗选》由华夏出版社出版，是该社"外国文学名著文库"中的一种，除了洛尔迦的代表作品，还附上了其他诗人哀悼洛尔迦的诗歌。2012 年出版的《深歌与谣曲》《诗人在纽约》是同名诗集的全译本。洛尔迦也是优秀的剧作家，但是他的剧作在中国的影响不及诗歌，赵振江曾翻译《血的婚礼：加西亚·洛尔卡诗歌戏剧精选》（1994 年）和《加西亚·洛尔卡戏剧选》（2007 年）。诗人逝世 80 周年之际，由华东师范大学出版社出版、诗人王家新翻译的《死于黎明：洛尔迦诗选》（2016 年）曾获 2017 年书业年度翻译奖。近年来的译著还有马岱良、董继平合译的《洛尔迦诗歌精选》（2004 年）；作家、翻译家陈实在好友戴望舒译诗的基础上进行了补充，两人跨越几十年合译的《洛尔迦的诗》（2012 年）共收入近百首诗歌；汪天艾翻译了散文集《印象与风景》（2017 年）和诗集《提琴与坟墓：洛尔迦诗选》（2021年）。加西亚·洛尔迦短暂的生命中留下的作品数量虽然不多，但其丰富性吸引着不同时代的译者不断探索、发现、修订和调整。

总体来说，虽然进入 21 世纪以来，随着版权贸易交流的活跃，西班牙当代文学作品的引进大幅增加，但是和英语、法语、日语等语种作品相比，西班牙文学所占份额很低，系统引进西班牙作家作品的国内出版社仅有少数几家，对中国读者的吸引力和对中国文学产生的影响不及以上语种文学。

2005年之后的西班牙文学研究有了长足的进步，短短十余年间多部具有较大学术影响力的文学史和文学研究著作问世，另有几十篇西语文学研究方向的硕士、博士学位论文发表，证明了年轻一代学者对西班牙文学的研究兴趣，其中与《堂吉诃德》相关的研究最多。

文学史研究中，北京大学沈石岩教授编著的《西班牙文学史》（2006年）是极有参考价值的文学史著作，涵盖了上自中世纪（12世纪）下至20世纪60年代的战后文学、流亡文学，对西班牙文学的发展脉络进行了完善的梳理，对文学流派、重点作家和作品进行了系统的评价，是权威的西班牙文学史著作。董燕生、王军和史青合著的《当代外国文学纪事（1980—2000）·西班牙卷》（2019年）由国家出版基金项目资助出版，是"当代外国文学纪事"系列的一种，对该时期内西班牙文学的发展历程进行了分门别类的梳理，是百科全书式的工具书。王军的《当代外国文学纪事·西班牙卷》（2021年）对世纪末以来87位西班牙当代作家及作品进行了梳理和评述。文学通史类著作还有陆经生主编的《西班牙文学名著便览》（2008年），陈众议的《西班牙文学简史》（与王留栓合著，2006年）和《西班牙文学大花园》（2007年），黄乐平编著的《西班牙文学纵览》（2014年），常福良的《西班牙语文学精要》（2014年）。

陈众议是国内多部西班牙文学史的作者，他的研究独辟蹊径，寻根探源，具有跨文化的开阔视野，不孤立谈西班牙文学本身，而是将它的发生和流变置于希腊、罗马和文艺复兴的背景之下，并在文学史述中运用了比较的方法。他的《西班牙文学：黄金世纪研究》（2007年）是国家哲学社会科学规划项目成果，是国内第一部以"黄金世纪"为对象的文学史著作。黄金世纪作家不仅对世界文学影响深远，还通过对拉美文学的影响，间接影响了一大批中国当代作家。该书首发式在北京塞万提斯学院举行，由译林出版社、北京塞万提斯学院和中国社会科学院外国文学研究所联合举办，来自学界和媒体的近百名代表参会和讨论。适逢中国西班牙年，该书的出版引起了广泛的关注，《世界文学》《中华读书报》等对首发式进行了报道。由陈众议主编的

《西班牙与西班牙语美洲文学通史》是国内首部西语国家文学通史，打破了一直以来国内文学史将西班牙和西语美洲分别做文学史的格局，将两个本身同根同源，又各自生长、枝繁叶茂的文学体系联系起来。通史计划出版 5 卷，目前《西班牙文学：中古时期》（陈众议、宗笑飞著，2017 年），《西班牙文学：黄金世纪》（陈众议、范晔、宗笑飞著，2018 年）和《西班牙语美洲文学：古典时期》（陈众议著，2021 年）已问世。中古时期的西班牙文学是同类西班牙文学史著作中较少涉及的领域。中国的"四大发明"、古印度文化等东方文明在阿拉伯人占领伊比利亚半岛后传入西方，西方文艺复兴和地理大发现均得益于"四大发明"和阿拉伯"百年翻译运动"。《西班牙文学：黄金世纪》在同题旧著的基础上，进一步从中国立场出发，提出了长期被忽略的观点，纠正了对待历史事实错误的看法。西班牙黄金世纪研究的中心是塞万提斯研究，陈众议对塞万提斯的介绍和研究是他在西班牙文学研究领域的重要贡献，他是《塞万提斯学术史研究》（2011 年）的作者，也是该研究著作所属的"外国文学学术史研究大系"丛书的主编。另编选有《塞万提斯研究文集》（2014 年）。

塞万提斯及《堂吉诃德》研究进一步占领西班牙文学研究的主要阵地，除了陈众议的著作，还有罗文敏的专著《我是小丑：塞万提斯〈堂吉诃德〉研究》（2007 年）和《〈堂吉诃德〉与小说叙事》（2014 年），朱景冬的《塞万提斯评传》（2009 年）和陈凯先的《西方现代小说之父：塞万提斯》（2021 年）。

一些专题研究著作填补了女性文学研究、成长小说研究、当代诗歌研究和古代文学研究等领域的空白。如：王军的《西班牙当代女性成长小说》（2016 年）是该领域的拓荒之作，既关注了一般较少涉及的西班牙当代女性小说领域，又是一项成长小说研究，获国家社科基金后期资助项目和北京大学创建世界一流大学计划资助；赵振江、范晔和程弋洋合著的《西班牙 20 世纪诗歌研究》（2017 年）是"北京大学人文学科文库·北大欧美文学研究丛书"的一种，是首部对西班牙 20 世纪诗歌的系统研究；宗笑飞的《阿拉伯安达卢斯文学与西班牙文学之初》（2017年）史论结合，阐述了两种文学之间的关联和影响。

近年来的作家研究已不再局限于古典和诺奖作家，卢云的《托伦特·巴列斯特尔的后现代主义写作研究》（2020年）关注了西班牙的后现代主义写作，分析了"三六年一代"作家贡萨洛·托伦特·巴列斯特尔（Gonzalo Torrente Balleste，1910－1999）三部作品中的后现代主义元素；汪天艾的《路易斯·塞尔努达诗歌批评本》（2021年）是华东师范大学出版社"十九首世界诗歌批评本丛书"的一种，该研究从文本出发，将塞尔努达的创作置于西班牙诗歌发展的背景中，讨论其诗歌创作的主题和特征。

第二节　翻译人才队伍的壮大与译介方式的转变

新时期以来，西班牙文学译介的整体水平提升，译介方式和途径也发生了显著转变，重要文学作品普遍从西班牙语直译而来，也有小部分译著是从其他语言转译的，如辽海出版社的《让幸运来敲门》（2005年）等。直译成为西班牙文学译介主流，离不开50年代后本土西语人才的系统培养。国内高校西语人才培养可以追溯到1952年，北京外国语学院首开西班牙语专业，此后又在北京大学等多所高校设立西语专业，五六十年代以服务外交事业为首要目的培养的西语人才，奠定了中国西语文学翻译事业的基础。80年代以后，一群年富力盛的青年翻译者辛勤耕耘，在从事外交、编审、教学、研究工作的同时，将大批西班牙和拉丁美洲文学译入中文。

如果将戴望舒、杨绛等人划为第一代西班牙文学翻译家，那么在八九十年代走上译坛的翻译家就是第二代西班牙文学翻译家。第二代翻译家主要生于1960年以前，八九十年代开始从事翻译活动，他们的职业身份主要是高校教师、科研院所研究人员、专业翻译和译审、外交官，其中一些译者至今仍然活跃在译坛，对西班牙文学在中国的译介与传播贡献巨大。大部分西班牙古典和现代文学经典由第二代翻译家首次译入中文。第二代翻译家中陈凯先、丁文林、胡真才、蒋宗曹、李德明、林一安、刘京胜、孟宪臣、申宝楼、沈石岩、孙家孟、唐民权、屠孟超、王央乐、尹承东、张广森（笔名：林之木）、赵振江、赵德明、朱景冬等二十余人最为活跃，拥有多部译著、专著。新世纪以来，国内开设西语专业的高等院校已突破百所，前往西班牙留学深造的学生人数逐年递增，精通西语、具有翻译能力和兴趣的年轻人充实了西班牙文学翻译和研究者的队伍，将西班牙文学译介向更高层次推进。由于本研究篇幅限制，无法一一列举，仅略述几位第二代翻译家和研究者的贡献。

北京外国语大学董燕生（1937—2024）教授曾获西班牙伊莎贝尔女王勋章、鲁迅文学奖翻译奖、西班牙艺术文学勋章等表彰。他翻译的《堂吉诃德》高度忠实原著，精益求精，从语言风格等细节处重现了原作人物的神韵。其他译著有《塞万提斯全集》的第一卷和第四卷（1996年），主要著作有《西班牙文学》（1998年）和《当代外国文学纪事（1980—2000）·西班牙卷》（2019年，合作）。

《今日中国》西班牙文部主任、译审李德明先生曾任北京语言学院教师，他的翻译成果丰富，自1981年以来已翻译西班牙文学作品达32种，包括塞万提斯、伊巴涅斯、加尔多斯、克维多、佛朗西斯科·阿亚拉、巴尔德斯、塞拉等不同时代和风格的二十余位作家的作品，代表译著有《完美罪行之友》（2005年）等。

北京大学赵振江教授共翻译出版西班牙文学译著17种，主要耕耘于西班牙诗歌译介，是《红楼梦》西班牙语版译者之一。他译介了洛尔迦、希梅内斯、阿莱克桑德雷、安东尼奥·马查多、阿尔贝蒂、米格尔·埃尔南德斯等知名诗人，著有《西班牙与西班牙语美洲诗歌导论》（2002年）、《西班牙20世纪诗歌研究》（2017年，合作），曾获西班牙伊莎贝尔女王勋章、鲁迅文学奖翻译奖、中国译协翻译文化终身成就奖、中国百年新诗翻译贡献奖、陈子昂诗歌奖翻译奖等国内外重要奖项。鲁迅文学奖颁奖词对他的评价是：译者比较准确地传达了诗人的激情和怀想，基本做到了形似和神似、异化和归化的平衡。

◇◇◇ 第四部分　繁荣发展：改革开放后西班牙文学的译介与接受(1978—2021)

经过半个多世纪的实践和探索，西语翻译已经形成基本规范，各类国内学者编纂的西语辞书、翻译教材和翻译研究论文等的出版和发表，证明西语翻译的标准已经建立起来。尽管译者的个人翻译风格存在差异，但总体来说与国内译学发展一致，严复提出的"信达雅"翻译原则对很多西语译者产生了重要影响，"忠实性"被认为是翻译的基本原则。资深翻译家尹承东在《熙德之歌》序言中写道："我决不会以损害译文的忠实性来换取这种句型和文字风格的完美，而只是即便在译《熙德之歌》这种特殊体裁的作品时，仍旧不敢忘记信、达、雅统一的这一基本翻译原则……"[1]

第二代西班牙文学翻译家虽然有语言技能和翻译经验，但大部分并不是专职的文学翻译，而是在工作之余从事翻译，却为西语文学译介做出了巨大贡献。以翻译家刘习良（1936—2018）为例，他是塞万提斯的《贝雪莱斯和西吉斯蒙达历险记》（《塞万提斯全集》第八卷，1996年）的译者，他的代表译作还有拉丁美洲文学名著《玉米人》。陈众议评价他："刘先生的译文不仅忠实，而且每每妙笔生花；有些地方如诗章、梦呓之类，则总能化生横竖、曲尽其妙。"[2] 1980年以后，他先后翻译了西班牙和拉美各国十几位作家的作品，译文达二百多万字[3]。刘习良自1960年被分配到国际广播电台工作，曾任中国国际广播电台副台长和代理台长、广播电影电视部副部长、中华全国新闻工作者协会副主席、中国翻译协会理事会会长等职，大部分文学翻译都是在极为繁忙的工作之外进行的。除了"兼职"现象，八九十年代的西班牙文学翻译还有"合作"现象，即几位译者合作翻译同一部作品，如1986年版的《庭长夫人》的"出版说明"中写道："本书由西安外国语学院西班牙、拉丁美洲研究室集体译出。主要译者有：唐

---

[1] 尹承东：《也算是序》，载［西］佚名《熙德之歌》，尹承东译，重庆出版社2000年版，第5页。

[2] 陈众议：《捭阖于前瞻与回眸之间——记翻译家刘习良先生》，《中国翻译》2005年第3期。

[3] 黎炳森、马为公：《坚实的步履　执著的追求——记刘习良的翻译活动》，《中国翻译》1993年第1期。

第十章 1978—2021年西班牙文学译介与接受总说

民权（定稿人）、王振东、杨德玲、吴黎明。参加本书翻译工作的还有：周家星、张正权、陶玉平。"① 在翻译人才不足的情况下，合作翻译是在相对较短时间内完成翻译任务的常用策略，进入21世纪后合作翻译开始减少。

翻译和研究的交融，推动了相关作家和作品的传播。很多译者为了做好翻译，往往对作家、作品、相关文学流派等进行了大量的背景研究，积累了丰富的一手资料，在完成翻译的同时，深化了对作品的认识，成为国内相关作家研究的专家。例如：王军教授翻译了女性作家阿尔穆德娜·格兰德斯（Almudena Grandes，1960—2021）和罗莎·蒙特罗的作品，并出版了专著《西班牙当代女性成长小说》（2016年）；沈石岩教授是诺奖作家埃切加赖的代表作《伟大的牵线人》（1995年）的译者之一，也是这位作家的传记《埃切加赖》（2003年）的作者；汪天艾翻译了"二七年一代"代表诗人塞尔努达两部诗集——《奥克诺斯》（2015年）和《现实与欲望》（2016年）后，撰写了专著《路易斯·塞尔努达诗歌批评本》（2021年），等等。此外，许多译本的前言和后记是丛书主编或者译者对作品、作家甚至是文学流派、文学史的研究成果，具有较高的学术价值。例如：陈众议为"伊比利亚文丛"所作的"总序"篇幅达28页，概述了西班牙和葡萄牙的文学发展史。

大部分西班牙文学的译介者也是拉丁美洲文学的译介者，他们在拉美文学翻译和研究领域的建树甚至超越西班牙文学。例如：王央乐是聂鲁达和博尔赫斯等人的译介者，陈众议是魔幻现实主义、墨西哥文学史和作家马尔克斯等研究领域的专家，赵德明是略萨等拉美作家的译介者和拉丁美洲文学史的专家，郑书九是拉丁美洲文学研究者，等等。拉丁美洲文学对优秀西语翻译和研究者的"吸引"和"抢夺"，源于国内的"拉美文学热"。拉丁美洲的"文学爆炸"自20世纪60

---

① 《出版说明》，载[西]克拉林《庭长夫人》，唐民权等译，人民文学出版社1986年版，第2页。

年代末 70 年代初便引起了广泛关注，诞生了胡安·鲁尔福、胡里奥·科塔萨尔、卡洛斯·富恩特斯、巴尔加斯·略萨、加西亚·马尔克斯等一大批世界级作家。改革开放以后，当外国文学译介的大门重新开启，拉美文学与中国文学都曾经同属世界文学的边缘，拉美文学作品中含有的反帝国主义、反军事独裁、反种族歧视等思想元素，其文学的多元和独特性，激起了中国学者的译介热情。拉美作家吸收当代文学思潮，形成了魔幻现实主义、结构现实主义等独特的艺术风格，对中国当代文学具有广泛借鉴意义。

第三节　学会和西班牙文学的译介与传播

文学批评家、译者等专业人士是外国文学翻译的推动者。改革开放后，各类外国文学翻译和研究的组织和机构吸引了文学翻译、研究和出版的专业人士和爱好者的参与，从更高的理论层次甄别、筛选、组织译介，推动了相关国家文学作品和作家的译介和传播。除了各地作协与译协对翻译人才的组织和翻译出版事业的支持（多数西班牙文学的知名译介者为作协或译协会员），西班牙、葡萄牙、拉丁美洲文学研究会对包括西班牙文学在内的西语和葡语文学在中国的译介与传播发挥了重要作用。

在改革开放以前，对西班牙、葡萄牙和拉丁美洲文学已经有了零星译介，但还无法反映这三地文学的全貌。改革开放以后，从事西、葡、拉美文学译介的学者增加，不少名著名作被译入中文，使中国读者对三地文学有了初步的认识，但还缺乏全面的译介与研究。在此背景下，1979 年 10 月西班牙、葡萄牙、拉丁美洲文学研究会正式成立。研究会《章程》指出它的性质是"中国外国文学学会所属的一个群众性学术团体"[1]。1982 年 8 月在天津隆重举行了学会成立后的第一届年

---

[1] 驰骋：《全国西、葡、拉美文学学会举行首届年会》，《拉丁美洲丛刊》1982 年第 5 期。

会,中国作家协会书记处书记兼中国社会科学院外国文学研究所顾问陈冰夷、中国社会科学院外国文学研究所副所长姚见等国内36个单位的78名代表参加了该次会议。关于研究会成立的意义,姚见指出,西、葡、拉美文学是世界文学宝库中不可分割的一部分,是外国文学的一个重要分支。虽然目前从事西、葡、拉美文学研究工作的人数不多,但却是研究外国文学的一支不可忽视的重要力量。希望学会广泛调动西、葡、拉美文学工作者的积极性,把研究、教学、翻译、编辑、出版等方面工作看成是我们事业的一个完整体系,同心同德,进一步加强团结和协作,使我们的外国文学工作朝着更有时代性、创造性、战斗性和科学性的方向发展,更好地为我国社会主义精神文明建设服务。[1]

西、葡、拉美文学研究会以年会和专题研讨会的形式,组织会员对相关主题或者作家、作品进行深入、系统的讨论,为学术交流提供了重要平台,加强了三地文学在中国的译介与接受,成效显著。成立40余年来,研究会年会的与会人数逐年增加,并吸引了不少在海外求学的青年学生和西语国家青年学者的参与,说明对西、葡、拉美文学的关注度有很大提升。据资料,八九十年代的参会规模仅三四十人,进入新时期以后,规模达到百余人。例如:2015年参会人数超过170人,2017年参会人数超过110人,两次会议提交的论文数量均在70篇以上。研究会精选研讨会论文,出版了《世界文学的奇葩》(1989年)、《书山有路》(2016年)、《学海无涯》(2019年)和《草垛中的小针》(2021年)四部论文集,为青年学者的研究成果提供了发表平台。研究会举办的专题讨论以拉丁美洲文学为多,以西班牙作家为主题的活动有1986年召开的全国首次西班牙文学研讨会暨洛尔卡逝世50周年纪念会、纪念塞万提斯逝世370周年大会。

西、葡、拉美文学研究会主要会员均来自科研院所、高校、出版社和传媒机构,综合了国内西语和葡语翻译、研究和出版的骨干力量。

---

[1] 驰骋:《全国西、葡、拉美文学学会举行首届年会》,《拉丁美洲丛刊》1982年第5期。

他们具备相关领域丰富的知识和经验，把握着西、葡、拉美文学的历史脉络，对研究对象有着深刻理解，能运用相关文学理论阐释三地文学的价值，为中国读者提供引导，对文学传播具有积极影响。知名学者、翻译家王央乐、陈光孚、沈石岩、张绪华、林一安、赵振江、尹承东、赵德明、丁文林、郑书九等都曾担任研究会主要职务，以研究会名义或会员个人翻译出版的西、葡、拉美文学作品达数百种，并有《西班牙文学史》（2006 年）、《当代外国文学纪事·西班牙卷》（2019年）等外国文学研究领域的重要论著。

研究会的主要成员中，出版社代表在选题、组织翻译、发行、宣传等方面具有重要影响力，并多次在会上发言介绍三地文学的译介情况和出版经验。出版社通过与西、葡、拉美文学研究专家的交流，结合对本地读者和图书市场的分析，确立翻译和出版的选题。据资料[①]，在第四届年会上"《世界文学》编辑部和春风文艺出版社分别召开了征集选题意见座谈会和有关外国文学出版选题的茶话会；云南人民出版社和西、葡、拉美文学研究会联合组成的拉美文学丛书编委会就选题规划问题召开了扩大会议"。出版社与优秀的翻译家接触，筛选合适的翻译者；组织专家或者由责任编辑对文学作品进行介绍，推动作品的传播；举办和参加各类活动，例如书展等，培养和吸引西、葡、拉美文学的爱好者，扩大了读者群体，提高了作品在中国的知名度。一些精通西语的出版社编辑，如人文社的胡真才，商务印书馆的林光、崔燕，上海译文社的叶茂根等还参与了文学翻译。因此，出版社在西班牙文学的翻译和传播中扮演了重要角色。

近年来，西班牙文学得以系统翻译、出版，很大程度上归功于出版社的谋划。在西、葡、拉美文学研究会推动下，这些出版社结合自身优势，挖掘经典、名著，出版套系丛书，形成了规模出版效应。黑龙江人民出版社的"西班牙文学名著"丛书，重庆出版社与花山文艺出版社合作的"西班牙文学名著丛书"，昆仑出版社和大众文艺出版

---

① 毛金里：《西、葡、拉美文学研究会第 4 届年会简讯》，《拉丁美洲研究》1991 年第 5 期。

社合作的"伊比利亚文学丛书",译林出版社的"西班牙文学丛书",上海译文出版社的"加尔多斯文集",华夏出版社的"西班牙当代文学"系列,人民文学出版社的"她世纪",等等,都是西班牙文学特色丛书。以人民文学出版社出版的《塞万提斯全集》为例,不仅多位协会会员参与了这部里程碑式的全集的翻译工作,会长沈石岩还前往西班牙文化部图书总局商议,并参与了书籍的规划、译稿核校等具体工作。[①]

四十多年来,研究会凝聚了几代西语人,成为联系翻译者、研究者、出版社和读者的纽带。研究会取得的成果标志着中国西葡语国家文学译介和研究力量的壮大。

第四节 西班牙对外文化政策对文学译介与传播的推动

勒菲弗尔在《翻译、改写以及对文学名声的控制》一书中提出,翻译始终受到"诗学、意识形态和赞助人"三个因素的操纵,其中,赞助人即"促进或阻止文学阅读、写作和改写的各种力量(人和机构)",赞助人既可以是"宗教集团、阶级、政府部门、出版社、大众传媒机构,也可以是个人势力"[②]。在本国文学的对外译介与传播中,西班牙文化部门作为赞助人,通过其制定的对外文化政策扮演了重要的角色。

为促进本国图书在国外的翻译和出版,提高本国文学在海外的知名度和影响力,增强国家文化软实力,20世纪下半叶,部分欧洲国家开始通过专门机构实施各类扶持出版业发展和海外推广的计划。德国

---

① 《出版说明》,载〔西〕塞万提斯《塞万提斯全集》第1卷,董燕生译,人民文学出版社1996年版,第4页。

② Andre Lefevere, *Translation, Rewriting and the Manipulation of Literary Fame*, London and New York: Routledge, 1992, p.15.

起步较早，自 1973 年起由外交部文化司负责执行"促进图书翻译"计划，较晚的法国自 1990 年由外交部图书与多媒体处推出资助图书翻译和出版工作的特别项目。西班牙自 1984 年开始资助本国作家著作的翻译和海外出版（自 2009 年起不再要求作家国籍必须为西班牙籍），资助形式为外国出版社向西班牙文化部相关机构提出翻译和出版的资助申请，该机构综合考虑所译书籍的价值、出版社的资质及所在国家和地区、翻译者水平等因素，经过审批拨付款项。各个项目根据地区和具体书籍不同，给予的资助金额不同。以近年来资助出版数量最多的 2010 年为例，该年度共资助图书出版 238 种，总计资助金额 90 万欧元，约合 810 万元人民币，每项平均约 3.4 万元人民币。目前主管单位为西班牙教育、文化和体育部下属的书籍、档案和图书馆总署。

1973 年中国与西班牙正式建交以来，两国关系平稳健康发展，文化交往日趋频繁，西班牙将中国纳入其对外文化政策的辐射范围之内，与中国出版社建立合作关系，提供翻译支持。

90 年代初期，外国文学的翻译和出版曾经历了双重考验：1992 年以来，市场经济体制逐步确立，出版社不得不将收益纳入是否翻译和出版一部文学作品的考虑范围，同一年中国加入《伯尔尼公约》和《世界版权公约》，这意味着必须遵守条约规定，或购买作品版权，或翻译出版已进入公共版权领域的图书。西班牙文化部门对西班牙文学在中国的翻译和出版的资助无异于雪中送炭，纾解了出版社的压力。从出版数据来看，受到经济转型和加入版权公约的影响，相比英美等国文学翻译作品 1993—1995 年出现的出版种类下降，西班牙文学基本没有波动。

西班牙文化部门资助翻译出版的书籍涵盖各学科门类，以文学为主，年资助出版数量以 20 世纪 90 年代至 2010 之前居多。据资料，西班牙文化部门对面向中国的西班牙文学翻译和出版资助始于 1990 年，当年出版的《赛莱斯蒂娜》《侯爵府内外》《三角帽》的版权页、扉页或者底页的显著位置写有"本书由西班牙文化部图书总署资助出版"

第十章 1978—2021年西班牙文学译介与接受总说

或"西班牙文化部书籍与图书馆指导中心资助"字样[1]。1990—2009年，国内出版的近半数西班牙文学作品得到了西班牙文化部的资助，2010年以后以资助形式出版的译著数量略有减少。30年间，受资助出版的译著逾百种，译者近百人，其中既有资深翻译家，也有译坛新秀。资助并不限制翻译形式，既资助从西班牙语直接翻译的译著，也资助从日语等其他语言转译的译著；既资助套系、丛书出版，也资助单本译著出版；既资助各个时期的经典文学，也资助通俗文学，为译者提供了广阔的选择空间。

受资助译著在人民文学出版社、黑龙江人民出版社、重庆出版社、译林出版社、上海译文出版社、华夏出版社、漓江出版社、花山文艺出版社、春风文艺出版社、中国文联出版社等几十家出版社出版。从资助出版数量上来说，黑龙江人民出版社最多，重庆出版社次之。黑龙江人民出版社受西班牙文化部资助，自1993年起推出的"西班牙文学名著"丛书是影响最大、最受关注的一套丛书，丛书附有西班牙文化部图书总署署长所作的序言《盛事和希望》和中国作家协会书记处书记杨子敏的序言《真诚的合作，丰美的果实》。受西班牙文化部翻译出版资助的丛书还有：人民文学出版社的"她世纪"丛书，重庆出版社和花山文艺出版社的"西班牙文学名著丛书"，昆仑出版社的"伊比利亚文学丛书"，华夏出版社的"西班牙当代文学"，上海译文出版社的"加尔多斯文集"，春风文艺出版社的"布拉斯科·伊巴涅斯文集"，十月文艺出版社的"新经典·西班牙当代文学经典小丛书"。

除了西班牙文化部，非卡斯蒂利亚语地区的加泰罗尼亚、巴斯克等大区政府也推出了类似的文化"出海"政策，以保护、推动和促进

---

[1] 因西班牙国家机构划分调整，不同时期该资助机构的名称有差异，常使用译法有"西班牙教育文化部书籍、档案与图书馆总局""西班牙教育文化部书籍图书总署""西班牙教育文化体育部书籍档案图书馆总署""西班牙教育、文化、体育部图书、档案与图书馆总局"等，也有用西语标注的（"La presente edición ha sido traducida mediante una ayuda de la dirección general del libro y bibliotecas del ministerio de cultura de España"）。

加泰罗尼亚语、巴斯克语等地方语言创作的文学作品在海外的翻译和出版。加泰罗尼亚大区文化机构——卡塔兰①文学院在中国资助出版了加泰罗尼亚文学作品:《卡塔兰现代诗选》(1991年)、《骑士蒂朗》(1993年)、《茶花大街》(1996年)、《吸血蝙蝠追捕记:自然界传奇》(1998年)等,受资助出版社包括人民文学出版社、黑龙江人民出版社和中国文联出版社。巴斯克地区的巴斯克文化研究院资助了《什么让这个世界转动》(2015年)等。

近30年西班牙中央和地方的文化部门对海外翻译和出版西班牙文学的资助,为出版社减轻了经费负担,减少了版权引进方面的困难,在一定程度上激发了翻译工作者的热情,达成了推广本国文学作品的目的,取得了很好的文化收益。以西班牙诗人米格尔·埃尔南德斯的代表作——《人民的风:米格尔·埃尔南德斯诗选》的出版为例,该书获得鲁迅文学奖翻译奖,但是它的出版曾遇阻碍,最终依托西班牙文化部和北京塞万提斯学院资助翻译和出版,解决了版权问题,诗集的中文版才得以问世。译者赵振江回忆:"众所周知,几乎所有的出版社对诗歌都是敬而远之,何况又是一位在我国广大读者中尚无知名度的诗人呢。去年,在与北京塞万提斯学院院长易玛女士的谈话中,说起今年是诗人的百年诞辰,想举办纪念活动,西班牙文化部可以为翻译出版提供赞助,于是立即萌生了翻译出版米格尔·埃尔南德斯诗选的念头。"②

进入21世纪,两国交往更为频繁,各领域合作不断扩大。除了资助翻译和出版,西班牙还通过政府文化部和塞万提斯图书馆等文化机构主办的文化活动,扩大在中国的文化影响力。中西两国政府于2005年签订了全面战略合作伙伴协议,同时两国决定在中国举办"西班牙年",在西班牙举办"中国艺术节"等活动。2007年4月6日"中国

---

① "卡塔兰"即"加泰罗尼亚语"或"加泰罗尼亚的"。
② 赵振江:《前言》,载[西]埃尔南德斯《人民的风:米格尔·埃尔南德斯诗选》,赵振江译,作家出版社2011年版,第2页。

第十章 1978—2021年西班牙文学译介与接受总说

西班牙年"正式启动，活动期间西班牙政府在华举办了17个大类200余项活动。时任外交部部长杨洁篪向闭幕式致贺信，中国驻西班牙大使邱小琪在致辞中说，在双方共同努力下，2007年中西成功互办文化年活动，促进了双边政治、军事、经贸、文化、科技和教育等领域的交流，深化了两国社会和人民之间的相互了解，丰富了双边关系的战略内容，推动了中西全面战略伙伴关系的蓬勃发展。"西班牙当代文学节"是"中国西班牙年"的压轴活动之一，文学节开幕式由中国社会科学院外国文学研究所所长陈众议主持，西班牙和中国当代知名作家埃斯特·图斯盖兹、赫苏斯·费雷罗（Jesús Ferrero）、罗莎·蒙特罗、安东尼奥·科利纳斯、莫言、毕淑敏等同台演讲，展开对话。文化节期间推出了由赵振江教授翻译、河北教育出版社出版的"伊比利亚文丛"——《希梅内斯诗选》《加西亚·洛尔卡戏剧选》和《安东尼奥·马查多诗选》。

西班牙在华设立的塞万提斯学院和塞万提斯图书馆扩展了中西文化交流空间，为西班牙文学在中国的传播提供了便利的平台。塞万提斯曾在《堂吉诃德》下卷的序言中写道："伟大的中国皇帝曾派专人送来一封中文信，急切地要求把《堂吉诃德》送到中国去，并建立一所西班牙文学院。"这句戏言在21世纪成真。2006年西班牙在中国设立第一个塞万提斯学院——北京塞万提斯学院，2007年西班牙王储夫妇为这家文化机构揭幕，同年开办上海塞万提斯图书馆，隶属于西班牙驻上海总领馆文化处。塞万提斯学院已在世界四大洲30余个国家设立分支机构，旨在推广西班牙文化，提供西语教学、图书借阅、音乐和电影展播等服务。该机构不定期邀请西班牙本土和拉丁美洲文化界人士来华交流演出，据统计，仅在2007—2017年，共举办了3000多场历史、文学类的讲座、展览、演出和展映等活动。其举办的活动有：2008年《看不见的城市》的作者埃米利·罗萨莱斯（Emili Rosales）、译者尹承东与读者的见面会；2010年纪念米格尔·埃尔南德斯、路易斯·罗萨莱斯百年诞辰活动；2019年《多罗泰娅之歌》的作者、西班牙国家图书馆原馆长、行星奖得主罗莎·雷加斯与中国作家的对话，等等。

2009年，第16届北京国际图书博览会举行，西班牙作为主宾国参会，主题为"梦想西班牙、思考西班牙、解读西班牙"。主宾国展区面积达1000平方米，有22家西班牙出版机构和赫苏斯·费雷罗、阿尔弗雷多·孔德（Alfredo Conde）、胡安·马德里（Juan Madrid）等9位西班牙作家到会，并举办50余项文化活动。书展期间，除了展出最新书籍，2008年国家文学奖、塞万提斯文学奖的获奖作品，还举办了以"西班牙当代小说""媒体和文学""西班牙文学和电影""情感与理智：关于当代惊悚小说的思考"为主题的中外作家座谈，塞万提斯学院同时安排了电影《堂吉诃德》展映。

2008年北京奥运会以及2010年上海世博会等大型国际活动的举办，使语言学习升温，西班牙语学习用书数量有了大幅增长，中西双语对照文学读物出版数量亦有所增长。

第十一章 骑士再东游
——改革开放后《堂吉诃德》的译介与接受

第一节 改革开放后《堂吉诃德》译介概述

堂吉诃德，或者说他所代表的理想的光辉，自抵达中国后就不曾离开，经过二十余年外国文学出版低潮期，随着1978年人民文学出版社出版的、杨绛从西班牙语直译的全译本《堂吉诃德》的面世，他再次走到中国读者中间。

20世纪90年代以后，又有多部名家名译出版：1995年浙江文艺出版社的董燕生译本、漓江出版社的刘京胜译本、译林出版社的屠孟超译本，1999年陕西人民出版社的唐民权译本，2001年北京十月文艺出版社的孙家孟译本，2002年上海译文出版社的张广森译本，均系从西班牙语原著译出。几位译者经验丰富、译笔扎实，他们的译著被公认为具有学术参考和文学欣赏双重价值。国内出版的百余种《堂吉诃德》译本中，大部分是以上几位学者的译作。

出版社敏锐捕捉到了市场热点，推出了形式丰富的读物——插图本、课标读物、儿童读物、双语对照、缩写本、导读本等，如：北方妇女儿童出版社（2003年）的版本为面向青少年读者的"教育部推荐学生必读丛书"之一，上海译文出版社（2003年）的版本属于"世纪语文新课标必读"书目，明天出版社（2005年）的版本为"彩绘世界文学名著专家导读版本",等等,满足了不同层次和年龄段读者的阅读需求。

1978年以来翻译和出版界对《堂吉诃德》的热情持续升温,国内出版了百余种《堂吉诃德》,是中国对外开放政策实施以来,文化领域空前繁荣,外国文学翻译欣欣向荣的明证,是国民整体文化素质提高,全民阅读普及,青少年文学鉴赏能力提升,外国文学阅读群体扩大的明证。

除了文学翻译,《堂吉诃德》还以其他形式来到中国民众中间。作为世界文学经典,《堂吉诃德》具有跨越时空与文化的魅力,在400多年后,当代中国艺术家赋予它戏剧、音乐剧、电影、芭蕾舞剧、交响乐等多种表现形式。2009年话剧《堂吉诃德》首次亮相国家大剧院,由中国国家话剧院、西班牙驻中国大使馆以及北京塞万提斯学院等联合出品,孟京辉执导、郭涛主演,这是小说在中国的首次戏剧化尝试。此后,该剧多次在上海、深圳等城市演出,并于2011年在西班牙第34届阿玛戈罗国际古典戏剧节演出,获得2011年世博戏剧贡献奖。百老汇音乐剧《我,堂吉诃德》自2012年首演,2015年推出中文版,至今长盛不衰,已走过几十座中国城市,完成近400场演出,观演人数逾10万人次。

在不同的社会历史语境中,读者对《堂吉诃德》的接受发生了很大变化。20世纪初,中国读者主要将目光聚焦在堂吉诃德这一人物身上的理想光辉和人道主义精神,而20世纪中后期,在后现代主义等西方文艺思潮影响下,随着国内外国文学研究的繁荣和西语学者队伍的壮大,塞万提斯及其作品研究逐渐拓展延伸,研究主题纷繁,既有对典型人物形象的继续深挖,又从不同专业领域、不同理论角度分析《堂吉诃德》的叙事、修辞、翻译和传播等,结合文本分析阐释作品的美学价值,取得了丰硕成果。一些研究著作成为外国文学研究经典,钱理群的《丰富的痛苦:堂吉诃德与哈姆雷特的东移》(1993年)以"堂吉诃德"和"哈姆雷特"这两个西方最重要的文学形象在东方的传播为研究主题,描述了东西方作家对于人类,尤其是知识分子的精神命题的关怀,结合民族文化传统、时代语境以及作家的特质,分析了20世纪初中国知识分子对这两个文学形象的阐释与接受。陈众议的《塞万提斯学术史研究》(2011年)和《塞万提斯研究文集》(2014年)摘取和梳理了国内外大量史料和研究成果,为本土塞万提斯学研究提供了全面翔实的资料,《西班牙文学:黄金世纪研究》(2007年)和《西班牙与西班牙语美洲文学通史》中的《西班牙文学:黄金世纪》(2018年)中的相关章节将塞万提斯置于西班牙文学发展的脉络中,系统论述了他的生平与文学创作。罗文敏的《我是小丑:塞万提斯〈堂吉诃德〉研究》(2007年)和《〈堂吉诃德〉与小说叙事》(2014年)从文化、人物、语言等多方面分析了小说的后现代性。

百年来,《堂吉诃德》在中国的外国文学翻译和接受史中始终占有重要地位,塞万提斯在17世纪就以其天才写作才能,塑造了两位经典的人物,揭示了理想与现实的永恒矛盾,小说蕴含的现代创作手法,为后世提供了丰富的经验。进入新时期以后,中国的塞万提斯学和《堂吉诃德》研究专家在吸收借鉴新的批评手段的基础上,打开了解读《堂吉诃德》的新维度,为国内读者更好地理解和接受塞万提斯为世界文学留下的这份丰厚的遗产提供了支持。

第二节 杨绛对《堂吉诃德》的译介与接受

杨绛译本的出现,标志着这位骑士以清晰的面貌出现在中国读者面前。杨绛(1911—2016),对西班牙文学在中国的翻译贡献巨大,所译的四部文学作品——《小癞子》《吉尔·布拉斯》《堂吉诃德》《斐多》中,半数为西班牙经典文学作品,其中《堂吉诃德》是她的代表译著。

杨绛虽然不是西班牙语文学翻译科班出身,但是她对文学的热爱及其受教育经历,使她成为新中国成立后为数不多的、有能力承担《堂吉诃德》翻译重任的人选之一。1928年杨绛入东吴大学政治系学习,但是对该专业并不十分感兴趣,她利用东吴大学图书馆丰富的馆藏资源,阅读了大量外国小说,教会大学优越的外语教育环境夯实了她的英文基础。考入清华研究院后,曾师从戏剧家王文显,深受其影响,还曾得到吴宓教导。曾留学弗吉尼亚大学的吴宓精通英文,他开设的"翻译术"课程,系统教授翻译理论,并要求学生参与翻译实践,为杨绛走上翻译道路打下了基础。由于对中文的爱好,杨绛在研究生院学习时还选修了中文系的写作课程,并有幸得到朱自清教导,朱的文风深得杨绛喜爱。她曾陪同远赴牛津大学学习的丈夫钱锺书游历英国、法国等欧洲国家,回国后先后担任振华女校校长和英文教师、震旦女子文理学院外文系教授等职。早期创作以剧本为主,代表作有《称心如意》《弄假成真》《游戏人间》《风絮》,另著有短篇小说、散文等。

杨绛于1952年调入文学研究所外文组,1954年她翻译的《吉尔·布拉斯》在《世界文学》刊载后受到陈冰夷、朱光潜、郑永慧等专家好评。1956年"外国古典文学名著丛书"编委会的林默涵将翻译《堂吉诃德》的重任委托给她。翻译《堂吉诃德》既是被指派的任务,也是杨绛个人十分乐意做的工作。在《记我的翻译》[①]中,杨绛提到接受《堂吉诃德》的翻译任务,既是她对这部小说的喜爱,也是因为当时的环境不利于外国文学研究,"翻译兼研究"成了很多外国文学研究者的权宜之计。

杨绛原可以从英文版和法文版转译,但考察了5个译本后发现:"这许多译者讲同一个故事,说法不同,口气不同,有时对原文还会有相反的解释。"[②] 要忠于原作只能从原文直译。为了克服语言障碍,她自1958年底开始自学西班牙语,选定西班牙皇家学院院士弗朗西斯戈·罗德利盖斯·马林(Francisco Rodríguez Marín,1855－1943)1952年"西班牙语古典丛书(clásicos castellanos)"的编注本第六版

[①] 杨绛:《杨绛文集》第3卷《散文卷》(下),人民文学出版社2004年版,第67—73页。
[②] 杨绛:《杨绛文集》第3卷《散文卷》(下),人民文学出版社2004年版,第71页。

作为底本,并参考英、法语译本,从1961年开始着手翻译《堂吉诃德》,1965年完成上部,未待译完下部就发生了"文化大革命",直到1970年才找回一度遗失的翻译稿。她回看此前的译稿,又觉得不满意,1972年又从头译起,经"点繁"略去几万字,1976年终于成稿。几乎投入近二十年心力完成了《堂吉诃德》的翻译,它成为杨绛耗时最长、付出心血最多的一本书。

杨绛付出了人生约1/5的时间成全了堂吉诃德的再次东游,但仔细耙梳她对这段经历的回忆,就会发现,堂吉诃德的仁义、桑丘的豁达给了她精神上的反哺,支撑、安慰和陪伴她忍受住了身体和精神上的折磨。在《精彩的表演》一文中,杨绛回忆自己被诬陷和批斗的经历,她写道:"我心想,你们能逼我'游街',却不能叫我屈服。我忍不住要模仿桑丘·潘沙的腔吻说:'我虽然'游街'出丑,我仍然是个有体面的人!'"[1]《堂吉诃德》译稿因人相助失而复得的喜悦让她难以言喻:"落难的堂吉诃德居然碰到这样一位扶危济困的骑士!我的感激,远远超过了我对许多人、许多事的恼怒和失望。"[2] 有研究称杨绛为"本色译者",因为她总是设法帮助有困难的人,她的翻译选择与她本人有着难以忽略的人格相似:"堂吉诃德侠肝义胆,助弱扶贫。杨绛的人格构成里也同样具有博爱仁厚、关怀弱者之基因。"[3]

杨绛译本是《堂吉诃德》汉译史上的丰碑。1978年《堂吉诃德》首次出版后,又多次再版,杨绛多次进行校订,完善内容。据人民文学出版社编审、《杨绛全集》主编胡真才2017年的统计,由人民文学出版社出版的杨绛译本总印数已达70余万套[4]。杨绛译本被选入教育部中学语文教学大纲指定阅读书目、中学生课外文学名著必读书,被收入《塞万提斯全集》(1996年)、《杨绛文集》(2004年)以及人民文学出版社的"外国文学名著丛书""世界文库""名著名译"等丛

---

[1] 杨绛:《杨绛文集》第2卷《散文卷》(上),人民文学出版社2004年版,第184页。
[2] 杨绛:《杨绛文集》第2卷《散文卷》(上),人民文学出版社2004年版,第181页。
[3] 屠国元、李静:《论本色译者杨绛》,《中国翻译》2022年第2期。
[4] 胡真才:《杨绛翻译〈堂吉诃德〉的前前后后》,《全国新书目》2017年第5期。

书。1978 年西班牙国王、王后访华之际适逢《堂吉诃德》出版,这部译著被作为礼物赠送,1986 年杨绛获西班牙国王亲自颁发的"智者阿方索十世勋章"。1982 年她被推选为中国翻译家协会理事。2004 年被中国翻译工作者协会选为 36 位在外国文学领域做出突出贡献的资深翻译家之一。

《堂吉诃德》的翻译推动了杨绛译学理论的形成。杨绛在《翻译的技巧》《〈堂吉诃德〉译余琐掇》等文中阐释了个人对翻译的体悟,她提出的"一仆二主""孝顺的厨子""翻译度""点繁"等翻译体会、观点与《堂吉诃德》的翻译经历密切相关。

"一仆二主""孝顺的厨子"体现了杨绛在强调忠实于原著的基础上,更注重译入语读者愉悦的阅读体验的翻译理念。1986 年,在《失败的经验(试谈翻译)》[①] 一文中,杨绛首次提出了"一仆二主",后更名为《翻译的技巧》收入《杨绛文集》。在《孝顺的厨子——〈堂吉诃德〉台湾版译者前言》中,她对"一仆二主"进行了说明:"译者同时得伺候两个主子。一个洋主子是原文作品。原文的一句句、一字字都要求依顺,不容违拗,也不得敷衍了事。另一个主子是译本的本国读者。他们要求看到原作的本来面貌,却又得依顺他们的语文习惯。"[②] "一仆二主"将译者置于既敬畏"原著"又敬畏"译著"的谦卑的仆人位置。"一仆二主"的主张看似将原著和译著作为"二主"放在了同等重要的位置,实际上在这两个主人中,杨绛更接近译入语读者,强调以译入语读者的接受作为翻译的核心目标。她说:"我作为译者,对'洋主子'尽责,只是为了对本国读者尽忠。我对自己译本的读者,恰如俗语所称'孝顺的厨子',主人越吃得多,或者吃的主人越多,我就越发称心惬意,觉得苦差没有白当,辛苦一场也是值得的。"[③] 杨绛多次谦虚地将自己喻为"孝顺的厨子"和"仆人",体

[①] 杨绛:《失败的经验(试谈翻译)》,《中国翻译》1986 年第 5 期。
[②] 杨绛:《杨绛文集》第 4 卷《戏剧、文论卷》,人民文学出版社 2004 年版,第 200 页。
[③] 杨绛:《杨绛文集》第 4 卷《戏剧、文论卷》,人民文学出版社 2004 年版,第 200 页。

现了一种在忠实原著的基础上以读者为中心的"归化"的翻译思想，译著只有受到译入语读者的欢迎，才能体现译者的成功和价值。

"为了对本国读者尽忠"，杨绛将翻译的重点放在译文的书写与整理方面，她将翻译总结为六道工序，其第一道是："以句为单位，译妥每一句"，是西班牙语向汉语转换的过程；第二至第五道分别是："把原文的一句句连缀成章""洗练全文""选择最适当的字""注释"；第六道是关于成语、诗歌等"其他"方面的翻译要点。[1] 从杨绛对翻译工序的划分来看，除了第一、第六道，第二至第五道工序都是与"输出"有关的，即：如何用恰当的语言在译文中重现原文，如何以符合译入语读者阅读习惯的文字表达原作者的思想。在《翻译的技巧》一文中，杨绛列举了数个摘自《堂吉诃德》的翻译案例，说明如何将依据原文直译的"读不通"的"瘫痪的句子"重做安排，变为既忠实原文又畅达的译文。由此可见，除了忠实原文，杨绛译《堂吉诃德》十分重视译文的文学性。

杨绛注重译著的文学性和读者接受这一翻译惯习的形成，与钱锺书的影响有关。据杨绛回忆，钱锺书帮她校对《吉尔·布拉斯》时，"他拿了一支铅笔，使劲在我稿纸上打杠子。……把我的稿子划得满纸杠子。他只说：'我不懂。'我说：'书上这样说的。'他强调说：'我不懂。'这就是说，我没把原文译过来。"[2] 这件事让杨绛体会到，仅仅按照书面的意思翻译，而读者读不懂，就是死译，不是真正的翻译。受到钱锺书的启发，杨绛译的《堂吉诃德》语言活泼、幽默、生动，深受读者喜爱。她的翻译策略被广泛借鉴，例如：她将堂吉诃德的瘦马译为"驽骍难得"（西语名为"Rocinante"，指"举世无双的马"）被认为是音义结合的典范。又例如：杨绛充分调动了汉语谐音词巧妙解决了"讹语"翻译的问题，如原著第二十五章中，桑丘错把

---

[1] 杨绛：《杨绛文集》第4卷《戏剧、文论卷》，人民文学出版社2004年版，第348—362页。
[2] 杨绛：《杨绛文集》第3卷《散文卷》（下），人民文学出版社2004年版，第69页。

"patraña"（谎言、胡说八道）说成了"pastraña"（西班牙语中无此词），杨绛分别用"山海经"和"三孩经"这组谐音的词来翻译它们。第二十六章中，堂吉诃德在信件中称心上人杜尔内西亚为"*Soberana y alta señora*"（尊贵无比的女士），桑丘则转述成了"Alta y *sobajada* señora"，把"soberana"说成了"sobajada"，杨绛译为"尊贵无皮的小姐"。

杨绛译的《堂吉诃德》是新中国成立后外国文学翻译的重要成果，几十年来深受读者的信赖和喜爱。该译本的诞生受到了一系列客观条件的限制，如：受物资匮乏、中西交流几乎隔绝、西班牙语人才稀缺等，杨绛本人依靠英语和法语的功底，依靠自学仅能阅读西语作品，但无法语言交流，在塞万提斯逝世366周年的报告会上，杨绛以开放的态度提出："我的翻译是从西班牙文译出的第一个中文本，可是绝不是末一本。将来西班牙和我国的交流会更多，我国对西班牙文学的研究会更有增进，准会有具备条件的翻译者达到更高的水平，更接近塞万提斯所要求的标准，叫读者分不出哪是原作、哪是译本。"[1]

陈众议曾指出："我国的外国文学翻译与研究密不可分。没有研究，就不可能有好的翻译；反之，没有翻译，研究便无从谈起。"[2] 杨绛既是《堂吉诃德》的译者，也是研究者，对《堂吉诃德》在中国的传播所发挥的作用是无可取代的。杨绛选择"翻译兼研究"受到了意识形态因素的制约。1957年全民整风运动开始后，学术界展开了对资产阶级学术思想的批判，杨绛决定将工作重心从文学创作和外国文学研究转到翻译，在"翻译"之名的庇护下行"研究"之实。即便开展文学研究，也选择西班牙古典文学名著而非现代文学，她的《旧书新解——读〈薛蕾丝蒂娜〉》和《介绍〈小癞子〉》就是对西班牙古典文学名著《赛莱斯蒂娜》和《小癞子》的评述。

1964年，杨绛在《文学评论》第3期发表了《堂吉诃德和〈堂吉

---

[1] 杨绛：《杨绛文集》第4卷《戏剧、文论卷》，人民文学出版社2004年版，第204页。
[2] 陈众议：《外国文学翻译与研究60年》，《中国翻译》2009年第6期。

诃德〉》一文，结合小说文本阐释了英、法等国作家对这部小说和堂吉诃德人物形象阐释的流变，分析了堂吉诃德如何从最初"疯癫可笑的骑士"形象，到18世纪成为读者眼中可爱可笑、具有理性和道德的人物，到19世纪在浪漫主义思潮影响下，被塑造成悲剧性的英雄，并分析了塞万提斯所处的时代背景、个人经历与人物塑造的关系。翻译和修订过程中，杨绛不断将材料文字和阅读体会形成篇章，后期又陆续发表了《重读〈堂吉诃德〉》《〈堂吉诃德〉译余琐掇》《孝顺的厨子——〈堂吉诃德〉台湾版译者前言》《"天上一日，人间一年"——在塞万提斯纪念会上的发言》《塞万提斯的戏言，为塞万提斯铜像揭幕而作》和《〈堂吉诃德〉校订本三版前言》等文章。杨绛对《堂吉诃德》的研究和介绍，推动了新时期《堂吉诃德》在中国的传播。

第三节　20世纪90年代以来的重译

《堂吉诃德》作为世界上最重要的百部文学经典之一，出版400余年来，在世界各国语言中被不断重译，不断获得新的文学生命力。1978年首个自西班牙语直译的译本问世后十多年间一直没有新译本问世，直至1995年，浙江文艺出版社、漓江出版社、译林出版社和甘肃人民出版社同时推出了4部新译的《堂吉诃德》。

此后，国内兴起了重译《堂吉诃德》的热潮，40年来有几十种重译本问世，重译和再版达百余次。除缩写版、改写版、漫画版等之外，平均每年有3—4种新译的全译本出版。以2017年为例，仅一年内就有多种新译本问世：煤炭工业出版社的戴文婕译本、广西师范大学出版社的易永忠和马艺之译本、吉林文史出版社的王志明译本、万卷出版公司的宋秀华译本等，如果再加上各类改编版本和再版重印的版本，当年有超过20种《堂吉诃德》出版，可谓众声喧哗。

经过时间的考验、出版市场的筛洗，同时受到出版规划等因素影响，综合考虑销量、印数、重印和再版次数等情况，截至目前传播较广泛的有 7 个译本：杨绛、董燕生、刘京胜、屠孟超、唐民权、孙家孟和张广森译本。

重译贵在超越和创新已经成为翻译界的共识。杨绛译本在 1978 年出版后被公认为《堂吉诃德》的经典译本，对后来者来说形成了巨大的挑战，需要后来者兼具深厚的西语功底、丰富的翻译经验和挑战以往译本的勇气。

董燕生译本是 90 年代以来的重译版本中影响最大的。该译本根据 1984 年 Editorial Alfredo Ortells, S.L. 的版本译出，是浙江文艺出版社"外国文学名著精品"一种。自 1995 年初版由浙江文艺出版社出版，1998 年由台北光复书局出版繁体字版，短短几年，董译本多次重印，销量很快破 8 万册。据不完全统计，有多家出版社在初版基础上进行了 10 余次改版：2001 年由浙江文艺出版社出版的"教育部《中学语文教学大纲》指定书目"之一——节译本《堂吉诃德》；2006 年长江文艺出版社的"100 部世界文学名著丛书"之一——《奇思异想的绅士堂吉诃德·德·拉曼却》；2012 年浙江文艺出版社的"最新语文新课标必读丛书"之一——《堂吉诃德》；2016 年时代文艺出版社的"无障碍阅读系列"之一——《堂吉诃德》；2017 年河北美术出版社的绘画版《堂吉诃德 800 图》；2019 年北京燕山出版社的精装典藏版《堂吉诃德》；2020 年湖南文艺出版社的《堂吉诃德》补译了 10 篇卷首辅文和 11 首塞万提斯所作序诗；2021 年作家出版社的"作家经典文库"之一——《堂吉诃德》，等等。此外，孟京辉执导的话剧《堂吉诃德》的剧本创作参考的是董燕生译本。

在中国外国文学翻译和西班牙文学研究发展成熟的背景下，董燕生的重译结合了文史研究的最新成果，对原文进行了深入解读，对人名地名等进行了规范，凝聚了译者的匠心，还原了塞万提斯亦庄亦谐的语言风格，是精益求精之作。因翻译质量上乘，广受好评，中国作家协会鲁迅文学翻译奖的评审之一、翻译家赵振江应约为 2019 年燕山出版社版《堂吉诃德》所作的《永恒的〈堂吉诃德〉及其在中国的传播》一文中，通过对董燕生译本中部分章节的分析，指出董译本是一个优秀的译本，译得相当到位，译者通过句子的重新组合、添加个别字眼等手段，使原意更清晰、明朗。2001年董译《堂吉诃德》获第二届鲁迅文学奖全国优秀文学翻译彩虹奖。

董燕生有深厚的西语功底和丰富的翻译实践经验。1956年考入北京外国语学院开始学习西语，1960年毕业留校任教，几十年来辛勤耕耘杏坛，著有《西班牙语》《西班牙语文学》《西班牙语句法》《现代西班牙语》等西班牙语专业教材，其中与刘建合编的《现代西班牙语》是国内高校普遍使用的核心教材。除了《堂吉诃德》，还译有危地马拉诺奖得主米格尔·阿斯图里亚斯的《总统先生》（1994年）以及《塞万提斯全集》第一卷诗歌、戏剧作品和第四卷的幕间剧部分。他是西班牙伊莎贝尔女王勋章、西班牙艺术文学勋章等荣誉的获得者。

董燕生善于利用精通西班牙语的优势，从微观角度分析和总结西汉翻译的技巧诀窍，发表了《关于堂吉诃德的翻译》《论翻译：准确和生动》《论"堂吉诃德"的汉译问题》和《论文学翻译的"忠实"》《千年译事话短长》等翻译研究论文和报告。在《千年译事话短长》[①]中，他根据个人经验，将翻译工作者要面对和解决的困难归纳为语言差别和文化传统差别，并结合丰富的例证，针对专有名词音译、词义的恰当选择、习语的翻译、语法问题等方面提出了可能的解决方案。

其余几部享有盛誉的《堂吉诃德》译本在1995—2002年之间首次出版，译者均从60年代开始学习西语，是国内最早一批从事中西文学翻译的翻译家。他们从80年代开始发表译文、出版译著，多年来有大量译著问世，其中不少是西班牙、拉丁美洲知名作家代表作的首译。除了刘京胜任职广播电台，其他几位译者任职于高校，在教书育人的同时，翻译名著、编纂词典、发表研究论文。

刘京胜译的《唐吉诃德》自1995年由漓江出版社出版以来，先后通过二十余家知名出版社再版，是传播较广的译本。刘京胜是中国

---

① 董燕生译编：《董燕生译文自选集》，漓江出版社2013年版，第1—25页。

国际广播电台西班牙语翻译，自幼学习西班牙语，毕业于北京第二外国语学院，有着丰富的翻译经验，自 1986 年开始陆续有译作问世。他翻译了智利作家聂鲁达的回忆录《我曾历经沧桑》、阿根廷作家博尔赫斯与比奥伊·卡萨雷斯合著的《伊西德罗·帕罗迪的六个谜题》、墨西哥作家阿雷奥拉的《寓言集》，以及"21 世纪最佳外国小说"之一、西班牙作家哈维尔·塞尔卡斯的《骗子》（与胡真才合译）等十几部西语名著。

屠孟超译的《堂吉诃德》1995 年由译林出版社出版并多次再版。屠孟超 1961 年从南京大学中文系毕业后，前往北京外国语学院进修西班牙语，1964 年开始任教于南京大学。屠孟超教授译有西班牙古典名著《熙德之歌》《塞莱斯蒂娜》《鲁卡诺尔伯爵》和拉美著名作家胡安·鲁尔福的《佩德罗·巴拉莫》等二十余部名著，翻译文字达五百余万。

唐民权译的《唐吉诃德》1999 年由陕西人民出版社出版，此后由多家出版社再版。唐民权 1966 年毕业于北京外国语学院西班牙语系，曾任职西安外国语学院，现为吉林大学西语教授，出版译著、辞书等三十余种，译有《庭长夫人》等作品。

孙家孟译的《奇想联翩的绅士堂吉诃德·德·拉曼恰》2001 年由北京十月文艺出版社出版，后由译林出版社多次再版。孙家孟（1934—2013）毕业于北京外国语学院，南京大学西语系教授，是诺贝尔文学奖得主巴尔加斯·略萨的《绿房子》《潘达雷昂上尉与劳军女郎》《酒吧长谈》、阿根廷作家科塔萨尔的《跳房子》等名著的译者。张伟劼在《〈堂吉诃德〉的一个不该被忽视的中译本》一文中指出，孙家孟译本忠实再现了《堂吉诃德》的语言特点，有助于读者深入了解经典何以为经典，并把看似不重要又难译的《堂吉诃德》首版定价说明、勘误证明和国王特许都译出来，使该译本具有学术参考价值，因此该译本是一个不该被忽视的中译本。

张广森译的《堂吉诃德》2002 年由上海译文出版社出版，并由多家出版社再版。张广森 1960 年毕业于北京外国语学院，后留校任教

20余年,曾主编《外国文学》杂志和多部辞书,是《智慧书》《博尔赫斯全集·诗歌卷》等名著的译者。

重译使堂吉诃德在不同历史时期的读者中始终保持着生命力,为读者获取文学常识、了解外国文化、获得研究资源提供了丰富的选择,译者们的贡献是不言而喻的。不可否认,以上译本在未来都有可能被超越,正如译者之一董燕生指出的:"应该承认,翻译当中的误译要完全避免是不现实的,谁要是打这种保票,多少有点吹牛之嫌。即使是使用母语,还有理解错误的时候,更何况是外语呢。"[①] "超越"可能建立在新的版本研究、语言研究成果之上,借助于更新的翻译手段,或是更符合未来的语言表达习惯、读者阅读习惯。但是从历时角度来说,必须强调在过去几十年中,富有强烈使命意识和责任感的翻译家,敢于挑战《堂吉诃德》这座西班牙文学的高峰,将这位骑士以不同的面目引领到中国读者面前。译者之一张广森指出:"不同的读者在读过同一部文学作品之后总会有着不同的理解和感受,同样,不同的译者对同一部原著的解读和处理也会千差万别,从而传达给读者的信息就会多少有些不同。这也正是我愿意试笔的动力之一。"[②]

90年代以来《堂吉诃德》热火朝天的重译背后,存在一些隐忧。首先,虽然名家名译版本是《堂吉诃德》在国内传播的主流版本,但近年来,也存在一些打着"重译名著""最新译本"等幌子,剽窃前人的翻译成果,改头换面出版牟利,应对这样的伪译、假译给予关注,进行甄别,避免在出版市场中劣币驱逐良币,以至经典蒙尘,给读者造成损失。其次,翻译有余,但翻译研究不足。目前对《堂吉诃德》翻译的研究极其匮乏,以知网收录的研究论文为例,有关莎士比亚作品的翻译研究达600余篇,而塞万提斯作品的翻译研究仅20余篇,两者差距悬殊,近年来有一些对《堂吉诃德》各个译本翻译策略、译文

[①] 董燕生:《已是山花烂漫:一名教师近半个世纪的足印》,外语教学与研究出版社2010年版,第202页。

[②] 张广森:《译本序》,载[西]塞万提斯《堂吉诃德》,张广森译,上海译文出版社2006年版,第4页。

内容方面的比较,产生了一些学术争鸣,但实际上并未出现系统、全面的研究,有待后辈学者进一步探索。

第四节 当代《堂吉诃德》研究

新时期以来《堂吉诃德》的研究与翻译交相辉映,与《堂吉诃德》相关的研究论文篇目逾千,学位论文有20余篇,专著有10余部。研究者从历时和共时维度对《堂吉诃德》展开阐释,将小说在中国读者中的接受由片面的、感性的认识提升至更为全面的、理性的认识层次。由于数量巨大,很难穷尽每篇评论和研究论文,因此本书仅略览国内学者的几个主要研究方向——叙事研究、比较研究、语言研究、翻译研究、传播和接受研究、传记研究和学术史研究的代表性论述,以管窥改革开放以来中国本土《堂吉诃德》研究的成就和特征。

一 叙事研究

叙事研究是新时期《堂吉诃德》研究的焦点。塞万提斯被认为是"现代小说之父",《堂吉诃德》内涵丰富、叙事手法多样,研究者从元小说性、反讽与讽刺手法、殖民叙事、狂欢化等角度对它展开研究。

罗文敏的专著《我是小丑:塞万提斯〈堂吉诃德〉研究》(2007年)和《〈堂吉诃德〉与小说叙事》(2014年),以及多篇论文主要围绕《堂吉诃德》具有的后现代性,展开文化、人物、语言等多个方面的研究,并提出了这部小说的"自传性用意"观点。

其他学者叙事方向的研究论文有:《意义的重建:从过去到未来——〈堂吉诃德〉新论》(饶道庆,1992年)、《幻想中的英雄——论〈堂吉诃德〉的多重意义》(周宁,1996年)、《写实与虚构的对立统一——〈堂吉诃德〉的模仿真实》(童燕萍,1998年)、《〈堂吉诃德〉的多重讽刺视角与人文意蕴重构》（蒋承勇，2001年）、《重读〈堂吉诃德〉》（李德恩，2001年）、《〈堂吉诃德〉的元小说性》（滕威，2003年）、《〈堂吉诃德〉与虚拟殖民》（塞昌槐，2004年）、《堂吉诃德：伟大与渺小——兼论〈堂吉诃德〉中后现代主义小说特征》（李德恩，2009年）、《亦幻亦真的游走叙事——漫论塞万提斯的〈堂吉诃德〉》（王向峰，2012年）、《〈堂吉诃德〉的复杂性和现代性初探》（周钦，2013年）、《"假托作者"西德·阿麦特和"反面人物"参孙·卡拉斯科——论〈堂吉诃德〉"原始手稿"的真正"作者"》（卢云，2019年）等。这些研究从不同角度阐释了《堂吉诃德》作为第一部"现代小说"的独特价值，丰富了中国文论的发展。

二 比较研究

比较研究始终贯穿《堂吉诃德》的中国之旅，自20世纪初，中国学者就在屠格涅夫的影响下，将堂吉诃德与哈姆雷特这两个文学典型进行比较。近几十年来的《堂吉诃德》研究采纳了比较文学的方法，或将这部小说与本国某部小说做比较，或将堂吉诃德与本国文学人物进行平行比较。

阿Q与堂吉诃德这两个人物常被研究者进行比较，《阿Q正传》是否受到《堂吉诃德》的影响这个问题引发了国内学者的热烈讨论。《阿Q和堂吉诃德形象的比较研究》（秦家琪、陆协新，1982年）、《堂吉诃德和阿Q形象之比较》（李志斌，1999年）等研究倾向于认为鲁迅对阿Q形象的塑造受到了《堂吉诃德》的影响；《〈阿Q正传〉受到〈堂吉诃德〉影响了吗？——对一个老问题的新看法》（王卫平、王莹，2019年）等研究认为虽有相似，但两者之间不存在必然联系；《阿Q和堂吉诃德平行研究新探》（姜智芹，2000年）等研究建立在对两个人物的平行比较的基础上。

东方武侠小说与西方骑士小说都是具有深厚本土文化传统的通俗

小说，侠士与骑士两种文化形象的异同，以及它们在文学中的流变引起了研究者比较的兴趣。一些研究将《堂吉诃德》与中国武侠小说——如《鹿鼎记》《天龙八部》等进行比较，相关研究有：《解构之维——〈鹿鼎记〉和〈堂吉诃德〉之比较》（王碧瑶，2005年）、《断流与暗流：两部"反叛"小说的相同类型及不同命运——〈堂吉诃德〉与〈鹿鼎记〉的比较研究》（令狐兆鹏，2006年）等。

《堂吉诃德》是西班牙古典文学的代表，一些学者将它与中国古典文学做叙事、人物、民族文化等方面的比较。与《西游记》进行叙事和人物形象方面比较的有：《隔代异国的孪生兄弟——桑丘与八戒形象比较》（胡书义，1989年）、《在矛盾境遇变化中塑造人物——说说〈西游记〉〈堂吉诃德〉的游走情节》（吴冬艳，2010年）、《骑士与圣僧：〈堂吉诃德〉〈西游记〉叙事艺术比较》（刘爱琳、徐伟，2020年）等；与《红楼梦》做比较的有：《异地则同 易时而通——〈堂吉诃德〉的前言和〈红楼梦〉第一回比较》（刘梦溪，1984年）等；与《水浒传》做比较的有：《〈水浒〉与〈堂吉诃德〉结构异同论》（吴士余，1985年）等。

三 语言研究

塞万提斯通过讽刺、夸张、双关等手法，以机智、幽默的语言书写了堂吉诃德的荒谬行为，塑造了小说中形形色色的来自社会各个阶层的人物，展示了作家的博学多才，尤其是他对西班牙社会的广泛了解。他笔下的人物对话生动有趣，常常借用俗语、谚语等民间语言表达形式，增强了小说的艺术感染力。国内对《堂吉诃德》的语言研究多围绕谚语、俗语展开。《〈堂吉诃德〉西班牙谚语运用初探》（孙大公，1988年）、《妙趣横生别具一格——〈堂吉诃德〉谚语漫议》（黄永恒，1985年）、《〈堂吉诃德〉和谚语》（张朝霞，1995年）等研究分析了《堂吉诃德》中谚语的特点和功能，为本国文学中谚语的使用建言献策。

《〈堂吉诃德〉的音韵美》（陈国坚，1988年）分析了塞万提斯如何运用节奏、条款、押韵、词语在对称位置上的重复、相同或相似结构的有规律的重复和对偶等手法，造成语言音韵的美感。

四 翻译研究

一些翻译家将翻译《堂吉诃德》的心得体会做了分析总结，为西汉文学翻译留下了可资借鉴的经验。杨绛的《失败的经验（试谈翻译)》（1986年）以自己翻译的《堂吉诃德》为例证，提出了"一仆二主""翻译度"等概念，将翻译概括为三件事：选字、造句和成章。后来她对全文进行了修改，更名为《翻译的技巧》收入《杨绛文集》第4卷。董燕生撰写了《千年译事话短长》（2013年）、《关于堂吉诃德的翻译》（1995年）等多篇文章，总结个人翻译经验，并对多个译本部分章节进行比较，提出改进译文的策略和建议。《俗语翻译粗谈》（1996年）是刘京胜对《堂吉诃德》中的俗语、谚语翻译策略的体会和总结。

一些研究从微观层面的语言翻译策略入手，分析翻译效果，提出建议，如《论〈堂吉诃德〉中言语幽默的中译》（昝晓雪，2018年）、《探讨〈堂吉诃德〉中中西谚语的语义对比及具体的翻译对策》（杨云嵋，2009年）等。林一安的《"胸毛"与"瘸腿"——试谈译文与原文的抵牾》（2004年）等文章对几部译著中一些短语的不同译法提出了个人见解。

五 传播和接受研究

《堂吉诃德》的译介、传播与接受研究是探究《堂吉诃德》在中国文学史上的经典化历程,以及中国文学和民族精神成长史上对外国文学接受的重要案例。

钱理群的《丰富的痛苦:堂吉诃德与哈姆雷特的东移》1993年由时代文艺出版社出版,是"二十世纪中国文学丛书"的一种,2007年和2015年分别由北京大学出版社和生活·读书·新知三联书店再版。著者钱理群是北京大学教授,被誉为20世纪80年代以来中国最具影响力的人文学者之一,是现代中国思想、文学研究的专家。在这部专著中,钱理群将文学研究与历史研究、哲学研究高度融合,描述了这两个西方最重要的文学形象在东方的传播和接受,描述了东西方作家对于人类——尤其是知识分子的精神命题的关怀,结合民族文化传统、时代语境以及作家的特质,分析了20世纪初中国知识分子对两个文学形象的阐释与接受。

《丰富的痛苦》被认为是中国当代重要的思想史著作,陈众议指出:"钱理群在这本不同凡响的作品中把堂吉诃德精神放大为民族借镜,提出了'集体堂吉诃德'、'专制主义的浪漫主义'等概念"①,而这些概念是十分具有启发性的。陈广兴认为这本书体现了中国学者的学术追求:"中国现代文学批评借用经典文学形象阐释自己的主张,本身也体现了近现代中国在各方面试图融入世界的持续的追求。……但得到人类精神的共通性的结论是不能令人满足的,人类精神的差异性才是不断提出问题的起点……"②

《丰富的痛苦》以堂吉诃德在现代中国的旅行为线索,以小见大、别开生面,展现了现代知识分子遭遇的时代冲击和思想矛盾,突破了传统的作家、作品的文学研究范式。李疏桐认为这部专著对文学史和学术史极有启发意义,能够帮助研究者走出简单化、模式化的研究困境:"它不单局限于作家作品的影响接受或艺术改造层面,而是自始

---

① 陈众议:《〈堂吉诃德〉在中国》,北京论坛(2004)论文,北京,2004年8月。
② 陈广兴:《现代性痛苦的丰富阐释——读钱理群〈丰富的痛苦〉》,《中国比较文学》2008年第1期。

至终贯穿着强烈的问题意识,在形式上注重矛盾悖反的呈现和多维主体的转换,而非观点先行、题材先行。"①

关于《堂吉诃德》在中国的译介、传播和接受历史的其他代表论文有:《〈堂·吉诃德〉与20世纪中国文学》(陈国恩,2002年)、《"堂吉诃德在中国"与"中国的堂吉诃德"》(禹权恒,2016年)、《他们把堂吉诃德请到中国来》(杨恒达,2016年)等。

六 传记研究

塞万提斯传记为文学研究者提供了资料参考,读者得以更深入地了解作家的生平、成就、创作动机和过程、文学追求,以及《堂吉诃德》产生的社会文化背景等,从而推动塞万提斯和《堂吉诃德》在中国的传播。主要著作有:《塞万提斯和〈堂·吉诃德〉》(文美惠,1981年)、《塞万提斯(1547—1616)》(张书立,1982年)、《著名西班牙人文主义作家塞万提斯》(黄道立,1987年)、《荒诞的理性:塞万提斯与〈堂吉诃德〉》(崔杰,1993年)、《塞万提斯》(吴虚,1997年)、《塞万提斯》(陈惇,2000年)、《塞万提斯》(陈凯先,2001年)、《塞万提斯评传》(朱景冬,2009年)和《西方现代小说之父:塞万提斯》(陈凯先,2021年)等。

七 学术史研究

《堂吉诃德》和塞万提斯研究在世界文学发展中占有重要地位,在当代中国的外国文学研究中,塞万提斯研究成果数量日益攀升,因

---

① 李疏桐:《西方文学形象在中国现代文学三十年中的价值演变——论钱理群〈丰富的痛苦:堂吉诃德与哈姆雷特的东移〉的学术范式》,载李怡、毛迅主编《现代中国文化与文学》(32),巴蜀书社2020年版。

此，梳理中外塞万提斯学发展的学术脉络和热点之重要性与价值日益凸显。陈众议的《塞万提斯学术史研究》（2011年）是国内首部塞万提斯学术史研究著作，重点论述了他的代表作《堂吉诃德》如何从最初的"嘘声和笑声"，历经4个世纪成为经典文学中的经典。此外，陈众议编选的《塞万提斯研究文集》（2014年）是一部世界塞学重要论文的合集，为本土塞万提斯研究提供了全面翔实的资料，可与《塞万提斯学术史研究》参照阅读。

陈众议是中国社会科学院学部委员、西班牙皇家学院外籍院士、拉丁美洲文学和西班牙文学研究专家。他的西班牙文学研究聚焦西班牙古典文学、塞万提斯和文学史研究，除了《塞万提斯学术史研究》，还著有《西班牙文学简史》（2006年）、《西班牙文学：黄金世纪研究》（2007年）、《西班牙文学大花园》（2007年），以及《西班牙与西班牙语美洲文学通史》中的《西班牙文学：中古时期》（2017年，合作）和《西班牙文学：黄金世纪》（2018年，合作）。主编丛书有"外国文学学术史研究大系""西班牙与西班牙语美洲文学通史"和"西班牙当代文学经典小丛书"等。

《塞万提斯学术史研究》及《塞万提斯研究文集》提供了学术史研究的范式，陈众议在《学术史研究及其方法论辨正》[①]一文中指出经典作家学术史研究在当下的三重意义——借经典重构以实现价值重塑、避免低水平重复研究、让文学作品回归其从出的土壤。《塞万提斯学术史研究》去芜存菁，择取了具有代表性的研究，力图探索和恢复《堂吉诃德》产生的社会文化环境原貌，尽可能真实重现各个历史时期《堂吉诃德》作为外国文学经典在世界各民族文学中的面貌，展现"堂吉诃德"和"桑丘"如何被反复拆解、重构。学术史研究为研究者了解塞学研究已经取得的成果和尚待探索的空间提供了参考，对于夯实本土塞学研究的基础、提升研究高度大有裨益。宗笑飞认为："《塞万提斯学术史研究》披沙拣金，钩沉探赜，无论在方法上还是材

---

① 陈众议：《学术史研究及其方法论辨正》，《外国文学动态研究》2020年第3期。

料方面都足有贡献。"①

此外，王军的《新中国 60 年塞万提斯小说研究之考察与分析》（2016 年）一文是对国内塞万提斯研究的系统梳理。

陈众议不止一次指出："一切历史都是当代史，一切文学也都是当代文学。"《堂吉诃德》作为世界文学中最重要的古典文学名著之一，具有持久永恒的文学、文化和精神价值。

---

① 宗笑飞：《学者情怀——陈众议先生学术述评》，《东吴学术》2019 年第 5 期。

附　　录

附表一　作家译名对照

汉语拼音排序	本书译名	其他译名	西班牙语常用原名
A	阿尔托拉吉雷	阿尔陀拉季雷、M. 阿尔托拉格尔、M. 阿尔多拉格勒	Manuel Altolaguirre
	阿尔维蒂	R. 阿尔勃蒂、阿尔倍谛、R. 阿尔培特、阿尔贝蒂、Alberti，R.、拉斐尔·阿尔贝蒂	Rafael Alberti
	阿拉尔孔	配特洛、阿拉康	Pedro Antonio de Alarcón
	阿帕里西奥	阿帕里西奥、安东尼奥·阿帕利西奥	Antonio Aparicio
	阿图罗·佩雷斯-雷维特	阿图洛·贝雷兹-雷维特	Arturo Pérez-Reverte
	阿亚拉	河亚拉、阿耶拉	Ramón Pérez de Ayala
	阿索林	阿左林、亚佐林、阿苏令	Azorín（José Martínez Ruiz）
	安德烈斯·特拉别略	安德烈斯·特拉彼略	Andrés Trapiello
	埃雷拉	J. 厄雷拉	José Herrera Petere
B	巴罗哈	鲍罗耶	Pío Baroja y Nessi
	巴列-因克兰	伐列-英克兰、巴勒·英克朗、伐尔音克兰	Ramón de Valle-Inclán
	巴尔德斯	佛尔苔	Armando Palacio Valdés
	贝克尔	贝克凯尔、古斯塔沃·阿道夫·贝克尔	Gustavo Adolfo Bécquer
	贝纳文特	倍那文德、贝纳文提	Jacinto Benavente

续表

汉语拼音排序	本书译名	其他译名	西班牙语常用原名
D	迪耶戈	狄戈	Gerardo Diego Cendoya
E	恩里克·比拉-马塔斯	恩里克·维拉-马塔斯	Enrique Vila-Matas
F	费尔南多·特里亚斯·德·贝斯	费尔南多·特里亚·德·贝、费尔南多·德里亚斯迪贝斯	Fernando Trías de Bes
J	纪廉	季兰	Jorge Guillén
J	吉尔-阿尔贝特	黄·希尔·亚尔倍	Juan Gil-Albert
K	卡瓦耶罗	卡巴耶罗	Fernán Caballero
K	卡尔德隆	加尔德隆	Pedro Calderón de la Barca
K	克拉林	阿拉斯，莱奥波尔多·阿拉斯	Clarín（原名 Leopoldo Alas）
K	克维多	弗朗西斯科·德·克维多、佛·德·克维多	Francisco de Quevedo
L	拉腊	马里亚诺·何塞·德·拉腊、马利安诺·何塞·德·拉腊	Mariano José de Larra
L	鲁文·达里奥	达理欧	Rubén Darío
L	洛尔迦	洛尔卡、洛尔加、Lorca、洛尔伽、费德里科·加西亚·洛尔迦、菲德利哥·加尔西亚·洛尔伽、费代里各·迦尔西亚·洛尔加	Federico García Lorca
L	洛佩·德·维加	魏佳、洛卜·德·维迦	Lope de Vega
M	梅塞·罗多雷达	梅尔塞·罗多雷达	Mercé Rodoreda
M	米罗	加·米罗、加夫列尔·米罗	Gabriel Miró
P	佩雷达	何塞·马利亚·德佩雷达	José María de Pereda
P	皮孔	皮康、比贡	Jacinto Octavio Picón
P	普拉多斯	泊拉陀思、E. 帕拉多	Emilio Prados
P	普拉·伊·贝尔特朗	P. 依·贝尔特郎	Pascual Pla y Beltrán
S	萨利纳斯	沙里纳思	Pedro Salinas
S	萨马科伊斯	柴玛萨斯、柴麦古斯	Eduardo Zamacois y Quintana
S	塞拉芬·阿尔瓦雷兹·金特罗（金特罗兄弟之一）	雪奈芬	Serafín Álvarez Quintero
S	森德尔	Sender, R.、Sender, R. J.	Ramón José Sender
S	塞万提斯	沙文第斯、塞文狄斯、西万斯、西万提司、西凡德思、西万湜思、米奎尔·德·塞万提斯·萨维德拉	Miguel de Cervantes

续表

汉语拼音排序	本书译名	其他译名	西班牙语常用原名
W	乌纳穆诺	乌纳莫、乌纳木诺、俞拿米罗、乌那姆诺、乌纳莫诺、乌那摩奴、米格尔·德·乌纳穆诺	Miguel de Unamuno
X	西耶拉	G. M. 西爱拉、谢拉	Gregorio Martínez de Sierra
Y	亚历克斯·罗维拉	阿莱克斯·罗维拉、阿莱克斯·罗维拉、亚历士·罗维拉	Alex Rovira
Y	伊巴涅斯	伊本纳兹、伊白涅兹、伊巴涅支、伊培南、伊巴烈池、伊巴涅兹、伊巴臬兹、伊班内司、伊本涅兹、依本纳兹、V. 勃拉斯珂·依本涅兹、伊本讷兹、维·布拉斯科·伊巴涅斯	Vicente Blasco Ibáñez
Y	伊格莱西亚斯	I. 伊格勒西亚思	Ignasi Iglesias

附表二 中国翻译出版的西班牙文学译著目录 (1915—2021)

序号	译著名	作者（汉语）	作者（西语）	译者	出版社及首版时间
1	西班牙宫闱琐语	欧里亚	María Eulalia de Borbón	铁樵等	商务印书馆 1915 年版
2	魔侠传	西万提斯	Miguel de Cervantes	林纾、陈家麟	商务印书馆 1922 年版
3	倍那文德戏曲集	倍那文德	Jacinto Benavente	沈雁冰、张闻天	商务印书馆 1925 年版
4	他们的儿子	柴玛萨斯	Eduardo Zamacois y Quintana	沈余	商务印书馆 1928 年版
5	良夜幽情曲	伊巴涅思	Vicente Blasco Ibáñez	戴望舒	光华书局 1928 年版
6	醉男醉女	伊巴涅思	Vicente Blasco Ibáñez	戴望舒	光华书局 1928 年版
7	斗牛——近代西班牙小说选	阿左林等	Azorín	徐霞村	春潮出版社 1929 年版
8	启示录的四骑士	伊巴臬兹	Vicente Blasco Ibáñez	李青崖	北新书局 1929 年版
9	西万提斯的未婚妻	阿左林	Azorín	戴望舒、徐霞村	上海神州国光社 1930 年版
10	吉诃德先生	西万提斯	Miguel de Cervantes	贺玉波	开明书店 1931 年版
11	热情的女人	倍奈文德	Jacinto Benavente	马彦祥	上海现代书局 1931 年版
12	斗牛——近代西班牙小说选	阿左林等	Azorín	徐霞村	立达书局 1932 年版
13	吉诃德先生	西万提斯	Miguel de Cervantes	蒋瑞青	世界书局 1933 年版
14	西万提斯的未婚妻	阿左林	Azorín	戴望舒、徐霞村	人文书店 1934 年版
15	吉诃德先生	塞万提斯	Miguel de Cervantes	汪倜然	上海新生命书局 1934 年版
16	四骑士	伊巴臬兹	Vicente Blasco Ibáñez	李青崖	商务印书馆 1935 年版
17	启示录的四骑士	V. B. IBAÑEZ	Vicente Blasco Ibáñez	伍光建	商务印书馆 1936 年版

附 录

续表

序号	译著名	作者（汉语）	作者（西语）	译者	出版社及首版时间
18	西班牙短篇小说集	加巴立罗	vv. aa.	戴望舒选译	商务印书馆1936年版
19	董吉河德	西万提斯	Miguel de Cervantes	慎伯	中华书局1936年版
20	疯侠	CERVANTES	Miguel de Cervantes	伍光建	商务印书馆1936年版
21	唐先生奇侠传		Miguel de Cervantes		满洲图书文具株式会社1938年版
22	唐吉河德	西万提斯	Miguel de Cervantes	温志达	启明书店1939年版
23	吉河德先生传	塞万提斯	Miguel de Cervantes	傅东华	商务印书馆1939年版
24	……而西班牙歌唱了	安东尼·亚帕利西奥等	vv. aa.	芳信	诗歌书店1941年版
25	西班牙诗歌选译	R. 阿尔培特等	vv. aa.	黄药眠	《诗创作》1942年
26	阿左林小集	阿左林	Azorín	卞之琳	国民图书出版社1943年版
27	克拉维约东使记	克拉维约	Ruy González de Clavijo	杨兆钧等	商务印书馆1944年版
28	造谣的社会	JOSÉ ECHEGARAY	José Echegaray	王鹤仪	商务印书馆1944年版
29	唐·吉河德	西万提斯	Miguel de Cervantes	未知	韬奋书店1945年版
30	茅舍	伊班内司	Vicente Blasco Ibáñez	胡簪云	商务印书馆1946年版
31	寂寞	乌那穆诺	Miguel de Unamuno	庄重	文化生活出版社1948年版
32	吉河德先生传		Miguel de Cervantes	范泉（缩写）	永祥印书馆1948年版
33	西班牙人民军战歌	安东尼·亚帕利西奥等	vv. aa.	芳信	光华书店1948年版
34	西班牙革命诗歌选	R. 阿尔培特等	vv. aa.	黄药眠	中外出版社1950年版
35	吉河德先生传	塞万提斯	Miguel de Cervantes	傅东华	商务印书馆1950年版
36	小癞子	佚名	anónimo	杨绛	平明出版社1951年版
37	西班牙革命诗歌选	R. 阿尔培特等	vv. aa.	黄药眠	北京师范大学出版部1951年版
38	山民牧唱	巴罗哈	Pío Baroja	鲁迅	人民文学出版社1953年版

续表

序号	译著名	作者（汉语）	作者（西语）	译者	出版社及首版时间
39	吉诃德先生传	塞万提斯	Miguel de Cervantes	伍实	作家出版社1954年版
40	一个西班牙人民英雄	依斯卡莱	Jesús Izcaray	江雪雯、马节	工人出版社1955年版
41	洛尔伽诗钞	洛尔伽	Federico García Lorca	施蛰存编，戴望舒译	作家出版社1956年版
42	伊巴涅思短篇小说选	伊巴涅思	Vicente Blasco Ibáñez	戴望舒	新文艺出版社1956年版
43	小癞子	佚名	Anónimo	杨绛	作家出版社1956年版
44	惩恶扬善故事集	塞万提斯	Miguel de Cervantes	祝融	新文艺出版社1958年版
45	血与沙	维·布拉斯科·伊巴涅斯	Vicente Blasco Ibáñez	吕漠野	新文艺出版社1958年版
46	堂吉诃德	塞万提斯	Miguel de Cervantes	傅东华	人民文学出版社1959年版
47	三角帽	亚拉尔孔	Pedro Antonio de Alarcón	博园	人民文学出版社1959年版
48	自豪的西班牙	孔丝丹西雅·莫拉	Constancia de la Mora	朱昆	人民文学出版社1959年版
49	阿尔贝蒂诗选	阿尔贝蒂	Rafael Alberti	拓生、肖月	人民文学出版社1959年版
50	悲翡达夫人	迦尔杜斯	Benito Pérez Galdós	赵清慎	人民文学出版社1961年版
51	茅屋	维生特·勃拉斯科·伊巴涅斯	Vicente Blasco Ibáñez	庄重	人民文学出版社1962年版
52	小癞子	佚名	Anónimo	杨绛	人民文学出版社1962年版
53	羊泉村	洛卜·德·维迦	Lope de Vega	朱葆光	人民文学出版社1962年版
54	堂吉诃德	塞万提斯	Miguel de Cervantes	杨绛	人民文学出版社1978年版
55	小癞子	佚名	Anónimo	杨绛	上海译文出版社1978年版
56	西班牙小景	阿索林	Azorín	徐霞村、戴望舒	福建人民出版社1981年版
57	修女圣苏尔皮西奥	巴尔德斯	Armando Palacio Valdés	蒋宗曹、李德明	上海译文出版社1981年版

◇◇ 附　录

续表

序号	译著名	作者（汉语）	作者（西语）	译者	出版社及首版时间
58	玛芘	莱格雷西亚	Álvaro de Laiglesia	邓宗煦	江苏人民出版社1981年版
59	天鹅行动——一个国际间谍的自述	贡萨拉斯·玛达	Luis M. González-Mata	王明元	河南人民出版社1981年版
60	血与沙	维·布拉斯科·伊巴涅斯	Vicente Blasco Ibáñez	吕漠野	上海译文出版社1981年版
61	佩比塔·希梅尼斯	巴莱拉	Juan Valera	方予	上海译文出版社1982年版
62	玛利亚·奈拉	加尔多斯	Benito Pérez Galdós	杨明江	湖南人民出版社1982年版
63	萨拉戈萨	加尔多斯	Benito Pérez Galdós	申宝楼、蔡华文	上海译文出版社1982年版
64	一无所获	拉福雷特	Carmen Laforet	顾文波、卞双成	江苏人民出版社1982年版
65	园丁之犬	维迦	Lope de Vega	朱葆光	中国戏剧出版社1982年版
66	塞维利亚之星	维迦	Lope de Vega	朱葆光	中国戏剧出版社1982年版
67	血与沙	伊巴涅斯	Vicente Blasco Ibáñez	吕漠野	上海译文出版社1982年版
68	熙德之歌	佚名	anónimo	赵金平	上海译文出版社1982年版
69	维加：戏剧选	洛佩·德·维加	Lope de Vega	朱葆光	上海译文出版社1983年版
70	三月十九日与五月二日	加尔多斯	Benito Pérez Galdós	陈国坚	上海译文出版社1983年版
71	慈悲心肠	加尔多斯	Benito Pérez Galdós	刘煜	四川人民出版社1983年版
72	不速之客	伊巴涅斯	Vicente Blasco Ibáñez	李德明、尹承东	上海译文出版社1983年版
73	玛尔塔与玛丽娅	巴尔德斯	Armando Palacio Valdés	尹承东、李德明	湖南人民出版社1984年版
74	玛丽娅内拉	贝尼托·佩雷斯·加尔多斯	Benito Pérez Galdós	石然	商务印书馆1984年版
75	冒险家萨拉卡因	巴罗哈	Pío Baroja	蔡华文、闵明	上海译文出版社1984年版

续表

序号	译著名	作者（汉语）	作者（西语）	译者	出版社及首版时间
76	哈拉马河	费洛西奥	Rafael Sánchez Ferlosio	啸声、问陶	外国文学出版社 1984年版
77	尸骨还乡	鲁维奥	Rodrigo Rubio	毛金里、顾舜芳	外国文学出版社 1984年版
78	合同子	松苏内吉	Juan Antonio de Zunzunegui	林之木	上海译文出版社 1984年版
79	小银和我	希梅内斯	Juan Ramón Jiménez	达西安娜·菲萨克	人民文学出版社 1984年版
80	五月花	伊巴涅斯	Vicente Blasco Ibáñez	蒋宗曹	上海译文出版社 1984年版
81	上帝的笔误	卢卡·德代纳	Torcuato Luca de Tena	文林等	北方文艺出版社 1985年版
82	一桩疑案	门多萨	Eduardo Mendoza	恒民	北方文艺出版社 1985年版
83	葛罗丽娅	加尔多斯	Benito Pérez Galdós	王梦泉、赵绍天	上海译文出版社 1985年版
84	特拉法尔加	加尔多斯	Benito Pérez Galdós	邓宗煦	上海译文出版社 1985年版
85	碧血黄沙	伊巴涅斯	Vicente Blasco Ibáñez	高长荣	山东文艺出版社 1985年版
86	大脑里的档案	卡梅洛·巴拉提那斯	Carmelo	杨明江、鲁少宏	北方文艺出版社 1986年版
87	庭长夫人	克拉林	Leopoldo Alas（Clarín）	唐民权等	人民文学出版社 1986年版
88	破镜重圆	卡门·拉福雷特	Carmen Laforet	顾文波	陕西人民出版社 1986年版
89	蜂房	塞拉	Camilo José Cela	孟继成	北京十月文艺出版社 1986年版
90	蜂房	塞拉	Camilo José Cela	朱景冬	青海人民出版社 1986年版
91	酒坊	伊巴涅斯	Vicente Blasco Ibáñez	李德明、蒋宗曹	上海译文出版社 1986年版
92	小癞子	佚名	Anónimo	杨绛	人民文学出版社 1986年第2版
93	情感的故事	乌纳穆诺等	vv. aa.	方予等	上海译文出版社 1986年版

续表

序号	译著名	作者（汉语）	作者（西语）	译者	出版社及首版时间
94	种族	巴罗哈	Pío Baroja	江禾、林光	上海译文出版社1987年版
95	蜂巢	塞拉	Camilo José Cela	黄志良、刘静言	外国文学出版社1987年版
96	福尔图娜塔和哈辛塔：两个已婚女人的故事	加尔多斯	Benito Pérez Galdós	孟宪臣等	上海译文出版社1987年版
97	高个儿胡安妮塔	巴莱拉	Juan Valera	顾文波	上海译文出版社1987年版
98	独生子	克拉林	Leopoldo Alas（Clarín）	沈根发	上海译文出版社1987年版
99	洛尔伽诗选	洛尔伽	Federico García Lorca	陈光孚	四川文艺出版社1987年版
100	西班牙现代诗选	乌纳穆诺等	vv. aa.	王央乐	湖南人民出版社1987年版
101	迷雾	乌纳穆诺	Miguel de Unamuno	方予	上海译文出版社1988年版
102	布恩雷蒂罗之夜	巴罗哈	Pío Baroja	朱景冬	上海译文出版社1988年版
103	君走我不留	科林·特莉亚多等	Corín Tellado	尹承东	黑龙江人民出版社1988年版
104	让我崇拜你	科林·特莉亚多	Corín Tellado	肖昆华	黑龙江人民出版社1988年版
105	爱的圈套	安·马·德雷拉	Ángel María de Lera	赵淑奇、刘建敏	黑龙江人民出版社1988年版
106	喋血胶林	阿尔维托·巴斯克斯·菲格罗亚	Alberto Vázquez-Figueroa	姜浩银	江苏人民出版社1988年版
107	变戏法	胡安·戈伊蒂索洛	Juan Goytisolo	屠孟超、陈凯先	外国文学出版社1988年版
108	慷慨的情人	塞万提斯	Miguel de Cervantes	张云义	漓江出版社1989年版
109	露丝小姐	巴莱拉	Juan Valera	蒋宗曹	上海译文出版社1989年版
110	贝克凯尔抒情诗集	贝克凯尔	Gustavo Adolfo Bécquer	林之木	上海译文出版社1989年版

续表

序号	译著名	作者（汉语）	作者（西语）	译者	出版社及首版时间
111	悲哀的咏叹调	希梅内斯、阿莱克桑德雷	Juan Ramón Jiménez, Vicente Aleixandre	赵振江等	漓江出版社1989年版
112	独生子	克拉林	Leopoldo Alas（Clarín）	许铎	中国对外翻译出版公司1990年版
113	纳萨林神父	加尔多斯	Benito Pérez Galdós	王治权、蒋宗曹	上海译文出版社1990年版
114	骗子外传	克维多	Francisco de Quevedo	吴健恒	重庆出版社1990年版
115	赛莱斯蒂娜	费尔南多·德·罗哈斯	Fernando de Rojas	王央乐	人民文学出版社1990年版
116	侯爵府内外	巴桑	Emilia Pardo Bazán	李德明	黑龙江人民出版社1990年版
117	人生是梦	卡尔德隆	Pedro Calderón de la Barca	吕臣重	人民文学出版社1990年版
118	三角帽	阿拉尔孔	Pedro Antonio de Alarcón	尹承东	黑龙江人民出版社1990年版
119	小拉萨路	佚名	anónimo	林林	重庆出版社1990年版
120	毁灭天使——路易斯·布努艾尔电影剧本选集（上）	路易斯·布努艾尔	Luis Buñuel	王央乐	中国电影出版社1990年版
121	女仆日记——路易斯·布努艾尔电影剧本选集（下）	路易斯·布努艾尔	Luis Buñuel	王央乐	中国电影出版社1990年版
122	王子王后历险记	塞万提斯	Miguel de Cervantes	李庭玉	北岳文艺出版社1991年版
123	三角帽	阿拉尔孔	Pedro Antonio de Alarcón	张扬	重庆出版社1991年版
124	橙园春梦	伊巴涅斯	Vicente Blasco Ibáñez	申宝楼	黑龙江人民出版社1991年版
125	春尽梦残	伊巴涅斯	Vicente Blasco Ibáñez	李德明	上海译文出版社1991年版
126	海鸥	卡瓦耶罗	Fernán Caballero	李德明	黑龙江人民出版社1991年版
127	我是母亲	卡门·孔德	Carmen Conde	陈凯先	译林出版社1991年版
128	鲁卡诺尔伯爵	堂胡安·曼努埃尔	Don Juan Manuel	屠孟超	译林出版社1991年版

◇◇ 附　　录

续表

序号	译著名	作者（汉语）	作者（西语）	译者	出版社及首版时间
129	爱总是需要的	阿尔曼多·洛佩斯·萨利纳斯	Armando López Salinas	叶茂根	上海译文出版社1991年版
130	罪恶下的恋情：帕斯库亚尔·杜阿尔特一家	塞拉	Camilo José Cela	顾文波等	南海出版公司1991年版
131	钻石广场	梅塞·罗多雷达	Mercé Rodoreda	吴守琳	人民文学出版社1991年版
132	比恩庄（又名玩偶厅）	维利亚隆加	Llorenc Villalonga	江山、锦康	人民文学出版社1991年版
133	奇谭	朱尔迪·萨尔萨内达斯	Jordi Sarsanedas	康阿江	人民文学出版社1991年版
134	血与情	冈萨雷斯	González	徐鹤林、魏民	漓江出版社1991年版
135	卡塔兰现代诗选	何塞·阿古斯丁·戈伊蒂索洛（编选）	José Agustín Goytisolo	王央乐	人民文学出版社1991年版
136	人生如梦	卡尔德隆	Pedro Calderón de la Barca	屠孟超	译林出版社1991年版
137	西班牙诗选（至17世纪末）	贝尔塞奥等	vv. aa.	张清瑶	重庆出版社1991年版
138	塞万提斯训诫小说集	塞万提斯	Miguel de Cervantes	陈凯先等	重庆出版社1992年版
139	卢娜·贝纳莫尔：伊巴涅斯短篇小说选	伊巴涅斯	Vicente Blasco Ibáñez	黄育馥、文平	重庆出版社1992年版
140	为亡灵弹奏玛祖卡	塞拉	Camilo José Cela	李德明、林一安	漓江出版社1992年版
141	两个女人的命运：福尔图娜塔和哈辛塔	加尔多斯	Benito Pérez Galdós	孟宪臣等	重庆出版社1992年版
142	乞丐之爱	加尔多斯	Benito Pérez Galdós	李德明	上海译文出版社1992年版
143	雾	乌纳穆诺	Miguel de Unamuno	朱景冬	黑龙江人民出版社1992年版
144	殉教者圣曼奴埃尔·布埃诺	乌纳穆诺	Miguel de Unamuno	余幼宁、赵京生	重庆出版社1992年版

续表

序号	译著名	作者（汉语）	作者（西语）	译者	出版社及首版时间
145	不该爱的女人	贝纳文特	Jacinto de Benavente	林之木、贺晓	上海译文出版社1992年版
146	西古恩萨游记	加夫列尔·米罗	Gabriel Miró	朱凯	重庆出版社1992年版
147	堂胡安·特诺里奥	何塞·索里利亚	José Zorrilla	何培忠	重庆出版社1992年版
148	高山情	何塞·马利亚·德佩雷达	José María de Pereda	李德明	黑龙江人民出版社1993年版
149	阿尔玛伯爵夫人	加尔杜斯	Benito Pérez Galdós	尹承东	黑龙江人民出版社1993年版
150	塞莱斯蒂娜	费尔南多·德·罗哈斯	Fernando de Rojas	蔡润国	中国对外翻译出版公司1993年版
151	图拉姨妈	乌纳穆诺	Miguel de Unamuno	朱景冬	黑龙江人民出版社1993年版
152	骑士蒂朗	马托雷尔、加尔巴	Joanot Martorell, Martí Joan de Galba	王央乐	人民文学出版社1993年版
153	甜蜜女郎	哈辛多·奥克塔维奥·皮孔	Jacinto Octavio Picón	李德明	黑龙江人民出版社1993年版
154	堕落天使	赫苏斯·托瓦多	Jesús Torbado	李德恩	漓江出版社1993年版
155	塞维利亚的石貂女	阿隆索·德·卡斯蒂奥·索洛沙诺	Alonso de Castillo Solorzano	李德明	黑龙江人民出版社1993年版
156	抒情诗与传说	贝克尔	Gustavo Adolfo Bécquer	尹承东	黑龙江人民出版社1993年版
157	吉卜赛姑娘	塞万提斯	Miguel de Cervantes	张云义	漓江出版社1994年版
158	吉卜赛姑娘	塞万提斯	Miguel de Cervantes	赵国强	新疆青少年版出版社1994年版
159	碧血黄沙	伊巴涅斯	Vicente Blasco Ibáñez	高长荣	中国文联出版公司1994年版
160	大教堂	伊巴涅斯	Vicente Blasco Ibáñez	匡渝光、王宏	重庆出版社1994年版
161	死者为王	伊巴涅斯	Vicente Blasco Ibáñez	王宏等	重庆出版社1994年版
162	诗歌·传说·故事	贝克尔	Gustavo Adolfo Bécquer	朱凯	重庆出版社1994年版
163	渔女情	何塞·马利亚·德佩雷达	José María de Pereda	唐民权	人民文学出版社1994年版

◇◇◇ 附　　录

续表

序号	译著名	作者（汉语）	作者（西语）	译者	出版社及首版时间
164	血的婚礼：加西亚·洛尔卡诗歌戏剧精选	洛尔卡	Federico García Lorca	赵振江	外国文学出版社 1994年版
165	爱情与荣誉	洛贝·德·维加	Lope de Vega	徐曾惠	漓江出版社 1994年版
166	堂吉诃德	塞万提斯	Miguel de Cervantes	董燕生	浙江文艺出版社 1995年版
167	唐吉诃德	塞万提斯	Miguel de Cervantes	刘京胜	漓江出版社 1995年版
168	堂吉诃德	塞万提斯	Miguel de Cervantes	屠孟超	译林出版社 1995年版
169	唐·吉诃德	塞万提斯	Miguel de Cervantes	陈建凯、郭先林	甘肃人民出版社 1995年版
170	茅屋	伊巴涅斯	Vicente Blasco Ibáñez	赵伐、王宏	重庆出版社 1995年版
171	五月花	伊巴涅斯	Vicente Blasco Ibáñez	尹承东等	重庆出版社 1995年版
172	血溅斗牛场	伊巴涅斯	Vicente Blasco Ibáñez	高峰	重庆出版社 1995年版
173	熙德之歌	佚名	anónimo	段继承	中国文联出版公司 1995年版
174	圣女的沉沦	克拉林	Leopoldo Alas（Clarín）	王虎等	重庆出版社 1995年版
175	杀人的水库	米盖尔·法那那斯	Miguel Fañanás	钱建平、马红彦	吉林人民出版社 1995年版
176	伟大的牵线人	埃切加赖	José Echegaray	沈石岩等	漓江出版社 1995年版
177	塞万提斯全集（八卷）	塞万提斯	Miguel de Cervantes	董燕生等	人民文学出版社 1996年版
178	悲翡达夫人：加尔多斯小说选	加尔多斯	Benito Pérez Galdós	王永达等	人民文学出版社 1996年版
179	民族纪事	阿拉尔孔	Pedro Antonio de Alarcon	朱景冬	黑龙江人民出版社 1996年版
180	堂娜贝尔塔和其它故事	克拉林	Leopoldo Alas（Clarín）	朱景冬	黑龙江人民出版社 1996年版
181	卢卡诺伯爵	堂胡安·曼努埃尔	Don Juan Manuel	申宝楼	黑龙江人民出版社 1996年版
182	阿尔玛	加尔多斯	Benito Pérez Galdós	王银福	黑龙江人民出版社 1996年版
183	佩菲塔夫人	加尔多斯	Benito Pérez Galdós	李德明	黑龙江人民出版社 1996年版
184	茶花大街	梅塞·罗多雷达	Mercé Rodoreda	李德明	黑龙江人民出版社 1996年版

续表

序号	译著名	作者（汉语）	作者（西语）	译者	出版社及首版时间
185	歌妓与舞女	拉蒙·佩雷斯·德·阿亚拉	Ramón Pérez de Ayala	李德明	黑龙江人民出版社 1996 年版
186	樱桃时节	蒙塞拉特·洛依克	Montserrat Roig	李德明	黑龙江人民出版社 1996 年版
187	腐腿魔鬼	路易斯·贝雷斯·德·格瓦拉	Luis de Guevara	尹承东	黑龙江人民出版社 1996 年版
188	梦	佛·德·克维多	Francisco de Quevedo	李德明	黑龙江人民出版社 1996 年版
189	世界短篇小说精品文库：西班牙卷	塞万提斯等	vv. aa.	许铎编选，柳鸣九主编	海峡文艺出版社 1996 年版
190	加西亚·洛尔卡戏剧选集	加西亚·洛尔卡	Federico García Lorca	陈文	中国文联出版公司 1996 年版
191	西班牙黄金世纪诗选	卡斯蒂耶霍等	vv. aa.	赵振江选译	春风文艺出版社 1996 年版
192	小癞子	佚名	anónimo	刘家海	漓江出版社 1997 年版
193	芦苇和泥塘	伊巴涅斯	Vicente Blasco Ibáñez	蒋宗曹	重庆出版社 1997 年版
194	海鸥	卡瓦耶罗	Fernán Caballero	许鑫华	中国电影出版社 1997 年版
195	西班牙流浪汉小说选	克维多等	Francisco de Quevedo	杨绛等	人民文学出版社 1997 年版
196	塞莱斯蒂娜	费尔南多·德·罗哈斯	Fernando de Rojas	屠孟超	译林出版社 1997 年版
197	熙德之歌	佚名	anónimo	屠孟超	译林出版社 1997 年版
198	卡尔德隆戏剧选	卡尔德隆	Pedro Calderón de la Barca	周访渔	上海译文出版社 1997 年版
199	悲哀的咏叹调	希梅内斯	Juan Ramón Jiménez	赵振江等	漓江出版社 1997 年版
200	莱昂·罗奇一家	加尔多斯	Benito Pérez Galdós	李德明	上海译文出版社 1998 年版
201	曼索朋友	加尔多斯	Benito Pérez Galdós	蒋宗曹	上海译文出版社 1998 年版
202	一颗慈善的心	加尔多斯	Benito Pérez Galdós	李德明	上海译文出版社 1998 年版
203	碧血黄沙	伊巴涅斯	Vicente Blasco Ibáñez	吕漠野	上海译文出版社 1998 年版
204	贝比塔·希梅纳斯	胡安·巴莱拉	Juan Valera	屠孟超	译林出版社 1998 年版

◇◇ 附　　录

续表

序号	译著名	作者（汉语）	作者（西语）	译者	出版社及首版时间
205	坚贞不屈的亲王	卡尔德隆	Pedro Calderón de la Barca	王宏	重庆出版社 1998 年版
206	维加戏剧选	洛佩·德·维加	Lope de Vega	胡真才、吕晨重	人民文学出版社 1998 年版
207	楼梯的故事	安东尼奥·布埃罗·巴耶豪	Antonio Buero Vallejo	赫苏斯（Jesús Castillo）等	中国戏剧出版社 1998 年版
208	吸血蝙蝠追捕记：自然界传奇	胡安·贝鲁丘	Joan Perucho	廖燕平	中国文联出版公司 1998 年版
209	唐吉诃德	塞万提斯	Miguel de Cervantes	唐民权	陕西人民出版社 1999 年版
210	庭长夫人	克拉林	Leopoldo Alas（Clarín）	屠孟超	译林出版社 1999 年版
211	惨死如狗	佛朗西斯科·阿亚拉	Francisco Ayala	李德明	上海译文出版社 1999 年版
212	鲁卡诺尔伯爵	唐胡安·曼努埃尔	Don Juan Manuel	刘建	重庆出版社 1999 年版
213	金泉	加尔多斯	Benito Pérez Galdós	王治泉等	上海译文出版社 1999 年版
214	特里斯塔娜	加尔多斯	Benito Pérez Galdós	尹承东	上海译文出版社 1999 年版
215	夜色苍茫	胡安·佩德罗·阿帕里西奥	Juan Pedro Aparicio	黄志良、刘静言	华夏出版社 1999 年版
216	月色狼影/黄雨	胡利奥·利亚马萨雷斯	Julio Llamazares	李红琴、毛金里	华夏出版社 1999 年版
217	长夜犹在	索莱达德·普埃尔托拉斯	Soledad Puértolas	刘晓眉	华夏出版社 1999 年版
218	洛尔卡诗选	加西亚·洛尔卡	Federico García Lorca	赵振江	漓江出版社 1999 年版
219	塞万提斯精选集	塞万提斯	Miguel de Cervantes	陈众议	山东文艺出版社 2000 年版
220	庭长夫人	克拉林	Leopoldo Alas（Clarín）	刘静、李梅	内蒙古人民出版社 2000 年版
221	福尔图娜塔和哈辛塔：两个已婚女人的故事	加尔多斯	Benito Pérez Galdós	王晓理等	上海译文出版社 2000 年版
222	托尔门多	加尔多斯	Benito Pérez Galdós	李德明	上海译文出版社 2000 年版

续表

序号	译著名	作者（汉语）	作者（西语）	译者	出版社及首版时间
223	高个子姑娘 小胡安娜	胡安·巴莱拉	Juan Valera	屠孟超	译林出版社2000年版
224	多情的狄亚娜	加斯帕尔·希尔·波罗	Gaspar Gil Polo	李德明	重庆出版社2000年版
225	狄亚娜	霍尔赫·德·蒙特马约尔	Jorge de Montemayor	李德明	重庆出版社2000年版
226	熙德之歌	佚名	anónimo	尹承东	重庆出版社2000年版
227	傻妹菲妮娅	洛佩·德·维加	Lope de Vega	李德明	重庆出版社2000年版
228	世间最大恶魔	加尔德隆	Pedro Calderón de la Barca	汤柏生	重庆出版社2000年版
229	卢卡诺尔伯爵	马努埃尔	Don Juan Manuel	刘玉树	昆仑出版社2000年版
230	西班牙流浪汉小说选	弗朗西斯科·德·克维多等	vv. aa.	盛力等	昆仑出版社2000年版
231	真爱之书	胡安·鲁伊斯	Juan Ruiz	屠孟超	昆仑出版社2000年版
232	卡尔德隆戏剧选	卡尔德隆	Pedro Calderón de la Barca	吕臣重	昆仑出版社2000年版
233	维加戏剧选	洛佩·德·维加	Lope de Vega	段若川、胡真才	昆仑出版社2000年版
234	西班牙黄金世纪诗选	卡斯蒂耶霍等	vv. aa.	赵振江	昆仑出版社2000年版
235	庭长夫人	克拉林	Leopoldo Alas（Clarín）	唐民权等	昆仑出版社2000年版
236	奇想联翩的绅士堂吉诃德·德·拉曼恰	塞万提斯	Miguel de Cervantes	孙家孟	北京十月文艺出版社2001年版
237	唐吉诃德	塞万提斯	Miguel de Cervantes	刘京胜	北京燕山出版社2001年版
238	管离婚案件的法官	塞万提斯	Miguel de Cervantes	李德明	重庆出版社2001年版
239	贝克尔诗文选	贝克尔	Gustavo Adolfo Bécquer	尹承东	重庆出版社2001年版
240	最后审判之梦	克维多	Francisco de Quevedo	李德明	重庆出版社2001年版
241	安达卢西亚姑娘在罗马	弗朗西斯科·德里加多	Francisco Delicado	李德明	重庆出版社2001年版
242	独生子	克拉林	Leopoldo Alas（Clarín）	沈根发	重庆出版社2001年版
243	吉卜赛姑娘	塞万提斯	Miguel de Cervantes	宋迈	延边人民出版社2001年版

续表

序号	译著名	作者（汉语）	作者（西语）	译者	出版社及首版时间
244	庭长夫人	克拉林	Leopoldo Alas（Clarín）	毛卓亮、关慎果	延边人民出版社2001年版
245	小癞子	佚名	anónimo	朱景冬	人民日报出版社2001年版
246	杯底	佛朗西斯科·阿亚拉	Francisco Ayala	李德明	上海译文出版社2001年版
247	茅屋	伊巴涅斯	Vicente Blasco Ibáñez	汤柏生	春风文艺出版社2001年版
248	露丝小姐	胡安·巴莱拉	Juan Valera	蒋宗曹	辽宁教育出版社2001年版
249	侍从历险记	维森特·埃斯皮内尔	Vicente Espinel	李德明	外文出版社2001年版
250	伟大的牵线人	埃切加赖	José Echegaray	沈石岩等	漓江出版社2001年版
251	西班牙当代女性诗选	门德斯等	Concha Méndez	赵振江编译	作家出版社2001年版
252	傻姑娘	洛佩·德·维加	Lope de Vega	胡真才	大众文艺出版社2001年版
253	堂吉诃德	塞万提斯	Miguel de Cervantes	秦菲、江淮文	学林出版社2002年版
254	堂吉诃德	塞万提斯	Miguel de Cervantes	张广森	上海译文出版社2002年版
255	堂吉诃德	塞万提斯	Miguel de Cervantes	杨贵华	中国戏剧出版社2002年版
256	被判刑的女人	伊巴涅斯	Vicente Blasco Ibáñez	崔维本	春风文艺出版社2002年版
257	碧血黄沙	伊巴涅斯	Vicente Blasco Ibáñez	林光	春风文艺出版社2002年版
258	大教堂	伊巴涅斯	Vicente Blasco Ibáñez	汤柏生、吕臣重	春风文艺出版社2002年版
259	稻谷与马车	伊巴涅斯	Vicente Blasco Ibáñez	徐钟麟	春风文艺出版社2002年版
260	她被剥夺了一切	加尔多斯	Benito Pérez Galdós	李德明	上海译文出版社2002年版
261	堂娜裴菲克塔	加尔多斯	Benito Pérez Galdós	叶茂根	上海译文出版社2002年版
262	永无止境	圣地亚哥·贝约奇	Santiago Belloch	汪奕峰、归溢	译林出版社2002年版

续表

序号	译著名	作者（汉语）	作者（西语）	译者	出版社及首版时间
263	西班牙语经典诗歌100首	路易斯·阿尔贝托·德·昆卡（选编）	Luis Alberto De Cuenca ed.	朱景冬	人民日报出版社2002年版
264	安东尼奥·马查多诗选	安东尼奥·马查多	Antonio Machado	董继平	河北教育出版社2002年版
265	西班牙谣曲	卢伊斯·桑图利亚诺（选编）	Luis Santuliano	丁文林	大众文艺出版社2002年版
266	拉腊文选	马里亚诺·何塞·德·拉腊	Mariano José de Larra	刘凯	大众文艺出版社2002年版
267	堂吉诃德	塞万提斯	Miguel de Cervantes	屠孟超	译林出版社2002年版
268	堂吉诃德	塞万提斯	Miguel de Cervantes	陈建凯	中国致公出版社2003年版
269	堂吉诃德	塞万提斯	Miguel de Cervantes	张广森	上海译文出版社2003年版
270	堂吉诃德	塞万提斯	Miguel de Cervantes	杨绛	人民文学出版社2004年版
271	唐·吉诃德	塞万提斯	Miguel de Cervantes	刘海平等	吉林文史出版社2004年版
272	堂吉诃德	塞万提斯	Miguel de Cervantes	邱磊	天津古籍出版社2004年版
273	三角帽	阿拉尔孔	Pedro Antonio de Alarcón	尹承东、杜雪峰	中央编译出版社2004年版
274	罪恶下的恋情	塞拉	Camilo José Cela	顾文波等	中央编译出版社2004年版
275	安赫尔·格拉	加尔多斯	Benito Pérez Galdós	李德明	上海译文出版社2004年版
276	洛尔迦诗歌精选	加西亚·洛尔迦	Federico García Lorca	马岱良、董继平	重庆出版社2004年版
277	碧血黄沙	维·布拉斯科·伊巴涅斯	Vicente Blasco Ibáñez	吕漠野	西藏人民出版社2004年版
278	堂吉诃德	塞万提斯	Miguel de Cervantes	游庆珠	远方出版社2005年版
279	堂吉诃德	塞万提斯	Miguel de Cervantes	刘京胜	中国戏剧出版社2005年版

◇◇ 附　　录

续表

序号	译著名	作者（汉语）	作者（西语）	译者	出版社及首版时间
280	塞万提斯经典小说	塞万提斯	Miguel de Cervantes	任继虎	吉林摄影出版社 2005 年版
281	堂吉诃德	塞万提斯	Miguel de Cervantes	陈科方	中国妇女出版社 2005 年版
282	堂吉诃德	塞万提斯	Miguel de Cervantes	王璐	明天出版社 2005 年版
283	侯爵府纪事	埃米莉亚·帕尔多·巴桑	Emilia Pardo Bazán	崔燕	花山文艺出版社 2005 年版
284	悲翡达夫人	加尔多斯	Benito Pérez Galdós	王永达	花山文艺出版社 2005 年版
285	葛罗丽娅	加尔多斯	Benito Pérez Galdós	王治权、赵德明	上海译文出版社 2005 年版
286	曼索朋友	加尔多斯	Benito Pérez Galdós	卞双成	人民文学出版社 2005 年版
287	大仲马俱乐部		Arturo Pérez-Reverte	陈慧瑛	重庆出版社 2005 年版
288	让幸运来敲门	亚历克斯、费尔南多	Alex Rovira, Fernando Trías de Bes	郭英剑	辽海出版社 2005 年版
289	完美罪行之友	安德烈斯·特拉别略	Andrés Trapiello	李德明	人民文学出版社 2005 年版
290	英伦女谍	斯特拉·索尔	Stella Sole	赵鹏飞	外国文学出版社 2005 年版
291	女性小传	罗莎·蒙特罗	Rosa Montero	王军	南海出版公司 2005 年版
292	小毛驴与我：安达露西亚挽歌	希梅内斯	Juan Ramón Jiménez	林为正	团结出版社 2005 年版
293	小银和我	希梅内斯	Juan Ramón Jiménez	达西安娜·菲萨克	中国和平出版社 2005 年版
294	堂吉诃德	塞万提斯	Miguel de Cervantes	刘京胜	国际文化出版公司 2006 年版
295	堂吉诃德	塞万提斯	Miguel de Cervantes	董燕生	长江文艺出版社 2006 年版
296	堂吉诃德	塞万提斯	Miguel de Cervantes	张广森	上海译文出版社 2006 年版
297	耶稣裹尸布之谜：萦绕千年的宗教谜案	朱莉娅·纳瓦罗	Julia Navarro	何玉洁	辽宁教育出版社 2006 年版

续表

序号	译著名	作者（汉语）	作者（西语）	译者	出版社及首版时间
298	步步杀机	雷维特	Arturo Pérez-Reverte	吴佳绮	重庆出版社2006年版
299	风之影	卡洛斯·鲁依斯·萨丰	Carlos Ruiz Zafón	范湲	人民文学出版社2006年版
300	圣殿指环：最后一个圣殿骑士的遗物	乔治·莫里斯	Jorge Molist	何玉洁	辽宁教育出版社2006年版
301	地狱中心	罗莎·蒙特罗	Rosa Montero	屠孟超	南海出版公司2006年版
302	堂吉诃德	塞万提斯	Miguel de Cervantes	刘京胜	中国书籍出版社2006年版
303	小毛驴之歌	希梅内斯	Juan Ramón Jiménez	孟宪臣	北京十月文艺出版社2006年版
304	大帆船、利益攸关、女当家人	何塞·埃切加赖、哈辛托·贝纳文特	José Echegaray, Jacinto Benavente	李斯	时代文艺出版社2006年版
305	堂吉诃德	塞万提斯	Miguel de Cervantes	唐民权	华夏出版社2007年版
306	加西亚·洛尔卡诗选	加西亚·洛尔卡	Federico García Lorca	赵振江	华夏出版社2007年版
307	空盼	卡门·拉福雷特	Carmen Laforet	卞双成、郭有鸿	人民文学出版社2007年版
308	天赐之年	克里斯蒂娜·费尔南德斯·库巴斯	Cristina Fernández Cubas	朱凯	人民文学出版社2007年版
309	塞壬的沉默	加西亚·莫拉莱斯	Adelaida García Morales	郑书九	人民文学出版社2007年版
310	与特雷莎共度的最后几个下午	胡安·马尔塞	Juan Marsé	王军宁	人民文学出版社2007年版
311	多罗泰娅之歌	罗莎·雷加斯	Rosa Regàs	赵德明	人民文学出版社2007年版
312	融融暖意	玛鲁哈·托雷斯	Maruja Torres	张广森	人民文学出版社2007年版
313	沉睡的声音	杜尔塞·恰孔	Dulce Chacón	徐蕾	人民文学出版社2007年版
314	年年夏日那片海	埃斯特·图斯盖兹	Esther Tusquets	卜珊	人民文学出版社2007年版

◇◇ 附　　录

续表

序号	译著名	作者（汉语）	作者（西语）	译者	出版社及首版时间
315	希梅内斯诗选	希梅内斯	Juan Ramón Jiménez	赵振江	河北教育出版社2007年版
316	加西亚·洛尔卡戏剧选	加西亚·洛尔卡	Federico García Lorca	赵振江	河北教育出版社2007年版
317	安东尼奥·马查多诗选	安东尼奥·马查多	Antonio Machado	赵振江	河北教育出版社2007年版
318	时间推销员	费尔南多·德里亚斯迪贝斯	Fernando Trías de Bes	石小竹	天津教育出版社2007年版
319	纸上的伊比利亚	弗朗西斯科·克维多等	vv. aa.	范晔等	中国华侨出版社2008年版
320	堂吉诃德	塞万提斯	Miguel de Cervantes	董燕生	长江文艺出版社2008年版
321	堂吉诃德	塞万提斯	Miguel de Cervantes	海文、舒畅	大众文艺出版社2008年版
322	堂吉诃德	塞万提斯	Miguel de Cervantes	刘京胜	光明日报出版社2008年版
323	耶稣泥板圣经之谜	朱莉娅·纳瓦罗	Julia Navarro	何玉洁	新星出版社2008年版
324	宽厚的女人	阿拉尔孔	Pedro Antonio de Alarcón	李德明	黑龙江人民出版社2008年版
325	偏僻的山村	巴尔德斯	Armando Palacio Valdés	李德明	黑龙江人民出版社2008年版
326	一位小说家的小说	巴尔德斯	Armando Palacio Valdés	贾永生	黑龙江人民出版社2008年版
327	卷烟女工	埃米莉亚·帕尔多·巴桑	Emilia Pardo Bazán	孟宪臣、张慧玲	黑龙江人民出版社2008年版
328	爱情牢房	迭戈·德·圣佩德罗	Diego de San Pedro	李德明	黑龙江人民出版社2008年版
329	塞莱斯蒂娜	费尔南多·德·罗哈斯	Fernando de Rojas	丁文林	花山文艺出版社2008年版
330	奇迹之城	爱德华多·门多萨	Eduardo Mendoza	顾文波	人民文学出版社2008年版
331	造物主的地图	埃米利奥·卡尔德隆	Emilio Calderón	王岩等	人民文学出版社2008年版
332	清冷枕畔	贝伦·科佩吉	Belén Gopegui	崔燕	人民文学出版社2008年版

续表

序号	译著名	作者（汉语）	作者（西语）	译者	出版社及首版时间
333	你身体的印痕	帕乌拉·伊斯凯尔多	Paula Izquierdo	詹玲	人民文学出版社 2008年版
334	你的一句话	艾尔维拉·林多	Elvira Lindo	李婕	人民文学出版社 2008年版
335	隐秘的和谐	玛丽娜·马约拉尔	Marina Mayoral	杨玲	人民文学出版社 2008年版
336	看不见的城市	埃米利·罗萨莱斯	Emili Rosales	尹承东	人民文学出版社 2008年版
337	南方的海	马努埃尔·巴斯克斯·蒙塔尔万	Manuel Vázquez Montalbán	李静	人民文学出版社 2008年版
338	马蒂斯的新娘	马努艾尔·维森特	Manuel Vicent	赵德明	译林出版社 2008年版
339	洛佩·德·维加戏剧选	洛佩·德·维加	Lope de Vega	胡真才	河北教育出版社 2008年版
340	堂吉诃德后传	安德烈斯·特拉彼略	Andrés Trapiello	白凤森	河北教育出版社 2008年版
341	血染黄沙	比森特·布拉斯科·伊巴涅斯	Vicente Blasco Ibáñez	林光	河北教育出版社 2008年版
342	洛佩·德·维加精选集	洛佩·德·维加	Lope de Vega	朱景冬编选	北京燕山出版社 2008年版
343	堂吉诃德	塞万提斯	Miguel de Cervantes	刘京胜	三秦出版社 2009年版
344	堂吉诃德	塞万提斯	Miguel de Cervantes	王碧莹等	中国人口出版社 2009年版
345	堂吉诃德	塞万提斯	Miguel de Cervantes	李光辉	吉林出版集团有限公司 2009年版
346	堂吉诃德	塞万提斯	Miguel de Cervantes	吴宇	四川文艺出版社 2009年版
347	堂吉诃德	塞万提斯	Miguel de Cervantes	张广森	中国对外翻译出版公司 2009年版
348	堂吉诃德	塞万提斯	Miguel de Cervantes	朱芳芳	陕西旅游出版社 2009年版
349	战争画师	阿图洛·贝雷兹-雷维特	Arturo Pérez-Reverte	张雯媛	陕西师范大学出版社 2009年版
350	完美的已婚女人	克拉林	Leopoldo Alas（Clarín）	刘京胜	人民文学出版社 2009年版
351	名厨之死	卡门·波萨达斯	Carmen Posadas	胡真才	人民文学出版社 2009年版

续表

序号	译著名	作者（汉语）	作者（西语）	译者	出版社及首版时间
352	钻石广场	梅尔塞·罗多雷达	Mercé Rodoreda	马琴	人民文学出版社 2009 年版
353	情系撒哈拉	路易斯·莱安特	Luis Leante	丁文林	人民文学出版社 2009 年版
354	离家出走	卡门·马丁·盖特	Carmen Martín Gaite	刘京胜	人民文学出版社 2009 年版
355	阴差阳错	赫苏斯·费雷罗	Jesús Ferrero	周诚慧、奚晓清	北京十月文艺出版社 2009 年版
356	垂直之旅	恩里克·维拉-马塔斯	Enrique Vila-Matas	杨玲	北京十月文艺出版社 2009 年版
357	来日无多	胡安·马德里	Juan Madrid	赵英	北京十月文艺出版社 2009 年版
358	对镜成三人	胡安·何塞·米利亚斯	Juan José Millas	周钦	北京十月文艺出版社 2009 年版
359	高迪密码	安德鲁·卡兰萨、埃斯特万·马丁	Andreu Carranza, Esteban Martín	林志都	春风文艺出版社 2009 年版
360	哥伦布之墓	米盖尔·鲁依斯·孟坦涅斯	Miguel Ruiz Montanez	谢雅桦	江苏人民出版社 2009 年版
361	最后一个炼金术士	拉斐尔·阿巴洛斯	Rafael Ábalos	谢蕙心	南海出版公司 2009 年版
362	爷爷的微笑	荷西·路易斯·桑贝德罗	José Luis Sampedro	林立仁	南海出版公司 2009 年版
363	冷皮	阿尔韦特·桑切斯·皮尼奥尔	Albert Sánchez Piñol	戴毓芬	译林出版社 2009 年版
364	洞穴	何塞·卡洛斯·索莫萨	José Carlos Somoza	李继宏	上海人民出版社 2009 年版
365	中国在微笑	阿尔贝蒂	Rafael Alberti	赵振江	河北教育出版社 2009 年版
366	唐吉诃德	塞万提斯	Miguel de Cervantes	刘京胜	江苏教育出版社 2010 年版
367	堂吉诃德	塞万提斯	Miguel de Cervantes	张广森	上海译文出版社 2010 年版
368	堂吉诃德	塞万提斯	Miguel de Cervantes	石谟	内蒙古人民出版社 2010 年版
369	堂吉诃德	塞万提斯	Miguel de Cervantes	刘京胜	中央编译出版社 2010 年版

续表

序号	译著名	作者（汉语）	作者（西语）	译者	出版社及首版时间
370	圣血传奇	胡莉娅·纳瓦罗	Julia Navarro	刘冬花、程弋洋	金城出版社2010年版
371	耶稣裹尸布之谜	胡莉娅·纳瓦罗	Julia Navarro	何玉洁	金城出版社2010年版
372	逆风	安赫莱斯·卡索	Ángeles Caso	刘京胜	人民文学出版社2010年版
373	海上大教堂	伊德方索·法孔内斯	Idelfonso Falcones	范湲	人民文学出版社2010年版
374	沉吟	梅尔塞·罗多雷达	Mercé Rodoreda	元柳	人民文学出版社2010年版
375	石桥	阿尔弗雷多·戈梅斯·塞尔达	Alfredo Gómez Cerdá	张蕊	新蕾出版社2010年版
376	星星耳环	索埃·巴尔德斯	Zoé Valdés	张蕊	新蕾出版社2010年版
377	你就是王子	亚历克斯·罗维拉	Alex Rovira	邱奇琦	南海出版公司2010年版
378	天使游戏	卡洛斯·鲁依斯·萨丰	Carlos Ruiz Zafón	魏然	南海出版公司2010年版
379	漫评人生	巴尔塔萨尔·格拉西安	Baltasar Gracián	张广森	海南出版社2010年版
380	唐·吉诃德	塞万提斯	Miguel de Cervantes	玄卿	陕西师范大学出版总社2011年版
381	堂吉诃德	塞万提斯	Miguel de Cervantes	季文君等	长江文艺出版社2011年版
382	堂·吉诃德	塞万提斯	Miguel de Cervantes	刘京胜	北京燕山出版社2011年版
383	堂吉诃德	塞万提斯	Miguel de Cervantes	唐伟	吉林大学出版社2011年版
384	人民的风	米格尔·埃尔南德斯	Miguel Hernández	赵振江	作家出版社2011年版
385	秘密晚餐	哈维尔·西耶拉	Javier Sierra	萧宝森	上海文艺出版社2011年版
386	谋杀的艺术	何塞·卡洛斯·索莫萨	José Carlos Somoza	晓玮	上海人民出版社2011年版
387	浴场谋杀案	巴斯克斯·蒙塔尔万	Manual Vázquez Montalbán	杨玲	人民文学出版社2011年版

续表

序号	译著名	作者（汉语）	作者（西语）	译者	出版社及首版时间
388	檀香留痕	阿莎·米若、安娜·索雷尔-彭特	Asha Miró, Anna Soler-Pont	马科星	人民文学出版社2011年版
389	古董商人	胡立安·桑切斯	Julián Sánchez	赵德明	上海译文出版社2011年版
390	秘密德国	赫苏斯·埃尔南德斯	Jesús Hernández	陈皓	译林出版社2011年版
391	堂吉诃德	塞万提斯	Miguel de Cervantes	徐岩	北方文艺出版社2012年版
392	堂吉诃德	塞万提斯	Miguel de Cervantes	唐民权	湖南文艺出版社2012年版
393	堂吉诃德	塞万提斯	Miguel de Cervantes	董燕生	漓江出版社2012年版
394	堂·吉诃德	塞万提斯	Miguel de Cervantes	孙家孟	译林出版社2012年版
395	唐·吉诃德	塞万提斯	Miguel de Cervantes	胡元斌	旅游教育出版社2012年版
396	唐·吉诃德	塞万提斯	Miguel de Cervantes	华爱玲	线装书局2012年版
397	等待卡帕	苏珊娜·富尔特斯	Susana Fortes	詹玲	人民文学出版社2012年版
398	时光闪电	何塞·卡洛斯·索莫萨	José Carlos Somoza	张宏浩	上海人民出版社2012年版
399	谎言家族	恩里克·德·埃利斯	Enrique de Hériz	江慧真、奥斯卡	上海人民出版社2012年版
400	帝国之王	哈维尔·莫罗	Javier Moro	刘京胜、安大力	人民文学出版社2012年版
401	时间的地图	帕尔马	Félix J. Palma	叶淑吟	上海译文出版社2012年版
402	蜥蜴的尾巴	胡安·马尔塞	Juan Marsé	谭薇	南海出版公司2012年版
403	时间的针脚	玛丽亚·杜埃尼亚斯	María Dueñas	罗秀	南海出版公司2012年版
404	南方女王	阿图罗·佩雷斯-雷维特	Arturo Pérez-Reverte	叶淑吟	南海出版公司2012年版
405	临终谜题	阿莱克斯·罗维拉、弗朗西斯科·米拉雷斯	Alex Rovira, Francesc Miralles	郭语、黄旭	接力出版社2012年版

续表

序号	译著名	作者（汉语）	作者（西语）	译者	出版社及首版时间
406	深歌与谣曲	加西亚·洛尔卡	Federico García Lorca	赵振江	上海译文出版社2012年版
407	诗人在纽约	加西亚·洛尔卡	Federico García Lorca	赵振江	上海译文出版社2012年版
408	洛尔迦的诗	洛尔迦	Federico García Lorca	戴望舒、陈实	花城出版社2012年版
409	庭长夫人	克拉林	Leopoldo Alas（Clarín）	柳宏镭	线装书局2012年版
410	堂·吉诃德	塞万提斯	Miguel de Cervantes	孙家孟	译林出版社2013年版
411	非正常人类百科全书	费尔南多·特里亚·德·贝	Fernando Trías de Bes	刘易	中信出版社2013年版
412	巴黎永无止境	恩里克·比拉－马塔斯	Enrique Vila-Matas	尹承东	浙江文艺出版社2013年版
413	二十五岁的世界	马克·塞雷纳	Marc Serena Casaldaliga	吴娴敏	上海译文出版社2013年版
414	请在星光尽头等我	亚历士·罗维拉、弗朗西斯科·米拉雷斯	Alex Rovira, Francesc Miralles	颜湘如	万卷出版公司2013年版
415	生与死的故事	希梅内斯	Juan Ramón Jiménez	陈苍多	漓江出版社2013年版
416	小毛驴与我	希梅内斯	Juan Ramón Jiménez	微雨	新星出版社2013年版
417	小银和我	希梅内斯	Juan Ramón Jiménez	陈实	花城出版社2013年版
418	堂吉诃德	塞万提斯	Miguel de Cervantes	罗钰	北京理工大学出版社2014年版
419	墓园樱桃	加·米罗	Gabriel Miró	朱景冬	漓江出版社2014年版
420	迷雾	乌纳穆诺	Miguel de Unamuno	朱景冬	译林出版社2014年版
421	印度激情	哈维尔·莫罗	Javier Moro	柯清心	商务印书馆2014年版
422	第九道门	阿图罗·佩雷斯－雷维特	Arturo Pérez-Reverte	范湲	南海出版公司2014年版
423	航海图	阿图罗·佩雷斯－雷维特	Arturo Pérez-Reverte	叶淑吟	南海出版公司2014年版
424	佛兰德斯棋盘	阿图罗·佩雷斯－雷维特	Arturo Pérez-Reverte	陈慧瑛	南海出版公司2014年版
425	隐姓埋名	克拉拉·桑切斯	Clara Sánchez	雷素霞	重庆出版社2014年版

续表

序号	译著名	作者（汉语）	作者（西语）	译者	出版社及首版时间
426	蝴蝶的舌头	马努埃尔·里瓦斯	Manuel Rivas	李静	上海文艺出版社 2014 年版
427	堂吉诃德	塞万提斯	Miguel de Cervantes	刘京胜	中国文联出版社 2015 年版
428	堂吉诃德	塞万提斯	Miguel de Cervantes	刘京胜	北京理工大学出版社 2015 年版
429	唐吉诃德	塞万提斯	Miguel de Cervantes	刘京胜	西安交通大学出版社 2015 年版
430	堂吉诃德	塞万提斯	Miguel de Cervantes	刘京胜	二十一世纪出版社 2015 年版
431	唐吉诃德	塞万提斯	Miguel de Cervantes	刘京胜	中国工人出版社 2015 年版
432	堂吉诃德	塞万提斯	Miguel de Cervantes	刘京胜	中国画报出版社 2015 年版
433	堂吉诃德	塞万提斯	Miguel de Cervantes	周芳	作家出版社 2015 年版
434	堂吉诃德	塞万提斯	Miguel de Cervantes	沈学甫	阳光出版社 2015 年版
435	堂吉诃德	塞万提斯	Miguel de Cervantes	严德亮	安徽师范大学出版社 2015 年版
436	堂吉诃德	塞万提斯	Miguel de Cervantes	刘京胜	商务印书馆 2015 年版
437	堂吉诃德	塞万提斯	Miguel de Cervantes	傅东华	北京时代华文书局 2015 年版
438	擦肩而过	索莱达·普埃尔托拉斯	Soledad Puértolas	于琦	中央编译出版社 2015 年版
439	乌纳穆诺中篇小说选	乌纳穆诺	Miguel de Unamuno	戴永沪	漓江出版社 2015 年版
440	巴托比症候群	恩里克·比拉－马塔斯	Enrique Vila-Matas	蔡琬梅	上海人民出版社 2015 年版
441	爱情语法课	罗西奥·卡蒙娜	Rocío Carmona	谭薇	黄山书社 2015 年版
442	什么让这个世界转动	科尔曼·乌里韦	Kirmen Uribe	罗秀	漓江出版社 2015 年版
443	似是都柏林	恩里克·比拉－马塔斯	Enrique Vila-Matas	裴枫	浙江文艺出版社 2015 年版
444	如此苍白的心	哈维尔·马里亚斯	Javier Marías	姚云青、蔡耘	上海文艺出版社 2015 年版

续表

序号	译著名	作者（汉语）	作者（西语）	译者	出版社及首版时间
445	武士的悲伤	维克多·德尔·阿尔伯尔	Víctor del Árbol	李莎莎	时代文艺出版社2015年版
446	大城小爱	弗朗西斯科·米拉雷斯	Francesc Miralles	刘云雁	译林出版社2015年版
447	在岸边	拉法埃尔·奇尔贝斯	Rafael Chirbes	徐蕾	人民文学出版社2015年版
448	伟大的牵线人	埃切加赖	José Echegaray	徐春英	北京理工大学出版社2015年版
449	奥克诺斯	路易斯·塞尔努达	Luis Cernuda	汪天艾	人民文学出版社2015年版
450	小毛驴与我	希梅内斯	Juan Ramón Jiménez	王蝶	北京理工大学出版社2015年版
451	记忆·时光	胡安·拉蒙·希梅内斯	Juan Ramón Jiménez	朱景冬	漓江出版社2015年版
452	致未来的诗人	塞尔努达	Luis Cernuda	范晔	华东师范大学出版社2015年版
453	风之影	卡洛斯·鲁依斯·萨丰	Carlos Ruiz Zafón	范湲	上海文艺出版社2015年版
454	卢卡诺伯爵	堂胡安·马努埃尔	Don Juan Manuel	杨德友、杨德玲	北岳文艺出版社2015年版
455	堂吉诃德	塞万提斯	Miguel de Cervantes	魏晓亮	吉林大学出版社2016年版
456	堂吉诃德	塞万提斯	Miguel de Cervantes	刘珊珊	群言出版社2016年版
457	堂·吉诃德	塞万提斯	Miguel de Cervantes	余仙子	天津人民出版社2016年版
458	堂吉诃德	塞万提斯	Miguel de Cervantes	陶梓潼	团结出版社2016年版
459	外星人在巴塞罗那	爱德华多·门多萨	Eduardo Mendoza	查芳菲	上海文艺出版社2016年版
460	风中的玛丽娜	卡洛斯·鲁依斯·萨丰	Carlos Ruiz Zafón	詹玲	上海文艺出版社2016年版
461	黄雨	胡里奥·亚马萨雷斯	Julio Llamazares	童亚星	上海文艺出版社2016年版
462	骗子	哈维尔·塞尔卡斯	Javier Cercas	刘京胜、胡真才	人民文学出版社2016年版
463	遗失的行李	霍尔迪·庞蒂	Jordi Puntí	马科星	人民文学出版社2016年版

续表

序号	译著名	作者（汉语）	作者（西语）	译者	出版社及首版时间
464	老卫队的探戈	阿图罗·佩雷斯-雷维特	Arturo Pérez-Reverte	叶培蕾	人民文学出版社2016年版
465	玩偶死去的夏天	安东尼奥·希尔	Antonio Hill	赵小闯	人民文学出版社2016年版
466	迷情	哈维尔·马里亚斯	Javier Marías	蔡学娣	人民文学出版社2016年版
467	父亲岛	费尔南多·马里亚斯	Fernando Marías	梅莹	人民文学出版社2016年版
468	这也会过去	米莲娜·布斯克茨	Milena Busquets	罗秀	北京联合出版公司2016年版
469	死于黎明：洛尔迦诗选	费德里戈·加西亚·洛尔迦	Federico García Lorca	王家新	华东师范大学出版社2016年版
470	小小的死亡之歌：洛尔迦诗选	洛尔迦	Federico García Lorca	戴望舒	人民文学出版社2016年版
471	现实与欲望	路易斯·塞尔努达	Luis Cernuda	汪天艾	四川文艺出版社2016年版
472	伟大的牵线人	埃切加赖	José Echegaray	沈石岩等	中国画报社2016年版
473	明天来吧——拉腊讽刺文集	马利安诺·何塞·德·拉腊	Mariano José de Larra	杨德友、杨德玲	北岳文艺出版社2016年版
474	堂·吉诃德	塞万提斯	Miguel de Cervantes	王志明	吉林文史出版社2017年版
475	堂吉诃德	塞万提斯	Miguel de Cervantes	刘京胜	现代出版社2017年版
476	堂吉诃德	塞万提斯	Miguel de Cervantes	刘京胜	中国友谊出版公司2017年版
477	堂吉诃德	塞万提斯	Miguel de Cervantes	刘京胜	天津人民出版社2017年版
478	堂·吉诃德	塞万提斯	Miguel de Cervantes	戴文婕	煤炭工业出版社2017年版
479	唐·吉诃德	塞万提斯	Miguel de Cervantes	易永忠、马艺之	广西师范大学出版社2017年版
480	堂·吉诃德	塞万提斯	Miguel de Cervantes	张宇博	吉林文史出版社2017年版
481	堂吉诃德	塞万提斯	Miguel de Cervantes	宋秀华	万卷出版公司2017年版

续表

序号	译著名	作者（汉语）	作者（西语）	译者	出版社及首版时间
482	巴罗哈小说散文选	皮奥·巴罗哈	Pío Baroja	戴永沪	漓江出版社2017年版
483	月亮的女儿	托蒂·马丁内斯·德莱塞阿	Toti Martínez de Lezea	邓伊迪	中央编译出版社2017年版
484	河流之声	乔莫·卡夫雷	Jaume Cabré	张雯媛	广西师范大学出版社2017年版
485	螺旋之谜	圣地亚哥·帕哈雷斯	Santiago Pajares	叶淑吟	广西师范大学出版社2017年版
486	猫斗，马德里，1936年	爱德华多·门多萨	Eduardo Mendoza	赵婷	人民文学出版社2017年版
487	预言猫	爱德华多·哈乌雷吉	Eduardo Jauregui	徐力为	百花文艺出版社2017年版
488	盲目的向日葵	阿尔贝托·门德斯	Alberto Méndez	林叶青	百花文艺出版社2017年版
489	蜥蜴的尾巴	胡安·马尔塞	Juan Marsé	谭薇	百花文艺出版社2017年版
490	印象与风景	费德里科·加西亚·洛尔迦	Federico García Lorca	汪天艾	人民文学出版社2017年版
491	银儿与我	胡安·拉蒙·希梅内斯	Juan Ramón Jiménez	张伟劼	陕西师范大学出版社2017年版
492	万灵	哈维尔·马里亚斯	Javier Marías	徐蕾	人民文学出版社2017年版
493	小毛驴与我	希梅内斯	Juan Ramón Jiménez	王蝶	海峡文艺出版社2017年版
494	堂吉诃德	塞万提斯	Miguel de Cervantes	刘京胜	春风文艺出版社2018年版
495	堂吉诃德	塞万提斯	Miguel de Cervantes	刘京胜	江苏凤凰文艺出版社2018年版
496	留住黑夜	索莱达·普埃尔托拉斯	Soledad Puértolas	刘晓眉	中央编译出版社2018年版
497	著名的衰落：阿左林小品集	阿左林	Azorín	林一安	花城出版社2018年版
498	醉男醉女	伊巴涅思	Vicente Blasco Ibáñez	戴望舒	天地出版社2018年版
499	巴塞罗那1888	乔迪·约伯雷加	Jordi Llobregat	陈皓	人民文学出版社2018年版

◇◇ 附　录

续表

序号	译著名	作者（汉语）	作者（西语）	译者	出版社及首版时间
500	便携式文学简史	恩里克·比拉-马塔斯	Enrique Vila-Matas	施杰、李雪菲	人民文学出版社2018年版
501	消失的艺术	恩里克·比拉-马塔斯	Enrique Vila-Matas	施杰、李雪菲	人民文学出版社2018年版
502	荒野里的牧羊人	赫苏斯·卡拉斯科	Jesús Carrasco	叶淑吟	人民文学出版社2018年版
503	他的城	丹尼尔·桑切斯·帕尔多斯	Daniel Sánchez Pardos	李天莹	人民文学出版社2018年版
504	巴黎仗剑寻书记	阿图罗·佩雷斯-雷维特	Arturo Pérez-Reverte	李静	上海译文出版社2018年版
505	大仲马俱乐部	阿图罗·佩雷斯-雷维特	Arturo Pérez-Reverte	范湲	上海译文出版社2018年版
506	魔侠传	塞万提斯	Miguel de Cervantes	林纾、陈家麟	上海三联书店2018年版
507	与特蕾莎共度的最后几个下午	胡安·马尔塞	Juan Marsé	王军宁	百花文艺出版社2018年版
508	高山上的小邮局	安赫莱斯·多尼亚特	Ángeles Doñate	蔡学娣	上海人民出版社2018年版
509	午夜琴声	米克尔·圣地亚哥	Mikel Santiago	宋杨竹	广西师范大学出版社2018年版
510	我忏悔	乔莫·卡夫雷	Jaume Cabre	邱美兰	广西师范大学出版社2018年版
511	不再有爱	哈维尔·马里亚斯	Javier Marías	詹玲	人民文学出版社2018年版
512	卡斯蒂利亚的田野：马查多诗选	安东尼奥·马查多	Antonio Machado	赵振江	外语教学与研究出版社2018年版
513	君走我不留	科林·特莉亚多等	Corín Tellado	尹承东	中央编译出版社2019年版
514	堂吉诃德	塞万提斯	Miguel de Cervantes	董燕生	北京燕山出版社2019年版
515	极线杀手：来自严寒	维克托·桑托斯	Víctor Santos	徐淼	新星出版社2019年版
516	灵魂迷宫	卡洛斯·鲁依兹·萨丰	Carlos Ruiz Zafón	范湲	上海文艺出版社2019年版
517	天堂囚徒	卡洛斯·鲁依兹·萨丰	Carlos Ruiz Zafón	范湲	上海文艺出版社2019年版

续表

序号	译著名	作者（汉语）	作者（西语）	译者	出版社及首版时间
518	天使游戏	卡洛斯·鲁依兹·萨丰	Carlos Ruiz Zafón	范湲	上海文艺出版社2019年版
519	卡塞尔不欢迎逻辑	恩里克·比拉-马塔斯	Enrique Vila-Matas	施杰、李雪菲	上海译文出版社2019年版
520	苍穹之下	玛蒂尔德·阿森西	Matilde Asensi	李亦玲	花城出版社2019年版
521	无字书图书馆	霍尔迪·塞拉·依·法布拉	Jordi Sierra Fabra	李竞阳	新蕾出版社2019年版
522	坏事开头	哈维尔·马里亚斯	Javier Marías	叶培蕾	人民文学出版社2019年版
523	第二十二次别离	拉斐尔·纳达尔·法雷拉斯	Rafel Nadal Farreras	阿九	长江文艺出版社2019年版
524	海上大教堂	伊德方索·法孔内斯	Ildefonso Falcones	范湲	浙江文艺出版社2019年版
525	我和小银	胡安·拉蒙·希梅内斯	Juan Ramón Jiménez	张仲骏、高子涵	济南出版社2019年版
526	纸上的伊比利亚	弗朗西斯科·克维多等	Franciso Quevedo, etc.	范晔等	花城出版社2019年版
527	天堂的影子	阿莱克桑德雷	Vicente Aleixandre	范晔	人民文学出版社2020年版
528	黄雨	胡里奥·亚马萨雷斯	Julio Llamazares	童亚星	人民文学出版社2019年版
529	堂吉诃德	塞万提斯	Miguel de Cervantes	唐民权	广西师范大学出版社2020年版
530	堂吉诃德	塞万提斯	Miguel de Cervantes	董燕生	湖南文艺出版社2020年版
531	堂吉诃德	塞万提斯	Miguel de Cervantes	孙家孟	上海译文出版社2020年版
532	堂吉诃德	塞万提斯	Miguel de Cervantes	张广森	中信出版集团2020年版
533	光明共和国	安德烈斯·巴尔瓦	Andrés Barba	蔡学娣	广西师范大学出版社2020年版
534	小手	安德烈斯·巴尔瓦	Andrés Barba	刘润秋	广西师范大学出版社2020年版
535	奥林匹克阴谋	马努埃尔·巴斯克斯·蒙塔尔万	Manuel Vázquez Montalbán	汪天艾	人民文学出版社2020年版
536	外星人在巴塞罗那	爱德华多·门多萨	Eduardo Mendoza	查芳菲	人民文学出版社2020年版

附 录

续表

序号	译著名	作者（汉语）	作者（西语）	译者	出版社及首版时间
537	女教师的故事	何塞菲娜·阿尔德科亚	Josefina Aldecoa	李静	人民文学出版社2020年版
538	曼谷的鸟	马努埃尔·巴斯克斯·蒙塔尔万	Manuel Vázquez Montalbán	李静	人民文学出版社2020年版
539	沉默者的国度	费尔南多·阿兰布鲁	Fernando Aramburu	李静	上海译文出版社2020年版
540	浪人	弗朗西斯科·纳尔拉	Francisco Narla	王小翠	中央编译出版社2020年版
541	卡梅里亚的哲学世界	胡安·安东尼奥·里维拉	Juan Antonio Rivera	王语琪	海南出版社2020年版
542	极线杀手：以眼还眼	维克托·桑托斯	Víctor Santos	徐森	新星出版社2020年版
543	船在海上，马在山中	费德里科·加西亚·洛尔迦	Federico García Lorca	戴望舒	云南人民出版社2020年版
544	小银和我	希梅内斯	Juan Ramón Jiménez	胡文雅	天地出版社2021年版
545	堂吉诃德	塞万提斯	Miguel de Cervantes	董燕生	作家出版社2021年版
546	细雨	路易斯·兰德罗	Luis Landero	欧阳石晓	作家出版社2021年版
547	伊内斯与欢乐	阿尔穆德娜·格兰德斯	Almudena Grandes	王军	作家出版社2021年版
548	血与沙	维森特·布拉斯科·伊巴涅斯	Vicente Blasco Ibáñez	尹承东	作家出版社2021年版
549	诺娜的房间	克里斯蒂娜·费尔南德兹·库巴斯	Cristina Fernández Cubas	欧阳石晓	上海译文出版社2021年版
550	沉默的年代	路易斯·马丁-桑托斯	Luis Martín-Santos	贾禹婷	湖南教育出版社2021年版
551	魔侠传	西万提司	Miguel de Cervantes	林纾、陈家麟	商务印书馆2021年版
552	堂吉诃德	塞万提斯	Miguel de Cervantes	刘京胜	百花洲出版社2021年版
553	水手之死	多明戈·维拉尔	Domingo Villar	宓田	东方出版社2021年版
554	水之眼	多明戈·维拉尔	Domingo Villar	宓田	东方出版社2021年版
555	写作人：天才的怪癖与死亡	哈维尔·马里亚斯	Javier Marías	姚云青	人民文学出版社2021年版

续表

序号	译著名	作者（汉语）	作者（西语）	译者	出版社及首版时间
556	提琴与坟墓：洛尔迦诗选	费德里科·加西亚·洛尔迦	Federico García Lorca	汪天艾	北京联合出版公司2021年版
557	血的婚礼：加西亚·洛尔迦戏剧选	费德里科·加西亚·洛尔迦	Federico García Lorca	赵振江	商务印书馆2021年版
558	致未来的诗人	塞尔努达	Luis Cernuda	范晔	人民文学出版社2021年版

附表三　中国出版的西班牙文学研究专著目录（1931—2021）

序号	著作名	作者	出版社/出版时间
1	西班牙文学	万良濬、朱曼华	商务印书馆1931年版
2	塞万提斯和《堂·吉诃德》	文美惠	北京出版社1981年版
3	塞万提斯（1547—1616）	张书立	辽宁人民出版社1982年版
4	西班牙文学简史	孟复	四川人民出版社1982年版
5	著名西班牙人文主义作家塞万提斯	黄道立	商务印书馆1987年版
6	荒诞的理性：塞万提斯与《堂吉诃德》	崔杰	海南出版社1993年版
7	丰富的痛苦：堂吉诃德与哈姆雷特的东移	钱理群	时代文艺出版社1993年版
8	塞拉：西班牙"一个真正的文库"	丁文林	长春出版社1997年版
9	20世纪西班牙文学	张绪华	上海外语教育出版社1997年版
10	塞万提斯	吴虽（编著）	海南出版社1997年版
11	西班牙文学	董燕生	外语教学与研究出版社1998年版
12	塞万提斯	陈惇（编著）	新蕾出版社2000年版
13	塞万提斯	陈凯先	华夏出版社2001年版
14	西班牙与西班牙语美洲诗歌导论	赵振江	北京大学出版社2002年版
15	埃切加赖	沈石岩	四川人民出版社2003年版
16	西班牙文学史	沈石岩（编著）	北京大学出版社2006年版
17	西班牙文学简史	陈众议、王留栓	上海外语教育出版社2006年版
18	西班牙文学：黄金世纪研究	陈众议	译林出版社2007年版
19	西班牙文学大花园	陈众议	湖北教育出版社2007年版
20	我是小丑：塞万提斯《堂吉诃德》研究	罗文敏	甘肃人民美术出版社2007年版
21	西班牙文学名著便览	陆经生（主编）	上海外语教育出版社2008年版
22	塞万提斯评传	朱景冬	百花文艺出版社2009年版
23	塞万提斯学术史研究	陈众议	译林出版社2011年版
24	西班牙文学纵览	黄乐平（编著）	旅游教育出版社2014年版

续表

序号	著作名	作者	出版社/出版时间
25	西班牙语文学精要	常福良	外语教学与研究出版社2014年版
26	《堂吉诃德》与小说叙事	罗文敏	中国社会科学出版社2014年版
27	塞万提斯研究文集	陈众议（编选）	译林出版社2014年版
28	西班牙当代女性成长小说	王军	北京大学出版社2016年版
29	西班牙20世纪诗歌研究	赵振江、范晔、程弋洋	北京大学出版社2017年版
30	阿拉伯安达卢斯文学与西班牙文学之初	宗笑飞	当代中国出版社2017年版
31	西班牙与西班牙语美洲文学通史·西班牙文学：中古时期	陈众议、宗笑飞	译林出版社2017年版
32	西班牙与西班牙语美洲文学通史·西班牙文学：黄金世纪	陈众议、范晔、宗笑飞	译林出版社2018年版
33	当代外国文学纪事（1980—2000）·西班牙卷	董燕生、王军、史青	商务印书馆2019年版
34	当代外国文学纪事（西班牙卷）	王军	北京大学出版社2021年版
35	托伦特·巴列斯特尔的后现代主义写作研究	卢云	浙江大学出版社2020年版
36	路易斯·塞尔努达诗歌批评本	汪天艾	华东师范大学出版社2021年版
37	西方现代小说之父：塞万提斯	陈凯先	华中科技大学出版社2021年版

附表四 中国翻译出版的西班牙文学译文目录（1913—1949）

序号	译文篇名	作者（汉语）	作者（西语名）	译者	期刊（合集）/刊号（出版机构）
1	存根簿	配特洛	Pedro Antonio de Alarcón	呆	《民国汇报》1913年第1卷第2期
2	西班牙宫闱琐语	欧里亚	María Eulalia de Borbón	铁樵等	《小说月报》1914年第1—2、4—5期
3	西班牙公主纽兰梨欧洲各国宫闱记略	纽兰梨	María Eulalia de Borbón	常觉、小蝶	《女子世界》1915年第3—6期
4	碧水双鸳	佛尔苔	Armando Palacio Valdés	周瘦鹃	《欧美名家短篇小说丛刊》，中华书局1917年版
5	海上	伊白涅兹	Vicente Blasco Ibáñez	愈之	《东方杂志》1920年第17卷第24期
6	颠狗病	伊巴涅支	Vicente Blasco Ibáñez	周作人	《新青年》1921年第9卷第5期
7	妇人镇	阿尔伐昆戴罗斯兄弟	Hermanos Álvarez Quintero	沈泽民	《小说月报》1921年第12卷第2期
8	意外的利益	伊巴涅支	Vicente Blasco Ibáñez	周作人	《现代小说译丛》第一集，商务印书馆1922年版
9	海中	Vicente Blasco Ibanez	Vicente Blasco Ibáñez	赵应坡	《进德季刊》1922年第1期
10	热情之花	倍那文德	Jacinto Benavente	张闻天	《小说月报》1923年第14卷第7—8、12期
11	太子的旅行	倍那文德	Jacinto Benavente	冬芬	《小说月报》1923年第14卷第2期
12	怀中册里的秘密	倍那文德	Jacinto Benavente	愈之	《东方杂志》1923年第20卷第4期
13	牧原之王	伊巴烈池	Vicente Blasco Ibáñez	冯六	《民众文学》1924年第5卷第1期
14	小说的创作	鲍罗耶	Pío Baroja	仲云	《文学周报》1925年第192—193期

续表

序号	译文篇名	作者（汉语）	作者（西语名）	译者	期刊（合集）/刊号（出版机构）
15	首领的威信	伐尔音克兰	Valle-Inclán	沈雁冰	《小说月报》1926年第17卷第3期
16	西班牙的短民歌二十二首	佚名	vv. aa.	刘复	《语丝》1926年第105期
17	西班牙民歌	佚名	vv. aa.	刘复	《语丝》1926年第106—107、109期
18	他们的儿子	柴玛萨斯	Eduardo Zamacois y Quintana	沈余	《小说月报》1927年第18卷第8、10期
19	西班牙民歌	佚名	vv. aa.	华侃	《艺术界周刊》1927年第1期
20	西班牙民歌	佚名	vv. aa.	刘复	《国外民歌译》，北新书局1927年版
21	斗牛	Azorin	Azorin	徐霞村	《无轨列车》1928年第8期
22	跛司珂族的人们	巴罗哈	Pío Baroja	鲁迅	《奔流》1928年第1卷第1期
23	蛊妇的女儿	V. Blasco-IBanez	Vicente Blasco Ibáñez	望舒	《未名》1928年第1卷第2期
24	愁春	伊本纳兹	Vicente Blasco Ibáñez	戴望舒	《文学周报》1928年第5卷第276、300期
25	落海人	伊巴纳兹	Vicente Blasco Ibáñez	戴望舒	《中央日报》1928年8月2日
26	提穆尼	V. Blasco-IBanez	Vicente Blasco Ibáñez	戴望舒	《贡献》1928年第2卷第7期
27	考戴惹，再见	阿拉斯	Leopoldo Alas (Clarín)	虚白	《真善美》1928年第1卷第7期
28	良夜幽情曲	伊本纳兹	Vicente Blasco Ibáñez	杜衡	《小说月报》1928年第19卷第5期
29	夏娃底四个儿子	伊巴涅兹	Vicente Blasco Ibáñez	杜衡	《一般（上海1926）》1928年第5卷第1期
30	塞比安的夜	伊本纳兹	Vicente Blasco Ibáñez	叶灵凤	《现代小说》1928年第1卷第3期
31	夕阳	Blasco Ibanez	Vicente Blasco Ibáñez	未知	《当代》1928年第1卷第2期
32	一个"伊达哥"	阿左林	Azorín	徐霞村	《小说月报》1929年第20卷第11期
33	往诊之夜	巴罗哈	Pío Baroja	鲁迅	《朝花》1929年第14期

续表

序号	译文篇名	作者（汉语）	作者（西语名）	译者	期刊（合集）/刊号（出版机构）
34	放浪者伊利沙辟台、跛司珂族的人们	莱夫·伦支等	vv. aa.	上海朝花社编译，鲁迅等译	《近代世界短篇小说集Ⅱ：在沙漠上及其他》，合记教育用品社1929年版
35	面包店时代	巴罗哈	Pío Baroja	鲁迅	《朝花》1929年第17期
36	修伞匠、卖饼人	阿左林	Azorín	江思	《新文艺》1929年第1卷第2期
37	哀歌	阿左林	Azorín	江思	《新文艺》1929年第1卷第3期
38	沙里奥	阿佐林	Azorín	戴望舒	《金屋月刊》1929年第1卷第7期
39	节日——老去的诗人的还乡	阿左林	Azorín	戴望舒	《新女性》1929年第4卷第12期
40	将军的那辆汽车	伊本纳兹	Vicente Blasco Ibáñez	李青崖、吴且冈	《东方杂志》1929年第26卷第8期
41	好哥哥	克白罗	未知	未知	《明灯》1929年第150期
42	鱼与表	亚佐林	Azorín	梅川	《奔流》1929年第1卷第9期
43	敏迦罗之吻	未知		梅川	《朝花》1929年第18期
44	热情的女人（三幕剧）	J. Benavent	Jacinto Benavente	马彦祥	《戏剧》1929年第1卷第5期
45	恫吓	皮康	Jacinto Octavio Picón	傅东华	《两个青年的悲剧》，大江书铺1929年版
46	一个专门研究原子弹的人	塞尔纳	Ramón Gómez de la Serna	新文化学社	《一杯茶》，世界书局1929年版
47	内阁总理、黄昏	阿左林	Azorín	徐霞村	《新文艺》1930年第1卷第6期
48	西万提斯的未婚妻、一侍女	阿左林	Azorín	戴望舒	《新文艺》1930年第1卷第6期
49	草原大王	伊巴臬兹	Vicente Blasco Ibáñez	李青崖、吴且冈	《金屋月刊》1930年第1卷第12期
50	塞尔维亚之夜	伊巴臬兹	Vicente Blasco Ibáñez	李青崖、吴且冈	《北新》1930年第4卷第7期
51	一个搭油汉	伊班内司	Vicente Blasco Ibáñez	吴力	《明灯》1930年第160/161期

续表

序号	译文篇名	作者（汉语）	作者（西语名）	译者	期刊（合集）/刊号（出版机构）
52	给水泉	莱昂	Ricardo León	沙丹	《岭南青年副刊》1930年3月24日
53	西班牙民歌（五首）	未知	vv. aa.	鹤西	《骆驼草》1930年第21期
54	热情的女人（三幕剧）	J. Benavent	Jacinto Benavente	马彦祥	《戏剧》1930年第1卷第6期
55	相反的灵魂	皮康	Jacinto Octavio Picón	徐调孚	《小说月报》1930年第21卷第1期
56	夕阳	V. Blasso Ibanez	Vicente Blasco Ibáñez	沈默	《真善美》1930年第5卷第6期
57	一个农人的生活	阿左林	Azorín	江思	《读书俱乐部》1931年第3—4期
58	西班牙的一小时	阿索林	Azorín	戴望舒	《现代》1932年第1卷第1—2期
59	阿索林散文抄	阿索林	Azorín	戴望舒	《文艺月刊》1932年第3卷第5—6期
60	黎蒙家的没落	阿耶拉	Ramón Pérez de Ayala	江思	《现代》1932年第1卷第1—2期
61	长妇人	阿拉尔恭	Pedro Antonio de Alarcón	戴望舒	《文艺月刊》1932年第3卷第1期
62	沉默的窟	乌纳木诺	Miguel de Unamuno	戴望舒	《青年界》1932年第2卷第5期
63	格萝丽	Benito Perez Galdos	Benito Pérez Galdós	惜苹	《女青年月刊》1932年第11卷第7期
64	深渊	巴罗哈	Pío Baroja	施蛰存	《现代》1933年第3卷第2期
65	NOCHE DE MEDICO	Pio Baroja	Pío Baroja	刘石克	《中华月报》1933年第1卷第7期
66	存根簿	阿拉康	Pedro Antonio de Alarcón	德明	《明灯》1933年第190期
67	传教士	阿左林	Azorín	季陵	《牧野》1933年第6期
68	海上	伊白涅兹	Vicente Blasco Ibáñez	愈之	《世界摩范小说读本》，上海光华书局1933年版
69	"山民牧唱"序	巴罗哈	Pío Baroja	张禄如	《译文》1934年第1卷第2期

续表

序号	译文篇名	作者（汉语）	作者（西语名）	译者	期刊（合集）/刊号（出版机构）
70	会友	P. 巴罗哈	Pío Baroja	张禄如	《译文》1934年第1卷第3期
71	山中笛韵	Pio Baroja	Pío Baroja	张禄如	《文学》1934年第2卷第3期
72	寒夜	阿尔黛留斯	Joaquín Arderíus y Sánchez-Fortún	戴望舒	《矛盾月刊》1934年第2卷第5期岁首号
73	霜夜	阿尔代利乌思	Joaquín Arderíus y Sánchez-Fortún	卞之琳	《国闻周报》1934年第11卷第19—20期
74	助教	阿耶拉	Ramón Pérez de Ayala	施蛰存	《现代》1934年第5卷第3期
75	南部利亚侯爵	Unamuno	Miguel de Unamuno	金满成	《矛盾月刊》1934年第3卷第3/4期
76	巽语借镜录：董齐索德	西万提斯	Miguel de Cervantes	马宗融	《华美》1934年第1卷第1—6期
77	恋	乌那姆诺	Miguel de Unamuno	张万涛	《新中华》1934年第2卷第10期
78	恋	乌那姆诺	Miguel de Unamuno	张万涛	《日射病》，上海中华书局1934年版
79	十六世纪的西班牙	阿索林	Azorín	徐霞村	《文学季刊》1935年第2卷第3期
80	少年别	P. 巴罗哈	Pío Baroja	张禄如	《译文》1935年第1卷第6期
81	促狭鬼莱哥羌台奇	P. 巴罗哈	Pío Baroja	鲁迅	《新小说》1935年第1卷第3期
82	未知的境界	Pio Baroja	Pío Baroja	张友松	《世界文学》1935年第1卷第4期
83	晚祷	Pio Baroja	Pío Baroja	张友松	《世界文学》1935年第1卷第5期
84	加尔西亚·洛尔加诗抄	加尔西亚·洛尔加	Federico García Lorca	戴望舒	《文饭小品》1935年创刊号
85	轮船先生	阿索林	Azorín	卞之琳	《国闻周报》1935年第12卷第32期
86	处决	提阿兹弗尔诺台	José Díaz Fernandez	郎人苇	《小说》1935年第16期
87	太阳下山的时候	伊本涅兹	Vicente Blasco Ibáñez	人苇	《文学季刊》1935年第2卷第2期

续表

序号	译文篇名	作者（汉语）	作者（西语名）	译者	期刊（合集）/刊号（出版机构）
88	魏佳名剧一页	魏佳	Lope de Vega	迹默子	《戏世界月刊》1935年第1卷第2期
89	恋歌	魏佳	Lope de Vega	忆之	《戏世界月刊》1935年第1卷第2期
90	怎样写小说	乌南缪难	Miguel de Unamuno	董秋芳	《新文学》1935年第2期
91	赤老	伊本纳兹	Vicente Blasco Ibáñez	徐学文	《青年界》1935年第7卷第2期
92	穷光蛋	依本纳兹	Vicente Blasco Ibáñez	钱歌川	《青春之恋》，中华书局1935年版
93	民歌	佚名	佚名	伍蠡甫	《世界文学》1935年第1卷第6期
94	海上	伊白涅兹	Vicente Blasco Ibáñez	愈之	《世界短篇小说名作选》，然而出版社1935年版
95	不知者	Pio Baroja	Pío Baroja	爪仁	《真实半月刊》1936年创刊号
96	文艺上的小定理	巴罗哈	Pío Baroja	庄重	《译文》1936年新1卷第5期
97	谈新闻记者	巴罗哈	Pío Baroja	编辑	《新商业》1936年第2卷
98	加尔西亚·洛尔加诗抄	加尔西亚·洛尔加	Federico García Lorca	戴望舒	《好文章》1936年第3期
99	一个恋爱故事	乌纳莫诺	Miguel de Unamuno	戴望舒	《绸缪月刊》1936年第2卷第5—8期
100	沙里纳思诗抄	沙里纳思	Pedro Salinas	戴望舒	《新诗》1936年第2期
101	寂寞	U.乌纳慕诺	Miguel de Unamuno	庄重	《译文》1936年新1卷第3期
102	官费	M.乌纳慕诺	Miguel de Unamuno	庄重	《译文》1936年新1卷第4期
103	华安·曼梭：死人的故事	U.乌纳慕诺	Miguel de Unamuno	庄重	《译文》1936年新1卷第6期
104	孤独	M. Unamuno	Miguel de Unamuno	亦华	《绿洲》1936年第1卷第1期
105	二鼠	路依兹	未知	朱湘	《番石榴集》，商务印书馆1936年版

附 录

续表

序号	译文篇名	作者（汉语）	作者（西语名）	译者	期刊（合集）/刊号（出版机构）
106	良夜幽情曲等	伊本纳兹等	vv. aa.	施落英编纂，杜衡等译	《南欧小说名著》，启明书局1937年版
107	钟的奇迹	P. 巴罗哈	Pío Baroja	雨田	《译文》1937年新3卷第2期
108	木马	加尔西亚·洛尔加	Federico García Lorca	戴望舒	《奔涛》1937年第1卷第3期
109	阿尔陀拉季雷诗抄	阿尔陀拉季雷	Manuel Altolaguirre	戴望舒	《新诗》1937年第6期
110	阿尔倍谛诗抄	阿尔倍谛	Rafael Alberti	戴望舒	《诗志》1937年第1卷第2期
111	西班牙的歌谣	J. 厄雷拉等	vv. aa.	孙用	《译文》1937年新3卷第2期
112	一个体面的更正	U. 乌纳慕诺	Miguel de Unamuno	庄重	《译文》1937年新3卷第2期
113	马德里－瓦伦西亚－巴塞隆那	E. 索马柯衣斯	Eduardo Zamacois y Quintana	绮萍	《译文》1937年新3卷第2期
114	西班牙的爱国者	T. 阿拉龚	未知	黎烈文	《译文》1937年新2卷第5期
115	保卫玛德里等	M. 柯尔左夫等著	vv. aa.	黄峰（编译）	《保卫玛德里》，上海杂志公司1937年版
116	汤姆·格莱	阿左林	Azorín	徐迟	《好文章》1937年第11期
117	一个预言	阿左林	Azorín	宗汉	《世界知识》1937年第6卷第4期
118	人民阵线在西班牙	Ramon Sender	Ramón José Sender	丙一	《文摘》1937年第1卷第6期
119	好推事	阿索林	Azorín	戴望舒	《纯文艺》1938年创刊号
120	西班牙政府必然胜利	Ramon J. Sender	Ramón José Sender	杨起森	《文摘》1938年第23期
121	血腥的风吹遍了西班牙	Nation Romon Sender	Ramón José Sender	高山	《青年之友》1938年第1卷第3期
122	关于Federico Garcia Lorca 的话	Rafael Alberti	Rafael Alberti	陈适怀	《中国诗坛》1938年第2卷第3期
123	黑色的儿子	巴雷代思	未知	庄重	《星岛日报·星座》1938年95期
124	西班牙抗战谣曲选	阿尔陀拉季雷等	vv. aa.	戴望舒	《壹零集》1939年第1卷第2—3期

续表

序号	译文篇名	作者（汉语）	作者（西语名）	译者	期刊（合集）/刊号（出版机构）
125	西班牙抗战谣曲钞	阿尔倍谛等	vv. aa.	戴望舒	《顶点》1939年第1卷第1期
126	玛德里	P. 迦费亚思	Pedro Garfias	戴望舒	《文艺阵地》1939年第2卷第9期
127	当代的男子	M. 维牙	José Moreno Villa	戴望舒	《中原月刊》1939年第1期
128	西班牙抗战谣曲选	阿尔陀拉季雷等	vv. aa.	戴望舒	《星岛日报·星座》1939年第237期
129	西班牙抗战谣曲选	阿尔陀拉季雷等	vv. aa.	戴望舒	《星岛日报·星座》1939年第257期
130	西班牙抗战谣曲选	泊拉陀思等	vv. aa.	戴望舒	《星岛日报·星座》1939年第297期
131	摩尔逃兵	G. 卢葛	G. Lugo	戴望舒	《星岛日报·星座》1939年第336期
132	骑兵营	黄·希尔·亚尔倍	Juan Gil-Albert	戴望舒	《星岛日报·星座》1939年第399期
133	杜瓦尔逃了，人民在前进	T. M. 凯洛加布拉	未知	黄药眠	《抗战时代》1939年第1卷第3期
134	露水上的跳蚤	L. 潘纳达斯	未知	黄药眠	《救亡日报》1939年2月14日
135	拉斯纳瓦的堡垒	L. P. 安方德	未知	黄药眠	《抗战时代》1939年10月1日
136	播种	I. 伊格勒西亚思	Ignasi Iglesias	孙用	《文艺阵地》1939年第4卷第1期
137	西班牙歌唱	Antonio Aparicio 等	vv. aa.	芳信	《戏剧与文学》1940年第1卷第1期
138	歌唱玛德里	阿尔倍谛等	vv. aa.	芳信	《文艺新潮》1940年第2卷第5期
139	瞧，那些兵士	Felix V. Ramos	Felix V. Ramos	芳信	《行列》1940年第1卷第3期
140	良晨	雪奈芬	Serafín Álvarez Quintero	刘日安	《戏剧杂志》1940年第4卷第5期
141	西班牙革命歌谣：你没有死	R. 阿勃蒂	Rafael Alberti	黄药眠	《文艺新闻》1940年第9—10期
142	死刑判决	费囊代斯	未知	施蛰存	《星岛日报·星座》1940年第806期

续表

序号	译文篇名	作者（汉语）	作者（西语名）	译者	期刊（合集）/刊号（出版机构）
143	西班牙怀旧录	巴罗哈	Pío Baroja	艺圃	《星岛日报·星座》1940年第812期
144	农民最初的胜利	M. G. 费囊德思	未知	戴望舒	《最初的胜利》，文艺生活社1940年版
145	"波西列斯和茜哲斯孟德的旅行"序	西万提斯	Miguel de Cervantes	徐激	《文化杂志》1941年第1卷第2期
146	西班牙的堡寨	阿索林	Azorín	施蛰存	《星岛日报·星座》1941年第1079期
147	好推事	阿索林	Azorín	陈艺圃	《星岛日报·星座》1941年第880、882期
148	诗三章	洛尔加	Federico García Lorca	御月	《星岛日报·星座》1941年第983期
149	小品五章	阿左林	Azorín	徐霞村	《文艺先锋》1942年第1卷第1期
150	西班牙小品一章	Azorin	Azorín	徐霞村	《文化先锋》1942年第1卷第16期
151	西班牙小品一则	阿左林	Azorín	徐霞村	《文化先锋》1942年第1卷第18期
152	撤退	C. M. 阿贡拿达	César Arconada	许天虹	《现代文艺》1942年第5卷第1期
153	为了马克辛·高尔基的死	F. 克林娜	未知	洛夫	《青年生活》1942年第3卷第3期
154	西班牙的呼唤	A. 马夏多	Antonio Machado	李葳	《诗创作》1942年第13期
155	吉诃德府焚书记		Miguel de Cervantes		《野草》1942年第3卷第5期
156	西班牙诗五首	R. 阿尔培特等	vv. aa.	黄药眠	《诗创作》1942年第7期
157	落日	V. 勃拉斯珂·依本涅兹	Vicente Blasco Ibáñez	石磴	《前线日报》1943年2月17—28日
158	没有出息的寄生虫	伊本纳兹	Vicente Blasco Ibáñez	茜莱	《时代中国》1943年第8卷第5—6期
159	一座城	阿左林	Azorín	白衔	《风雨谈》1943年第4期
160	几个人物的侧影	阿索林	Azorín	戴望舒	《华侨日报·文艺周刊》1944年3月12日

续表

序号	译文篇名	作者（汉语）	作者（西语名）	译者	期刊（合集）/刊号（出版机构）
161	灰色的石头	阿索林	Azorín	戴望舒	《华侨日报·文艺周刊》1944年6月18日
162	玛丽亚	阿索林	Azorín	戴望舒	《华侨日报·文艺周刊》1944年第44期
163	倍拿尔陀爷	阿索林	Azorín	戴望舒	《华侨日报·文艺周刊》1944年第46期
164	婀蕾丽亚的眼睛	阿索林	Azorín	戴望舒	《大众周报》1944年12月30日，1945年1月6日
165	飞蛾与火焰	阿左林	Azorín	董秋芳	《十日谈》1944年第2辑第9期
166	寂寞	蕾西	未知	胡福禧	《新民声》1944年第1卷第4期
167	三个弃儿	C. M. 亚恭纳达	César Arconada	北芒	《文风杂志》1944年第1卷第2期
168	小诗三首	Carcia Lorca	Federico García Lorca	林慧	《文学》1944年第2卷第4期
169	好推事	阿索林	Azorín	戴望舒	《光化》1944年第1卷第1期
170	西班牙新诗人狄戈诗抄	狄戈	未知	戴望舒	《华侨日报·文艺周刊》1944年第5期
171	美花公主	F. 卡巴勒劳	Fernán Caballero	周秋紫	《妇女杂志》1945年第6卷第1期新年号
172	刚杜艾拉	阿索林	Azorín	戴望舒	《华侨日报·文艺周刊》1945年第49期
173	小夜曲	洛尔卡	Federico García Lorca	戴望舒	《华侨日报·文艺周刊》1945年第56期
174	鱼和表	亚索林	Azorín	戴望舒	《新生日报》1945年12月25日
175	龙勃里亚侯爵	乌拿莫诺	Miguel de Unamuno	戴望舒	《香港日报》1945年5月24日—6月4日
176	草原大王	伊本纳兹	Vicente Blasco Ibáñez	李青崖	《和平日报》1946年8月8—11日
177	情人	G. M. 西爱拉	Gregorio Martínez Sierra	施蛰存	《文艺春秋》1946年第2卷第4期

续表

序号	译文篇名	作者（汉语）	作者（西语名）	译者	期刊（合集）/刊号（出版机构）
178	美花	卡巴列罗	Fernán Caballero	孙用	《新学生》1946年第1卷第2期
179	劳动者	阿佐林	Azorín	徐霞村	《中国工人丛刊》1947年第1辑
180	晚祷	Pio Baroja	Pío Baroja	郁南	《东方与西方》1947年第1卷第1期
181	祷钟	巴罗哈	Pío Baroja	林柯	《人世间》1947年第6期
182	玛丽亚二题	阿左林	Azorín	戴望舒	《自由谈》1947年第1卷第1期
183	玛丽亚二题	阿左林	Azorín	戴望舒	《现实文摘》1947年第1卷第4期
184	玛丽亚	阿左林	Azorín	戴望舒	《文潮月刊》1947年第2卷第6期
185	雾	乌纳莫诺	Miguel de Unamuno	艾昂甫	《今文学丛刊》1947年第1—2期
186	不贞之妇	洛尔加	Federico García Lorca	戴望舒	《诗创造》1947年第3期
187	杜爱罗河谣	狄戈	Gerardo Diego Cendoya	戴望舒	《诗创造》1947年第4期
188	塔和河	C. M. 阿尔康乃达	César Muñoz Arconada	穆俊	《再见吧，孩子》，上海新地书店1947年版
189	小说之社会底影响	伊本纳兹	Vicente Blasco Ibáñez	董每戡	《大华杂志》1947年第1卷第3期
190	传记：记托尔斯泰	阿左林	Azorín	未知	《力行》1947年第6卷第1期
191	龙勃里亚侯爵	乌拿莫诺	Miguel de Unamuno	戴望舒	《文艺春秋》1947年第4卷第1期
192	一座城	阿左林	Azorín	戴望舒	《远风》1947年第4期
193	憧憬	巴罗哈	Pío Baroja	余岚	《人世间》1948年第2卷第4期
194	斗牛——赠画师苏罗阿加	阿左林	Azorín	戴望舒	《益世报》1948年6月1日
195	可怜悯者	伊本纳兹	Vicente Blasco Ibáñez	伯石	《文艺先锋》1948年第13卷第3期

续表

序号	译文篇名	作者（汉语）	作者（西语名）	译者	期刊（合集）/刊号（出版机构）
196	掘壕手	费囊德思	未知	施蛰存	《华侨日报·文艺周刊》1948年第81期
197	伤逝	阿左林	Azorín	江思	《华侨日报·文艺周刊》1948年第79期
198	夜行者	阿索林	Azorín	江思	《华侨日报·文艺周刊》1948年第85期
199	海贼	阿左林	Azorín	戴望舒	《星岛日报·文艺》1948年第40期
200	圣女欧拉丽亚之殉道	洛尔加	Federico García Lorca	戴望舒	《华侨日报·文艺周刊》1949年第97期
201	农民最初的胜利	费囊德思	未知	戴望舒	《华侨日报·文艺周刊》第93期

附表五　中国发表的西班牙文学通讯评论目录（1921—1948）

序号	篇名	作者	期刊/刊号
1	文学家与社会问题	沈雁冰	《小说月报》1921年第12卷第2期
2	西班牙写实文学的代表者伊本讷兹	沈雁冰	《小说月报》1921年第12卷第3期
3	西班牙诗选	沈雁冰	《小说月报》1921年第12卷第4期
4	西班牙的诗与散文	沈雁冰	《小说月报》1921年第12卷第6期
5	西班牙文学家方布纳的作品	沈雁冰	《小说月报》1921年第12卷第6期
6	英译的五月花	沈雁冰	《小说月报》1921年第12卷第6期
7	一九二二年的诺贝尔文学奖金	沈雁冰	《小说月报》1922年第13卷第12期
8	西班牙文坛近况	沈雁冰	《小说月报》1922年第13卷第6期
9	魔侠传	周作人	《晨报副镌》1922年9月4日
10	西班牙文坛近况	沈雁冰	《小说月报》1923年第14卷第4期
11	西班牙现代小说家巴洛伽	沈雁冰	《小说月报》1923年第14卷第5期
12	倍那文德的作风	沈雁冰	《小说月报》1923年第14卷第2期
13	南欧杂讯	沈雁冰	《小说月报》1923年第14卷第5期
14	西班牙戏曲家Sierra	沈雁冰	《小说月报》1923年第14卷第7期
15	西班牙近讯	沈雁冰	《小说月报》1923年第14卷第10期
16	现代西班牙小说家巴洛伽	雁冰	《文学旬刊》1923年第73期
17	我们的杂记（倍那文德的戏曲集）	西谛	《文学旬刊》1923年第73期
18	欧洲大战与文学：为欧战十年纪念而作	沈雁冰	《小说月报》1924年第15卷第8期
19	伊本纳兹的《默示录的四骑士》——近代非战文学的代表作	从予	《小说月报》1924年第15卷第8期
20	西班牙：西班牙著作家鼓吹革命	编辑	《国际公报》1924年第3卷第1期
21	伊本纳兹轶闻一则	梵	《兴华》1924年第21卷第29期
22	伊本纳兹来华后的所见	云	《东方杂志》1924年第21卷第1期
23	各国"文学史"介绍	郑振铎	《小说月报》1925年第16卷第1期
24	伊本纳兹雕像被毁了	从予	《小说月报》1925年第16卷第3期

续表

序号	篇名	作者	期刊/刊号
25	最近的西班牙剧坛	从予	《小说月报》1925年第16卷第1期
26	西万提司评传	傅东华	《小说月报》1925年第16卷第1期
27	伊本纳兹笔锋之胜利	小青	《青年进步》1925年第83期
28	塞文狄斯	子荣	《语丝》1925年第57期
29	魔侠传	周作人	《小说月报》1925年第16卷第1期
30	西特与皮奥伏尔夫	西谛	《文学周报》1926年第226期
31	文学大纲：第二十三章，十八世纪的南欧与北欧	郑振铎	《小说月报》1926年第17卷第1期
32	国家文学奖金	徐霞村	《小说月报》1927年第18卷
33	西班牙小说家米罗	徐霞村	《小说月报》1927年第18卷第8期
34	柴玛萨斯评传	沈余	《小说月报》1927年第18卷第8期
35	现代文坛杂话：伊本纳兹的贫民	赵景深	《小说月报》1927年第18卷第10期
36	编校后记	鲁迅	《奔流》1928年第1卷第1期
37	伊本纳兹	沈余	《贡献》1928年第2卷第1期
38	哈代伊本纳兹相继逝世	赵景深	《小说月报》1928年第19卷第2期
39	悲惨的西班牙人	赵景深	《小说月报》1928年第19卷第12期
40	伊本纳兹	孙春霆	《小说月报》1928年第19卷第5期
41	最近文艺偶笔	博董	《文学周报》1928年第301—305期
42	Blasco Ibanez 死了	启三	《北新》1928年第2卷第9期
43	伊本纳兹的文学见解和政论	倪文宙	《东方杂志》1928年第25卷第3期
44	伊本纳兹之死	虞仲	《当代》1928年第1卷第2期
45	西班牙小说家伊培南略历	世新	《民国日报·觉悟》1928年第1卷第30期
46	二十年来的西班牙文学	徐霞村	《小说月报》1929年第20卷第7期
47	一位绝世的散文家：阿左林	徐霞村	《新文艺》1929年第1卷第4期
48	倍那文德的幸运与厄运	赵景深	《小说月报》1929年第20卷第3期
49	一篇由银幕上说到笔底下的闲话：由"儿女英雄"说到"启示录的四骑士"	李青崖	《文学周报》1929年第8卷第5—9期
50	伊本纳兹的遗著	华	《现代小说》1929年第3卷第1期
51	倍奈文德及其近作	彦祥	《戏剧》1929年第1卷第5期

续表

序号	篇名	作者	期刊/刊号
52	西班牙剧作家伊格莱西亚斯逝世	馥	《北新》1929年第3卷第7期
53	西班牙的古城	岂明	《骆驼草》1930年第3期
54	最近的西班牙文坛	赵景深	《小说月报》1930年第21卷第1期
55	现代西班牙文学	赵景深	《小说月报》1930年第21卷第6期
56	西班牙作家赛尔纳	赵景深	《小说月报》1930年第21卷第9期
57	"卡门"梗概	罗复	《南国周刊》1930年第16期
58	carmen剧本底批判—南国社第三期第一次公演用	黄素	《南国周刊》1930年第16期
59	"卡门"与今日西班牙的革命运动	龙开	《南国周刊》1930年第16期
60	阿左林的话	法	《骆驼草》1930年第21期
61	巴罗哈的海洋小说	赵景深	《小说月报》1931年第22卷第1期新年号
62	最近的巴勒英克朗	赵景深	《小说月报》1931年第22卷第2期
63	西班牙作家与革命	赵景深	《小说月报》1931年第22卷第10期
64	西班牙阿亚拉全集出版	赵景深	《小说月报》1931年第22卷第8期
65	新西班牙的文学——由古罗曼主义到新罗曼主义	爱南	《读书月刊》1931年第2卷第4/5期
66	新西班牙的新兴作家	许德佑	《小说月报》1931年第22卷第11期
67	西班牙的剧作家	如琳	《戏剧》1931年第2卷第5期
68	吉诃德先生	温伟南	《南大学生副刊》1931年第11期
69	阿耶拉	江思	《现代》1932年第1卷第1期
70	一九三二年诺贝尔文学奖金决定赠与西班牙散文家比达	赵景深	《青年界》1932年第2卷第3期
71	伊本纳兹与少年西班牙之建立	杨昌溪	《橄榄月刊》1932年第25期
72	近代西班牙戏剧概况	徐霞村	《文艺月刊》1933年第4卷第3期
73	西班牙最近的四本新小说	效愚	《读书与出版》1933年第1期
74	吉诃德先生之电影化及其初版样本之发现	编辑	《文艺月刊》1933年第4卷第4期
75	伊本纳兹的日本妇女观	周曙山	《妇女共鸣》1933年第2卷第11期
76	伊本纳兹遗骸由法归葬故里	佚名	《文艺月刊》1933年第4卷第6期
77	阿左林的唐焕	徐霞村	《文学评论》1934年第1卷第1期

续表

序号	篇名	作者	期刊/刊号
78	西班牙的文化	徐霞村	《文艺风景》1934年第1卷第1期
79	后记	乐雯等	《译文》1934年第1卷第2期
80	后记	黎烈文等	《译文》1934年第1卷第3期
81	西班牙近代小说概观	戴望舒	《矛盾月刊》1934年第2卷第5期
82	西班牙散文作家俞拿米罗	金满成	《矛盾月刊》1934年第3卷第3/4期
83	西万提斯传	庄启东	《华安》1934年第2卷第9期
84	英译的"西万提斯传"	编辑	《文学》1934年第3卷第4期
85	西万提斯	仲江	《小朋友》1934年第596期
86	现代西班牙剧坛	徐霞村	《齐大季刊》1935年第7期
87	后记	陈占元等	《译文》1935年第1卷第6期
88	我怎样和吉诃德先生初次见面	傅东华	《中学生》1935年第56期
89	西班牙名戏剧家魏佳先生专辑：献辞	白冈	《戏世界月刊》1935年第1卷第2期
90	西班牙大戏剧家惠格逝世纪念	仲持	《文学》1935年第5卷第3期
91	西班牙的巡回剧院	影呆	《新闻报本埠附刊》13016
92	魏佳三百年祭感言	扶摇仓主	《戏世界月刊》1935年第1卷第2期
93	魏佳年表摘录	扶摇仓主	《戏世界月刊》1935年第1卷第2期
94	魏佳小传	蔡武伯	《戏世界月刊》1935年第1卷第2期
95	西班牙纪念魏佳盛况	编辑	《戏世界月刊》1935年第1卷第2期
96	莎士比亚和西万提斯	银涛	《中央日报》1935年4月24日
97	巴罗哈近讯	编辑	《文学》1936年第6卷第2期
98	我的旅伴：西班牙旅行记之一	戴望舒	《新中华》1936年第4卷第1期
99	鲍尔陀一日：西班牙旅行记之二	戴望舒	《新中华》1936年第4卷第2期
100	在一个边境的站上：西班牙旅行记之三	戴望舒	《新中华》1936年第4卷第5期
101	西班牙的铁路：西班牙旅行记之四	戴望舒	《新中华》1936年第4卷第6期
102	关于沙里纳思	戴望舒	《新诗》1936年第2期
103	文坛消息：西班牙新小说	编辑	《时事类编》1936年第4卷第12期
104	纪西班牙戏剧家一	草包	《戏世界》1936年2月28日
105	纪西班牙戏剧家	扶摇	《戏世界》1936年3月1日
106	吉诃德的著者西万提斯	寒梅	《中央日报》1936年4月27—28日

◇◇◇ 附　　录

续表

序号	篇名	作者	期刊/刊号
107	关于阿尔陀拉季雷	戴望舒	《新诗》1937 年第 6 期
108	文学往来：西班牙文坛近况	齐生	《译文》1937 年新 3 卷第 2 期
109	西班牙内战中的报告文学：在西班牙前线上的林肯大队	正明	《人间十日》1937 年第 11 期
110	文坛动态：西班牙作家在前线	编辑	《清华周刊》1937 年第 45 卷第 12 期
111	西班牙作家游苏	编辑	《文学》1937 年第 8 卷第 5 期
112	苏联作家与西班牙内战	霭穆	《宇宙风》1937 年第 33 期
113	西班牙民族·中华民族	杨任	《中国诗坛》1938 年第 2 卷第 1 期
114	一位绝世的散文家：西班牙的阿左林	徐中玉	《宇宙风》1938 年第 59 期
115	第五章 西班牙底小说	黄哲人	《东西小说发达史》国际学术书社 1939 年版
116	西班牙大诗人马却陀逝世	袁水拍	《星岛日报·星座》1939 年 4 月 15 日第 250 期
117	骑士文学的没落：与塞万提斯的"吉诃德先生"	沈再	《新东方杂志》1940 年第 2 卷第 1 期
118	论人民之歌	黄绳	《大公报》1941 年 6 月 29 日第 1127 期
119	弗朗哥治下的西班牙文化	林丰	《星岛日报·星座》1941 年 5 月 28 日第 945 期
120	卡门	劳神	《万象》1944 年第 4 卷第 1 期
121	西万提斯：骑士制度底感伤的嘲讽者	羊紫	《新学生》1944 年第 10 期
122	论文艺复兴时代西班牙的戏剧	冰夷	《求真杂志》1946 年第 1 卷第 3 期
123	骑士和作家西万提斯（第十二篇）	编辑	《益世报》1946 年 6 月 26 日
124	记玛德里的书市	戴望舒	《文艺春秋》1946 年第 3 卷第 5 期
125	塞万提斯四百诞辰纪念	徐调孚	《创世》1947 年第 3 期
126	谈西万提斯和堂吉诃德	巴人	《益世报》1947 年 12 月 15 日
127	阿左林小集	高凤	《和平日报》1947 年 2 月 20 日
128	先知者——读"西班牙诗歌选译"以后	嘉丁	《诗创造》1948 年第 8 期
129	跋西班牙抗战谣曲选	戴望舒	《华侨日报·文艺周刊》1948 年 12 月 12 日第 87 期
130	西班牙的前进文学家	江湖	《华侨日报·文艺》1949 年 4 月 3 日第 101 期

参考文献

一　中文著作

北京鲁迅博物馆鲁迅研究室编：《鲁迅研究资料》（22），中国文联出版公司1989年版。

卞之琳著，江弱水、青乔编：《卞之琳文集》中卷，安徽教育出版社2002年版。

曹顺庆等：《比较文学论》，四川教育出版社2002年版。

陈惇：《塞万提斯》，新蕾出版社2000年版。

陈凯先：《塞万提斯》，华夏出版社2001年版。

陈凯先：《西方现代小说之父：塞万提斯》，华中科技大学出版社2021年版。

陈玉刚主编：《中国翻译文学史稿》，中国对外翻译出版公司1989年版。

陈众议：《塞万提斯学术史研究》，译林出版社2011年版。

陈众议：《西班牙文学：黄金世纪研究》，译林出版社2007年版。

陈众议、王留栓：《西班牙文学简史》，上海外语教育出版社2006年版。

陈众议编选：《塞万提斯研究文集》，译林出版社2014年版。

陈众议主编，陈众议、范晔、宗笑飞著：《西班牙与西班牙语美洲文学通史》2《西班牙文学：黄金世纪》，译林出版社2018年版。

陈众议主编，陈众议、宗笑飞著：《西班牙与西班牙语美洲文学通史》

参考文献

1 《西班牙文学：中古时期》，译林出版社2017年版。
崔杰：《荒诞的理性：塞万提斯与〈堂吉诃德〉》，海南出版社1993年版。
戴望舒：《戴望舒诗选》，人民文学出版社1957年版。
戴望舒译：《戴望舒译诗集》，湖南人民出版社1983年版。
戴望舒著，吴晓铃编：《小说戏曲论集》，作家出版社1958年版。
邓以蛰：《西班牙游记》，上海良友图书印刷公司1936年版。
丁文林：《塞拉：西班牙"一个真正的文库"》，长春出版社1997年版。
董燕生：《西班牙文学》，外语教学与研究出版社1998年版。
董燕生：《已是山花烂漫：一名教师近半个世纪的足印》，外语教育与研究出版社2010年版。
董燕生译编：《董燕生译文自选集》，漓江出版社2013年版。
芳信：《春蔓》，光华书局1929年版。
芳信：《罗曼罗兰评传》，永祥印书馆1945年版。
芳信：《秋之梦》，大光书局1936年版。
废名：《废名小说选》，人民文学出版社1957年版。
废名：《莫须有先生传》，开明书店1932年版。
郭延礼：《中西文化碰撞与近代文学》，山东教育出版社1999年版。
国家出版事业管理局版本图书馆编：《1949—1979翻译出版外国古典文学著作目录》，中华书局1980年版。
黄道立：《著名西班牙人文主义作家塞万提斯》，商务印书馆1987年版。
黄药眠：《桂林底撤退》，香港：群力书店1947年版。
黄药眠：《黄药眠抒情诗集》，长江文艺出版社1990年版。
黄药眠：《黄药眠自选集》，花城出版社1986年版。
黄药眠：《英雄颂》，北京师范大学出版部1952年版。
黄药眠：《战斗者的诗人》，生活·读书·新知三联书店2014年版。
季进：《钱锺书与现代西学》（增订本），复旦大学出版社2011年版。
贾植芳编：《文学研究会资料》，河南人民出版社1985年版。
贾植芳编：《中国现代文学总书目·翻译文学卷》，知识产权出版社2010年版。

金仲华：《西班牙的新军队是怎样建立的》，生活书店1938年版。

李欧梵著，季进编：《中国现代文学与现代性十讲》，复旦大学出版社2002年版。

廖七一：《中国近代翻译思想的嬗变：五四前后文学翻译规范研究》，南开大学出版社2010年版。

刘保寰：《现代西班牙政治》，商务印书馆1938年版。

刘宏照：《林纾小说翻译研究》，上海译文出版社2011年版。

刘群：《动荡中的西班牙》，读书生活出版社1936年版。

刘祥安：《卞之琳：在混乱中寻求秩序》，文津出版社2006年版。

鲁迅：《鲁迅全集》第4卷，人民文学出版社1981年版。

鲁迅：《鲁迅全集》第6卷，人民文学出版社2005年版。

鲁迅：《鲁迅译文集》（八），人民文学出版社1958年版。

罗文敏：《〈堂吉诃德〉与小说叙事》，中国社会科学出版社2014年版。

罗文敏：《我是小丑：塞万提斯〈堂吉诃德〉研究》，甘肃人民美术出版社2007年版。

罗新璋编：《翻译论集》，商务印书馆1984年版。

罗银胜：《杨绛传》，文化艺术出版社2005年版。

马士奎：《中国当代文学翻译研究（1966—1976）》，中央民族大学出版社2007年版。

马祖毅：《中国翻译史》，湖北教育出版社1999年版。

茅盾：《茅盾全集》第18卷《中国文论一集》，人民文学出版社1989年版。

茅盾：《茅盾全集》第31卷《外国文论三集》，人民文学出版社2001年版。

孟复：《西班牙文学简史》，四川人民出版社1982年版。

孟昭毅、李载道主编：《中国翻译文学史》，北京大学出版社2005年版。

平保兴：《五四翻译文学史》，中国文史出版社2005年版。

钱理群：《丰富的痛苦：堂吉诃德与哈姆雷特的东译》，生活·读书·新知三联书店2015年版。

钱锺书（钱钟书）等：《林纾的翻译》，商务印书馆1981年版。
上海鲁迅纪念馆编：《黄源文集》第2卷《论著卷》，上海文艺出版社2005年版。
沈石岩编著：《西班牙文学史》，北京大学出版社2006年版。
施蛰存：《沙上的脚迹》，辽宁教育出版社1995年版。
宋炳辉：《弱势民族文学在中国》，南京大学出版社2007年版。
宋炳辉：《视界与方法：中外文学关系研究》，复旦大学出版社2013年版。
宋炳辉：《文学史视野中的中国现代翻译文学——以作家翻译为中心》，复旦大学出版社2013年版。
谭正璧编：《中国文学进化史》，光明书局1929年版。
唐湜：《新意度集》，生活·读书·新知三联书店1990年版。
唐弢：《晦庵书话》，生活·读书·新知三联书店1980年版。
唐弢：《唐弢杂文选》，人民文学出版社1955年版。
滕威：《"边境"之南：拉丁美洲文学汉译与中国当代文学（1949—1999）》，北京大学出版社2011年版。
万良濬、朱曼华：《西班牙文学》，商务印书馆1931年版。
万忆、万一知编著：《广西抗战文化史料汇编》第1辑《文艺期刊卷》，人民日报出版社2013年版。
汪曾祺著，邓九平编：《汪曾祺全集》第1—6卷，北京师范大学出版社1998年版。
王宏志编：《翻译与创作——中国近代翻译小说论》，北京大学出版社2000年版。
王建开：《五四以来我国英美文学作品翻译史（1919—1949）》，上海外语教育出版社2003年版。
王锦厚：《五四新文学与外国文学》，四川大学出版社1989年版。
王军：《西班牙当代女性成长小说》，北京大学出版社2016年版。
王军编著：《20世纪西班牙小说》，北京大学出版社2007年版。
王文彬、金石主编：《戴望舒全集·散文卷》，中国青年出版社1999

年版。

王文彬、金石主编：《戴望舒全集·诗歌卷》，中国青年出版社 1999 年版。

王文彬、金石主编：《戴望舒全集·小说卷》，中国青年出版社 1999 年版。

王向远：《东方各国文学在中国：译介与研究史述论》，江西教育出版社 2001 年版。

王向远：《二十世纪中国的日本翻译文学史》，北京师范大学出版社 2001 年版。

文美惠：《塞万提斯和〈堂·吉诃德〉》，北京出版社 1981 年版。

吴虽编著：《塞万提斯》，海南出版社 1997 年版。

吴义勤主编：《杨绛研究资料》，百花洲文艺出版社 2019 年版。

夏征晨：《西班牙的内战》，上海良友图书印刷公司 1937 年版。

谢天振：《比较文学与翻译研究》，复旦大学出版社 2011 年版。

谢天振：《译介学》（增订本），译林出版社 2013 年版。

谢天振：《译介学导论》，北京大学出版社 2007 年版。

谢天振、查明建主编：《中国现代翻译文学史（1898—1949）》，上海外语教育出版社 2004 年版。

谢天振主编：《当代国外翻译理论导读》，南开大学出版社 2008 年版。

徐霞村：《现代南欧文学概观》，神州国光社 1930 年版。

严绍璗、陈思和主编：《跨文化研究：什么是比较文学》，北京大学出版社 2007 年版。

杨国良编：《杨绛年谱》，线装书局 2008 年版。

杨绛：《春泥集》，上海文艺出版社 1979 年版。

杨绛：《杨绛文集》第 1—4 卷，人民文学出版社 2004 年版。

杨义主编，秦弓著：《二十世纪中国翻译文学史·五四时期卷》，百花文艺出版社 2009 年版。

姚千里编著：《西班牙动乱与国际》，正中书局 1937 年版。

姚芮玲：《翻译文学与中国革命文学（1923—1930）的历史建构》，中国社会科学出版社2019年版。

叶贝：《西班牙》，珠林书店1938年版。

叶灵凤：《读书随笔·二集》，生活·读书·新知三联书店1988年版。

臧仲伦编著：《中国翻译史话》，山东教育出版社1991年版。

曾卓：《曾卓文集》第3卷，长江文艺出版社1994年版。

查明建、谢天振：《中国20世纪外国文学翻译史》，湖北教育出版社2003年版。

张俊才：《林纾评传》，中华书局2007年版。

张书立：《塞万提斯（1547—1616）》，辽宁人民出版社1982年版。

张铁生：《在西班牙》，生活书店1938年版。

张绪华：《20世纪西班牙文学》，上海外语教育出版社1997年版。

赵稀方：《翻译现代性：晚清到五四的翻译研究》，南开大学出版社2012年版。

赵稀方：《翻译与现代中国》，复旦大学出版社2018年版。

赵振江：《西班牙与西班牙语美洲诗歌导论》，北京大学出版社2002年版。

赵振江、范晔、程弋洋：《西班牙20世纪诗歌研究》，北京大学出版社2017年版。

赵振江等：《中外文学交流史：中国—西班牙语国家卷》，山东教育出版社2015年版。

郑振铎：《文学大纲》，商务印书馆国际有限公司2015年第2版。

中国版本图书馆编：《1949—1979翻译出版外国文学著作目录和提要》，江苏人民出版社1986年版。

中国版本图书馆编：《1980—1986翻译出版外国文学著作目录和提要》，重庆出版社1989年版。

周作人：《欧洲文学史》，岳麓书社2010年版。

周作人：《自己的园地》，北新书局1930年第14版。

周作人译：《现代小说译丛》第一集，商务印书馆1922年版。

朱景冬：《塞万提斯评传》，百花文艺出版社2009年版。

二　中文译著

［法］左拉：《饕餮的巴黎》，李青崖译，郑州大学出版社 2022 年版。

［美］Harry Gannes、Theodore Repard：《动乱中的西班牙》，王厂青译，天马书店 1937 年版。

［日］樽本照雄编：《新编增补清末民初小说目录》，贺伟译，齐鲁书社 2002 年版。

［苏］莱夫·伦支等：《近代世界短篇小说集Ⅱ：在沙漠上及其他》，鲁迅等译，合记教育用品社 1929 年版。

［苏］卢那察尔斯基：《解放了的董·吉诃德》，易嘉译，上海联华书局 1934 年版。

［苏］亚非诺干诺夫：《西班牙万岁》，尤兢译，生活书店 1937 年版。

［西］阿索林：《西班牙小景》，徐霞村、戴望舒译，福建人民出版社 1982 年版。

［西］阿左林：《阿左林小集》，卞之琳译，国民图书出版社 1943 年版。

［西］阿左林：《西万提斯的未婚妻》，戴望舒、徐霞村译，神州国光社 1930 年版。

［西］安东尼·亚帕利西奥等：《……而西班牙歌唱了》，芳信译，诗歌书店 1941 年版。

［西］安东尼·亚帕利西奥等：《西班牙人民军战歌》，芳信译，光华书店 1948 年版。

［西］奥尔特加·伊·加塞特：《没有主心骨的西班牙》，赵德明译，漓江出版社 2015 年版。

［西］巴罗哈：《山民牧唱》，鲁迅译，人民文学出版社 1953 年版。

［西］倍那文德：《倍那文德戏曲集》，沈雁冰、张闻天译，商务印书馆 1925 年版。

［西］倍奈文德：《热情的女人》，马彦祥改译，现代书局 1931 年版。

· 305 ·

［西］费德里科·加西亚·洛尔迦：《船在海上，马在山中：洛尔迦诗集》，戴望舒译，云南人民出版社2020年版。

［西］加巴立罗等：《西班牙短篇小说集》（上下），戴望舒选译，商务印书馆1936年版。

［西］加斯特拉绘：《西班牙的苦难》，巴金编写，平明书店1940年版。

［西］加斯特拉绘：《西班牙的血》，巴金编写，平明书店1938年版。

［西］洛尔伽：《洛尔伽诗钞》，戴望舒译，施蛰存编，作家出版社1956年版。

［西］洛尔迦：《洛尔迦的诗》，戴望舒、陈实译，花城出版社2012年版。

［西］洛尔迦：《小小的死亡之歌：洛尔迦诗选》，戴望舒译，人民文学出版社2016年版。

［西］欧里亚：《西班牙宫闱琐语》，铁樵、莼农等译，商务印书馆1915年版。

［西］R.阿尔培特等：《西班牙革命诗歌选》，黄药眠译，北京师范大学出版部1951年版。

［西］R.阿尔培特等：《西班牙革命诗歌选》，黄药眠译，北京中外出版社1950年版。

［西］R.阿尔培特等：《西班牙诗歌选译》，黄药眠译，诗创作社1942年版。

［西］塞万提斯：《魔侠传》，林纾、陈家麟译，上海三联书店2018年版。

［西］幸门绘：《西班牙的曙光》，巴金编，平明书店1938年版。

［西］伊巴鲁里等：《西班牙的面目》，大众书店1946年版。

［西］伊巴臬兹：《启示录的四骑士》，李青崖译，北新书局1929年版。

［西］伊巴臬兹：《四骑士》，李青崖译，商务印书馆1935年版。

［西］伊巴涅思：《良夜幽情曲》，戴望舒译，光华书局1928年版。

三　中文报刊论文

宝骅：《从〈吉诃德先生〉说到〈阿Q正传〉》，《社会与教育》1933

年第 7 卷第 4 期。

北岛：《洛尔迦：橄榄树林的一阵悲风》，《收获》2004 年第 1 期。

卞之琳：《〈冯文炳（废名）选集〉序》，《新文学史料》1984 年第 2 期。

卞之琳等：《十年来的外国文学翻译和研究工作》，《文学评论》1959 年第 5 期。

不堂：《中华民国的新"堂吉诃德"们》，《北斗》1932 年第 2 卷第 1 期。

长庚：《几条"顺"的翻译》，《北斗》1931 年第 1 卷第 4 期。

陈独秀：《文学革命论》，《新青年》1917 年第 2 卷第 6 号。

陈独秀：《现代欧洲文艺史谭》，《青年杂志》1915 年第 1 卷第 3 期。

陈广兴：《现代性痛苦的丰富阐释——读钱理群〈丰富的痛苦〉》，《中国比较文学》2008 年第 1 期。

陈国恩：《〈堂·吉诃德〉与 20 世纪中国文学》，《外国文学研究》2002 年第 3 期。

陈国坚：《〈堂吉诃德〉的音韵美》，《现代汉语》1988 年第 3 期。

陈思和：《中国新文学发展中的现实战斗精神——现实战斗精神与现实主义的分界》，《中国现代文学研究丛刊》1987 年第 2 期。

陈众议：《捭阖于前瞻与回眸之间——记翻译家刘习良先生》，《中国翻译》2005 年第 3 期。

陈众议：《塞万提斯学术史研究》，《东吴学术》2011 年第 2 期。

陈众议：《外国文学翻译与研究 60 年》，《中国翻译》2009 年第 6 期。

陈众议：《学术史研究及其方法论辨正》，《外国文学动态研究》2020 年第 3 期。

陈众议：《杨绛——最后的女先生》，《东吴学术》2016 年第 5 期。

程弋洋、盛妍：《西日汉文本对照下的鲁迅翻译观——从鲁迅翻译巴罗哈谈起》，《鲁迅研究月刊》2020 年第 1 期。

驰骋：《全国西、葡、拉美文学学会举行首届年会》，《拉丁美洲丛刊》1982 年第 5 期。

戴望舒：《鲍尔陀一日：西班牙旅行记之二》，《新中华》1936 年第 4 卷第 2 期。

戴望舒:《我的旅伴:西班牙旅行记之一》,《新中华》1936年第4卷第1期。

戴望舒:《西班牙的铁路:西班牙旅行记之四》,《新中华》1936年第4卷第6期。

戴望舒:《在一个边境的站上:西班牙旅行记之三》,《新中华》1936年第4卷第5期。

戴文葆:《胡愈之的翻译事业》,《出版广角》1999年第10期。

丁往道:《我遇见了唐吉诃德》,《文艺月刊》1947年第1期。

董燕生:《在不同时空中解读〈堂吉诃德〉》,《欧美文学论丛》,2011年。

范晔等:《朴实学风、浪漫情怀——北京大学西班牙语系赵振江教授访谈》,《国外文学》2007年第3期。

费小平:《张闻天:我国外国文论、外国文学译介的先驱者》,《当代文坛》2014年第5期。

冯亦代:《荒漠中的摸索》,《外国文学评论》1989年第3期。

冯玉文:《引为同调——鲁迅译介巴罗哈的心理动因》,《哈尔滨学院学报》2014年第8期。

冯至、陈柞敏、罗业森:《五四时期俄罗斯文学和其他欧洲国家文学的翻译与介绍》,《北京大学学报》1959年第2期。

傅东华:《我怎样和吉诃德先生初次见面》,《中学生》1935年第56期。

傅东华:《西万提司评传》,《小说月报》1925年第16卷第1期。

耿纪永、刘朋朋:《翻译文学史研究中的方法论意识——兼评〈翻译、文学与政治:以《世界文学》为例(1953—1966)〉》,《中国比较文学》2021年第1期。

耿强:《翻译中的副文本及研究:理论、方法、议题与批评》,《外国语(上海外国语大学学报)》2016年第5期。

归溢:《二十世纪上半叶西班牙女性文学综论》,《欧美文学论丛》,2011年。

何榕:《西班牙"27年代诗人"散文诗歌选》,《世界文学》1986年第5期。

荷影：《关于"董·吉诃德"和"阿Q"》，《上海周报》1941年第4卷第8期。

胡适：《建设的文学革命论》，《新青年》1918年第4卷第4期。

胡书义：《隔代异国的孪生兄弟——桑丘与八戒形象比较》，《外国文学研究》1989年第1期。

胡文虎：《创办本报旨趣》，《星岛日报》1938年8月1日第1版。

胡真才：《杨绛翻译〈堂吉诃德〉的前前后后》，《全国新书目》2017年第5期。

黄嘉德：《"吉诃德先生传"简论——纪念"吉诃德先生传"出版三百五十周年》，《文史哲》1955年第7期。

黄乐平：《安东尼奥·马查多：对现代主义的超越及向"98年一代"的转变》，《外国文学评论》2010年第1期。

黄永恒：《妙趣横生别具一格——〈堂吉诃德〉谚语漫议》，《外国文学专刊》1985年第1期。

记者：《〈小说新潮栏〉宣言》，《小说月报》1920年第11卷第1期。

季进、董炎：《文本旅行的地图——从〈中国20世纪外国文学翻译史〉谈起》，《中国比较文学》2008年第3期。

姜智芹：《阿Q和堂吉诃德平行研究新探》，《山东文学》2000年第7期。

蒋承勇：《〈堂吉诃德〉的多重讽刺视角与人文意蕴重构》，《外国文学评论》2001年第4期。

邝邦洪：《二十世纪写实主义文学思潮论》，《文学评论》2008年第5期。

黎炳森、马为公：《坚实的步履 执著的追求——记刘习良的翻译活动》，《中国翻译》1993年第1期。

黎舟：《鲁迅与巴罗哈》，《福建师大学报》（哲学社会科学版）1981年第3期。

李朝平：《被忽略的颓废主义诗人朱维基》，《现代中文学刊》2020年第5期。

李德恩：《堂吉诃德：伟大与渺小——兼论〈堂吉诃德〉中后现代主义小说特征》，《外国文学》2009年第2期。

李德恩：《重读〈堂吉诃德〉》，《外国文学》2001年第2期。

李蕤：《两种傻力：解放的吉诃德读后》，《文艺月刊》1940年特刊号。

李勇：《五四时期写实主义理论的开放性》，《云南大学学报》（社会科学版）2019年第2期。

李志斌：《堂吉诃德和阿Q形象之比较》，《郑州大学学报》（哲学社会科学版）1999年第1期。

林一安：《"胸毛"与"瘸腿"——试谈译文与原文的抵牾》，《外国文学》2004年第3期。

刘爱琳、徐伟：《骑士与圣僧：〈堂吉诃德〉〈西游记〉叙事艺术比较》，《江苏社会科学》2020年第6期。

刘程程：《汪曾祺和契诃夫、阿左林》，《小说评论》2020年第1期。

刘进才：《阿左林作品在现代中国的传播与接受》，《中国现代文学研究丛刊》2004年第4期。

刘京胜：《俗语翻译粗谈》，《中国翻译》1996年第5期。

刘梦溪：《异地则同 易时而通——〈堂吉诃德〉的前言和〈红楼梦〉第一回比较》，《红楼梦学刊》1984年第2期。

刘武和：《堂吉诃德的中国接受》，《云南师范大学学报》（哲学社会科学版）2002年第2期。

卢军：《论西班牙作家阿索林对汪曾祺创作的影响》，《时代文学》（下半月）2010年第6期。

卢军：《汪曾祺与阿索林小说中人物的共性比较》，《名作欣赏》2012年第24期。

卢玮銮：《戴望舒在香港的著作译作目录》，《香港文学》1985年第2期。

卢晓为：《社会转型时期的"五四运动"和"九八年代"——20世纪初中国和西班牙文学改革比较》，《广东外语外贸大学学报》2015年第2期。

鲁迅：《无花的蔷薇之三》，《语丝》1926年第79期。

陆建德：《文化交流中"二三流者"的非凡意义——略说林译小说中的通俗作品》，《社会科学战线》2016 年第 6 期。

洛文：《真假堂吉诃德》，《申报月刊》1933 年第 2 卷第 6 期。

马媛颖：《站在巨岩上的凝望——读陈众议〈塞万提斯学术史研究〉》，《社会科学管理与评论》2011 年第 4 期。

毛金里：《西、葡、拉美文学研究会第 4 届年会简讯》，《拉丁美洲研究》1991 年第 5 期。

倪婕、程弋洋：《民国时期巴罗哈在中国的翻译与出版》，《东方翻译》2019 年第 1 期。

乔澄澈：《翻译与创作并举——女翻译家杨绛》，《外语学刊》2010 年第 5 期。

乔木：《满天吹着西班牙的风》，《光明》1936 年第 1 卷第 6 期。

秦弓：《论翻译文学在现代文学史上的地位——以五四时期为例》，《文学评论》2007 年第 2 期。

秦家琪、陆协新：《阿 Q 和堂吉诃德形象的比较研究》，《文学评论》1982 年第 4 期。

曲楠：《"满天吹着西班牙的风"：抗战时期的中国诗坛与西班牙内战》，《中国现代文学研究丛刊》2018 年第 1 期。

权：《加紧介绍外国文艺作品的工作》，《抗战文艺》1938 年第 3 卷第 3 期。

阙国虬：《试论戴望舒诗歌的外来影响与独创性》，《文学评论》1983 年第 4 期。

饶道庆：《意义的重建：从过去到未来——〈堂吉诃德〉新论》，《外国文学评论》1992 年第 4 期。

申欣欣：《现代西班牙汉译文学的译介策略》，《中国比较文学》2009 年第 3 期。

申欣欣、张昭兵：《现代西班牙译介文学的汉语化命运》，《江汉大学学报》（人文科学版）2009 年第 2 期。

沈雁冰：《对于系统的经济的介绍西洋文学底意见》，《时事新报·学灯》1920年2月4日第13版。

沈雁冰：《文学与人生》，《四川开江县县立中学校校友会会刊》1926年创刊号。

施蛰存：《诗人身后事》，《香港文学》1990年第67期。

史青：《永远的骑士——塞万提斯逝世四百周年纪念暨国际学术研讨会纪要》，《外国文学》2017年第1期。

宋炳辉：《陈众议的学术视野与文化关怀》，《当代作家评论》2012年第1期。

宋炳辉、陈竟宇：《接受途径、译介策略与文化价值倾向——论茅盾对外国文学的选择与中国文学建构》，《外语与外语教学》2019年第3期。

孙大公：《〈堂吉诃德〉西班牙谚语运用初探》，《丽水师专学报》1988年第1期。

唐民权：《98文学年代及其主将乌纳穆诺》，《外语教学》1981年第3期。

唐民权：《塞万提斯及其〈堂吉诃德〉小议》，《外语教学》1980年第2期。

滕威：《"过气"大师伊巴涅斯》，《读书》2019年第2期。

铁樵：《论言情小说撰不如译》，《小说月报》1915年第6卷第7期。

童燕萍：《写实与虚构的对立统一——〈堂吉诃德〉的模仿真实》，《外国文学评论》1998年第3期。

屠国元、李静：《论本色译者杨绛》，《中国翻译》2022年第2期。

万戴、楼宇：《与新中国建设同步的译介人生——访著名西葡拉美文学翻译家赵德明教授》，《中国社会科学报》2019年8月29日第2版。

汪天艾：《西班牙内战"诗史"：战地歌声》，《文艺报》2014年11月14日第7版。

王碧瑶：《解构之维——〈鹿鼎记〉和〈堂吉诃德〉之比较》，《楚雄师范学院学报》2005年第2期。

王军：《论当代西班牙女性小说中女性形象的演变》，《解放军外国语学院学报》2005 年第 6 期。

王军：《新中国 60 年塞万提斯小说研究之考察与分析》，《国外文学》2012 年第 4 期。

王淑明：《洋泾浜奇侠》，《现代》1934 年第 5 卷第 1 期。

王卫平、王莹：《〈阿Q正传〉受到〈堂吉诃德〉影响了吗？——对一个老问题的新看法》，《鲁迅研究月刊》2019 年第 9 期。

王文彬：《戴望舒年表》，《新文学史料》2005 年第 1 期。

王向峰：《亦幻亦真的游走叙事——漫论塞万提斯的〈堂吉诃德〉》，《辽宁大学学报》（哲学社会科学版）2012 年第 2 期。

王向远：《"译文不在场"的翻译文学史——"译文学"意识的缺失与中国翻译文学史著作的缺憾》，《文学评论》2015 年第 3 期。

王小曼、刘丽芬：《戴望舒与西班牙文学》，《中国社会科学报》2020 年 11 月 30 日第 3 版。

王勇：《胡愈之在〈东方杂志〉上的文学翻译》，《海南师范大学学报》（社会科学版）2013 年第 3 期。

王友贵：《意识形态与 20 世纪中国翻译文学史（1899—1979）》，《中国翻译》2003 年第 5 期。

王佐良：《翻译与文化繁荣》，《中国翻译》1985 年第 1 期。

王佐良：《译诗和写诗之间——读〈戴望舒译诗集〉随想录》，《外国文学》1985 年第 4 期。

吴冬艳：《在矛盾境遇变化中塑造人物——说说〈西游记〉〈堂吉诃德〉的游走情节》，《辽宁师范大学学报》（社会科学版）2010 年第 6 期。

吴健恒：《西班牙、葡萄牙、拉丁美洲文学在中国》，《外国文学》1989 年第 5 期。

吴士余：《〈水浒〉与〈堂吉诃德〉结构异同论》，《中国比较文学》1985 年第 1 期。

锡金：《芳信和诗歌书店》，《新文学史料》1980 年第 4 期。

夏元明：《〈莫须有先生传〉与〈堂吉诃德〉之比较研究》，《黄冈师范学院学报》2001 年第 6 期。

谢天振：《翻译文学史：探索与实践——对新世纪以来国内翻译文学史著述的阅读与思考》，《东方翻译》2013 年第 4 期。

谢天振：《论文学翻译的创造性叛逆》，《外国语（上海外国语学院学报)》1992 年第 2 期。

徐群晖：《审美现代性的探寻——评陈众议的〈堂吉诃德的长矛〉》，《外国文学研究》2011 年第 4 期。

杨恒达：《他们把堂吉诃德请到中国来》，《博览群书》2016 年第 10 期。

杨绛：《〈堂吉诃德〉译余琐掇》，《读书》1984 年第 9 期。

杨绛：《旧书新解——读小说漫论之二》，《文学评论》1981 年第 4 期。

杨绛：《失败的经验（试谈翻译)》，《中国翻译》1986 年第 5 期。

杨绛：《堂吉诃德和〈堂吉诃德〉》，《文学评论》1964 年第 3 期。

杨玲：《2011 年西班牙语文学创作及批评概述》，《外国文学动态》2012 年第 4 期。

杨玲：《2012 西班牙语文学创作概述》，《外国文学动态》2013 年第 4 期。

杨玲：《2013 年西班牙语文学创作概述》，《外国文学动态》2014 年第 6 期。

杨玲：《"南方"情结与幻影人生——2018 年西班牙语文学概述》，《外国文学动态研究》2019 年第 4 期。

杨玲：《穿梭于虚构与真实之间——2017 年西班牙语文学概述》，《外国文学动态研究》2018 年第 4 期。

杨玲：《传统与创新并存——2014 西班牙语文学创作概述》，《外国文学动态研究》2015 年第 3 期。

杨玲：《历史的轮回：2019 年西班牙语文学概述》，《外国文学动态研究》2020 年第 4 期。

杨玲：《文学是必要的乌托邦——2016 年西班牙语文学概述》，《外国文学动态研究》2017 年第 6 期。

杨玲：《向文学传统致敬——2015 年西班牙语文学概述》，《外国文学动态研究》2016年第6期。

杨玲：《新世纪的堂吉诃德们——新世纪西班牙语文学十年回顾》，《外国文学动态》2011年第5期。

杨玲：《治愈与新生——2020年西班牙语文学概述》，《外国文学动态研究》2021年第4期。

杨玲：《走进西班牙语文学的"她世纪"》，《中国社会科学报》2016年10月13日第6版。

仪信：《中国西葡拉美文学研讨会在京郊召开》，《外国文学评论》1993年第4期。

佚名：《社谈：吉诃德型与阿Q型》，《社会与教育》1933年第7卷第4期。

于施洋：《"堂吉诃德"归去来》，《书城》2021年第8期。

禹权恒：《"堂吉诃德在中国"与"中国的堂吉诃德"》，《鲁迅研究月刊》2016年第5期。

愈之：《近代文学上的写实主义》，《东方杂志》1920年第17卷第1期。

袁荻涌：《鲁迅为什么要译介巴罗哈的作品？》，《鲁迅研究月刊》1994年第1期。

张朝霞：《〈堂吉诃德〉和谚语》，《佳木斯师专学报》1995年第4期。

张治：《堂吉诃德藏书在中国——西班牙"黄金世纪"文学汉译史概述》，《上海文化》2022年第2期。

郑振铎：《各国"文学史"介绍》，《小说月报》1925年第16卷第1期。

止庵：《读〈莫须有先生传〉》，《黄冈师范学院学报》2003年第1期。

周宁：《幻想中的英雄——论〈堂吉诃德〉的多重意义》，《厦门大学学报》（哲学社会科学版）1996年第1期。

周作人：《病中的诗：二、过去的生命》，《新青年》1921年第9卷第5期。

周作人：《论中国旧戏之应废》，《新青年》1918年第5卷第5期。

周作人：《魔侠传》，《小说月报》1925年第16卷第1期。

周作人：《人的文学》，《新青年》1918年第5卷第6期。

周作人：《育婴刍议·附记》，《民国日报·觉悟》1923年第9卷第27期。

朱庆芳：《汪曾祺与阿索林》，《长春理工大学学报》（社会科学版）2006年第4期。

朱正、陈早春：《孙用小传》，《新文学史料》1984年第1期。

子荣：《茶话之五：塞文狄斯》，《语丝》1925年第57期。

宗亮：《路与碑：唐·吉诃德颂》，《诗文学》1945年第2期。

宗笑飞：《学者情怀——陈众议先生学术述评》，《东吴学术》2019年第5期。

[德] H. 海涅：《吉诃德先生》，傅东华译，《译文》1935年第2卷第3期。

[俄] I. Turgenjew：《Hamlet 和 Don Quichotte》，郁达夫译，《奔流》1928年第1卷第1期。

[法] 利大英：《远行与发现——1932—1935年的戴望舒》，寇小叶译，《现代中文学刊》2009年第3期。

[美] 罗鹏：《如何以言行事：杨绛和她的翻译》，许淑芳译，《华文文学》2018年第5期。

[苏] F. Kelin：《西班牙人民阵线的文学》，孟殊译，《世界文化》1936年创刊号。

[苏] F. 凯林：《当今的西班牙文学》，铁弦译，《译文》1937年新3卷第2期。

[苏] F. 凯林：《乌那慕诺之死》，绮萍译，《译文》1937年新3卷第2期。

[苏] F. 凯林：《西班牙的革命作家别尔加曼》，铁弦译，《抗战文艺》1938年第2卷第4期。

[苏] F. V. Kelvin：《西班牙文学中的英雄主义》，何家槐译，《光明》1937年第2卷第3期。

[苏] A. V. 卢那卡尔斯基：《被解放的堂·吉诃德》，隋洛文译，《北斗》1931年第1卷第3期。

[以] 伊塔马·埃文－佐哈尔：《多元系统论》，张南峰译，《中国翻

译》2002年第4期。

［英］D. 特里瓦尔：《西班牙战争中的诗人们》，高寒译，《抗战文艺》1938年第2卷第1期。

［英］V. S. Pritchett：《近代西班牙小说之趋势》，赵家璧译，《现代》1934年第5卷第3期。

四　学位论文

黄晓夏：《中国学术视野下的西班牙文学》，硕士学位论文，华东师范大学，2012年。

申欣欣：《建构　阐释　策略——1917—1949年现代西班牙汉译文学研究》，硕士学位论文，河南大学，2007年。

孙少伟：《异国形象与战时中国——西班牙内战主题翻译作品研究（1936—1945）》，硕士学位论文，北京外国语大学，2018年。

张沁园：《当代西班牙文学中的内战记忆书写与构建（1996—2008）》，博士学位论文，山东大学，2021年。

周春霞：《20世纪上半叶"九八年一代"在中国的译介与接受》，博士学位论文，苏州大学，2021年。

周悦：《基于传统的现代主义选择——论汪曾祺对阿左林的接受》，硕士学位论文，山东大学，2017年。

Beatriz Cobeta Gutiérrez, *La recepción de la obra de Vicente Blasco Ibáñez en Estados Unidos（1900 – 1928）*, Ph. D., Universidad Nacional de Educación a Distancia, 2018.

五　外文著作与论文

Andre Lefevere, *Translation, Rewriting and the Manipulation of Literary*

Fame, London and New York: Routledge, 1992.

Azorín, *Clásicos y modernos*, Madrid: Renacimiento, 1913.

Azorín, *Las confesiones de un pequño filósofo*, Madrid: Espasa-Calpe, S. A., 1981.

Azorín, *Obras Completas* (*tomo I*), Madrid: Aguilar, 1959.

Carlos Blanco Aguinaga, *Juventud del 98*, Barcelona: Editorial Crítica, 1978.

Donald Leslie Shaw, *The Generation of 1898 in Spain*, New York: Barnes & Noble, 1975.

Dorde Cuvardic García, "El debate modernismo-generación del 98", *Reflexiones*, Vol. 88, No. 2, 2009.

Edward Inman Fox, *La crisis intelectual del 98*, Madrid: Cuadernos para el diálogo, 1976.

George K. Zucker, "La prevaricación idiomática: Un recurso cómico en el Quijote", *The Saurus*, Vol. 28, No. 3, 1973.

H. Ramsden, *The 1898 Movement in Spain*, Manchester: Manchester University Press, 1974.

Jean Canavaggio, *Historia de la literatura española*, Barcelona: Ariel, 1995.

José Ortega y Gasset, *Ensayos sobre la generación del 98*, Madrid: Alianza Editorial, 1981.

Julián Marías, *Literatura y generaciones*, Madrid: Espasa-Calpe, S. A., 1975.

Luis Pablo Núñez, "Las ayudas estatales a la traducción de obras españolas en lenguas extranjeras: balance de los años 2006 – 2011", *Itinerarios: Revista de estudios lingüísticos, literarios, históricos y antropológicos*, No. 25, 2017.

María Eulalia de Borbón, *Court Life from Within*, New York: Dodd, Mean and Company, 1915.

Miguel de Unamuno, *En torno al casticismo*, Madrid: Alianza Editorial, 2017.

M. J. Benardete and Rolfe Humphries (eds.), *…and Spain Sings: 50 loyalist Ballads*, New York: Vanguard Press, 1937.

Pedro Laín Entralgo, *La generación del noventa y ocho*, Madrid: Espasa-Calpe, S. A., 1945.

Pío Baroja, *Desde la última vuelta del camino: Memorias*, Madrid: Caro Raggio, 1982.

Pío Baroja, *Familia, infancia y juventud*, Barcelona: Galaxia Gutenberg, 1997.

Rodríguez Moñino y Emilio Prados (eds.), *Romancero general de la Guerra de España*, Madrid: Ediciones Españolas, 1937.

Vicente Blasco Ibáñez, *Por España y contra el Rey*, París: Biblioteca del Pueblo, 1925.

Vicente Cacho Viu, *Repensar el noventa y ocho*, Madrid: Biblioteca Nueva, 1977.

后　　记

　　提到西班牙文学，中国读者或许会立刻想到堂吉诃德——那个骑着一匹瘦马、与风车决斗的可爱的疯子。当堂吉诃德东游到中国，他成为废名笔下的莫须有先生，张天翼的史兆昌，他走进了莫言的《蛙》，也化身为童年的毕飞宇……还有读者可能会联想到加西亚·洛尔迦、阿索林、乌纳穆诺等一连串闪耀于世界文学史的名字。记录西班牙文学如何跨越重洋来到东方，被中国读者了解、接受的过程，正是我撰写这部书稿的初衷所在。

　　2014 年，我考入苏州大学文学院比较文学与世界文学专业，师从季进教授。他是国家社会科学基金重大项目"中国当代文学海外传播文献整理与研究（1949—2019）"的首席专家，长期致力于中外文学关系，尤其是中国文学海外传播研究。在他的指导和影响下，我对中外文学关系研究的方法熟悉起来，由此前仅仅从语言转换的角度观察翻译，逐步拓展到从文化视角分析翻译的发生机制和影响。在积累了部分资料后，2016 年，我申报的课题"百年来西班牙文学在中国的译介与接受"获得教育部人文社会科学研究青年基金项目资助。本书是这一课题的主要研究成果。

　　曾有文学院的前辈笑称，做"译介与接受研究"干的是"苦活"，我理解为："要做好这类研究，搜集资料是个庞大的工程"。虽然本质上没有哪类研究不是"苦活"，但是在漫长的资料搜集过程中，一字

后　记

字阅读年代久远、字迹模糊的史料，有时甚至被错误信息误导，反复增改信息……确实有点苦，但每每有新发现时，乐就中和了苦。我完成了主要译介信息的整理，收录在本书的附录部分，期待能为其他研究者提供史料方面的参考。

至于研究成果的意义，我认为它具有双向的价值：西班牙文学在中国的译介与接受史不仅是一段两国文学交流的文字记录，它既是西班牙文学海外传播的重要部分，也是中国现当代文学以广阔视野汲取世界文学精华的见证。自近代以来，中国文学的发展既是对自身文学传统的延续，又离不开对外国文学的借鉴和批评。本书所提到的茅盾等作家对西班牙现实主义文学的欣赏与吸收，为中国文学注入了新鲜的思想和艺术形式，就是一个例证。

本书的写作采用了翻译文学史的方法。经过反复思考，我放弃了以文学流派、作家作品或文学体裁划分的方式，而选择断代研究的框架，探讨西班牙文学在中国译介与接受的百余年历程。这种方式既能在有限篇幅内粗略展现整体脉络，又能通过典型个案，具体而生动地分析不同时期译介与接受的特征。

当然，对这一主题的挖掘远未穷尽。随着研究的不断深入，中西文学关系的探索也必将更加细致和全面。我衷心希望中国文学与世界文学的关系能被进一步描绘，也期待西班牙文学中那些历久弥新的价值被更多中国读者发现并珍视。与此同时，我也诚挚地希望本书能够得到同行的批评指正。

最后，我要感谢季进教授，他引领我进入了比较文学与世界文学的广阔天地。感谢责任编辑刘志兵先生，他的辛勤工作与耐心指导使本书得以顺利面世。还要感谢教育部人文社会科学研究青年基金对本研究的资助，以及苏州大学人文社会科学学术专著出版资助项目的支持。

作　者